KB033990

손끝에 너를

손끝에 너를

1판 1쇄 찍음 2018년 3월 7일
1판 1쇄 펴냄 2018년 3월 14일

지은이 | 강부연
펴낸이 | 고운숙
펴낸곳 | 봄 미디어

기획 · 편집 | 김민지, 김지우, 홍주희, 김현주
표지 디자인 | 우물

출판등록 | 2014년 08월 25일 (제387-2014-000040호)
주소 | 경기도 부천시 원미구 길주로64, 1303(굿모닝 오피스텔)
영업부 | 070-5015-0818 편집부 | 070-5015-0817 팩스 | 032-712-2815
E-mail | bommedia@naver.com
소식창 | http://blog.naver.com/bommedia

값 9,000원

ISBN 979-11-5810-472-6 03810

※파본은 구입하신 서점에서 교환하여 드립니다.

강부연 장편 소설

contents*

1장

우리가 모르는 이야기의 시작

벽에 걸린 은행 달력의 숫자 속에선 아직까지 여름의 낌새를 발견할 수 없었다. 때를 모르는 더위가 갈피를 잡지 못하고 헤매고 있는 곳은 오직 준의 방뿐인 듯했다.

기름이 자글거리는 프라이팬 위가 아니라 서서히 열기가 차는 찜통 속에 있는 것 같았다. 준이 결국 참지 못하고 벌떡 일어나 앉았다. 아무렇게나 벗어 두었던 티셔츠 아래에서 지잉, 지잉 울리는 휴대폰 진동이 아까부터 계속 신경을 거스르고 있었다.

"제기랄, 누구야."

—안녕하세요, 고객님. 행복을 위한 선택…….

사정없이 얼굴을 구기며 뻑뻑하게 메말라 있던 눈꺼풀을

뗐다. 초점이 잘 잡히지 않는 시야 안으로 푸르게 곰팡이 핀 천장이 들어오기 시작했다.

—이번에 저희 제일 카드에서 준비한 행복 플랜에 대해 설명 드리기 위해 이렇게…….

"누구냐고."

대목이었던 가정의 달 첫째 주를 간신히 넘긴 직후였다. 어깨에서 척추까지 이어지는 뼈대들이 제멋대로 어긋나 덜컹거리는 느낌이었다. 밤새 먼지 쌓인 창고에서 뒹군 것도 모자라 씻지도 않고 바로 곯아떨어진 탓에 목이며 가슴이 온통 깔깔하고 묵직했다.

—죄송합니다, 고객님. 제일 카드에서 새롭게 출시된 행복 플랜을 홍보하고자…….

"행복 같은 소리 하고 있네. 그래서 돈이라도 주겠다는 거야, 뭐야?"

모처럼 달게 잠겨 있던 꿈의 바다에서 너절한 현실로 덜컥 저를 건져 올린 것이 이 전화만 아니었더라도 이 정도로 말이 사납게 나가지는 않았을 텐데. 평소라면 그게 스팸 전화라는 사실을 알아채자마자 곧장 끊어 버리고 말았을 일이었다. 오늘만큼은 타이밍이 공교로웠다.

—…….

울컥 튀어나온 준의 화풀이에 저편에서 주춤대는 숨소리가 들렸다.

—고객님, 저희 카드는 연회비 2만 원만 내시면 바로 가입 가능하시며, 행복한 문화생활을 위한 다양한 혜택들이…….

가늘게 떨리는 목소리 끝에 당황한 여자의 표정을 어렴풋하게나마 머릿속에 그려 낼 수 있을 것 같았다. 다만 여자 쪽에서 지금 준이 짓고 있을 참혹한 표정을 짐작하지 못한다는 게 애석할 따름이었다.

"다양한 혜택, 그딴 거 다 필요 없으니까 쓸데없이 전화나 하지 말라고. 알아먹었어?"

버럭 소리를 내지른 준이 들고 있던 휴대폰을 바닥에 내팽개쳤다. 끈적끈적한 마루 장판 위에서 잘도 미끄러지다 곧 벽에 부딪쳐 맥없이 뒤집어지고 만다.

그 아래에서 여자의 카랑카랑한 목소리가 뾰족한 가시처럼 삐져 나오는 것도 같지만, 이미 관심을 잃은 준은 도로 베개 위에 얼굴을 묻은 뒤였다.

얼마 지나지 않아 코 고는 소리까지 내며 다시 잠이 들었다. 난데없이 끼어든 전화에 잠시 방해를 받긴 했으나, 어쨌든 준이 누릴 수 있는 최소한의 행복을 되찾은 셈이었다.

그리고 딱 그만큼의 불쾌함을 얼굴도 알지 못하는 여자에게 선사한 채였다.

"여보세요? 고객님? 고객님……! 야, 이 미친놈아!"

끝내 부아가 치밀어 전원이 들어오지 않은 검은 화면에 대고 새된 소리를 지르는 시진이었다.

그녀의 발밑에서 버디가 머리를 치들었다. 방금 전까지만 해도 드릉드릉 코를 골고 있었는데, 방방 날뛰는 시진 때문에 잠에서 깨어 버린 모양이었다. 버디가 기다란 혀를 날름거리며 마른 코를 적시더니, 곧 커다란 머리를 시진의 종아리에 대고 비비적거렸다.

"뭐, 이런 거지 같은 놈이 다 있어? 됐다! 너 같은 놈한텐 눈곱만 한 혜택도 아까워! 너 아직 듣고 있는 거 맞지? 야!"

"정시진 씨?"

"헉!"

시진의 등 뒤에서 기척도 없이 나타난 최한미 팀장이 허리를 숙여 시진의 귓가에 대고 다시금 물었다.

"설마 지금 고객님께 거지 같은 놈이라고 한 건 아니죠?"

"하하. 서, 설마요."

시진이 어색하게 웃으며 얼버무렸다. 최한미 팀장이 어디서부터 통화 내용을 듣고 있었는지 가늠할 길이 없어 슬그머니 눈치를 보는 시진에게 이내 엄한 꾸지람이 내렸다.

"아무리 진상 고객이라도 그렇게 대놓고 욕하면 안 된다고, 대체 몇 번을 말해야 하지?"

"죄송합니다."

바로 그때, 시진의 곤란함을 대번에 알아챈 버디가 책상 밑에서 몸을 일으켰다. 그러더니 시진의 무릎 위에 턱 하니 주둥이를 올려놓으며 끄응, 하고 대신 앓는 소리를 냈다.

끄응. 푸우우.

주눅이 든 시진의 얼굴보다도 검은 눈망울로 올려다보는 버디 때문이었을 것이다. 최 팀장이 더는 시진을 혼내지 못하고 고개를 내젓고 만 것은.

곧 시진의 정수리 위로 최 팀장의 뜨끈한 한숨이 쏟아졌다.

"됐어요. 이제 곧 점심시간이니까 그만하고 가서 식사하고 와요."

"네, 팀장님. 고맙습니다."

돌아보는 시진의 시선은 최 팀장이 서 있는 곳을 비스듬히 스쳐 지나가 버렸지만, 말간 얼굴은 여전히 어여쁘기만 했다. 저렇게 세상 걱정 없다는 듯 미소 지어 버리면 최 팀장은 마치 갓난아이를 으르는 양 마음이 물러지고 말았다.

웃는 얼굴에 침 못 뱉는다는 말은 딱 시진을 두고 하는 소리 같았다. 태양처럼 빛나는 그녀의 웃음은 마주한 사람을 눈부시게 했다. 저도 모르게 질끈 눈 감으며 한 수 물러날 수밖에는 없는 것이다.

"앞으론 이런 일 없게 조심하도록 해요."

최 팀장이 그렇게 좀처럼 소용 있을 것 같지는 않은 주의를 남기고는 돌아섰다. 걸음이 멀어지는 소리가 나자, 하루에 한 번꼴로 꾸지람을 당하는 시진도 비로소 안도하며 잔뜩 긴장하고 있던 어깨를 늘어뜨렸다.

"고맙다. 오늘도 네 덕에 조용히 넘어갔어."

시진이 버디의 머리를 쓰다듬어주며 말하자, 마치 그 말을 알아듣기라도 하는 것처럼 신이 난 버디가 기다란 꼬리를 책상에 부딪쳐 딱딱 요란한 소리를 냈다.

반나절 내내 귀에 연결되어 있던 헤드셋을 벗어 책상 위에 올려놓았다. 찌뿌둥한 허리를 좌우로 돌려 간단하게 몸을 풀었다.

시진이 자리에서 일어나는 것과 동시에 버디도 벌떡 일어나 그 자리에서 앞다리를 길게 뻗었다. 허리를 유연하게 늘어뜨리며 기지개를 켜더니, 시진이 의자를 집어넣기 전에 얼른 기다란 몸을 빼 책상 밑에서 빠져 나왔다.

거침없이 두 발을 내디뎌 앞으로 나아가는 동안 시진의 두 손은 아랫배 부근에서 조금 앞쪽으로 내밀어져 있었다. 예상치 못한 장애물에 얼굴을 부딪치는 일이 잦아서 생긴 습관이었다.

시진의 자리에서 일렬로 놓인 책상들을 지나 사무실 문까지 스무 걸음. 동그란 문손잡이를 돌려 복도를 나가면 오른쪽 벽에 손을 대고서 다시 서른 걸음이었다. 그러면 시진은 어렵지 않게 여자 화장실 앞에 다다를 수 있었다.

한 해를 꽉 채워 일한 회사 안에서만큼은 이동하는 동안 버디의 안내가 필요 없었지만 그래도 녀석은 시진의 왼편을 놓치는 법이 없었다.

하네스*를 풀어 놓으면 버디는 영락없는 애완견처럼 굴곤 했다. 화장실 칸막이 안에서 볼일을 보는 동안에는 좀 문 밖에서 기다려 줬으면 좋겠는데, 버디는 구태여 안까지 따라 들어와 가뜩이나 비좁은 장소를 발 디딜 틈도 없게 만들었다.

때로 칸막이 아래로 삐져 나간 버디의 노란 꼬리 때문에 사정 모르는 사람들을 기겁하게 만든 것도 수차례였다. 그러나 어쩌랴. 검은 두 눈동자 속에 시진을 담아 두지 않으면 금세 분리 불안을 느껴 안절부절못하는 버디인데.

“어머, 시진 씨. 같이 식당 안 가?”

“오늘은 공원에서 도시락 먹으려고요. 날씨가 좋아서 버디 산책도 시킬 겸.”

점심때가 되면 고층 빌딩에 입주한 수십 개 회사들로부터 일시에 사람이 콸콸 쏟아져 나왔다. 식당가가 있는 지하로 인파가 몰려 엘리베이터가 붐비는 것은 어쩔 수 없는 일이었다.

두 발을 어깨너비로도 벌리지 못할 만큼 사람이 들어찬 승

*안내견의 가슴에 연결하여 시각 장애인이 잡을 수 있도록 만든 손잡이.

강기 안에서 시진은 항상 시야가 낮은 버디가 걱정스러웠다. 혹시 발을 밟히지는 않을까. 무릎에 채이지는 않을까 하고.

하지만 언제나 보디가드처럼 든든히 버티고 서서 시진을 보호하는 것은 도리어 버디 쪽이다. 한쪽 구석으로 시진을 데려가 세워 놓고는 그녀를 가리듯 선 버디를 사람들은 쉽게 무시하지 못했다.

때로 없는 자리도 만들어 여유 공간을 내어 주는 걸 보면, 사람들의 선의는 시각 장애인인 시진보다도 안내견인 버디를 향해 있는 것처럼 느껴지기도 했다.

그래도 상관없었다. 받게 될 동정이나 끼치게 될 불편보다도 시진의 우선순위는 늘 버디의 안전이었으니까.

빌딩의 유리문을 밀어 밖으로 나왔다. 겨우 반나절 책상 앞에 앉아 일했던 것뿐인데 마치 50년쯤은 갇혀 있다 풀려난 사람처럼 후련했다.

버디 역시 마찬가지였는지 바깥바람을 쐬자마자 당장 몸부터 푸드득 털어 내기 시작했다. 머리끝부터 꼬리 끝까지 열정적으로 흔들더니, 이내 등을 곧추세우며 시진을 공원 쪽으로 안내해 갔다.

"버디야, 의자 찾자."

어느 순간 버디가 걸음을 멈추었을 때, 시진은 자신이 지금 공원 안에 들어와 있다는 것을 알 수 있었다.

시진은 버디가 이끌어 준 자리를 손으로 먼저 더듬어 보았다. 마르고 거친 나무 단면이 손끝에 닿았다. 한 번 쓱 쓸어 혹시 지저분하지는 않은지를 확인하고 엉덩이를 걸터앉았다.

애초에 안내견 학교에서 가르치는 명령어 중에 '의자 찾아'는 포함되어 있지 않았다.

하지만 시진과 함께 지내는 2년 동안 버디는 학교에서 교육받은 것 이외에도 시진에게 도움이 되는 명령들을 하나씩 배워 나갔다. 지하철에 타면 으레 시진이 앉을 데가 필요하구나, 시진은 앉는 것을 좋아하는구나, 스스로 깨닫고 행동하게 된 것이었다.

그 외에 버디만의 장기가 몇 가지나 더 있었다. 워낙에 머리가 좋은 것도 있지만 시진을 사랑하는 마음이 버디를 누구보다 똘똘하고 영리한 안내견으로 만들었다.

"버디, 앉아."

시진이 편하게 등을 기대는 것을 확인하고는, 버디 역시 시진의 발밑에 자리를 잡는다.

짧게는 30분에서 길어야 한 시간밖에 주어지지 않는 점심시간을 아끼기 위해 직원들 대부분은 회사 건물 내에서 끼니를 대충 해결하곤 했다. 정원의 연못처럼 내다보이는 공원은 온종일 여의도에서 상근하는 회사원들보단 은퇴 후 집이 적적한 노인들이나 미취학 아동의 손을 잡고 나온 주부들의 발길만 이어졌다.

시진은 가만히 눈을 감고 귀를 기울였다. 어차피 보이지 않는 눈이었으나, 감고 있는 편이 다른 감각에 집중하는 데 도움이 됐다.

선선한 봄바람이 귀밑머리를 사르르 쓸어 갔고, 이어 실려 온 풀 냄새는 진하고도 깊었다. 나뭇잎이 부대끼며 사락거리는 소리가 간지러웠다. 얼굴의 한 면을 비추는 햇살은 성가시지 않을 만큼이라 좋았다. 비록 의자는 딱딱했으나, 점심 도시락을 먹기에는 더없이 근사한 장소였다.

역시 우리 버디가 자리 하나는 잘 찾지.

만족스런 미소를 짓던 시진이 버디의 엉덩이를 도닥이며 칭찬해 주었다. 버디 역시 헥헥 숨을 뱉으며 시진의 손길을 뿌듯한 기색으로 만끽했다.

⠿ ⠿ ⠿

반지하 방에 고여 있던 뜨겁고 습한 공기에 밤사이 폐가 푹 절어 버린 느낌이었다. 정오가 가까운 시간까지 무겁게 잠겨 있던 준의 눈꺼풀을 들어 올린 건 바로 그러한 불쾌감이었다. 결국 더는 버티지 못하고 도망치듯 집 밖으로 나온 준이었다.

비슷비슷한 높이와 모양의 건물들이 즐비한 골목 구석에 준의 방이 있었다. 차를 몰고 들어오면 막다른 길에 다다르는 데다 돌아 나갈 공간조차 주어지지 않는 끝자락이다. 그런 골목길 한편으로 다닥다닥 불법 주차를 해 놓는 솜씨는 신묘하기까지 했다.

흙먼지를 뒤집어쓴 채 잠들어 있는 차들을 지나 가난이 부려 놓은 미로를 빠져 나오면, 아래로는 곧장 한강변이 내다보였다.

돈 많은 사람들이 발아래 깔리는 풍경을 감상하러 산을 오르는 것은 여유지만, 돈 없는 사람에게 발아래 놓인 세상은 일상이었다. 차 한 대 들어가기 힘들게 구획해 놓은 언덕배기 집값이라 봐야 저들이 타고 다니는 차 한 대 값만도 못할 것이다.

한참 동안이나 정처 없이 헤매던 준의 발길이 멈춘 곳은 강 건너 공원이었다. 평화로운 공기가 가득 들어찬 봄날의 정경을 휘 둘러보다가 끝내 준은 고개를 내젓고 만다.

“날씨 한 번 끝내주네. 짜증 나게.”

어둠은 빛 앞에 더욱 두드러지기 마련이었다.

부와 가난, 화창한 날씨와 우울한 기분, 눈길 닿는 대로 행복해 보이기만 하는 사람들과 그 앞에 서서 참담한 표정을 짓고 있는 준처럼 명확한 대비였다.

딱딱한 나무 벤치를 침대 삼아 준은 두 팔을 베고 냅다 드러누웠다. 얼굴로 쏟아지는 햇볕이 적당히 따스해서, 이제 막 다시 잠이 쏟아지려던 참이었다.

"아아, 날씨 좋고 배도 부르고. 정말 행복하다. 그치, 버디야?"

말하는 사람의 달달한 기분이 듣는 사람의 귀까지 묻어나는 그런 목소리였다. 방금 전 원망하듯이 씹어뱉은 준의 것과는 너무나도 상반되는 여자의 목소리. 자연스레 일면식도 없는 여자의 얼굴이 준의 머릿속에 밝은 색깔로 스케치되기 시작했다.

한 줄 대사만으로 배우는 연기하는 인물의 감정 변화는 물론, 외양까지도 드러낼 수 있어야 한다고, 이제는 희미한 기억으로 남은 어린 시절의 연기 수업 선생은 말했었다.

"연기는 눈에 보이는 것만을 이야기하는 게 아니야. 목소리, 억양, 내뱉는 호흡이나 몸짓, 하다못해 냄새까지도 이용할 수 있어야 해. 연기는 표현하는 게 아니야. 그 인물의 한순간을 '사는' 거지."

그렇게 이르던 연기 선생의 삶은 또 얼마나 보잘것없었나. 준만 한 아역 배우들을 가르치면서 비슷한 또래의 딸아이를 홀로 키우며 살았다.

그래도 그의 목소리에는 분명 '삶'이 담겨 있었는데. 아직까지 그는 못다 이룬 꿈을 물려줄 누군가를 찾아 연기를 가르치고 있을까?

준이 감았던 눈꺼풀을 들어 올려 여자의 목소리가 들려온 쪽으로 무심코 고개를 돌렸다. 상상했던 얼굴과 목소리의 주인이 얼마나 일치하는가를 확인해 보기 위해서였다. 실없는 호기심이었지만 무료한 일상에 준이 가끔씩이나마 즐기는 놀이였다.

하지만 정작 준의 시선을 잡아끈 것은 벤치 뒤편에 자리한 나무 그림자에 반쯤 가려진 여자의 얼굴보다도 발밑에 자리 잡고 누운 누렇고 큰 개였다.

"허락 없이 만지지 마세요."

생각 없이 바닥에 드러누운 커다란 개를 향해 손을 뻗었다가 찔끔한 표정으로 준이 위쪽을 힐끔거렸다.

깊게 눌러 쓴 야구 모자챙 위로 방금 전까지 눈을 감고 있던 여자의 얼굴이 보였다. 한없이 태평한 자세로 앉아 꼼짝을 않기에 잠든 줄 알았더니 사실은 그게 아니었던 모양이다.

준은 여자의 말끝이 벼른 칼처럼 날카롭다고 느꼈다. 조심스럽게 뻗었던 손이 그 날에 베어 멋쩍은 상처를 입었으니까. 따끔함에 움찔 놀라 손을 물리면서도 어쩐지 오기가 치민다.

"유세는."

되받아친 준의 말에도 마찬가지로 뾰족한 촉이 달려 있었다. 예상치 못하게 허를 찔린 여자의 어깨가 움찔 떨렸다. 등을 기대고 있는 나무 벤치는 오로지 정적으로 일관할 따름이라, 전율하는 여자의 수치심이 도드라졌다.

"안내견은 함부로 만지시면 안 돼요."

결국 참지 못하고 되받아친 여자의 변명이었다. 아니, 해명이었다. 동시에 섣불리 속단한 준의 오류에 대한 명쾌한 답변이기도 했다. 그제야 준은 레트리버가 입고 있는 형광색 조끼가 유달리 눈에 익다는 사실을 알아챘다.

말은 그야말로 보이지 않는 흉기였다. 또한 마음은 가슴 깊숙한 곳 어딘가에 뭉쳐 있는 하나의 장기였다. 타인의 입을 통해 발사된 독이 여자의 귓구멍으로 스며들어 배 속까지 퍼진 모양이었다.

가지를 벌린 나뭇잎 사이사이로 교묘하게 내리쬐는 햇볕의 역광 속에서 여자의 빨간 얼굴이 드러났다. 여자의 투명한 눈동자가 준을 곧이 바라보지 못하고 허공을 서성거렸다. 그 밑으로 번져 있는 노을빛 홍조에 잠시간 준의 시선이 머물렀을 때였다.

"아……."

준은 순간 눈먼 칼처럼 휘둘렀던 제 혀를 꽉 깨물어 버리고 싶었다. 실수했다는 걸 알고 나서도 미안하다거나 몰랐다거나 하는 말이 입안에만 고여 좀처럼 뱉어지지가 않았다. 손과 몸을 동시에 물리며 겸연쩍은 마음을 대신해 모자를 한 번 들썩였을 뿐이었다.

벤치에 앉아 있던 여자, 시진이 억울하다는 듯 준 쪽을 향해 턱을 치들었다. 초점이 잡히지 않은 검은 눈동자에는 바싹 힘이 들어갔고, 좁혀 든 미간은 정직했다. 어쩌면 감정을 표현하는 데 숨김이 없는 시진의 표정 때문에 더더욱 준의 사과는 속에서만 졸아들었는지도 모른다.

"한 번 만져 봐도 돼요?"

그때다 싶었던지, 저쪽에서 어린 사내아이의 손을 잡은 여자가 다가와 냉큼 물었다. 두 사람의 날 선 대치를 쭉 지켜보고 있었던 것처럼 준의 실수를 답습하지는 않았으나 그 타이밍이 묘하게 얄미운 것은 어쩔 수 없었다.

"그러세요."

끼어든 모자가 썩 달갑지 않은 것은 시진도 마찬가지인 듯했다. 마지못해 응하고서도 바닥에 일어나 앉은 버디를 자기 쪽으로 한 뼘 더 끌어당겼으니까.

발에 감긴 목줄을 풀어내기 위해 시진이 상체를 구부렸을 때, 준은 그녀의 옆에 놓인 자그마한 도시락을 발견했다.

찰칵.

"지훈아. 거기 강아지한테 아, 예쁘다 해 봐."

시진의 두 발 위에 주둥이를 올려놓고서 낯선 손들이 제 몸을 지분거리는 걸 본체만체하는 누런 개를 쳐다보고 있을 때였다.

말릴 새도 없이 아이 엄마가 휴대폰을 들어 사진을 박아 넣었다.

"저, 사진은 찍으시면 안 돼요."

카메라 소리에 놀란 시진이 싫은 티를 내도 소용없었다.

"아니, 우리 애 찍느라고."

하며 둘러대 버리면 시진으로선 확인할 길이 없었으니까.

사내아이가 고사리 손으로 털을 쥐어뜯어도 개는 그저 심드렁했다. 문득 고개를 돌린 아이 엄마가 뜬금없이 준을 향해서 말을 걸어왔다.

"근데 혹시 옛날에 TV에서……."

무슨 말을 할지 진즉에 눈치챈 준이 아랫입술을 깨물었다.

젠장, 아직도 알아보는 사람이 있나.

속으로 욕지거리를 하면서 준은 집요하게 물어 오는 여자로부터 고개를 틀었다.

크게 긍정도, 부정도 하지 않는 준에게 그녀는 준이 어린 시절 출연했던 드라마 이름을 줄줄이 읊어 대며 스스럼없이 팬이었다는 거짓말을 한다. 그러곤 커다란 개의 하얀 배를 북처럼 텅텅 두드리고 있는 사내아이를 끌어다 대뜸 준의 옆에 세웠다.

"얼굴이 어릴 때 그대로네! 괜찮으면 우리 애하고 같이 사진 좀 찍어 줘요. 이렇게 만난 것도 인연인데."

역시 허락 따위 구할 생각도 않고 휴대폰 카메라부터 들이댔다. 순간적으로 울컥 짜증이 치민 준이 아이 엄마가 들고 있는 휴대폰을 냅다 낚아챘다.

"뭐, 뭐 하는 거예요?"

"이래서 사람은 딱 질색인데. 개만도 못 하잖아."

준이 거리낌 없이 말을 뱉었다. 아이 엄마의 얼굴이 종잇장 구겨지듯 와작 구겨졌다. 준은 아이 엄마의 휴대폰에서 제 얼굴과 시진, 그리고 안내견이 배경처럼 찍혀 있는 사진들을 골라내 지웠다.

"아줌마, 초상권 몰라요? 찍지 말라는데 왜 말귀를 못 알아먹어. 그리고 너도 예쁘다, 하고 쓰다듬어 줘야지. 뜯고 때리면 안 돼, 인마."

물론 그것은 아이가 아니라 아이 엄마더러 들으라고 하는 경고였다. 성난 표정을 짓는 것을 보니, 적어도 아이 엄마는 쓸데없는 것 물어보지 말고 애나 좀 신경 쓰라는 준의 말뜻을 제대로 이해한 듯싶었다.

"참나, 별꼴이야!"

동그란 눈으로 어른들의 눈치를 보는 아이의 손을 잡아 끌면서, 여자가 씩씩대는 걸음으로 멀어져 갔다. 그러는 동안에도 몇 번을 뒤돌아 준의 얼굴을 사납게 흘기는 걸 잊지 않았다.

준은 아이의 무자비한 손길에 뭉텅이진 개의 털을 슬슬 쓸어 주었다. 누워서 눈을 끔뻑이는 개는 더없이 유순했다.

준은 이래서 사람보다 개가 좋았다. 조용하고 유난스럽지 않으니까.

“저…… 고맙습니다.”

어쨌든 곤란한 상황에서 도움을 받은 건 사실이었다.

저렇게 막무가내로, 또는 몰래 사진을 찍고선 허락 없이 SNS 같은 데에 올릴 것은 묻지 않아도 빤한 일이었다.

오늘 안내견 봤음. 너무 착하고 순했는데, 왠지 모르게 슬퍼 보이더라. 괜히 짠했음.

#안내견 #희생 #안내견에티켓 #시각장애인

다분히 과시적인 동정 글을 써 낼 것도 충분히 예상할 수 있었다. 누구를 만나고 무엇을 했는지, 심지어는 그날 식탁 위에 오른 밥반찬마저 누군가와 공유하지 않고는 견디지 못하는 이들이 요즘 세상엔 수두룩했으니까.

“나한텐 만지지 말라고 잘도 무안 주더니. 쯧.”

“누가 무안을 줬다고……. 그리고 우리 버디가 원래 남자 손은 싫어하거든요!”

순순히 감사 인사를 하던 것도 까맣게 잊고 시진이 눈썹을 휘며 반박했다.

“그 개가 남자 손만 싫어합니까? 애한테 쥐어뜯기는 거나 사진 찍히는 건 좋아하고?”

“…….”

"개가 불쌍하네. 주인 잘못 만나서 싫은 것도 다 참아야 되고."

오늘따라 다들 나한테 왜 이러지?

속으로 중얼거린 시진이 끝내 이를 악물었다.

"아니요. 그 반대죠. 사진 찍히는 건 나만 참으면 끝나는데, 버디까지 당신을 참을 필요는 없잖아요."

유독 사람을 좋아하고 잘 따르는 강아지들이 결국 안내견으로 거듭나게 된다. 대체적으로 사람의 손길을 즐기지만 강아지도 사람처럼 나름의 기호는 있기 마련이었다.

버디는 여자들에겐 곧잘 꼬리를 흔들고 배를 뒤집어 보였다. 어린아이나 작은 동물들을 보면 사족을 못 쓰는 다정한 개였다.

하지만 성인 남자는, 그것도 낯선 남자는 그다지 반기지 않았다. 지금까지 시진과 함께하면서 종종 시비를 붙여 온 이들이 주로 남자들이었기 때문에 으레 먼저 경계하고 마는 것이다.

이번 역시 다르지 않아서, 슬슬 언성이 높아짐에 따라 버디가 슬쩍 시진과 준 사이를 가로막고 섰다.

준이 그런 버디의 까만 눈을 내려다보다 곧 한숨을 쉬었다.

"아까 그 아줌마한테나 이러지."

끝내 투덜거리면서도 한발 물러서는 준이다. 아까는 그 아줌마가 아무리 진상을 피워도 모르는 척하더니, 자기한텐 겁없이 따박따박 대꾸하는 여자가 어이없고 황당하기만 했다.

"적어도 그쪽은 말로 하면 알아들을 거라고 생각했거든요. 못 알아들을 사람한테 말해 봐야 내 입만 아프니까. 결국엔 입 아픈 일을 했네요, 내가."

마지막까지 지지 않고 쏘아붙인 시진이 더는 참지 못하고 자리에서 벌떡 일어났다. 날씨만큼이나 설레고 좋았던 기분은 벌써 한 줌 재로 까맣게 사그라진 뒤였다.

시각을 잃은 이들에겐 그들 나름의 세상을 보는 방법이 있다. 본능적으로 사람을 구분할 수 있는 제3의 시각 같은 게 존재하는 것이다. 시진은 아까 아이의 엄마나 눈앞의 준이 어떤 종류의 사람인지 대강 알 것 같았다.

시진은 어느새 그녀의 왼편에 서 있는 버디의 하네스를 움켜잡았다. 몇 걸음 앞으로 나아가다 잠시 멈춰 선 시진이 뒤를 돌아보며 말했다.

"그러는 당신이야말로 모든 사람이 까칠한 당신 성격을 참아 줘야 한다고 생각하지 말아요. 재수 없으니까."

시진이 시각적으로 아무것도 볼 수 없는 장애를 가졌다면, 아까 그 여자는 자기 자신밖에는 볼 줄 모르는 사람이었다. 장애가 장애인 줄 모르니 그로 인해 끼치는 민폐를 자각하지 못하는, 어쩌면 시진보다도 더 가여운 사람.

그리고 준은…….

“설령 당신이 아프거나 어디가 불편한 사람이라고 해서, 세상 모두가 당신에게 너그러워야 할 의무는 없어요.”

그가 가진 깊은 상처 때문에 비뚤어진 시각으로 세상을 보는 사람이었다.

“하!”

톡 쏘아붙이고는 커다란 개가 이끄는 대로 제법 빠른 걸음을 걸어 멀어져 가는 시진을 준은 황망한 얼굴로 지켜볼 따름이었다.

시진의 모습이 시야에서 완전히 사라질 때까지 복잡한 심정으로 그 뒤를 좇던 준의 눈길이 벤치 위에 덩그러니 남은 시진의 도시락 위로 힘없이 굴러 떨어졌다.

그때, 따르릉 종을 울리며 자전거를 타고 지나가는 남자에게서 한 줄기 음악이 새어 나왔다.

행복하자 우리 행복하자 아프지 말고 아프지 말고 행복하자 행복하자…….

줄기차게 행복을 부르짖는 노랫말이 마치 기다란 주문 같았다.

“아 씨, 오늘따라 왜 다 같잖은 행복 타령이야.”

아침부터 유난스러울 정도로 많이 주워 삼킨 탓에 귀에 가시처럼 박힌 말이었다.

일곱 살 사고 이후, 버티어 살아온 준의 인생과는 너무나도 대비되어 도리어 도드라지는 단어.

그래서 듣는 것만으로도 비위에 거슬리는 말.

그러나 아까 벤치에 앉아 여자가 작게 발음했던 행복하다는 말은 이상하게 준의 귀에도 마냥 달게 스몄던 것 같다고, 준은 문득 그런 생각을 했다.

2장

옐로우 카펫을 걷는 여자

“그래서 요 며칠 도시락도 안 싸 들고 다닌 거구나. 그럼 회사에서 종일 굶은 거야?”

“아니. 1층 편의점에서 샌드위치 사 먹었지. 근데 사 먹어 버릇하니까 아침에 더 잘 수 있어서 좋긴 하더라.”

시진이 공원 벤치에 두고 온 도시락을 떠올린 건 책상 앞에 앉아 버디에게 줄 물그릇을 챙길 때였다.

뒤늦게 혀를 차 봐야 소용없는 일이었다. 업무 시작은 5분도 채 남지 않았고, 도시락이 그 자리에서 그대로 주인을 기다리고 있을 거란 보장은 없었으니까.

아무래도 조금만 방심하면 보이지 않는 것들을 놓치기 마련이었다. 때문에 보이는 사람보다 더 꼼꼼히 챙기고 확인하는 것이 습관을 지나 성격이 된 지 오래였는데, 경황이 없긴 없었나 보다.

"자. 다리 먹어, 다리."

정은이 시진의 앞 접시 위에 치킨 한 조각을 옮겨 주었다. 손가락으로 야금야금 무를 집어 먹는 시진을 보며 흐뭇한 미소를 짓는다.

"근데 옛날에 TV에 나온 사람이라고? 아직까지 누가 알아보는 거 보면 꽤나 유명했었나 보다. 누구지? 괜히 궁금하네."

"몰라. 어디어디 나왔다고 하던데, 제대로 못 들었어."

그저 더는 황금 같은 점심시간을 방해받지 않았으면, 얼른 허기진 배에 맛있는 도시락이나 마저 채워 넣었으면 하고 생각하고 있었으니까.

귀를 기울이지 않으면 속에 담기는 말이 없다. 보려고 하지 않으면 보이지 않는 것과 같다. 신체의 불편함은 때로 배려와 화합의 계기가 될 수 있지만 자발적으로 택한 장애는 결국 소통을 가로막는 장벽이 된다.

그때 그 공원에서의 아이 엄마가 그랬고, 무례한 남자가 그랬으며, 어쩌면 시진 역시 그랬을지 모른다.

"누굴까. 아, 혹시 걘가? 옛날에 사극에서 세자 연기했던 꼬마. 동글동글하니 귀여웠는데. 아니면 걔? 그, 이름이 뭐였더라. 류성희랑 같이 쌍둥이로 나온 주말 드라마……. 아, 선우준!”

“류성희면 네가 좋아한다는 그 여배우?”

“응. 완전 예뻐. 연기도 잘하고. 매력 있잖아, 차도녀 이미지.”

“요샌 다들 그렇게 차도녀, 차도녀 하더라. 대체 차도녀가 무슨 뜻이야?”

정은과는 시력을 잃기 전부터 이미 단짝 친구였다.

같은 유치원을 다녔고, 서로의 부모님께도 엄마, 아빠라고 스스럼없이 부를 수 있는 사이였다. 중간에 시진이 크게 열병을 앓은 이후 어둠뿐인 세상을 살게 되면서 전처럼 붙어 지낼 수는 없게 되었지만, 같은 대학을 가기로 약속했던 어린 시절의 바람은 이루어졌다.

말하자면 둘은 장애로도 결코 갈라놓을 수 없는 한 벌의 젓가락 같은 관계다.

그런 정은이었으니 ‘차가운 도시 여자’ 란 말뜻이 궁금해서 묻는 질문이 아니라는 것쯤은 알았다. 다만 그에 부합하는 시각적 이미지가 없는 시진이라 잠시 설명할 방법을 고심했을 뿐이다. 이내 정은이 옳거니 하며 손뼉을 쳤다.

“예컨대 이런 거지. 어떤 멋진 남자가 와서 대시해도 네까짓 게 날 감당할 수 있겠어? 하고 코웃음 치는 여자.”

“새침한 여자?”

“아니. 그보단 새침할 자격이 있는 여자.”

"너도 참. 남자 배우한테는 관심도 없으면서 류성희 얘기만 나오면 그렇게 열을 올리니."

"같은 여자가 봐도 진짜 예쁘다니까. 닮고 싶을 정도로."

저런 말을 할 때의 정은이 어떤 표정을 짓고 있을지는 보이지 않아도 눈에 선했다.

얼핏 보기에 괄괄한 성격인 것 같아도 알고 보면 어려서부터 꿈도 많고 감성적인 소녀였다. 시진이 기억하는 정은의 이미지는 일곱 살의 얼굴 그대로 박제되어 버렸지만 아무리 나이를 먹어도 본연의 순수함은 변치 않는 것이라고 믿었다.

하지만 정은이 그려 내는 류성희의 모습은 막연하고도 추상적이어서 시진의 머릿속에 구체적인 얼굴로 드러나지는 못했다. 도리어 시진이 떠올린 것은 바로 자기 자신이었다. 어쩌면 살아가다 한 번쯤은 누군가를 만나 사랑에 빠지게 될지도 모른다. 그렇다면 그 사람을 위해 이런 말을 건네는 날도 오게 되지 않을까?

당신 같은 사람이 날 감당할 수 있겠어요?

물론 그것은 정은이 상상하는 것처럼 로맨틱한 상황은 아닐 것이다. 그러니 정은만큼은 그런 서글픈 말을 하는 사람을 닮지 않았으면 좋겠다고 생각하면서, 애써 쓴웃음을 삼켰을 때였다.

"그리고 누가 남자 배우한테 관심 없대? 마음에 품고 있는 오빠들이 얼마나 많은데. 잘생기면 나한텐 다 오빠거든."

너스레를 떨면서 곧이어 따라붙는 정은의 커다란 웃음소리가 시진은 항상 듣기 좋았다. 정은은 웃음소리 속에 거짓을 품는 법이 없었다.

"내일 오랜만에 버디 없이 출퇴근해야 하는데 괜찮겠어? 회사만 아니었으면 내가 데려다줬을 텐데."

"괜찮아. 버디 만나기 전까지는 흰 지팡이 하나로 잘만 다녔었는데, 뭐."

"그래도 그동안 버디가 워낙 든든했어야지. 없으면 허전할걸. 원래 남자든 안내견이든 한 번 맛 들이고 나면 없을 때 무지 허전해지니까."

"아무튼 입만 열면 음담패설이지."

"언니의 주옥같은 조언이야. 귀담아들어."

동갑내기 주제에 매번 언니 노릇을 하려고 드는 정은이 얄미울 법도 하건만, 시진은 순하게 웃어 버리는 것으로 대답을 대신한다.

"이 망할 놈의 회사. 월차는커녕 웬만해선 반차도 못 쓰게 하고. 아무튼 사람을 너무 부려 먹어."

"그러니까 사회 복지 전공한 애가 출판사에 취업을 해 가지고."

"그러는 넌 전공 따라서 텔레마케팅 하냐?"

"하긴. 너나 나나 전공 가릴 처지는 아니지. 목구멍이 포도청인데."

"에잇. 괜히 입맛만 쓰다. 치느님으로 위로받아야겠어. 너도 마셔, 마셔!"

시진의 잔에 제 것을 짠 하고 부딪치며 정은이 꿀꺽꿀꺽 맥주를 들이켰다. 가만히 듣고 있는 것만으로도 가슴이 알싸하니 시원해지는 기분이었다.

저쪽 매트 위에서 먼저 잠이 들었던 버디가 고개를 들어 두 사람을 바라보았다. 이윽고 도로 수그리며 눈을 감는 주둥이에서 푸우우, 뭐라 형언할 수 없는 깊은 한숨이 흘러나왔다. 두 사람만의 조촐한 술자리와 거기서 빚어지는 소란에도 이제는 그러려니 하는 모양이었다.

잠시 뒤에는 다시 하얗고 볼록한 배가 평안하게 넘실거리기 시작했다.

⁞ ⁞ ⁞

택배 상하차 일은 아직 파르라니 어둠이 깔린 이른 새벽에야 끝이 났다. 묵직한 고요 속에 잠긴 도로 위로 이따금 아스팔트를 지르밟으며 지나는 차량이 있었다. 누구에게나 똑같이 주어지는 24시간이었지만 누구보다 빨리 하루를 시작하는 사람들일 것이다.

준의 아침은 그들과는 정반대 방향으로 흐르고 있다. 그는 대부분의 사람들이 깊이 잠들어 있는 시간에 피곤에 지쳐 집으로 돌아왔다.

두 명이 한 조가 되어 레일을 타고 흘러드는 택배 상자를 화물차 안에 하나씩 쌓는 일이었다. 테트리스와 비슷한데 요령을 지키지 않으면 제대로 해낼 수가 없다.

무거운 상자는 밑으로, 부피가 큰 건 가운데에, 그리고 옷이나 비교적 작은 상자는 곳곳에 솜씨 좋게 던져 넣어 구멍을 메우는 식이다.

이렇게 설명을 들으면 얼핏 재밌는 일처럼 느껴지기도 하지만 쉼 없이 몸을 써야 하는 일이라 피로가 나른 짐의 개수만큼이나 들러붙고 만다.

대략 열 시간에서 열한 시간을 일하고서 일당으로 돈을 받는다. 일이 고되어서 호기롭게 아르바이트를 하러 온 청년들도 며칠 버티지 못하고 나가떨어졌다. 그 때문에 미리 얘기해놓지 않아도 현장에 나오면 언제나 준이 할 일은 남아 있었다.

저녁 한 끼는 회사에서 제공되었다. 남들이 퇴근할 시간에 출근해서 남들이 출근할 시간에 집에 들어왔다. 조금만 빠릿빠릿하게 움직인다면 한산한 거리를 전세 낸 것처럼 다닐 수 있었다. 이런 까닭에 준은 근 2년째 무던하게 이 일을 하고 있었다.

"야, 준아. 오늘은 빼지 말고 너도 껴. 뜨끈한 국물에 속 풀러 가게."

"아니, 저는……. 예. 가겠습니다."

사람이 많은 곳을 좋아하지 않는 준이라 좀처럼 응한 적이 없지만, 오늘 준을 붙잡은 사람은 다름 아닌 김 과장이었다.

그는 계약직 직원도 아니고 아르바이트생도 아닌 애매한 위치의 준을 곧잘 챙겨 주곤 했다. 덕분에 준은 직원엔 못 미치지만 아르바이트생보단 웃돈을 얹어 일당을 받았다.

사나흘에 한 번씩은 상하차 대신 바코드를 찍는 일이나 배송될 지역이 잘못된 택배들을 추리는 업무를 맡기는 등 여러모로 배려해 주는 것을 알아서, 준도 오늘만큼은 거절하지 못하고 함께 근처 설렁탕 가게로 자리를 옮겼다.

"아무튼 이 자식은 우리가 그렇게 가자고 할 때는 귓등으로도 안 듣더니, 김 과장님이 가자고 해야 간다니까."

"어린놈이 사회생활 좀 할 줄 아네. 이 약은 놈의 새끼."

시답잖은 농담에 왁자하게 웃음을 터뜨리는 이들의 눈길은 제법 친근하고 따뜻했다. 식사하는 동안이나 심지어는 매일 함께 손발을 맞추면서도 말수 적은 준은 무거운 입을 여는 일이 드물었다. 싹싹함은 없어도 말도 마음도 가벼운 요즘 청년 같지 않아 준을 좋게 보는 이들이 많았다.

식사를 마치고, 우스꽝스런 표정으로 잇새를 쑤시며 나오는 아저씨들 사이에 준의 얼굴이 보였다. 어느새 환하게 해가 뜬 하늘을 올려다보며 눈살을 찌푸리다가 곧 김 과장을 포함한 직원들에게 묵례를 하며 먼저 지하철역으로 향했다.

일을 마치고 나면 늦어도 일곱 시 즈음이라 평소 사람이 드문드문한 시간에만 잠깐 머물러 갔던 승강장이 오늘은 꽤 붐볐다. 이른 통근자들 사이에서 눈에 유독 도드라지는 건 휠체어를 탄 어느 노인이었다.

이상한 일이었다. 요 며칠 어째서인지 뒤처지는 이들에게 자꾸 눈길이 갔다. 평소와 다름없는 출근 풍경일 테고, 저들은 어제도 그제도 똑같이 자신의 길을 가고 있었을 터였지만 의식하고 나니 비로소 눈에 보이기 시작했다.

언제 다쳤는지도 모르는 손가락의 생채기가 한 번 눈에 들어오고 나면 계속 그쪽에 신경이 쏠려 버리는 것처럼 자꾸만 눈에 밟혔다.

시선이 흩어진 눈동자를 짙은 선글라스 아래 감춘 사람들에게. 흰 지팡이 하나로 계단을 오르내리고 문을 찾아 나가는 사람들에게. 혹은 황금빛 털을 가진 덩치 큰 개들에게.

어쩌면 여자가 벤치 위에 두고 간, 지금은 준의 집에 가져다 놓은 도시락이 준에게는 손가락의 생채기 같은 거였는지도 모른다.

"어?"

그래서였을까. 눈에 가시가 박히듯 아리게 박혀 들어오는 한 사람이 있었다. 꿈에도 다시 만날 거라고 생각한 적 없었던, 더군다나 이런 곳에서 우연히 마주치게 될 거라고는 생각하지 않았던 여자였다.

마치 한 몸인 것처럼 왼편에서 걷던 커다란 개가 오늘은 보이지 않았다. 때문인지 쉽사리 눈길을 거둘 수 없었다.

그를 향해 걸어오는 한 발 한 발이 살얼음을 디디듯 위태로워 보였으므로.

물론 그것은 순전히 준의 기분 탓이었을 것이다. 으레 있어야 할 자리에 없는 존재를 알고 있는 건 이 승강장 안에서 준뿐이었을 테니까.

평소에는 별로 신경 쓰지 않았던 노란 유도 블록을 따라서 쭉 걸어오는 여자는 앞이 보이지 않는 사람이라는 게 믿기지 않을 만큼 걸음이 가뿐했다. 우툴두툴한 바닥을 딛고 있는 것 같지 않았다.

그래, 뭐랄까. 마치 레드 카펫을 따라 걷는 여배우 같다고 해야 할까.

"……옐로우 카펫이네."

혼잣말을 하며 작게 웃고 말았다. 족히 10m는 떨어져 있는 준을 시진이 볼 수 있을 리도 없건만, 괜스레 마음에 걸려 사람들 사이로 몸을 숨겼다. 그러면서도 눈으로는 연신 힐끔대며 시진을 훔쳐보았다.

탁탁탁탁.

흰 지팡이를 왼쪽, 오른쪽 차례로 두드리며 내뻗는 걸음에는 주저하는 기색이 없었다. 하지만 가늘게 좁힌 눈으로 시진을 지켜보던 준은 실은 시진이 보다 당차게 어깨를 펴고 걷는 사람이라는 것을 안다.

그때의 시진은 등이 곧았고 보폭이 컸다. 노란 개의 등에 얹힌 손잡이를 꼭 움켜쥐고서 엉덩이를 씰룩이며 걷는 개를 따라 마치 구름 위를 걷는 사람처럼 자유로워 보였다.

스크린 도어 앞까지 걸어간 시진이 막 손을 내뻗었을 때였다. 주위를 살피지 않고 전화 통화를 하던 여자가 비스듬하게 시진을 가로막고 섰는데, 하필이면 흰 지팡이 끝이 여자의 다리 사이에 걸렸다.

질겁하며 놀라 돌아보던 여자의 하이힐이 순간적으로 삐끗하더니 발목이 기이하게 꺾였다. 귀에 대고 있던 휴대폰이 바닥에 곤두박질쳤고, 균형을 잃고 넘어지려던 여자가 엉겁결에 손을 뻗어 밀어낸 건 바로 멀뚱히 뒤에 서 있던 시진이었다.

여자 대신 넘어지는 힘을 고스란히 받아 낸 시진이 호되게 엉덩방아를 찧으며 바닥에 쓰러졌다. 시진을 넘어뜨리고도 균형을 잡지 못해 비틀거리던 여자가 시진의 치마를 밟고 미끄러졌다. 겨우 똑바로 땅을 디디고 섰으나 그땐 이미 여자의 날카로운 굽에 시진의 치마가 약 5cm가량 찢기고 난 다음이었다.

"어머나! 괘, 괜찮아요?"

대략 3, 4초 사이 벌어진 봉변에 시진은 정신을 차리지 못한 채 주저앉아 있었다.

—지금 마천행 열차가 들어오고 있습니다. 승객 여러분께서는 안전하게 승차해 주시길 바랍니다.

시진이 넘어졌던 주위로 어수선함이 더해졌다. 시진을 걱정스럽게 바라보는 이들과 일으켜야 하나 망설이는 이들, 저와는 아무 상관없다는 듯 제 갈 길을 향해 열차 문 열리는 곳에 길게 줄 서는 이들이 어지럽게 엉켰다.

곧 열차가 도착했고, 문이 열렸다. 기다리고 있던 사람들의 방향이 반대로 엇갈렸다. 내린 수만큼의 사람들이 다시 열차에 올라탔다. 일사불란하면서도 분명한 질서는 없는 개미 떼 같았다.

순간 준의 눈이 크게 뜨였다. 그는 우뚝 서 있는 사람들 틈바구니에서 시진이 밟힐까 봐 노심초사했다. 다급히 다가가려 해도 지나는 인파에 밀리고 치여 도통 간격이 줄어들지 않았다.

잠시간의 소요는 다시 일시에 가라앉았다. 열차가 떠나고 난 뒤, 한산해진 자리에는 두 눈을 질끈 감고서 주저앉아 있는 시진만 덩그러니 남아 있었다.

결국 출근이 바쁜 이들은 모두 시진을 외면한 채 떠났고, 치마가 찢어진 시진은 일어설 엄두를 내지 못하고 있었다. 심지어는 시진을 넘어뜨리고서 당혹스러워하던 젊은 여자의 모습도 사라지고 없으니, 경황 중에 내뺀 것이 틀림없었다.

깊은 한숨과 함께 준의 눈썹이 크게 휘었다. 준이 시진의 앞으로 다가섰다.

"괜찮아요?"

입으론 그렇게 물으면서도 눈으론 시진이 괜찮지 않다는 걸 알았다. 멍하니 앉아 있던 시진이 퍼뜩 머리를 들며 저만치 바닥을 구르는 흰 지팡이를 찾아 손을 더듬거렸다.

준이 그것을 주워 시진의 손에 쥐여 주었다.

"……고맙습니다."

무릎을 세우고 일어나는 시진을 보다가 준이 황급히 눈길을 다른 쪽으로 돌렸다. 찢어진 치마가 아슬아슬했다. 허벅지 사이로 속옷이 슬쩍 보이다 가려졌다.

헛기침을 하며 주위를 둘러보던 준이 하나둘 계단을 내려오는 사람들을 발견했다.

인적이 더 몰리기 전에 어떻게든 가려 줘야겠다는 생각에 머리 위로 웃옷을 끌어 올려 벗었다. 검은 후드 티였는데, 시진이 입고 있는 하얀 치마와는 어울리지 않았지만 그래도 별다른 수가 없었다.

"뭐, 뭐 하는 거예요?"

다가가 허리에 팔을 두르자 기겁한 시진이 준의 가슴을 손바닥으로 힘껏 밀어냈다.

얼빠진 표정으로 한 걸음을 물러선 것도 잠시, 설명이 부족했단 생각에 시진의 귓가에 대고 나직한 목소리로 일러 주었다.

"팬티 보여요. 이걸로 좀 가립시다."

물론 친절한 설명은 아니었다. 준이 다가서자 흠칫 어깨를 움츠리며 경계하던 시진의 얼굴이 금세 벌겋게 달아올라 버렸으니까. 그래도 위급 상황이라는 것만은 인지했는지, 준이 후드티의 두 팔을 허리에 묶어 주는 대로 얌전히 있었다.

찢어진 부위를 대충 가려 놓고서 준이 시진의 팔을 붙들었다. 곧장 그것을 뿌리친 시진이 자기가 잡겠다고 말했다.

시진의 하얀 손이 팔꿈치 부근을 붙잡자 준이 그녀를 가까운 의자에 데려가 앉혔다.

"다친 데는 없어요?"

"괜찮아요."

괜찮다고 말은 하는데 정말 괜찮은 건지는 알 수 없는 일이었다. 지금 당장은 어디가 아파도 아픈 줄도 모를 테니까.

준이 대신 시진의 몸을 쭉 살펴보았다. 보이지 않는 곳까지야 알 수 없지만 적어도 보이는 곳은 크게 상하지 않은 것 같았다. 수습할 길 없이 찢어진 치마만 빼고.

"남자 싫어하는 수컷은 어디 갔어요?"

물으면서도 준은 시진이 자신을 기억하지 못할 것이라 넘겨짚고 있었다. 하지만 돌아온 대답은 그런 그의 예상을 쉽사리 뒤엎었다.

"사람 싫어하는 남자도 오늘은 없는 것 같네요."

시진은 준의 목소리를 분명하게 기억하고 있었으니까.

"왜 혼자 다녀요?"

엉겁결에 튀어 나간 준의 물음은 당혹스러움을 숨기기 위한 것이었다. 때문에 적절하지 못했고 오발탄처럼 불퉁했다.

"혼자 다니면 안 돼요?"

눈가를 찡그리며 받아치는 시진의 뾰족한 대꾸가 뜨끔하니 가슴을 찌르더라도 준으로선 할 말이 없었다. 찔린 게 폐부라도 되는 것처럼 목구멍만 갑갑해졌다.

사실 누구를 대하든 먼저 날부터 세우게 되는 건 오래전부터 습관으로 굳은 준의 방어 기제였다. 그렇다면 그 못된 습관은 과연 몸에 밴 것일까, 마음에 밴 것일까.

저번에 공원에서도, 그리고 지금도 그저 시진을 도와주고 싶었던 것뿐인데 어째 입만 열면 자꾸 반감을 샀다. 앞을 보지 못하는 시진이니, 결국 시진이 준에 대해 아는 것이라곤 그의 목소리밖에 없을 것이다.

만약 눈 못 보는 이들 나름의 미적 기준이 음성에 국한되어 있다고 한다면 부정할 길 없이 준은 시진에게 있어 최악의 추남일 테다.

"그게 아니라 이렇게 넘어지잖아요."

고개를 설레설레 저으며 한숨을 섞어 건넨 핀잔은 실은 걱정에 가까웠으나, 이미 마음에 벽을 두른 시진에겐 온전히 뜻이 전해지지 않았다.

"넘어지는 게 어때서요. 좀 넘어진다고 죽는 것도 아닌데."

"……."

적어도 시진의 말속에 뼈가 있다는 사실을 알 만큼의 눈치는 있어 다행이었다. 앙다문 입술이 백 마디 말보다 많은 것을 말하고 있었다.

"죽지는 않아도 맨날 이렇게 넘어지다간 엉덩이가 안 남아날 텐데. 어쨌든 열차 들어오는데, 탈 거죠?"

밖으로 나오지 않으면 넘어지는 일도 없을 텐데. 보이지 않는 어둠을 향해 선뜻 발을 뻗는 시진의 고집과 오기가 준은 도무지 이해되지 않았다.

시진의 불거진 광대가 발갛게 달아오르는 건 일순간이었다. 겨우 두 번 보았을 뿐이지만, 준은 시진이 좀처럼 표정을 숨기지 못하는 사람이라는 것만은 확신할 수 있었다.

제 모습이 다른 사람의 눈에 어떻게 보이는지 알지 못하기 때문일까? 언제 어느 때고 가면을 덧씌운 것처럼 원하는 얼굴을 만들어 낼 수 있는 자신과는 참 많이 다른 사람이었다. 준은 시진의 턱이 작게 움직이는 것을 놓치지 않았다.

"잡아요."

시진의 가느다란 손가락이 준의 팔꿈치를 잡았다. 새가 내려앉은 것처럼 가벼운 접촉이었다.

시진은 준으로부터 반걸음쯤 간격을 벌린 채 걸었다. 동행이라고 할 만큼 가까웠지만 일행이라고 말하기엔 먼 거리였다. 이러한 거리를 바로 '예의'라고 부르는 게 아닐까.

준은 호의라는 이름으로 섣불리 그녀의 몸에 손을 대려 했던 방금 전의 행동이 '무례'라는 것을 지금에서야 깨달았다.

전차 안은 승강장보다 더 붐볐다. 마침 출근 시간이라 무채색 일색의 회사원들이 대나무처럼 꼿꼿하게 서서 전차가 뒤뚱거릴 때마다 물결치고 있었다.

겹겹이 온몸을 부대끼면서도 그들의 시선은 하나같이 손바닥에 쥔 휴대폰에 집중되어 있었는데, 그 속에서 유일하게 고개를 들고 정면을 주시하는 시진만이 제대로 세상을 보고 있는 사람 같았다.

하지만 한 차례 출렁이는 전차 위에서 앞이 보이지 않는 사람이 균형을 잡고 서 있기란 다른 이들보다 서너 배는 힘든 일일 것이다. 준은 휘청이는 여자의 두 팔을 붙들고 끄트머리 기다란 봉이 있는 자리에 등을 기대게 했다.

전차가 다음 승강장에 멈추어 서고, 문이 열리며 사람들이 우르르 쏟아져 들어왔다.

해일처럼 덮쳐든 인파에 와락 시진 쪽으로 걸음이 밀린 준이 봉을 잡고 있던 두 팔에 힘을 주었다. 부들거리는 팔뚝에 곧 파랗게 힘줄이 돋았다. 후끈한 준의 입김이 얼굴로 쏟아지자 바싹 움츠리며 긴장하는 시진을 보고는 더욱 군세게 버티었다.

"선우준입니다."

여자를 만난 이후, 처음으로 평범하게 사람과 사람 사이의 예의란 걸 지킨 것 같았다.

인파의 무게에 등이 밀릴 때마다 귓가에 가까워지는 숨소리에 저도 모르게 집중하고 있던 시진이 놀라 고개를 들었다.

—이번 역은 여의도, 여의도역입니다. 내리실 문은 오른쪽입니다.

"그쪽은?"

어수선한 열차 안에서도 나직한 준의 목소리만은 귓속에 선명히 스며들어 왔다. 왠지 모르게 목덜미에 우수수 소름이 돋았다. 시진이 거북목을 하며 작게 중얼거렸다.

"내려야 돼요."

"기다려요."

준은 시진의 손을 잡아 제 팔에 얹게 했다. 전동차의 문이 열리고 닫히는 시간이 그리 길지 않다는 것을 알아서 괜스레 마음이 조급해졌다.

아니, 뭐 엉덩이에 불이라도 붙었나. 이러니까 한국 사람들 성격 급하단 소리 듣는 거지. 구시렁대면서 문 앞에 우르르 모여 있는 사람들의 뒤를 쫓아 열차 밖으로 내렸다.

문이 어디쯤인지 알지 못하는 여자의 발이 하마터면 전동차와 승강장 사이에 빠질 뻔했다. 뒤뚱거리는 몸을 준이 얼른 낚아채 들다시피 부축했다.

정신을 차려 보니 출근이 임박한 이들은 이미 빠른 걸음으로 계단을 올라 사라져 버린 뒤다. 머지않아 뒤쫓아 올 분주함이 다시금 빈자리를 채우겠지만 어쨌든 지금은 둘만 남았다.

시진의 허리를 부둥켜안은 준이 얼른 손을 놓으며 한 걸음 떨어졌다. 준의 등 쪽 옷깃을 부여잡고 있었던 시진의 손이 덩달아 당겨져 그녀가 다시 비틀거렸다.

"정시진이에요."

"예?"

"정시진이라고요, 내 이름."

시진이 준을 향해 작게 미소 지어 보이자 불가항력으로 준의 시선은 그 얼굴에 맥없이 붙들리고 만다. 준의 입이 저도 모르게 벌어졌다.

"내일 점심에 전번의 그 공원에서 볼래요?"

대답 대신 돌아오는 기다란 침묵에서 시진은 의아해하는 준의 표정을 읽어 낼 수 있었다.

"이 옷은 그때 돌려 드릴게요. 오늘 하루는 어쩔 수 없이 빌려야 될 것 같아서."

"아."

그제야 수긍한 준이 고개를 끄덕였다. 어차피 준도 시진에게 돌려줘야 할 것이 있었다.

"데려다줄……."

"내일 봐요. 오늘 고마웠어요."

내일 다시 만나자면서 오늘은 그의 손을 뿌리치며 멀어지는 시진을 준은 멀거니 지켜보았다. 노란 유도 블록을 따라 발을 내딛는 시진의 걸음은 아까처럼 곧았고 거침이 없었다.

넘어지는 것을 두려워하지 않는 사람처럼.

보이지 않는 어둠을 겁 없이 걸어가는 시진의 뒷모습이 어쩐지 조금 준의 가슴을 먹먹하게 했다.

⠿ ⠿ ⠿

다음 날, 준은 새벽 여섯 시가 조금 넘어서 집에 돌아왔다. 밤새도록 빈틈없이 채워 넣은 화물차 무게만큼이나 무지근한 고단이 준으로 하여금 땀 냄새 가득 밴 옷도 갈아입지 않은 채 이불 속에 몸을 던지게 했다. 밀린 잠이 이자라도 낳는 것처럼 미처 해소되지 못한 피로가 켜켜이 속눈썹 위에 쌓여 있었다.

어릴 적 사고로 부모님을 잃은 뒤, 고모네 부부가 준을 거두어 한동안 함께 살았었다. 그때 준은 몇 차례 빚쟁이들을 경험한 바 있었다. 연기 신동이라 인정받았던 아역 배우 생활 동안 모은 돈과 부모님의 유산, 그리고 보험금까지 털어 먹고서도 사업병에 걸린 고모부를 고칠 수가 없었던 탓이다.

만약 준이 사고의 트라우마 없이 연기를 계속하고 있었다면 그는 어린 준을 혹사하고 갈취하는 일까지 주저하지 않았을 것이다. 어느 날 갑자기 성가신 혹처럼 떠맡겨진 아내의 조카를 끝까지 못마땅해하던 사람이었으니까.

"기껏 데려왔더니 아무짝에도 쓸모없는 새끼. 요즘 세상에 처조카까지 거둬 먹이는 집이 대체 어디 있어?"

시시때때로 어린 준을 쥐어박거나 고아원에나 보내 버리라며 구박하는 일이 여상스러운 집안이었다. 대중의 사랑을 받았던 아이는 사고 이후 부쩍 말수가 줄고 곧잘 주눅이 들어 쥐어박으면 쥐어박는 대로, 구박하면 구박하는 대로 그저 고개만 수그리고 있을 따름이었다.

빚쟁이들 사이에도 나름의 구분이 존재한다는 걸 깨달은 게 바로 그 즈음이었다.

해 질 무렵에 찾아와 현관문을 두드리는 빚쟁이는 개중 가장 점잖은 축에 속했다. 숨을 죽인 채 어둔 방 안에 숨어 있으면 한두 시간 뒤에 짙은 한숨과 함께 물러가곤 했다.

그것이 매일 끝없이 반복되긴 했어도 적어도 생계는 이어

갈 수 있게 해 줘야 병아리 눈곱만큼이나마 빚도 갚을 수 있다는 걸 이해하는 사람들이었다.

그러다 상황이 악화되어 주먹깨나 쓰는 사채업자들까지 몰려들면 최악이었다.

준과 고모는 손쓸 새 없이 얻어맞거나 듣는 것만으로 오줌을 지릴 협박에 내내 시달려야 했다. 빚 독촉으로 사람을 으르고 때리고 들들 볶아 끝내 장기 밀매나 사창가 같은 궁지로 몰아넣는 데 선수인 자들이었다.

점잖은 채권자든 난폭한 사채업자든 준이 경험한 빚쟁이는 사람의 일상을 조금씩 좀먹어 가며 지독하게 따라붙는다는 공통점이 있었는데, 그런 면에서 잠은 악독한 빚쟁이와 닮아 있었다.

기절하듯이 쓰러지고서도 몇 시간 채 눈 붙이지 못하고 깨어난 건, 텅 빈 뱃속에서 허기가 갈퀴질을 해 댔기 때문이었다. 냉장고를 열어 보니 지난달 고모가 채워 주고 간 반찬 통들은 모두 텅 비었거나 푹 쉬어 버렸다.

별수 없이 전기 포트에 물을 끓였다. 박스째 사다 놓고 먹는 컵라면의 투명한 비닐을 뜯고 거기에 끓는 물을 부었다.

잠시 뒤, 준은 라면이 익기를 기다린 시간보다 더 빨리 음식을 해치웠다.

뒤늦게 씻고 냄새나는 옷도 벗었다. 정오를 기준으로 하루에 한두 시간 정도 방 안에 볕이 들었는데 집을 나설 때쯤엔

등 뒤가 환했다. 늦었을 거란 예감에 허겁지겁 달려왔지만 다행히 벤치는 아직 비어 있었다.

얼마 지나지 않아 시진과 버디가 준이 있는 쪽을 향해 걸어오는 것이 보였다.

도처에 울긋불긋한 철쭉꽃이 계절감을 고스란히 간직하고 있어서 노란색 원피스를 입고 노란 털의 개를 데리고 오는 시진의 모습은 마치 봄날의 커플룩을 입은 것처럼 보였다. 눈에 담고 있는 것만으로도 마음에 화사한 볕이 드는 기분이었다.

"이쪽!"

반대편의 비어 있는 벤치로 시진을 안내하는 버디를 준이 얼른 불러 세웠다. 그제야 시진도 준을 발견하곤 반가운 얼굴로 다가왔다.

오른손으로 의자를 더듬거리던 시진이 준의 옆에 조심스레 걸터앉았다.

"오래 기다렸어요?"

"방금 왔어요."

시진이 자리를 잡자 버디도 그녀의 다리 사이에 엉덩이를 끼워 넣었다.

"여기요. 덕분에 어제 팬티 보이면서 다니는 꼴은 면했네요."

"아, 이거 받아요."

"뭔데요?"

"지난번에 두고 간 도시락."

"이걸 어떻게 선우준 씨가 가지고 있어요? 아무튼 고마워요."

놀란 표정으로 눈썹을 들썩이던 여자가 순순히 감사 인사를 했다.

"이거, 점심시간에 불러낸 게 미안해서."

그리고 답례로 들고 온 것을 준에게 건넸다. 이미 컵라면 하나를 먹고 온 참이었지만 준은 시진이 주는 이온 음료와 샌드위치를 받아 들었다. 시진이 제 몫의 샌드위치 포장을 벗겨 내는 것을 보면서, 엉거주춤 일어났던 준도 도로 엉덩이를 붙이고 앉을 수밖에 없었다.

시진 홀로 공원 벤치에 앉아 먹게 둔다면, 분명 집으로 가는 내내 마음이 불편할 것이다. 지난번 등 뒤에 두고 왔던 도시락이 신발 안에서 구르는 돌멩이처럼 내내 마음을 찝찝하게 만들었던 것처럼.

"어제는 왜 혼자 나왔어요?"

결국 시진을 따라서 샌드위치의 포장을 벗기던 준이 문득 생각났다는 듯 물었다. 입맛이 없을 거라고 생각했는데, 옆에서 아삭아삭 양상추 씹는 소리가 혀 밑에 침을 돌게 했다.

"정기 검진 날이라 학교에 보냈었어요. 가서 예방 접종까지 다 하고 오라고."

"학교?"

"용인에 안내견 학교가 있거든요. 애네 훈련도 시키고 사후 관리도 해 주고. 1년에 한 번씩 검진도 받아요."

설명하며 시진이 노란 개의 머리를 슥슥 쓰다듬었다.

"버디, 엎드려."

시진이 명령하자 개는 곧추세우고 있던 두 앞발을 앞으로 내뻗어 땅에 가슴을 대고 눕는다.

"옳지."

나긋한 투로 개를 어르는 여자의 손길에 애정이 듬뿍 묻어 있었다. 그것을 가만 지켜보던 준까지 함께 보듬어지는 기분이었다.

"이름이 버디?"

"네, 버디. 내 남친이에요. 만져 봐도 돼요."

짓궂게 웃으며 대답하는 시진을 따라 준이 조심스럽게 손을 뻗었다. 남자는 싫어한다더니, 제 주인이 만질 땐 기분 좋게 살랑이던 꼬리가 준의 손이 닿자마자 땅으로 툭 떨어졌다. 시진을 닮아 감정 표현 하나는 확실한 놈인 듯싶었다.

준의 시선이 문득 시진의 두 다리로 빗겨 내렸다. 하얗고 가느다랗게 선이 잘 잡힌 다리였는데, 가까이서 보니 정강이며 무릎에 검푸른 멍 자국이 적지 않았다.

개는 1년에 한 번씩 건강 검진도 시킨다면서 정작 제 무릎엔 연고 바르는 일조차 까먹는 모양이었다.

쇼핑백에서 어제 시진에게 빌려주었던 검은 후드를 꺼냈다. 하룻밤 새 세탁했는지 옷에서 좋은 냄새가 났다. 아무래도 자꾸 신경이 쓰여서 어쩔 수가 없었다. 발밑에 덩치 커다란 개가 벌렁 드러눕는 바람에 벌어진 무릎 위로 옷을 덮어주자, 시진의 눈이 동그래졌다.

"집에 바지는 없어요?"

마요네즈를 입가에 묻히고서 맛있게 빵을 베어 물던 시진이 씹고 있던 음식물을 꼴딱 삼키며 대답했다.

"바지도 있는데, 치마가 좋아요. 난 다리가 예쁘거든요."

하마터면 머금고 있던 음료를 밖으로 뿜어낼 뻔했다. 사레가 들리고 만 준이 컥컥거리다 '뭐요?' 하고 묻자, 보이진 않아도 대강 어떤 상황인지 짐작한 시진이 크게 깔깔댔다.

"누가 내 얼굴 쳐다보는 게 싫어요. 내 친구가 그러는데, 난 다리가 정말 예쁘대요. 그러니까 이렇게 다리를 먼저 보여 주면 얼굴 볼 시간은 없을 것 같아서."

"하!"

기가 막힌 논리라고 생각하면서 준은 헛웃음을 뱉었다. 그런 준을 돌아보며 시진이 물었다.

"왜요? 어차피 안 보이는데 뭘 신경 쓰나 싶어요?"

"……."

"꼭 유리벽에 갇힌 기분이 들 때가 있어요. 보이지 않는 누군가에게 관찰당하는 느낌? 안 보이니까 모를 거라고 생각하는데, 그렇지가 않거든요. 시선에도 질감이라는 게 있으니까.”

다른 사람은 몰라도 준만큼은 시진이 하는 말이 무엇인지 십분 이해할 수 있었다. 정말 지겹게도 아직까지 준을 알아보는 사람들이 있었다. 어린 시절 준의 인기가 과히 신드롬이라고 불렸을 만큼 인기가 대단했었기 때문이지만 지금에 와선 그게 하나도 기껍지가 않았다.

준은 그냥 무관심 속에서 흐릿해지고 싶었다. 사람들 기억에서 제 존재를 지우는 게 준의 머리에서 사고를 지워 내는 일인 것처럼 여겨졌다.

“……얼굴 보이는데.”

“네?”

“다리도 예쁘지만 그래도 그쪽 얼굴 먼저 보인다고요.”

“…….”

“그렇지만 꽤 괜찮은 방법이네. 그쪽이랑 다니면 나한테 눈길 줄 사람은 없겠는데.”

컵라면 하나 가지곤 성이 차지 않았나 보다. 제법 배가 부른 상태였다고 생각했는데, 시진과 이야기를 나누다 보니 손에 들고 있던 음료도, 샌드위치도 뚝딱 해치우곤 포장만 남아 있었다.

어쩌면 곁들인 대화가 즐거운 덕분인지도 몰랐다. 누군가와 나란히 앉아 이렇게 길게 이야기를 나눈 것이 대체 얼마

만인가 가만 헤아려 보다 이내 그만두었다. 어차피 생각나지도 않을 만큼 까마득한 일이었으니까.

하지만 손에 묻은 빵가루를 털며 장난스럽게 건넨 마지막 말엔 어쩐지 싸한 분위기만 감돌 뿐 답이 돌아오지 않았다. 의아한 얼굴로 돌아보자 여자는 차갑게 표정을 굳히고서 앉아 있었다. 아마도 준의 말을 크게 오해한 것이 분명했다.

당황한 준이 얼른 손을 내저으며 해명했다.

"당신 말고 이 개요. 다들 이 개만 쳐다볼 테니까."

"……그건 그렇죠. 아무래도 우리 버디가 한 인물 하니까?"

때로는 서투른 말 한마디가 장황한 변명보다 정직할 때가 있었다. 시진의 얼굴이 봄날 살얼음 녹아내리듯 준을 향해 함빡 웃음 지었다.

제 이름을 듣고 여자의 발밑에 동그랗게 몸을 말고 있던 개가 퍼뜩 머리를 치들었다.

내가 좀 그래.

만약 사람의 말을 할 수 있다면 그렇게 이야기할 것만 같은 표정을 짓고 있었다.

3장

우연이었어요, 의도였어요?

시진과의 시간이 마냥 어색할 거라고 생각했는데, 그렇지 않았다. 거짓말로라도 싹싹한 성격이라고는 할 수 없는 준이 먹는 일에만 입을 벌려도 시진은 말을 재촉하지 않았다.

이따금 봄 햇살을 이불 삼아 잠든 버디의 털을 쓰다듬거나 가만히 벤치에 등을 기대고 앉아 머리카락을 쓸어 가는 바람을 음미할 따름이었다. 문득 손목에 채워진 시계를 더듬어 보던 시진이 이내 자리에서 일어났다.

"시간 다 돼서 올라가야겠어요. 혹시 내일 점심도 시간 괜찮아요?"

"내일…… 점심?"

이것으로 시진을 다시 볼 일은 없을 거라고 막연하게 생각하고 있던 준이 머뭇거렸다. 시진은 서운한 듯 턱을 끌어당겼다.

"옷도 빌려주고, 도시락통도 찾아 줬잖아요. 그냥 감사 인사로 점심을 좀 싸 올까 했죠. 어차피 날이 더워지기 전까지는 여기서 계속 밥을 먹을 거고, 내 것 싸는 김에 한 사람 몫을 더 싸면 되는 거니까."

변명이 길어질수록 구차해지는 기분이 들어 시진은 이내 입을 꾹 다물었다. 시진은 준이 구태여 자신과 가까워지려 하지 않는다는 사실을 받아들이기로 했다. 그 이유를 짐작하지 못하는 것도 아니었으니까.

아마 이것이 준과의 마지막 만남이 될 거라 생각하며 시진이 준이 있는 쪽을 향해 꾸벅 고개 숙여 인사했다.

"고마웠어요. 안녕히 가세요."

다시는 이어지지 않을 인연에 담담히 작별을 고했다. 시진이 일어남과 동시에 어느새 옆에 자리를 잡고 선 버디가 부르르 몸을 털었다.

"가자."

시진이 명령하자 기다렸다는 듯 앞장서는 버디를 따라 열 걸음 정도를 나아갔을 때였다.

"잠깐만!"

다급히 뛰어온 준이 등 뒤에서 시진을 불러 세웠다. 망설이다가 검지를 들어 어깨를 톡톡 두드렸다. 오늘이 세 번째 만남이었다. 이제 이 만큼은 시진을 배려할 수 있게 된 준이었다.

"내일 점심, 여기서 봐요."

"……그래요. 내일 봐요."

대답하며 시진이 해맑게 웃었다.

공교롭게도 다음 날은 어둠이 채 가시기도 전에 이미 먹구름부터 머리 위에 겹겹이 내려앉았다. 나풀나풀 흩날리던 가랑비는 오전 여덟 시를 기점으로 시야를 빽빽이 가로막는 장대비로 변모했다.

출근하는 직장인들의 바짓단이 무릎까지 축축해졌고, 젖은 아스팔트를 가르는 차 소리가 맹수의 울음처럼 사나웠다. 종종걸음으로 사무실에 들어와서도 점차 눅눅해지는 공기를 이기지 못하고 젖은 외투를 벗어 말려야 했다.

시진은 비닐우산의 지붕을 잘라 만든 버디의 우비를 현관에서 탁탁 털어 냈다. 출근하는 내내 한 손에는 하네스, 다른 한 손엔 우산을 쥐고 걷느라 양팔이 후들거렸지만 가방에서 수건을 꺼내 버디의 젖은 털을 말려 주는 게 우선이었다.

"버디, 엎드려."

감기 걸리지 말라며 정성스럽게 몸을 닦아 주고 나니, 마냥 신이 난 버디가 회사 동료들에게 일일이 찾아가 인사를 하고 다녔다. 우중충한 날씨 때문에 아침부터 근심이 가득한 시진의 속은 까맣게 모르는 채, 눈이 오나 비가 오나 항상 해맑은 버디였다.

"버디야, 아무래도 비가 와서 오늘 약속은 무리겠지?"

크르릉, 푸우……. 크르릉, 푸우…….

버디의 볼록한 배 위에 올려놓은 시진의 두 다리가 잔잔한 파도를 탄 돛단배처럼 오르내렸다.

사무실에 울려 퍼지는 텔레마케터들의 꾀꼬리 같은 목소리 사이로 세상모르고 까무룩 잠이 든 버디의 코 고는 소리가 끼어드는 일이 이제는 여상스러웠다. 시진의 출퇴근이 버디의 근무 시간이며, 시진의 근무 시간이 버디의 휴식 시간인 셈이었다.

평소와는 달리 점심이 되기를 기다리는 게 고역이었다. 의식하지 않고 업무에 집중할 때엔 야속할 정도로 시간이 빨리 지났지만, 준과의 약속을 떠올리는 순간에는 누가 발이라도 잡아끄는 것처럼 더뎠다. 고무줄처럼 제멋대로인 시간도 뒷걸음질은 칠 수 없는 법이라 열두 시에 딱 맞추어 시진은 버디와 함께 사무실을 나설 수 있었다.

바스락바스락. 우비를 입혀 놓은 버디에게서 그런 소리가 들렸다. 빗줄기는 아침보다는 한풀 기세가 꺾였지만 여전히 우산 없이 걸어 다니기에는 무리였다.

회사에서 겨우 5분 남짓 떨어진 공원까지 가는 것만으로 흙탕물이 튄 시진의 종아리가 금세 지저분해졌다. 우산과 하네스를 쥐고 나면 남는 손이 없어 옷차림엔 맞지 않아도 등에 메고 온 백팩이 두 사람분 도시락으로 묵직했다.

"버디야, 그 사람 없어?"

두 번이나 시진과 대화를 나누는 것을 보았으니, 버디도 준의 얼굴을 벌써 익혔을 것이다. 그런 점에 있어서는 시진보다도 똑 부러지는 녀석이었으니까.

젊은 남자를 좋아하진 않아도 못 이기는 척 살랑 꼬리를 흔들어 먼저 알은체했을 텐데, 시진의 부름에 주둥이를 위로 치들 뿐이었다. 잠자코 서 있는 버디의 행동에서 시진은 준의 부재를 읽을 수 있었다.

그럼에도 못내 미련을 버리지 못한 시진이 젖어서 물방울이 맺힌 나무 벤치를 몇 번이나 손으로 더듬거려 확인했다. 역시나 준은 이곳에 없었다.

"정말 안 왔나 보다."

애초에 이렇게 비가 주룩주룩 내리는데 공원에서 도시락을 먹자던 약속을 지킬 수 있을 리 없었다. 괜한 미련 때문에 애꿎은 버디까지 고생을 시킨 것 같아 미안했다.

이마까지는 씌워 놨어도 눈을 가릴까 봐 삐죽 나온 주둥이는 미처 감싸지 못해 축축해져 버린 버디의 머리를 연신 손으로 쓸어 내면서 귀에 대고 작게 사과의 말을 읊조렸다.

"미안해, 버디야."

괜찮아. 누나가 가고 싶은 곳이라면 어디라도 데려다줄게.

우비 밖으로 힘차게 흔들리는 엉덩이가 그렇게 대답하는 것만 같았다.

"그만 돌아가자."

도로 회사를 향해 걸음을 되돌리면서도 혹시나 빗소리 속에 가려진 인기척을 놓치진 않을까 신경은 온통 등 뒤에 돌기처럼 돋아난 채였다. 미처 떨치지 못한 한 점의 미련이 빗물과 함께 엉겨 붙어 종아리를 타고 차게 흘러내렸다.

그리하여 끝내 시진의 발자국 위에 고여 든 것은 감출 수 없는 실망뿐이었다.

⁝⁝ ⁝⁝ ⁝⁝

"아, 젠장."

갈라진 목구멍에서 쉰 소리만 휙휙 불었다. 몸은 젖은 이불처럼 축 늘어졌고, 콧구멍은 향을 꽂아 놓은 것처럼 맵고 홧홧했다. 피로가 눌어붙은 신체는 고단함을 내의처럼 껴입고 있었다. 몇 해 만에 찾아온 감기는 준이 정말로 원치 않던 불청객이었다.

짐작 가는 일이 몇 가지나 있었다. 일단 어제저녁 출근할 때 우산을 챙기지 못한 탓에 아침에 고스란히 비에 젖어 집에 돌아온 것이 가장 큰 원인이었을 것이다.

사실 준은 좀처럼 우산을 챙겨 다니는 일이 드물었는데,

애초에 매일 일기 예보를 확인하는 성격이 아니었기 때문이다. 가족의 공백이 가장 크게 실감 나는 순간이 바로 이런 때였다. 내일 비 온다니까 나갈 때 우산 가져가라고 말해 줄 사람이 곁에 없다는 것.

그보다 더 거슬러 올라가면 이틀 전, 시진에게 옷을 벗어 주었던 것도 썩 현명한 짓은 아니었던 듯싶다.

더위가 조금 일찍 찾아들었다고는 해도 반소매 차림으로 돌아다니기엔 이른 날씨였다. 집에 도착할 즈음해서는 으슬으슬하니 오한이 들었던 기억이 난다. 어쩌면 그때부터 병은 호시탐탐 기회를 엿보고 있었는지도 몰랐다.

잠시 눈만 붙이고 일어난다는 게 화들짝 놀라 깨어 보니 때는 벌써 오후 세 시를 넘어가고 있었다.

원체 날이 어두컴컴한 탓에 팔뚝만 한 쪽창으로 종일 빛도 들지 않았다. 때문에 아침과 점심, 저녁이 구분되지 않았다. 결국 준은 깊게 잠이 든 채로 뜨지 않을 해를 기다리고 있던 셈이었다.

정신을 차리고 나서는 누가 정수리에 얼음물을 쏟아붓기라도 한 것처럼 오싹한 기분이 등줄기를 훑어 내렸다. 몽롱한 시선은 여전했지만 먹구름 드리웠던 머리는 순식간에 갰다.

“설마 비도 오는데, 안 나왔겠지.”

휴대폰을 들어 시간을 확인한 후 가장 먼저 든 생각은, 오늘 도저히 일을 나갈 수 없겠다는 체념이었다.

그다음으로 떠오른 것이 시진과 함께하기로 한 점심 약속이었다. 하루 벌어 하루를 사는 준의 입장에선 당연히 일이 먼저일 수밖에 없었지만, 그보다 오래 마음이 쓰인 것은 시진 쪽이었다.

비가 이렇게나 쏟아지는데 설마 공원에 나왔을까. 혼자도 아니고 그 커다란 개를 데리고서?

준은 고개를 저었다. 아닐 거라고 생각했고, 그렇게 믿고 싶었다. 그래야 조금이라도 미안한 마음을 덜 수 있을 테니까.

하지만 곧 상체를 일으켜 비스듬하게나마 자리에 앉을 수밖에 없었는데, 시진이라면 겨우 말뿐이었던 약속이라도 꼭 지켰으리란 예감이 가슴을 떠나지 않고 맴돌았기 때문이었다.

시진의 번호를 모르는 것이 새삼 유감스러웠다. 휴대폰 하나면 외국에 있는 사람과도 쉽게 연락할 수 있는 세상인데, 당장 시진에게 미안하다는 말 한마디 전할 방법이 준에게는 없었다.

스스로를 좋은 사람이라고 생각해 본 적도 없지만, 어쩐지 시진에게는 유독 나쁜 인상만 주는 것 같다는 생각이 들었다. 그런 자책으로 흘러나오는 한숨이 뜨겁고 깊었다.

쓰러지듯 힘없이 머리를 베개 위에 떨어뜨리며 한쪽 팔을 들어 눈을 가리는 준의 얼굴에 다시 열이 오르기 시작했다.

하루가 그렇게 눅눅한 이불 안에서 의미 없이 사그라졌다.

〈오늘은 쉬겠습니다. 죄송합니다.〉

사실 일용직이나 다름이 없어 연락을 할 의무는 없었지만 그래도 김 과장에게는 저녁에 문자 한 통을 보내 두었다.

아직 병색을 전부 털어 내지는 못한 채로 새벽녘에 집 밖을 나선 준이었다. 먹구름이 걷힌 하늘은 어제와 달리 청명했고, 먼지까지 걷힌 공기는 아직 미열이 남은 준의 몸속으로 시리게 스몄다.

준이 시진에 대해 아는 것이라고는 그녀의 이름 석 자뿐이었다. 어디에 사는지, 다니는 회사가 어딘지, 하다못해 전화번호조차 모르는 사이였다. 그럼에도 무작정 역을 향해 가는 건 적어도 그녀가 어떤 역에서 지하철을 타는지는 알고 있는 까닭이었다.

일전에 마주쳤던 시간보다 한 시간쯤 먼저 나가 기다리고 있으면 만날 수 있지 않을까 생각했다. 어쨌든 시진은 눈에 띌 수밖에 없는 여자였으니까.

만약 여기서 시진을 보지 못하면 점심때까지 공원에서 기다릴 작정이었다. 그렇게라도 시진을 만나 어제 약속을 지키지 못했던 사정을 이야기하고 싶었다.

스스로도 이해할 수 없을 만큼 간절하게, 시진에게 해명하고 싶었다.

다행히 준의 대책 없는 기대는 현실로 이루어졌다. 일전에 시진이 넘어진 바로 그 승강장에서 다시 시진을 만나게 된 것이다. 하마터면 시진의 모습을 놓칠 뻔했다. 한 승강장이었음에도 한참의 거리를 두고 떨어져 있었는데, 시진의 실루엣만 보고 용케 그녀라는 것을 알아챈 스스로가 신기할 지경이었다. 시진을 놓칠세라 얼른 문이 닫히는 전차 위에 올랐다.

좀처럼 틈이 나지 않는 인파를 쑤시듯이 가르며 지났다. 전차 한 량과 그 다음 한 량이 연결된 문을 지나 겨우 시진이 있는 칸으로 들어서던 때였다.

좁은 공간에 사람들이 밀푀유처럼 다닥다닥 붙어 서 있어도 저마다 손바닥에 든 휴대폰만 바라보느라 좀처럼 큰 소리가 날 일이 없는 전철 안에서 시진이 있는 곳만 묘한 웅성거림이 일고 있었다. 시진을 향해 다가가는 준의 얼굴이 일순 얼음장처럼 차게 굳고 말았다.

"그러니까 왜 지하철에 개를 데리고 타? 털 잔뜩 날리게!"

"시각 장애인 안내견이에요. 지하철 포함한 모든 공공장소에 출입 가능해요."

"그러니까! 왜 개를 데리고 타냐고? 지하철에 말이야, 어?"

허공에 손가락을 뻗칠 때마다 나이 든 남자의 언성도 크게 높아졌다. 시진은 남자의 위협이 눈에 보이기라도 하는 것처럼 어깨를 움츠리며 시선을 피했다. 그럼에도 지지 않고 대꾸하는 여린 목소리가 가상할 지경이었다.

나이 든 사내가 왼손에 쥐고 있던 소주병을 다시금 입가로 가져갔다. 꼴깍하고 술 넘어가는 소리에 알코올 냄새가 묻어나는 것 같았다.

그가 비틀거리는 주위로는 아무리 발 디딜 곳이 없어도 아무도 가지 않았다. 덕분에 시진과 술 취한 남자만 붐비는 전철 안에 외딴 섬처럼 덩그러니 떠올라 있었다.

이윽고 깊은 한숨을 내쉬며 가라앉는 시진의 모습이 보였다. 주먹을 꼭 그러쥔 준이 둘러싼 인파를 헤치며 다급히 걸음을 옮기기 시작했다.

기가 막힐 노릇인 게, 모두가 우두커니 서서 구경만 하고 있었다. 혹은 그때까지도 귀에 이어폰을 박아 넣은 채 코앞에서 일어나는 일을 무시하는 이들이 수두룩했다.

술 취한 사내의 엄한 술주정보다 그러한 무관심에 더 열이 뻗칠 즈음이었다.

"아니, 이 아저씨가 왜 이래. 아가씨가 시각 장애인이라 이 개를 데리고 다니는 거라잖아요!"

"그니까 사람도 많은데 왜 개까지 데리고 타냐고!"

"아휴, 도통 말이 안 통하네! 아가씨, 신경 쓰지 마. 저 아저씨 술 취해서 저래.”

다행히 시진의 맞은편에 앉아 있던 아줌마가 끼어들어 시진을 달래 주는 듯싶었다.

“개가 참 똑똑해 보이네. 가끔 보면 개가 사람보다 나아. 쯧쯧.”

소곤거리는 투로 덧붙이지만 맞은편에 앉아서 하는 소리가 술 취한 남자의 귀만 지나쳐 갈 리 없었다. 딴에는 시진을 역성들어 주려는 의도였겠으나, 결국엔 불씨를 키우는 꼴밖에는 되지 않았다.

“지금 나더러 개만도 못하다고 하는 거야, 어? 이게!”

치켜든 사내의 손이 애먼 시진을 향하고 있었다. 임박한 폭력에 지켜보던 이들이 질끈 눈을 감았을 때였다. 사내의 손은 시진에게 채 반도 가닿지 못하고 허공에서 꽉 붙들렸다.

“뭐 하는 거야.”

술 취한 남자를 노려보는 준의 기세가 전에 없이 사납고 험했다. 매일 무거운 짐을 나르고 쌓는 게 업인 준의 팔 힘에 비해 제정신이 아닌 사내의 발악은 보잘것이 없어서 마치 어딘가에 묶여 있는 사람처럼 꼼짝도 하지 못했다.

“놔! 안 놔? 이 어린놈의 새끼가!”

술기운으로 제대로 가누지 못하는 건 비단 몸뿐만은 아닌 듯했다. 준이 남자를 붙잡고 있는 손아귀에 불끈 힘을 주자

옥죄는 고통을 이기지 못하고 남자의 미간이 팍 찌그러졌다.

힐끔 시진이 앉아 있는 쪽을 살폈던 준의 이마도 분노의 빗금이 그려지긴 마찬가지였다.

"아야야야! 나 죽네! 이놈이 나 죽이네!"

소란으로 시선을 끌어 주위의 도움을 받아 보고자 하지만 부당한 일에도 눈을 감는 사람들이 정당한 보복에 나설 리가 없었다.

때마침 전철이 역에 멈춰 섰다. 문이 열리자마자 준은 술 취한 남자를 냅다 밖으로 밀쳐 버렸다.

남자가 휘청거리며 몇 발을 뒷걸음질 쳤다. 혹시나 들고 있던 소주병이라도 깨 죽자 사자 달려들지는 않을까 내심 긴장하고 있었으나, 준이 제 깜냥으로 상대할 수 있는 사람이 아니라는 것을 본능적으로 깨달은 사내는 갈지자를 그리며 그대로 휩쓸리듯이 인파 속으로 사라져 갔다.

방금 전 사내를 쫓을 때의 험악한 기세는 간데없이 쭈뼛대던 준이 시진의 옆자리에 슬쩍 엉덩이를 붙이고 앉았다. 시진의 발밑에서 버디가 살랑하고 꼬리를 흔들어 먼저 인사를 했다.

덜컹덜컹.

살면서 한 번쯤은 목격할 법한 진부한 소란이 잦아든 뒤에 여운처럼 깔린 것은 새삼스러운 정적이었다. 이따금씩 힐끔거리는 시선들에 따끔하게 찔리기라도 하는 것처럼 움찔

거리는 시진의 두 손이 애꿎게 서로를 꼬집고 괴롭히고 있었다.

준이 슬쩍 팔을 뻗어 한 손으로 시진의 두 손을 감쌌다. 화들짝 놀라 턱을 들어 올린 시진의 검은 눈동자가 이내 붉어진 눈시울 속으로 가라앉는 것을 준은 걱정스레 지켜보았다.

아는 사이인 듯, 모르는 사이인 듯 멀뚱히 손을 잡고 있는 두 사람 사이에 대화는 한마디도 오가지 않았다.

어느새 전철은 캄캄한 터널을 벗어나 한강 다리 위를 지나고 있었다. 아침 해가 잿빛 강물 위에 금가루처럼 부서져 내렸다. 투명한 차창을 투과하여 환한 빛이 시진과 준의 얼굴을 차례로 훑어갔다.

시진은 어제 약속 장소에 나타나지 않았던 준이 어떻게 알고 자신을 찾아와 도움을 주었는지 궁금하면서도 눈물이 흐를 것 같아 말을 꾹 참고 있었다. 준 역시 시진의 붉은 눈가를 보며 아무 말 없이 그저 그녀의 손에 온기를 더했을 뿐이었다.

그렇게 잠시간 두 사람의 격앙된 가슴을 따뜻한 빛으로 달래 준 햇살이 다시금 어둠에 자리를 내주었을 때였다.

"다음 역에서 내릴래요?"

준이 묻자, 시진이 작게 고개를 끄덕여 대답을 대신했다. 전철이 멈춰 설 즈음에 준이 손을 잡고서 시진을 문가로 이끌었다. 오늘은 전차와 승강장 사이의 간격이 꽤 넓다고 넌지시 이야기해 주는 것을 잊지 않았다. 무뚝뚝한 말투에 어울리지 않는 어색한 다정함이 시진의 입가에 작은 미소나마 되찾아 주어 다행이었다.

준은 시진과 함께 그대로 지하철역을 빠져 나왔다. 갑갑한 건물 안에 고인 우울한 공기가 시진의 마음을 다시 어둡게 가릴까 봐 걱정되었다.

준이 시진을 햇볕이 잘 드는 플라스틱 의자에 앉혀 두고는 편의점 안으로 뛰어 들어가 따뜻한 음료를 사 왔다. 아까부터 시진의 손끝이 눈처럼 희고 창백한 것이 내내 마음에 걸린 참이다.

전철 안에서 시진과 어깨를 붙이고 앉아 있는 동안 준은 그녀에게서 이는 미세한 떨림을 느낄 수 있었다. 아마 겉으로 내색하지는 않아도 많이 무서웠을 것이다.

폭력을 눈으로 보고 피할 수 있는 사람들조차 불똥이 튈까 두려워 못 본 체하는데, 그것을 피할 수조차 없는 시진은 얼마나 겁이 났을까.

시진의 손에 음료를 쥐여 주고도 준은 여전히 차가운 그녀의 두 손을 제 손으로 감싼 채 보듬는 것을 그만두지 않았다. 한참이 지나서야 시진이 가라앉은 목소리로 말했다.

"선우준 씨, 손이 뜨거워요."

맞잡고 있던 손의 열기가 정상이 아니라는 사실을 뒤늦게 눈치챈 모양이었다. 시진이 퍼뜩 물러나려는 준의 손을 도로 잡아챘다.

"감기 걸렸어요?"

지금 누가 누굴 걱정하는 거냐며 속으로 툴툴거리면서도 준은 시진의 물음에 순순히 대답했다.

"조금."

"혹시 어제도?"

"어제는 좀 심하게."

어제 일에 대한 사과에 앞서 변명의 기회가 먼저 주어진 셈이었다. 못내 미안함이 묻어 있는 준의 너스레에 시진이 저도 모르게 픽 웃음 지었다.

"그럼 오늘 우리가 만난 건 우연이었어요, 아니면 의도였어요?"

잠시 생각하다가 준이 답했다.

"정시진 씨를 발견한 건 우연. 여섯 시부터 나와 기다리고 있었던 건…… 의도였죠."

준이 어제 약속을 지키지 못했던 이유를 충분히 납득한 시진이 고개를 끄덕였다. 그것으로 시진은 아직 듣지 못한 사과에 앞서 먼저 그를 용서하기로 했다.

더는 어제 일을 따지고 들지 않기에, 준 역시 다행이라 안도하며 가슴을 쓸어내릴 수 있었다. 미안하단 한마디 말을 전하기 위해 새벽부터 나와 시진을 기다리고 있었으면서도 솔직하게 마음을 전할 수 있을까 스스로를 의심하고 있던 차였다. 미안한 마음을 느끼지 못하는 까닭이 아니라 사람을 대하는 일 자체가 미숙한 탓이었다.

준은 제 입으로 말하지 못한 뒷이야기까지 현명하게 헤아려 주는 시진이 참 고마웠다.

"괜찮아요?"

아까 지하철 안에서 창백하게 질려 있던 시진의 얼굴을 발견했을 때 준은 제 가슴에 다 찬바람이 드는 것 같았다.

준 앞에서는 누구보다도 당차고 밝아 오히려 때때로 그를 당혹스럽게 만들던 시진이었는데, 눈먼 폭력 앞에 무력한 모습을 보자 울컥 성마른 분노가 휘감겨 들었었다. 지금도 시진에게 해를 가하려 했던 술 취한 남자를 떠올리면 파르르 욱여 쥔 두 주먹부터 떨렸다.

안색은 아까보다 훨씬 나아졌어도 정작 상처 입은 마음은 준이 볼 수 없는 곳에 있었다. 준은 애써 웃으며 평소의 모습을 되찾으려 노력하는 시진이 안쓰러웠다.

"사실 안 괜찮은데, 괜찮은 척이라도 해야 돼요."

덤덤하게 고백하는 시진을 의아한 눈으로 돌아보자 그녀가 슬쩍 제 아래를 가리켜 보였다.

"우리 버디, 이런 일만 있으면 내 눈치를 봐요. 자기 때문이라고 생각하거든요."

무릎에 주둥이를 올리고 물끄러미 시진의 얼굴을 쳐다보

고 있는 버디의 머리를 그녀가 쓱쓱 어루만져 주었다.

"바보같이."

작게 중얼거리는 시진의 목소리가 축축해졌다.

서로를 지극하게 생각하는 둘의 모습이 뭉툭한 못처럼 가슴에 박힌 까닭은 무엇이었을까.

괜스레 지켜보는 준의 마음까지 먹먹해져선 검지로 코끝을 문지르며 시선을 돌려야 했다.

"사실 작년에도 비슷한 일을 겪은 적이 있어요. 웬만한 식당은 들어가 보지도 못하고 돌아 나와야 하는 일이 허다하거든요."

그래서 이제는 이런 일들에 조금은 굳은살이 박인 것도 같다며 시진이 어깨를 으쓱여 보였다.

"난 괜찮은데, 때마다 우리 버디가 나보다 더 상처받는 것 같아 너무 미안해요."

착하고 온순한 개는 사람들에게 거부당할 때마다 크게 겁을 먹었다. 큰 소리가 나면 무조건 자기 잘못인 줄 알고 눈치를 보는 모습이 시진은 항상 가슴 아팠다.

"그러니까 지금 최선을 다해서 괜찮은 척하고 있는 중이에요. 우리 버디를 위해서."

말 그대로 괜찮은 척하는 시진이 준을 향해 애써 웃어 보였다. 그런데 그 웃음이 아스팔트를 가르고 나온 민들레처럼 여리고 작아서 지켜보는 눈이 다 아릴 지경이다.

준이 한쪽 팔을 뻗어 시진의 어깨를 감쌌다. 놀란 듯 눈을 크게 뜨는 시진이었으나, 이내 준의 무딘 위로를 받아들이며 살며시 머리를 기대 왔다.

준의 심장 소리가 귓가에 가만히 울려 퍼졌다. 갑작스런 봉변에 아직까지 제자리를 찾지 못하고 들썩거리던 시진의 심장도 그의 박동을 따라 차분히 가라앉고 있었다.

"……이제 가야 해요."

잠시 뒤, 마음이 제법 진정된 듯한 시진이 문득 고개를 들며 말했다. 더 지체하다간 끝내 회사에 늦고 말 것이다.

부랴부랴 일어나는 시진을 따라 준도 앉아 있던 자리를 정리했다.

"택시 타요."

"우리 버디를 태워 줄 택시 기사 찾다간 꼼짝없이 늦어요."

이런 말을 농담처럼 할 수 있게 되기까지 그녀에게 많은 시간이 필요했을 거란 사실을 이제 준은 알 수 있었다.

정말 괜찮다는 시진을 부득불 회사 앞까지 데려다준 준이 조금 머뭇거리다 말했다.

"오늘 같이 점심……."

"싫어요."

시진이 단칼에 잘라 거절할 줄 미처 예상하지 못했다. 순간적으로 소심해진 준이 시진의 눈치를 보며 물었다.

"왜?"

"선우준 씨 아직 열나요. 또 몸져눕지 말고 오늘은 그냥 들어가 쉬어요. 점심은 내일 같이 먹고. 도시락, 2인분 싸 올 테니까."

그제야 안심해서는 활짝 웃는 준의 얼굴이 모처럼 훤칠하게 빛이 났다. 아역 때의 반듯한 이목구비가 지금에 와서는 누가 봐도 잘생긴 남자의 얼굴로 자란 터라, 출근하던 여직원들의 시선을 단번에 사로잡은 것도 무리는 아니었다.

"대박 훈남이다."

"누구야, 근데?"

"몰라. 완전 내 스타일."

지척을 서성거리는 구둣발 소리 하며, 주책이라며 키득대는 웃음소리가 시진의 귀에 유독 선연하게 들렸다. 새삼 준의 잘난 외모를 귀로 보는 느낌이었다.

그만 들어가 보라며 인사한 준이 이내 다시 되돌아와 대뜸 휴대폰을 달라고 했다.

시진이 얼결에 휴대폰을 꺼내 내밀었다. 손을 대자마자 난데없이 방언이 터지는 전화기를 들고 어쩔 줄 몰라 하는 준에게 시진이 '홈 버튼을 세 번 눌러요' 하고 알려 주었다.

그제야 보이스오버*가 꺼진 휴대폰에 제 번호를 찍어 저장

---

*화면을 소리로 읽어 주는 기능.

하는데, 왜인지는 몰라도 중간에 뭔가를 한참이나 고심하는 듯했다. 시진이 의아해하며 고개를 갸웃 기울일 때쯤, 준이 시진에게 휴대폰을 돌려주었다.

"갈게요."

다시금 인사를 건넨 준이 마침내 발소리도 들리지 않을 만큼 멀어져 갔다.

나중에서야 휴대폰을 확인한 시진에게서 커다란 웃음이 터져 나왔다. 준의 번호가 저장되어 있는 이름은 바로 '손이 뜨거운 남자' 였다.

4장

너의 다름이 내게는 특별함으로 와 닿는 이유

“이 녀석이랑 만나기 전에는 혼자 어떻게 지냈어?”

“살면 다 사는 거지. 눈 안 보인다고 못 살 게 있나. 우리도 생각보다 평범해요. 먹고 자고 일하고 하다 보면 하루가 뚝딱이고 1년은 금방이지, 뭐.”

살아 있는 모든 이에게 시간은 공평한 속도로 흐른다. 누군가는 앞서 걷고, 누군가는 허덕이며 뒤따르겠지만 결국엔 각자의 방법으로 주어진 시간을 운용해 나가는 것이다.

삶 역시 누군가에겐 가볍고 누군가에겐 버거운 짐일 수 있으나 결국엔 짊어진 무게를 감당해 내는 각자의 방법을 찾아내기 마련이었다.

“대학 때는 정은이랑 같이 다녀서 힘들 일이 없었고, 취직하기 전까지는 활동 보조인 이모님이 많이 도와주셨죠."

"정은이라면 지금 같이 살고 있다는 그 친구? 부모님은 따로 사시고?"

"엄마랑 아빠는 양평에서 지내세요. 하나뿐인 딸내미를 방생하는 스타일이시라."

"……야생 동물이야?"

장난스럽게 이야기하지만 몸이 불편한 자식을, 그것도 외동딸을 홀로 타지에 보낸다는 게 쉬운 결정은 아니었을 것이다. 지난번 지하철에서 겪었던 일처럼 시진이 더듬거리며 걷는 길 곳곳에 위험한 지뢰가 도사리고 있었다. 준조차 옆에서 지켜보고 있기가 조마조마할 지경인데 부모님 속은 오죽하실까.

"사자는 새끼를 부러 절벽에서 떨어뜨린다잖아요. 집 밖은 온통 야생에 밀림이니까 약한 자식일수록 더 강하게 키우지 않으면 안 된다고 생각하셨대요."

야생보다 살벌하고 비정한 이 세상에 언젠가는 몸 불편한 자식을 남겨 두고서 먼저 떠날 날이 오게 될 것이다. 평생 자식 옆에 있어 줄 수는 없는 법이니까. 때문에 혼자서도 씩씩하게 살아가길 바라는 마음으로 미리 연습을 시키는 애끓는 부모 심정을 준도 조금은 이해할 수 있을 것 같았다.

시진은 그런 부모님의 바람을 따라 누구보다 강한 마음을 가진 사람으로 자랐다. 지금의 시진으로 굳어지기까지 망치는 인정사정없이 그녀를 두드려 댔을 것이다. 때로 비틀리고 뭉개지며 열 오른 마음을 부모님의 가슴속에 담가 식혀 내면서, 그렇게 망치질과 담금질을 반복한 시진의 영혼은 쉽게 부서지지 않는 강철처럼 단단해졌을 테다.

시진의 어린 시절을 상상해 보던 준의 두 눈이 못내 어두운 그림자를 덧입은 채 바닥으로 떨어져 내리고 만 것은 시진의 부모와는 천지 차이라고 해도 좋을 만큼 다른 사람들이었던 제 부모가 떠오른 탓이었다.

"그따위 투자, 내가 하지 말라고 했잖아! 당신은 우리 준이 고생하는 것 불쌍하지도 않아? 그 돈을 준이가 어떻게 벌었는데!"

"야, 너 말 잘했다. 나만 준이 돈 끌어다 쓰냐? 너 엊그제 백화점 가서 집어 온 백이며 구두며, 그건 네가 벌어서 쓰는 돈이냐고?"

그날만 해도 그랬다. 끝도 없이 이어지는 말다툼에 준은 다만 뒷좌석에서 두 귀를 틀어막은 채 웅크려야 했다.

'준이 버는 돈' 때문에 시작되어 '뒷바라지하는 내가 얼마나 고생하고 있는지 네가 알기나 해?' 로 서로를 뜯고 할퀴더니, 결국엔 '이혼하면 누가 준을 데려갈 것인가' 로 귀결되던 매일같이 반복되는 전쟁이었다.

그 전쟁의 복판에서 가족의 테두리는 날카롭고 매서운 말의 포탄을 맞아 부서져 내렸다. 누구의 보호도 받지 못한 채 폐허 속에 덩그러니 남겨진 어린 준이 눈물짓고 있었다.

질끈 눈 감는 순간, 차 앞 유리를 향해 돌진해 오던 또 다른 차량을 보았는지 어쨌는지는 이제 와 잘 기억나지 않았다. 다만 정신을 차려 보니 준은 형편없이 찌그러진 아빠의 차에서 몇 미터나 떨어진 아스팔트 도로 위에 홀로 쓰러져 있었다.

갑작스러운 충돌 이후 거꾸러진 자동차가 굉음을 지르며 헛바퀴를 굴려 댔다. 이윽고 피어오르기 시작한 연기가 안에서 미처 빠져 나오지 못한 엄마와 아빠의 모습을 가리더니, 번쩍하고 붉은 불꽃이 번져 나와 두 사람을 잠식해 갔고…….

"근데 언제부터인지 은근슬쩍 말을 놓네?"

사고의 기억을 떠올리며 점차 검은 그림자 속으로 침잠하던 준의 의식을 알아채기라도 한 걸까? 식은땀이 등과 이마를 축축하게 적실 즈음이었다. 시진이 팔꿈치로 툭 건드리는 바람에 준은 가위에서 깨어난 사람처럼 몸서리를 치며 제정신을 찾았다.

다행히 시진은 눈치채지 못한 듯했지만 엎드려 있던 버디는 고개를 들고 무슨 일인가 가만히 준의 얼굴을 들여다보았다.

"나이 대가 비슷한 것 같은데, 아닌가?"

"동갑이에요."

"친구끼리는 편하게 말하잖아, 보통."

"친구?"

시진이 갸우뚱 고개를 기울이며 되물었다. 준은 내심 직접 언급한 적 없는 자신의 나이를 알고 있는 시진에 놀랐다. 내색하지 않기에 저를 모르는 줄로만 알았는데, 시진 역시 아역 시절의 준을 알고 있었는지도 모르겠다.

"우리 친구 아닌가?"

평소 같았으면 준의 과거를 기억한다는 그 시점에서 이미 거부감부터 느껴졌을 텐데, 그러지 않는 게 희한했다.

벌써 몇 번이나 이렇게 나란히 앉아 시진이 정성 다해 싸 오는 도시락을 얻어먹은 것이 고마워서였을까? 그게 아니면 이제 준을 만날 때면 전보다 반갑게 엉덩이를 흔들어 주는 버디 때문이었을까?

"그럼 나도 말 편하게 해야겠다. 친구니까."

대꾸하며 방긋 웃어 보이는 시진을 준은 이전에 다른 이들에게 그랬듯 밀어낼 수가 없었다. 도시락과 버디, 그리고 꽃처럼 미소 짓는 시진과 함께 보내는 이 짧은 순간이 준에게 있어서는 반지하 방에 비쳐 드는 찰나의 볕처럼 따뜻했으니까.

"활동 보조인? 그건 사회 복지사 같은 거야?"

준이 코끝을 문지르며 괜스레 말머리를 돌리는 건, 따스하지만 아직까지는 낯선 볕의 온기가 문득 간지럽게 느껴진 까닭이었다.

"사회 복지사랑은 다르지. 활동 보조인은 신청하고 일주일 정도 교육받으면 바로 일할 수 있으니까. 그나저나 다 먹은 거야?"

"어. 잘 먹었어."

준이 수저를 플라스틱 통에 가지런히 넣었다. 밥풀 하나 남기지 않고 깨끗하게 비운 도시락을 뒷정리하는 것은 매번 신세를 지는 준의 몫이었다.

시진이 일어나 크게 기지개를 켰다. 그러다 문득 어지럼증이 엄습해서는 혼자 기우뚱 기우는 것을 준이 반사적으로 잡아챘다. 넓게 벌어진 준의 어깨 안에서 시진의 여린 몸이 갈대처럼 휘어졌다 이내 곧게 허리를 폈다.

"괜찮아? 어디 아픈 거야?"

"아니, 그냥 빈혈이야."

콩 하고 이마를 부딪친 준의 가슴에서 옅은 땀 냄새가 났다. 일을 마치고 돌아와 곧장 잠이 들었다가 깨자마자 다시 또 이곳으로 나오는 준이 미처 숨기지 못한 진득한 노동의 냄새였다.

시진은 거기서 준의 여유롭지 못한 환경을 헤아릴 수 있었다. 때로 눈에 보이지 않는 것이 눈으로 볼 수 없는 진실을 드러내는 법이었다.

"회사 앞까지 내가 들게."

신세 진 일에 대한 보답으로 얻어먹기 시작한 도시락이 이제는 반대로 준의 신세가 되어 버렸다. 한두 번의 작은 약속은 둥그렇고 작은 마침표 대신 기다란 하나의 선을 그어 가고 있었다. 만남이 인연으로 이어지는 흐름은 자연스러웠다.

만리장성처럼 높게 드리운 제 울타리 안으로 성큼 걸어 들어온 시진이 준은 그저 신기할 따름이었다. 무엇 하나 특별할 것 없는 이 작은 여자가, 그것도 눈도 보이지 않는 사람이 이렇게나 쉽게 성큼.

'친구' 라는 말이 준으로 하여금 순식간에 좁혀 든 관계를 받아들이는 데 도움이 됐다. 마치 어지럽게 늘어놓은 감정들을 한군데 뭉뚱그려 정리해 버린 것 같은 기분이었다. 아니, 어쩌면 그것은 정리가 아니라 가두어 놓은 것일지도 모르겠다.

"부탁하고 싶은 거?"

"어. 이렇게 맨날 얻어먹기만 하는 것도 좀 그렇고. 혹시 내가 해 줄 수 있는 일 있으면 말해."

함께 걸어가는 길에 준이 선뜻 그렇게 물어 왔다. 들어줄 수 있는 부탁이라 봐야 집에 나간 전구를 갈아 주는 것이나 무거운 화분을 옮기는 것쯤을 예상하고 있었다. 하긴, 전구를 가는 일만큼 시진에게 무의미한 도움이 또 있을까 싶긴 하지만.

시진의 도시락에 한 번 맛을 들리고 나니, 이제는 컵라면으로 대충 때우는 끼니는 내키지가 않았다. 시진의 도시락은 호화스럽진 않아도 소담한 맛이 있었다.

용케 직접 요리를 한다는 그녀는 보통 프라이팬에 잘게 다진 재료를 몽땅 털어 넣고 볶는 볶음밥을 만들었는데, 담아 오는 반찬은 시장에서 사는 것이라고 먼저 이실직고했다. 그래도 때마다 볶음밥 위에 손바닥만 한 계란 프라이를 올려놓았다.

남자가 먹는 양으론 조금 모자란 도시락을 건네는 시진의 손에 때로 뜨거운 것에 데어 벌겋게 부어오른 상처가 보였다. 소리와 시간만으로 불 조절을 하고 요리를 만들어 내는 정성을 짐작할 수 있었기에 도시락은 준이 먹어 본 어떤 음식보다 귀하고 맛있었다.

"그럼 혹시 하루만 나한테 시간 내줄 수 있어? 사실은 은행 일을 좀 봐야 하는데, 정은이랑 시간이 통 안 맞아서."

"나보고 은행에 같이 가 달라고?"

"서류 읽고 도와줄 사람이 필요하거든. 말하자면 일일 활동 보조인이랄까?"

무리한 부탁을 하는 게 몹시 미안하다는 투로 시진이 설명했다. 그런 시진에게 준은 의외로 순순히 알겠다고 대답했다. 무슨 일이 되었든 시진에게 실질적인 보답을 하고 싶어서였다.

"조심해서 들어가."

회사 정문 앞에서 준은 들고 있던 도시락 통을 시진의 손에 쥐여 주었다. 버디의 둥근 머리에 손을 올려 인사하는 것도 잊지 않았다.

예전에는 준의 손길은 물론, 눈길마저 외면했던 녀석이 이제는 제법 마음을 내주었는지 가만히 그의 손에 머리를 대주는 것으로 대답을 대신했다. 그러나 이내,

"가자, 버디야."

하는 시진의 목소리에 냉큼 뒤돌아 버린다.

점심시간이 끝나 갈 무렵이라 많은 이들이 높다란 빌딩 입구로 빨려 들어가듯 사라졌다. 썰물처럼 빠지는 인파 속에서 여자와 녀석은 마치 그들과 한데 섞이지 않을 기름 한 방울 같았다.

준은 유독 시진의 곁에서 마음이 편안해지는 까닭을 알 것 같았다. 그건 바로 시진이 자신의 얼굴을 볼 수 없는 사람이라서일 것이다.

'눈이 멀어도 살면 다 살게 되어 있다' 말하는 시진에 비한다면, 과거로부터 숨고 도망친 것밖에는 해 온 일이 없는 자신은 대체 얼마나 초라하고 못난 놈인 걸까. 그런 자신을 보지 못하는 게 차라리 다행이다 싶었으니, 그건 또 얼마나 이기적인 마음인 건지.

회전문을 돌아 건물 안으로 들어선 시진의 모습을 확인하

고서야 비로소 걸음을 돌리는 준의 입가에 쓰디쓴 미소가 머물다 이내 사라져 갔다.

⁝⁝ ⁝⁝ ⁝⁝

"이게 나아? 아니면 아까 그 원피스?"

"음, 아까 거 입자. 그 색이 너한테 더 잘 받아."

정은에게 간택된 원피스를 식탁 의자에 걸쳐 놓았다. 오늘 하루 월차를 낸 시진과는 달리 평소처럼 출근 준비에 바쁜 정은을 붙잡고서 벌써 두 번이나 어울리는 옷을 골라 달라고 했다. 여느 때와는 다르게 들떠 있는 시진을 가만 훑어보던 정은이 결국 짓궂게 캐물어 왔다.

"뭐야. 남자라도 만나는 거야? 우리 씨진이가 웬일로 이렇게 바람이 들었지?"

"남자는 무슨. 그냥 이것저것 미뤄 둔 일 처리하려면 많이 돌아다녀야 돼서 그래."

시진이 어설프게 변명하며 말끝을 흐리자 지켜보던 정은의 눈매가 가늘어졌다.

"진짜 수상하네. 정말 남자 만나러 가는 거야? 혹시 선우준?"

"그런 거 아니라니까."

하지만 극구 부인하는 시진의 입가엔 미처 숨기지 못한 수

줍음이 묻어났다.

여차저차해서 몇 번 도움을 받았고, 감사의 의미로 함께 도시락을 먹기로 했다는 이야기는 정은도 이미 들어 알고 있었다. 그게 단발성에 그치지 않고 최근까지 이어지고 있는 것은 매일 꼭두새벽부터 일어나 양손 무겁게 집을 나서는 시진만 봐도 짐작할 수 있는 일이었다.

점심을 함께하면서 아무래도 둘 사이에 뭔가 심상치 않은 진전이 있었던 모양인데, 시진은 입을 꾹 다물고서 통 말해주지를 않았다. 내심 섭섭하고 서운한 마음이 든 정은이 시진의 얼굴을 얄궂게 흘겨보았다.

오랜 시간을 시진과 함께 지내 오면서, 장애 그 자체가 아니라 장애로 인한 편견이 연애의 장애가 되는 과정을 몇 번이나 지켜봐 온 정은이었다.

이번 일 역시 시진은 애초에 마음을 단단히 다잡아 아무것도 기대하지 않는 편이 실망에 가슴앓이하지 않아도 되는 최선책이라고 생각하는 게 분명했다. 그래서 정은에게도 준에 관해 많은 걸 이야기하지 않는 걸 테고. 그런 시진을 모르는 바가 아니라서 정은은 더욱 마음이 아팠다.

시진 몰래 안쓰러운 시선으로 그녀를 보듬던 정은이 이내 방에서 부스럭거리며 무언가를 들고 나왔다. 시진의 얼굴에 콕콕 비비 크림을 찍어 내더니 솜씨 좋게 문질러 펴 발랐다. 화장이란 본래 사랑받고 싶은 여자의 욕망을 표출하는 좋은 수단이었다.

“자, 이건 앞니에 잘 안 묻는 거니까 갖고 다니면서 칠해. 안쪽으로 슥 발라서 음음, 하고 문지르면 돼.”

“음음.”

정은이 시키는 대로 시진이 입술을 오물거려 보았다.

“그렇지. 넌 워낙 피부가 고와서 입술 색만 빨개도 한층 화사해 보인다. 레드 립은 항상 남자의 시선을 사로잡는 법이지.”

“남자는 무슨. 그냥 친구라니까.”

시진이 재차 아니라고 말해 보지만 정은은 역시 귓등으로도 듣지 않는다.

“알았어, 알았어. 그래도 꿀리지는 말아야지. 선우준 잘생겼다면서. 어렸을 때 얼굴 그대로 컸으면 완전 훈남이긴 하겠다. 좀 기대되는데?”

“어차피 맨날 가리고 다니는걸.”

시진은 평소에 남들 눈에 띄는 걸 극도로 꺼리는 준의 행동을 떠올려 보았다. 처음 만났을 때부터 그는 숨기지 않고 분명히 밝혀 왔었다. 사람은 딱 질색이라고.

“혹시 완전 역변한 거 아니야? 그러니까 가리고 다니지. 아니면 연예인 병? 만약 그런 거면 중증 말기 환자네. 이제 별로 기억하는 사람도 없을 텐데.”

“잘생겼다니까!”

저도 모르게 빽 소리를 질러 놓고서는 당황한 얼굴로 정은의 눈치만 보는 시진이다. 과민하게 반응했다는 것을 깨닫고는 이내 황급히 덧붙여 변명했다.

"그냥…… 남자치고 꽤 섬세한 성격이라서 그래. 겉으론 뾰족해 보여도 알고 보면 상냥한 사람이야."

언젠가부터 시진은 어린 시절을 회상할 만한 주제가 나오면 급격하게 서늘해지고 마는 준의 호흡을 알 수 있었다. 낮게 가라앉은 음성으로 말머리를 돌리는 모습에서 그가 속에 품고 있을 상처의 깊이를 엿보았다. 어쩌면 준이 온통 까칠한 사람이 되어 버린 까닭도 과거의 상처에 기인한 탓일지 모르겠다고 짐작했다.

누가 슬쩍 건드리기만 해도 너무 아파서 차라리 누구도 다가오지 못하게 쳐 내는 게 낫다고, 그렇게 지레 체념해 버렸을 것이다. 시진이 그랬던 것처럼 그 역시도.

"뭐야? 서로 언제 그렇게 잘 아는 사이가 됐어, 응?"

자칫 우울한 기분에 젖어 들려던 차에, 옆에서 정은이 놀리는 게 역력한 투로 옆구리를 찔러 댔다. 아저씨처럼 느물거리는 정은을 돌아보며 시진은 고개만 설레설레 내저을 따름이었다.

"아이구, 우리 씨진이 이제 다 컸네? 데이트도 하고."

애기 취급하며 시진을 덥석 껴안더니, 엉덩이를 두드리는 정은 때문에 결국엔 픽 웃어 버리고 말았다. 곧 회사에 늦겠다며 수선을 떨다가 두 발에 구두를 꿰어 신고 후다닥 뛰어 나가는 정은을 시진 대신 버디가 문 앞에서 배웅해 주었다.

끝까지 함께 가겠다는 버디의 고집을 꺾기가 무척 힘이 들었다. 목줄까지 입에 물고 와서는 데려가 달라고 조르는데, 시진은 365일 다이어트 중인 버디에게 간식까지 바치고서야 간신히 떼어 놓고 나올 수 있었다.

집 앞에 미리 불러 놓았던 콜택시를 타고 신촌역 앞에서 내렸다. 택시 기사가 그대로 떠나 버리는 바람에 덜렁 도로 위에 남겨져 당혹스러워하는 시진의 귀에 곧 익숙한 목소리가 들렸다.

"정시진!"

목소리 다음으로 어깨를 잡아채는 손길에 몸을 비틀거렸다. 한 발자국 뒷걸음질을 쳐야 했는데, 코앞으로 쌩하니 지나가는 바람이 칼날처럼 날카로웠다. 하마터면 오토바이에 치일 뻔한 시진을 일촉즉발로 구한 준이 낮게 욕설을 읊조렸다.

"저 새끼가……."

등에 맞닿은 준의 가슴에서 쿵쿵 심장 뛰는 소리가 들렸다. 방금 전까지 자신이 서 있던 자리를 짓밟고 간 오토바이 한 대가 얼마나 위협적인 기세였는지 알지 못하는 시진보다도 그가 더 놀란 것이 분명했다.

미처 인사할 겨를도 없이 시진의 손을 제 팔 위에 올려놓더니 그대로 시진을 인도로 이끌었다.

"먼저 와 있었네. 혹시 오래 기다렸어?"

혹시나 상한 곳은 없나 시진의 모습을 고루 살피는 준의 눈길을 시진이 알 리 없었다. 곧 작은 한숨과 함께 준이 답했다.

"나도 방금 왔어."

실은 한참 전에 도착해 쭉 역 앞을 지키고 있던 참이다. 한데 설마 택시 기사가 눈이 안 보이는 시진을 차도에 세워놓고 갈 줄은 꿈에도 몰랐다. 멀거니 서 있는 시진을 향해 눈먼 오토바이가 달려들 땐 심장이 철렁 꺼지는 기분이었다.

아무것도 모르고 방싯 웃고 있는 시진을 보고 있자니 갑자기 한숨이 턱밑까지 찼다. 제 발 아래도 제대로 보지 않고 걷는 이들이 즐비한 이 거리 위에서 시진은 무방비 상태로 피어난 풀꽃처럼 위태롭기만 했다.

"어디부터 갈 건데?"

"일단은 은행. 적금 통장을 만들려고 하는데 한 번은 꼭 직접 방문해야 된다고 해서."

"가자. 너 발밑에 얕은 턱 있어."

준의 말에 시진이 반사적으로 보폭을 넓게 벌렸다. 가볍게 내려앉는 느낌과 함께 준이 이끄는 방향으로 나아가면서 묘한 기분에 고개를 갸웃거렸다.

"뭔가 능숙해졌네?"

의아함이 깃든 시진의 물음에 준은 소리 없이 슬쩍 웃기만 했다.

사실은 지난주, 복지관에 가서 활동 보조인 교육을 받고 온 참이다. 어차피 시진의 부탁에 응하기로 마음먹은 거, 기왕이면 잘 해내고 싶었다. 무엇보다, 잘 해 주고 싶었다.

일주일을 꼬박 다니며 수업을 들어야 했지만 생각보다 유익했다. 휠체어도 타 보고, 인공호흡도 배우고. 그중에서 단연코 기억나는 것을 꼽자면 눈을 가린 채로 도로를 걷는 연습을 했던 때였다.

아무것도 보이지 않는 상태에서 준은 망망대해에 표류하는 하나의 섬이 된 기분이었다. 방향도, 빛도 가늠할 수 없는 어둠 속에서 당혹스러움은 금세 혼란으로 뒤바뀌었다. 낮은 턱에도 몸이 쑥 꺼지는 느낌이 들었고, 높이가 제각각인 계단에서는 쉽사리 걸려 넘어질 뻔하기도 했다.

지금껏 시진을 막무가내로 잡아 끌었던 자신의 지난 행동이 자연스레 눈앞을 스쳐 지나갔다. 그것이 시진에게 얼마나 위협적인 행동이었을까를 헤아려 보며 준은 스스로를 호되게 질책할 수밖에 없었다.

시진을 데리고 은행에 들어가자마자 준은 곧장 번호표를 뽑았다. 평일 낮이었는데도 대기 번호가 열 명 이상 밀렸고, 꽤 많은 사람이 앉아 순서를 기다리고 있었다. 흘끗 벽에 걸린 전자시계를 확인하니 오후 2시 10분. 점심 교대 때문에 창구는 반쯤 비어 있는 상태였다.

"잠깐만."

시진이 주머니에서 휴대폰을 꺼내 누군가에게 문자를 보냈다. 시진의 휴대폰은 여전히 손만 대면 말문이 터져 쉴 새 없이 조잘거렸지만 말의 속도가 하도 빨라 뭐라고 하는지 준은 하나도 알아들을 수가 없었다.

"사람이 많네. 월말이라 그런가 보다."

방금 전까지 휴대폰을 향해 귀를 기울이고 있었으면서 주위에 사람이 들고나는 소리 역시 놓치지 않았나 보다.

기다림이 거의 20분을 지나갈 무렵이었다. 중간 창구에서 시진의 번호를 가리키는 것을 보고 준이 시진을 그쪽으로 안내해 데려갔다. 의자에 시진을 앉혀 두고서 그는 비서처럼 시진의 곁을 지키고 섰다.

"이 서류에 동그라미 친 부분 채워 주시면 돼요."

은행원이 내미는 종이를 받아 들고서 준은 난감한 표정이 되고 말았다. 이름, 주민등록번호, 이메일 주소, 연락처까지 전부 적어 내야 했는데, 세세한 개인 정보를 물어봐야 하는 준의 곤란한 입장을 다행히 시진이 먼저 알아챘다.

"뭐가 필요해? 뭐 불러 주면 돼?"

시진은 차라리 이런 상황에 익숙했다. 거부감을 느끼던 시기는 진즉에 지난 참이다. 지금은 그래도 조금 나아진 편이지만 몇 년 전까지만 해도 ATM기에서 급하게 돈을 인출하려면 모르는 사람에게 비밀번호를 알려 주며 부탁해야 했다.

요즘은 평등의 의미가 모든 사회 구성원에게 똑같은 기준을 적용한다는 뜻이 아니라 모두가 똑같이 기본적인 권리를 누릴 수 있는 수단을 마련해 주는 것이란 인식이 퍼지면서 상황도 점차 개선되고 있는 중이었다. 좋은 소식이었다.

원했든 원치 않았든 시진은 언제나 노출된 상황 속에 놓여 있었다. 때문인지 시진은 준이 사람들의 시선을 질색하는 이유를 조금 이해할 수 있을 것도 같았다. 아니, 어쩌면 이 세상에서 준의 마음을 가장 잘 이해하는 건 시진일지도 몰랐다.

"이메일 주소."

"이메일? 에스에스아이제이……."

영문 철자를 불러 주면 준이 그것을 종이에 받아 적는 소리가 들렸다. 딱딱하고 매끄러운 바닥에 종이를 대고서 글자를 적어 나가는 소리였다. 귀를 간질이는 귀여운 소리라고 생각했는데, 잠시 뒤엔 그 간지러움이 가슴까지 번지고 말았다.

시진에게 주민 등록 번호며 주소 같은 것을 물어볼 때, 준의 목소리는 대답하는 시진의 것보다도 작았다.

그는 시진의 귓가에 가까이 입을 가져다 대고 소곤거리며 말했는데, 동시에 새어 나온 뜨거운 숨이 목덜미에 닿을 때마다 시진은 괜스레 손가락을 움찔거려야 했다.

"여기 도장 찍어 주시고요. 없으면 서명해 주세요."

한참의 시간을 들여 비어 있는 부분을 채웠는데, 정작 서명하는 것을 까맣게 잊어버렸다. 대신 시진의 이름을 적어 내려는 준을 보며 은행원이 단호하게 말했다.

"이건 본인이 직접 하셔야 돼요."

그에 당혹감을 느낀 쪽은 바로 시진이었다. 맹학교에 다닐 때 한글을 배운 적 있었다. 그러니까 누가 시진에게 한글을 모르냐고 묻는다면 아니라고 답할 것이다.

이름 석 자쯤 적을 수 있었지만 그럼에도 망설이는 까닭은 그것이 준의 앞이기 때문이었다. 외국어를 배워도 오랫동안 사용하지 않으면 실력이 녹스는 것처럼 글자를 쓰는 일도 썩 손에 익은 것은 아니었다. 시진이 그려 내는 이름 세 자란 결국 어린아이의 글씨처럼 삐뚤빼뚤 어설플 게 분명했다.

주저하는 시진의 마음을 읽기라도 한 걸까?

"다 하셨어요? 여기 서명하시라고요."

시간이 지날수록 밀리는 대기자 수를 가늠하다 결국 짜증 섞인 투로 재촉하는 은행원 앞에서 준이 덥석 시진의 손을 잡았다.

"여기."

볼펜을 쥔 시진의 손을 가져가 시진의 이름대로 글씨를 써 내려갔다. 펜을 쥔 것은 시진이었지만 이름을 적은 건 준인 셈이었다.

사공이 많은 배는 산으로 간다고, 아마도 서명은 시진 혼자가 하는 것보다 별반 나을 게 없는 괴발개발이었을 것이다. 그럼에도 시진은 종이에 적어 낸 어설픈 글자들이 평소보다 훨씬 사랑스러운 서체일 거라고 짐작했다.

"다 된 거면 나 잠깐 화장실 좀."

준이 시진을 빌딩의 공용 화장실 입구까지 안내해 주었다. 기다리지 말고 먼저 들어가 있으라는 시진의 말에도 곧장 돌아서지 못하고 머뭇거렸는데, 시진이 그 걱정을 알아채고는 손가락으로 벽을 슥 매만졌다.

"여기 점자 있어. 여자 화장실이라고 쓰여 있네."

신식 빌딩에 화장실 안내도가 벽에 점자표로 붙어 있었다. 그것을 손끝으로 한 번 쓸어 냈을 뿐이라 준은 정말 시진이 글자를 읽은 건지 의심될 지경이었다.

그러나 여자 화장실 앞에서 내내 기다리고 있는 것도 분명 시진에게는 몹시 신경 쓰이는 일일 것이란 생각이 들어 결국 먼저 창구로 돌아와 앉았다. 그새 통장을 인쇄해 내미는 은행원에게 슬쩍 몸을 기울인 채 질문했다.

"저기요. 점자 읽을 줄 알아요?"

"네?"

점원이 멀뚱한 얼굴로 되물었다.

"점자 읽을 줄 아냐고요."

"아, 아니요."

"나도 몰라요. 근데 저 여잔 그냥 슥 만지면 다 알아."

"네?"

"그냥. 그렇다고."

껄렁한 투로 묻다 혼자 어깨를 으쓱이며 돌아서는 준을 보고 은행원이 이내 어이없다는 표정을 지어 보였다.

은행을 나와서는 늦은 점심을 먹기 위해 음식점을 찾았다. 눈에 보이는 모든 간판이 먹을거리를 가리키고 있었음에도 여자랑 단 한 번도 외식을 해 본 적 없는 준이라 도통 어디로 들어가야 할지 고를 수가 없었다.

세상 가장 어려운 문제를 푸는 사람처럼 고심하다 결국 뭐가 먹고 싶냐 물어 오는 준의 질문에 시진은 선뜻 답했다.

"뷔페!"

"뷔페?"

"응. 잠깐, 어디 팔 좀 만져 보자."

시진이 팔꿈치 위를 장난스럽게 더듬거렸다. 손끝이 닿아 간지러운 느낌이 들자 준이 저도 모르게 불끈 힘을 주고 버텼다.

"뭐 하는 건데?"

"테스트. 한 손으로 접시 두 개쯤 거뜬히 들 수 있어야 되거든."

의아함은 시진이 휴대폰으로 검색해 찾아낸 뷔페 안에 들어가고 나서야 비로소 이해할 수 있었다.

입구에서 안내해 준 자리에 백을 두고서 준을 따라나선 시진에게 준은 눈에 보이는 음식 이름을 하나씩 불러 주었다. 한 손에 접시 두 개를 받쳐 들고서 시진이 먹고 싶다는 음식을 조금씩 접시에 담았다.

"도와주시는 이모님도 그렇고, 정은이도 그렇고 미안하니까 그냥 퍼 주는 대로 먹었거든. 근데 한 번쯤은 이렇게 직접 골라 보고 싶었어."

워낙 시진의 입맛을 잘 아는 정은인 그나마 좋아하는 음식 위주로 퍼다 주는 편이었지만 이모님은 모든 음식을 고르게 먹어야 건강하다는 주의였다. 덕분이라고 해야 할지, 입 짧았던 시진의 식성도 이제는 제법 어른스럽게 고쳐질 수 있었다.

물론 이따금씩은 타의에 의해 식성까지 바꿔야 하는 처지가 서럽게 느껴질 때도 있었다.

비록 모난 부분일지언정 시진이란 사람을 완성하던 일부를 깎아 내는 기분이 들기 때문이었다. 여러 사람의 손을 거치며 특별한 개성이라곤 없이 그저 둥글고 무난한 인간이 되어 가는 것 같았다. 누구나에게 환심을 사고 싶어서, 혹은 미움 받고 싶지 않으니까.

이내 머리를 흔들며 시진은 애써 우울한 기분을 털어 내버렸다. 장애인이라는 이유로 타인에게 미움받고 싶지 않은 인간의 당연한 본능을 비굴한 감정처럼 여기는 건 못난 자격지심밖에는 되지 않을 것이다.

장애가 있든 없든 결국 남들과 별다를 것 없는 사고를 하고 감정을 느끼는 시진과는 달리 특이한 쪽은 오히려 준이었다. 첫 만남부터 뾰족한 가시를 곤두세운 채 누구라도 다가오면 서슴없이 푹푹 찔러 대기 바빴으니까.

미움을 사는 것을 두려워하지 않는 사람처럼 보였다. 아니, 차라리 미워해 줬으면 하고 바라는 사람처럼 느껴지기도 했다. 그건 어찌 생각하면 누구의 손도 타지 않는 두드러진 개성을 지니고 있다는 뜻이 아닐까.

"치킨, 나물, 탕수육…… 저기 김밥도 있네."

시진을 위해 천천히 걸음을 옮기며 음식 이름을 줄줄이 읊는 준의 목소리가 듣기 좋았다. 그가 지금 어떤 표정을 짓고 있는지는 알 길이 없었어도 음성만큼은 퍽 다정했다.

"치킨이랑 탕수육은 많이. 나물은 싫어. 여기 초밥은 없나?"

뷔페에 오면 한 번쯤 먹고 싶은 음식만 퍼다가 배 터지게 먹어 보고 싶었다. 괜히 옆에 앉은 사람을 들락날락 고생시키는 일이 되는 것만 같아 시진은 뷔페식 식당에서 두 접시 이상 먹어 본 일이 없다.

한 손엔 접시 두 개를, 다른 한 손엔 집게를 들고서 준은 시진이 고개를 끄덕이는 대로 빈 접시를 수북하게 채워 나갔다. 두 팔이 자유로워야 하니 시진은 자연스럽게 준에게 팔짱을 끼워 넣은 채였다.

아마 눈썰미가 좋은 사람이라면 시진이 시각 장애인이라는 것을 알아채겠지만 모르는 사람이 본다면 영락없이 사이좋은 연인이었다.

그 어느 쪽이 되었든 준에겐 달가울 것 없는 오해라고 생각했는데, 예상외로 그는 크게 신경 쓰지 않는 듯했다. 그것이 시진은 괜스레 기분 좋았다.

“많이 먹어.”

“너도 많이 먹어.”

좋아하는 음식이 가득 담긴 접시를 앞에 두고서 잔뜩 신이 난 얼굴로 시진이 포크를 들었다. 행복해하는 시진 덕분에 준도 덩달아 뿌듯함으로 먼저 배가 찼다. 식사하는 것도 잊은 채, 준은 물끄러미 시진을 바라보았다.

언제나 이렇게 남의 시선에 무방비하겠지. 입가에 스파게티 소스가 묻은 줄도 모르고, 시진은 그저 맛있다는 감탄만 연발하며 싱긋 웃음 지을 따름이었다.

“누가 내 얼굴 쳐다보는 게 싫어요. 내 친구가 그러는데, 난 다리가 정말 예쁘대요. 그러니까 이렇게 다리를 먼저 보여 주면 얼굴 볼 시간은 없을 것 같아서.”

저렇게 웃으면서 쳐다보지 말라니. 눈을 뗄 수 없는 얼굴로 웃으면서.

아마 다른 사람의 눈이 자신의 모습을 어떻게 비추어 내는지 알지 못하기에 지어 보일 수 있는 얼굴일 것이다. 세포 하나하나가 전부 목청껏 행복을 외치고 있는 것 같은 미소였다. 바라보는 사람까지 괜히 가슴 뛰게 하는 그런 미소.

"왜 안 먹어? 입에 안 맞아?"

"어? 아……."

시선에도 질감이란 게 있다고 했던 말이 정말이었나 보다. 준이 멋쩍은 표정이 되어 얼른 눈길을 돌렸다.

"많이 먹어. 한 접시든 열 접시든 똑같은 돈이니까."

"천천히 먹어. 한 접시든 열 접시든 떠다 줄 테니까."

그렇게 받아치면서 준이 긴 팔을 뻗어 시진의 입가를 엄지로 슥 닦아 냈다. 미리 예고하지 않은 접촉이 시진에게는 무례라는 것을 알았지만 이런 건 예고하고 해 주기도 무안스러웠다.

갑작스럽게 얼굴에 준의 손이 닿자 움찔 놀랐던 시진의 두 볼이 곧 빨갛게 달아올랐다. 시진이 준의 눈치를 보며 조심스레 물었다.

"너무 추잡스럽게 먹었나? 미안. 괜히 나 때문에 창피하겠다."

가뜩이나 사람들 눈에 띄는 걸 극도로 싫어하는 준인데,

시진과 함께 걷는 동안에는 어쩔 수 없는 호기심의 시선까지 등 뒤에 따라붙었을 것이다.

오늘 하루만 해도 보인 추태가 스스로 생각하기에도 가관이 따로 없어 시진은 괜스레 주눅이 들고 말았다.

"바보냐? 너랑 다니는 거 하나도 안 창피해."

무심한 말투로 준이 부정했다.

"그러니까 부지런히 먹기나 해. 새삼 내숭 떨 생각 말고."

"치. 이제 와서 떨 내숭이 남아 있긴 해? 이미 볼 꼴, 못 볼 꼴 다 보여 줬는데. 사람 많은 데서 넘어져 치마 찢어졌지, 초딩보다 못한 악필도 들켰지."

제 입으로 창피했던 일화를 줄줄이 꺼내 놓으면서 시진은 그것이 마냥 나쁜 기억으로 남지는 않았다는 사실에 내심 놀랐다. 준도 마찬가지였는지 새어 나오는 웃음소리를 미처 숨길 수 없었다.

시진을 만나 온 길지 않은 시간 동안 도처에서 맞닥뜨리는 곤란한 상황들을 그녀가 어떻게 헤쳐 나가는지 옆에서 지켜본 준이었다.

돌발적인 여건 안에서 시진의 굳세고 의연한 성품은 언제나 빛을 발했다. 창피해야 하는 것은 시진이 아니었다. 누구보다 열심히, 당당하게 살아가고 있는 그녀의 곁에서 초라한 모습을 하고 있는 건 다름 아닌 준 자신이었으니까.

만약 시진의 눈이 보였더라면 그녀의 눈에 비친 자신은 어떤 모습을 하고 있었을까 준은 문득 궁금해졌다. 적어도 보이는 것보다 더 나은 사람이고 싶어 노력한 하루였는데, 그러한 진심이 제대로 전해졌을지 자신할 수 없었다.

이어지는 식사는 농담과 대화가 끊기지 않았다. 두 사람 다 평소보다 욕심내서 배를 채우고 나오는 길이었다. 계산대에서 얼마냐고 물으며 준이 지갑을 꺼내자 시진이 얼른 만류했다.

"됐어. 오늘 네 덕분에 양껏 먹었는데, 이건 내가 낼 거야."

"어떻게 너한테 얻어먹냐."

명색이 남자가 돼서 밥값을 시진에게 부담하게 하고 싶지 않아 한 말이었는데, 어떻게 들었는지 시진의 눈썹이 삐뚜름해졌다.

"내가 돈 내는 게 뭐 어때서? 내가 눈이 안 보이는 건 불편한 거지, 불쌍한 게 아니야."

계산을 도와주기 위해 기다리고 있던 점원이 짐짓 당혹스런 표정이 되어 두 사람을 번갈아 보았다. 순간적으로 말문이 막힌 준을 대신하여 시진이 얼른 밥값을 치렀다.

"정 얻어먹는 게 그러면 네가 커피 사. 난 밥 먹고 나면 꼭 커피로 입가심을 해 줘야 하거든."

식당 문을 열고 나오면서 준은 한발 늦은 해명을 했다.

"그런 뜻으로 한 말 아니었어."

"알아. 내 필살기야. 이렇게 말하면 열에 아홉은 내가 이기거든."

킥킥 어깨를 떨며 웃어 버리는 시진을 황당하게 쳐다보다가 이내 준도 픽 실소를 내뱉고 말았다. 아무튼 이길 수가 없다. 뭐라고 대꾸할 말을 찾을 수 없는 그녀의 엄한 농담 때문이 아니라 스스로의 장애를 농담으로 주워 삼킬 수 있는 저 대범함 때문에.

고개를 설레설레 내젓는 준의 팔 위에 시진이 다시금 하얀 손을 살포시 올려놓았다.

"가자. 커피 마시러."

그런 시진의 곁에서 준은 어쩐지 그녀가 하네스를 잡을 때마다 자부심 그득한 표정이 되어 가슴을 펴고 걷던 버디의 마음을 이해할 수 있을 것 같았다.

시진의 요청대로 준은 시진과 함께 근처 카페를 찾아 들어갔다. 길을 걸으면서 하루에 서너 번은 스쳐 지났을 법한 익숙한 로고의 프랜차이즈였지만 한 번도 관심을 가졌던 적은 없어 준에게는 마냥 생소하기만 했다.

카운터 위에 칠판처럼 내걸린 메뉴를 멀뚱히 바라보고 섰다. 바닐라 라테와 바나나 라테의 차이점을 알지 못하는 준은 적당히 중간쯤에 있는 메뉴 이름을 댔다.

시진은 준의 도움 없이도 알아서 척척 원하는 음료를 주문했다. 곧 진동 벨이 울리고, 준이 일어나 음료 두 잔을 받아

들고 왔다.

"이런 거 무슨 맛으로 먹는지 모르겠네."

"뭐 시켰어?"

"무슨…… 카페 라테? 가서 설탕 좀 넣어 달라고 할까."

이름이 개중 제일 귀에 익어 주문했는데 웬만한 식당의 백반 가격과 맞먹는 주제에 맛은 영 입에 맞지 않았다. 씁쓸하고 텁텁해서 두 번 손이 가지 않아 망설이는데, 시진이 작게 웃으며 말했다.

"난 커피 좋아해. 핸드 드립 해서 마시면 웬만한 커피는 산지도 구분할 수 있다? 근데 그거 알아? 눈을 가리고 마시면 콜라하고 사이다를 구분할 수 있는 사람이 드물다는 거."

"진짜? 가능할 것 같은데."

정말 눈 하나 가린다고 평생 동안 마신 음료수 맛도 구분하지 못할까 싶은 준이 반신반의했다.

"사람은 외부에서 정보를 얻을 때 80%를 시각에 의존한다고 하잖아. 그만큼 보이는 것에 잘 속아 넘어가는 거지. 원래 믿는 도끼에 발등 찍히는 법이니까. 보이는 게 전부 진실은 아니라는 거야."

어쩌면 그래서인지도 모른다. 오히려 눈에 보이지 않는 준의 상처를 시진만이 알아챌 수 있었던 것은.

"넌 구분할 수 있어?"

"난 좀 예민한 편이야. 방향 감각도 꽤 좋고. 아무것도 안 보이는 상태에서 제일 찾기 힘든 게 바로 방향이거든."

준이 동조의 의미로 고개를 끄덕였다. 안 그래도 이번에 활동 보조인 교육을 받으면서 가장 크게 느낀 바였다. 준이 알고 있던 어둠과 빛 한 줄기 새어 들어오지 않는 암흑이 전혀 다른 별개의 것이라는 새삼스런 깨우침.

암흑은 무(無)와 같았다. 내내 허공을 향해 발을 뻗는 기분이었다. 아무것도 존재하지 않는 우주 속을 떠도는 느낌이었다.

"재주가 많네. 3개 국어도 하고."

"응? 내가?"

무슨 소리냐는 듯 시진이 눈을 둥그렇게 뜨며 되물었다. 평소와는 달리 진득한 장난기가 묻어나는 목소리로 준이 대답했다.

"한국말, 점자. 그리고 네 휴대폰까지. 난 대체 그 여자가 뭐라고 그러는 건지 도통 모르겠더만."

그제야 시진이 깔깔거리며 크게 박장대소했다. 컴퓨터의 센스 리더나 휴대폰의 보이스오버 기능이 귀에 익은 시각 장애인들은 보통 말의 속도를 두 배쯤 빠르게 설정해 두고 듣기 때문에 옆에서 귀동냥을 한다면 마냥 생소한 외국어처럼 들렸을지도 모르겠다.

한마디 말 안에 표현하는 것만을 보려고 해서는 행간의 의미를 알 수 없는 법이었다. 말 또한 눈속임을 하곤 하니까.

눈에 보이지 않는 것을 누구보다 잘 찾아낼 수 있다고 자부하는 시진이라면 준의 말속에 담긴 배려 또한 알아챌 수 있어야 할 것이다. 시진은 아까 은행에서의 일을 달래 주려는 준의 마음 씀씀이가 고마웠다.

"진짜 신기하다. 어떻게 그걸 한 번 만지고서 읽지? 아무리 문질러 봐야 점이 몇 개인지 아는 것도 힘들던데."

뭉툭한 점 여섯 개로 어떻게 글씨를 쓰고 읽는 건지 준의 눈에는 그저 신통할 노릇이었다. 시진이 대수롭지 않다는 듯 턱을 괴며 대답했다.

"언어라는 게 한 가지 목적을 위해서 만들어진 거잖아. 글자나 점자, 몸짓을 지어서 마음을 남기는 거지. 그 안에 어떤 내용을 담아내든 결국 이어지고 싶은 간절함 하나 남는 거라고 생각해. 마침 내 특기가 보이지 않는 걸 보는 거거든."

한쪽 눈을 찡긋거리며 젠체하는 시진이 하나도 얄밉지 않았다. 장난스럽게 너스레를 떠는 시진과는 달리, 준은 진지하게 고개를 주억거리며 이야기를 듣고 있었다.

사람이 사용하는 언어 중 가장 탁월한 수단은 바로 몸이었다. 말처럼 요란하지 않고, 수화처럼 화려하지 않으며, 점자처럼 엄밀하지도 않았다. 단순한 접촉이 가지는 온기와 의도가 그 어떤 언어보다 많은 것을 전할 수 있었다.

마치 시진을 이끄는 준의 단단한 팔처럼. 시진의 이름을 써 내려가던 자상한 손처럼. 아까 시진을 멋지게 구해 냈던 뜨거운 가슴처럼.

시진에게 필요한 것을 시진이 말하기도 전에, 아니 시진이 알아채기도 전에 준은 먼저 알고 있는 듯했다. 오늘 준에게서 시진은 계속 그런 느낌을 받고 있었다.

아마 준이 이런 마음을 알았더라면 지난 일주일간의 수고가 하나도 고생스럽게 생각되지 않았으리라.

"근데 너도 내가 말하지 않는 것들까지 귀신같이 알아채는 재주가 있더라. 그래서 말인데 너랑 나랑은 꽤 잘 맞는 것 같아. 그렇게 생각하지 않아?"

머리를 기울이며 물어 오는 시선이 못내 쑥스러워하는 얼굴을 교묘하게 비껴 있어 다행이라고 안도하는 준이었다.

5장

비 내리는 밤, 우리의 방은 어둡고

〈나 오늘 회식 있어서 늦어. 저녁 먹고 들어와?〉

때마침 도착한 정은의 문자가 아니었더라면 시간 가는 줄도 모르고 늦게까지 마주 앉아 이야기를 나누었을 것이다. 뒤이어 울리기 시작한 알람 소리를 듣고 나서는 시진의 마음도 덩달아 조급해지고 말았다.

"이제 슬슬 일어나자. 우리 버디 밥 줄 시간이야."

집에 정은이라도 있다면 모를까. 하루 두 끼, 사료 먹는 때만 기다리고 있는 버디를 굶길 수는 없는 노릇이었다. 필시 지금도 혼자 남겨진 것을 서운해하며 연신 우는 소리를 하고 있을 것이다.

"그래. 가자."

맛없는 라테도 이미 바닥을 보인 지 오래였다. 여자랑 단둘이 카페에 마주 앉아 커피를 마시는 일이 마냥 낯간지럽고 서먹할 거라는 예상과는 달리, 억지로 메마른 화제를 꺼내 말을 이어 붙이려 노력하지 않아도 시진과의 시간은 자연스럽게 흘러 지나갔다.

아마 없는 것을 있는 척하거나 있는 것을 없는 척하며 속일 필요가 없었기 때문일 것이다. 만약 속이려고 작정한다면 시진은 세상에서 가장 속이기 쉬운 사람일 테지만, 가장 속여선 안 될 사람이기도 했다.

"앞에서 택시만 좀 잡아 줄래?"

"안 데려다줘도 되겠어?"

"집 앞에서 세워 달라고 하지, 뭐."

카페에서 나와 큰길까지 조금 걸었다. 인파가 북적이는 대로변에서도 택시를 잡는 게 쉽지 않았다. 시진을 인도에 세워 두고서 준이 도로에 내려서서 지나가는 택시를 멈춰 세웠다.

"왜?"

"그냥 집 앞까지 같이 가."

시진을 뒷좌석에 태워 놓고 차 문을 닫아 줄 때였다. 망설이던 준이 결국 시진의 옆자리에 비집고 들어가 앉았다. 아까 시진을 위험천만한 차도에 내려놓고 휑하니 가 버린 택시

운전사가 떠오른 탓이었다. 혼자 돌려보내면 집에 잘 들어간 것을 확인하기 전까지 계속 신경이 쓰일 것이다.

"정말 괜찮은데."

작은 목소리로 중얼거리며 창밖을 향해 고개를 돌린 시진의 입매가 옅은 웃음기를 머금었다.

"어디로 모실까요?"

"화곡동이요."

시진이 집 주소를 말하자 비상등을 켠 채 정차해 있던 택시가 서서히 속력을 내며 서행하기 시작했다.

한강을 끼고서 이제 막 퇴근 러시아워의 혼잡에서 벗어나기 시작한 도로를 내달리는 동안 뒷좌석의 두 사람은 별다른 대화를 나누지 않았다.

아까 카페 안에서 너무나 많은 이야기가 오간 까닭에 잠시 자신이 뱉은 말들을 곱씹거나 들은 말들을 소화해 낼 시간이 필요했을지 모른다. 이야기를 하는 것이든 듣는 것이든 아직 준에게는 매한가지로 어색하고 낯선 일처럼 느껴졌다.

시진의 집 앞에 택시가 멈춰 섰을 때는 이미 하늘이 수묵화처럼 흐리고 어둑해진 다음이었다. 해가 꽤 길어졌다고 생각했는데, 낮부터 머리 위에 드리워 있던 잿빛 구름 탓인지 밤이 일찍 찾아든 듯했다. 낮에 돌아다닐 때에 비가 오지 않은 것이 천만다행이었다.

"그대로 타고 가지, 왜."

만류하는 시진의 말에도 준은 기어코 택시에서 따라 내렸다. 아무리 준이라도 차마 택시비 만 원이 아까워 전철을 타고 가겠단 말까지는 나오지 않았다. 그저 낡고 작은 한 동의 아파트를 올려다보며 '여기야?' 하고 되물었을 뿐이다.

준이 시진을 아파트 입구까지 에스코트해 주었을 때, 하늘에서 쿠궁 마른천둥이 울렸다. 저도 모르게 몸을 움츠렸던 시진이 곧 걱정스런 표정이 되어 물었다.

"우산 있어?"

"집에 갈 때까지는 괜찮을 것 같은데. 뛰어가면 돼."

"일기 예보에서 내일은 비가 올 거라고 하던데……."

흐려진 말끝에 어떤 질문이 생략되었는지 짐작할 수 있었다. 준이 시진의 손을 잡아 아파트 현관 유리문 손잡이 위에 올려 주며 대답했다.

"비 오면 점심에 회사 앞으로 데리러 갈게. 따끈한 국물이나 먹으러 가자."

"응!"

기쁜 기색을 숨기지 못한 시진이 활짝 웃으며 고개를 끄덕였다.

"이제 가. 비 오기 전에."

"그래."

대답하고서도 유리문을 열고 안으로 들어간 시진이 모퉁이를 돌아 엘리베이터에 오를 때까지 준은 그 자리에서 시진의 모습을 지켜보았다.

아파트 입구의 계단을 내려와 마주해 있던 신축 빌라를 지날 즈음에 개방형 복도의 난간 위로 시진의 얼굴이 불쑥 드러났다. 3층에 사는구나, 하고 생각 드는 것과 동시에 피식 웃음이 새어 나온 건 어째서인지 모르겠다.

총 여섯 가구가 나눠 쓰는 한 층에서 가장 오른쪽 문에 멈춰 선 시진이 현관문의 비밀번호를 누르고 있었다. 얼마 지나지 않아 열린 문틈 새로 시진의 모습이 빨려 들어가듯 사라지는 모습을 연신 뒷걸음을 걸으며 바라보고 있던 준이 마침내 돌아섰다.

큰길까지 10여 분 정도 골목을 따라 걸어가고 있을 때였다. 콰앙, 쿠웅! 배앓이를 하듯 요란스럽던 하늘이 결국 빗방울을 하나둘씩 떨구기 시작했다. 점점이 내리던 것이 금세 긴 가닥의 빗줄기로 변모했다.

머리를 가린 채 준이 큰길 버스 정류장의 처마 밑으로 냅다 뛰어들어 갔다. 지붕을 때리며 쏟아지기 시작한 빗소리가 제법 맹렬하게 따라붙었다.

바로 그때, 하늘을 갈래갈래 찢어발기던 하얀 섬광이 그대로 지상에 내리꽂혔다. 저쪽에서 비를 피하던 여자가 새된 비명을 지를 정도의 굉음이었다. 동시에 벼락을 맞은 전신주에서 파지직 불꽃이 튀어 올랐다.

놀란 눈으로 돌아보는데 미처 준비할 새도 없이 전기가 나가고 사위가 어둠에 잠기기 시작했다.

“정전인가.”

그럼에도 별달리 걱정이 되지 않았던 건, 종전과 다름없이 차도를 쌩쌩 달리는 차들이 저마다의 빛을 내쏘며 눈앞을 스쳐 지나고 있었기 때문이었다. 깜깜한 밤의 정경을 훑는 헤드라이트 불빛이 총천연색 별빛처럼 도드라졌다.

곧 준의 동네로 향하는 버스가 정류장에 도착하여 멈춰 섰다. 바지 뒷주머니에서 지갑을 꺼내 든 준이 앞선 두어 명을 뒤따라 버스에 올랐다.

“안 타요?”

동전 통 앞에 우두커니 선 준을 버스 기사가 재촉했다. 물어 온 것은 앞에 앉은 사람인데, 무언가에 이끌리듯 준은 스르르 고개를 돌려 뒤를 바라보았다.

“아, 탈 거면 타고 안 탈 거면 빨리 내리고!”

등을 떠미는 듯한 다그침에 결국 올랐던 계단 두 개를 도로 걸어 내려온 준이었다. 준의 두 발이 안착한 땅이 그사이 제법 축축해져 있었다.

무언가에 발목을 잡힌 기분이었다. 아니, 등 뒤의 어둠이 손을 뻗어 준의 옷자락을 꽉 움켜쥔 기분이었다. 대체 왜?

버스 정류장을 경계로 눈앞과 등 뒤의 풍경은 극명하게 갈렸다. 자동차의 후미등이 유성우처럼 아름다운, 잠들지 않는 도시는 눈앞에서 반짝거렸다.

하지만 벼락 맞은 전봇대 뒤의 세상은 문명을 모르는 듯 무심한 암흑에 잠긴 채였다. 그리고 그 안에 홀로 남아 있을 누군가의 인형이 순간적으로 준의 눈앞에서 아른거렸다.

끝끝내 준은 걸음을 돌려 어둠 속에 도로 뛰어들 수밖에 없었다. 시진만은, 웃는 얼굴 하나로 세상을 환히 밝히곤 하는 정시진만은 저 비정한 어둠에 갇혀선 안 될 사람이었으니까.

"헉, 허억, 헉……!"

달려가는 두 다리의 근육이 서서히 달아오르기 시작했다. 갑작스런 뜀박질에 숨은 금세 가빠졌다. 호흡이 불안정해질수록 초조함이 엄습하여 가뜩이나 불분명한 시야를 가로막았다.

아파트 입구의 낮은 계단에서는 앞으로 고꾸라져 무릎을 찧어야 했다. 아마 내일이면 시퍼렇게 고통의 흔적을 남길 테지만, 지금은 한마디 욕을 던지는 것으로 화풀이를 대신했다.

3층까지 단숨에 뛰어올랐을 땐 귓가에서 심장 소리가 마구 두방망이질 쳐 댔다. 아까 시진이 들어가는 모습을 지켜보았기에 그녀의 집이 어디인지 가늠하는 건 어려운 일이 아니었다.

준이 허공을 더듬어 초인종을 찾아 눌렀다. 잠시 묵묵한 정적이 흘렀다. 초인종이 먹히지 않는다는 걸 뒤늦게 깨닫고는 두 주먹으로 현관문을 두들겨 대기 시작했다.

문이 열리기까지의 시간이 준이 지금껏 살면서 기다려 온 중에 가장 긴 응답처럼 느껴졌다.

"누구세요?"

안전 걸쇠를 건 상태에서 벌어진 틈으로 시진이 빼꼼 얼굴을 내밀었다. 그 밑에 버디의 주둥이도 삐죽이 튀어나와 있었다. 상황에 어울리지 않는 귀여운 모습이었으나 준의 입에서는 웃음 대신 깊은 한숨이 먼저 새어 나왔다.

"나야."

"선우준?"

시진의 눈이 놀라 동그랗게 뜨인다. 어쩐 일이야? 하고 되묻는 그녀에게 준은 허리 숙여 두 손으로 무릎을 짚으며 그새 꽤나 지쳐 버린 음성으로 답했다.

준의 젖은 머리칼에서 빗물이 툭툭 떨어져 내렸다.

"정전이 돼서."

"정전? 정말? 몰랐어."

어리둥절하기만 한 시진의 표정을 보고 나서야 준은 허무함에 풀썩 머리를 떨구고 말았다.

준이 가로질러 온 어둠이 작은 물웅덩이에 불과하다면, 시진이 발 담근 어둠은 끝이 보이지 않는 밤바다였다. 그런데도 시진이 웅덩이에 잠길 것을 염려하여 여기까지 내달려 온 자신이 문득 우스워졌다.

헉헉, 여전히 가쁜 숨을 주체하지 못하고 들썩이는 어깨에 어느 순간 쓴 물 같은 자조가 배어나기 시작했다.

아무 생각할 새 없이 그저 네가 걱정이 돼서 돌아왔다고 말한다면 너는 놀랄까? 아니면 바보 같다고 웃어 버릴까?

끝내 한심한 진심은 털어놓지 못한 채 모두 목구멍 아래에 꾹 눌러 혀로 괴어 놓았다. 갸우뚱 고개를 기울였던 시진이 이내 따뜻하게 손을 내밀며 그에게 말했다.

"깜깜해서 무서웠구나. 들어와."

시진의 손에 이끌리듯 안으로 걸음을 옮기면서 준은 조금 얼떨떨한 기분이 되고 말았다. 무서웠겠다, 라니. 시진과 준의 입장이 단번에 반전되어 버린 순간이었다.

"안 그래도 너 가고 얼마 안 돼서 비가 쏟아지기에 걱정되더라. 이것 봐. 그새 다 젖었네. 잠깐만."

문을 닫으니 집 안은 밖보다 더 어두웠다. 그 어둠 속에서 시진은 홀로 불빛을 가진 사람처럼 선뜻선뜻 움직였다. 현관에 우두커니 선 준에게 버디가 다가와 손바닥을 핥으며 인사를 건넸다.

잠시 뒤, 화장실에 들어갔다 나온 시진이 준의 머리 위에 폭신한 수건을 덮어 주었다.

"감기 나은 지 얼마 되지도 않았는데 젖어서 큰일이다. 일단 들어와. 따뜻한 차라도 한 잔 마시고 가. 갈 때 우산 빌려 줄게."

수선을 떠는 시진의 걱정이 듣기 좋아서였는지도 모른다. 저도 모르게 신발을 벗고 젖은 발을 뻗어 안으로 들어서고 만 것은. 적어도 이 어둠 속에서 시진은 준보다 자유롭고 강했다. 그게 비겁한 변명처럼 준을 여자 혼자 있는 집에 들어가게 했다.

준의 경솔함을 꾸중하듯이 시진이 문득 일러 주었다.

“거기 조심해. 작은 서랍이 있거든.”

“윽!”

하지만 이미 삐죽한 서랍 모서리에 정강이를 찍힌 다음이었다. 미안한 듯 바라보는 시선이 어둠 속에서도 느껴졌다. 다가온 버디가 한쪽 다리를 부여잡고서 앓는 소리를 내는 준에게 머리를 비볐다.

그 마음 다 알아. 오늘은 누나가 아니라 형한테 내가 필요해 보이네.

꼭 그렇게 말하는 것 같았다.

시진이 주방에서 덜그럭거리며 주전자에 물을 끓이는 동안 준은 거실을 서성이다 끝내 바닥에 털썩 주저앉았다.

아무것도 눈에 보이지 않는, 여자 둘만 사는 미지의 세계에 섣불리 발을 뻗는 것보다 차라리 이렇게 한 곳에 엉덩이를 붙이고 앉아 있는 편이 안전하다는 생각이 들어서였다.

“어디 있어?”

“여기. 마루에 앉아 있어.”

잠시 뒤, 준의 목소리를 듣고 다가온 시진이 머그잔 하나를 건네어 준의 손에 쥐여 주었다. 따뜻하고 달콤한 레몬차였다.

시진 역시 같은 차를 마시고 있는지 그녀에게서 달달하고 상큼한 냄새가 풍겼다. 준의 옆자리에 시진도 등을 기대며 쪼그려 앉았다.

조용한 집 안에 남녀 단둘이 남겨진 이 상황이 조금이나마 덜 어색했던 것은 사이를 비집고 들어와 엉덩이를 끼워 넣은 버디 덕분이었다.

주둥이를 바닥에 붙이고 누운 버디의 털가죽을 하릴없이 쓸어 주는데, 준처럼 버디의 털을 빗질하던 시진의 손과 순간적으로 닿았다.

흐르던 손가락들이 자연스럽게 얽혀 든 것을 알아챈 건 갑작스런 접촉으로부터 한 박자가 흘러 지난 다음이었다.

준이 그대로 시진의 손을 꼭 한 번 쥐었다 놓았다. 맞닿아 있는 시진의 어깨가 흠칫 떨렸다.

"다 큰 사내자식이 어두운 걸 무서워한다는 게 한심하지 않아?"

그즈음엔 준의 두 눈도 깜깜한 밤에 조금은 적응한 뒤라 어깨를 으쓱이는 시진의 실루엣을 볼 수 있었다.

"뭐 어때. 나도 무서운 것 많은데."

"넌 뭐가 무서운데?"

"그냥 여러 가지. 이상하게 난 드라이기 소리가 무섭더라. 아무것도 안 보여서 그런가, 귀까지 안 들리면 괜히 불안해져. 가슴이 벌렁벌렁해."

시진의 말에 준이 고개를 까딱거렸다. 작은 움직임이었음에도 슬쩍 기대 있는 어깨를 통해 서로에게 고스란히 전달되었다.

"솔직히 얘기하면 혼자서 택시를 타는 것도 조금 무서워. 날 어디로 데려가는지 볼 수 없으니까."

누구보다 능동적인 시진의 정신은 수동적일 수밖에 없는 행동반경 안에 가두어져 있었다. 때문에 누군가를 믿기에 앞서 경계하고 의심하는 태도를 취하는 건 그녀가 할 수 있는 최대한의 자기방어일 것이다.

"너는? 어두운 것 말고 또 뭐가 무서운데?"

"글쎄."

베란다의 창문을 조금 열어 놓은 듯했다. 장대처럼 쏟아지던 빗줄기는 어느새 다시 가늘어져선 성긴 소리를 남겼다. 베란다를 통해 거실로 불어 드는 바람이 수분을 덧입고 있어 무겁고 텁텁했다. 준이 가슴 가득 숨을 들이마셨다가 깊게 뱉어 냈다.

시진은 대답할 생각이 없어 보이는 준을 굳이 닦달하지 않았다. 그가 말하지 않는다면 아마도 그럴 만한 이유가 있기 때문이리라. 대신 시진은 준의 어깨에 손을 올리며 이렇게 물었을 뿐이다.

"네 얼굴 좀 만져 봐도 돼?"

"얼굴은 왜?"

"정은이, 내 친구가 나더러 네가 잘생겼냐고 묻는데 정작 나는 네 얼굴을 못 보잖아."

"만지면 알아? 어떻게 생겼는지?"

"아니, 몰라. 그래도 내 얼굴이랑 뭐가 다른지 정도는 알 수 있어."

"해 봐, 그럼."

준은 오히려 시진의 말을 재미있어 하는 것 같았다. 준의 허락이 떨어지자마자 시진의 손이 준의 어깨에서 더듬더듬 움직였다.

잠시 뒤엔 거침없이 목을 타고 올랐다. 목에서 턱까지 닿는 것은 금방이었지만, 그녀의 기다란 손가락이 남긴 온기는 점점이 선명한 발자국을 찍었다. 그 생생한 자극에 저도 모르게 몸을 떨고 만 준이었다.

시진의 손끝이 준의 마른 입술을 조심스럽게 쓸어 갔다. 거칠한 입술의 안쪽을 매만지면서는 긴장한 손가락이 멈칫거렸다. 시진의 공허한 눈동자를 가리며 그녀의 속눈썹이 두어 번 날갯짓을 하는 모습을 준은 멍한 시선으로 바라보고 있었다.

시진은 엄지와 검지로 저와는 달리 다부지게 각이 진 준의 턱을 가늠하여 재 보았다.

한 마디 정도 패인 인중을 거슬러 오르면 시진의 작은 손에 꼭 들어차는 우직한 콧날이 느껴졌다. 뭉툭하게 튀어나온 눈썹 뼈 위로 길고 굵은 속눈썹이 거슬거슬했다. 도톰한 눈꺼풀과 짙은 눈매는 그대로 한 세트였다. 관자놀이에 엄지를 대고 나머지 손가락으로 이마를 매만져 보았다.

시진의 손목 위로 준의 뜨거운 숨결이 두어 차례 뿌려졌다.

가늘고 부드러운 손가락이 준의 얼굴 곳곳을 쓸어 내는 감각이 이상하리만치 뜨거웠다. 혹시나 제 이유 모를 열기가 시진의 손끝에 묻어나기라도 할까 봐 잔뜩 숨을 죽이고 있던 준은 마침내 시진의 두 손이 거두어지는 순간 저도 모르게 꼴깍, 마른침을 삼켜야 했다.

"이제 뭐라고 대답할래? 네 친구가 나 잘생겼냐고 물으면."

"대답이야 벌써 했지. 완전 잘생겼다고."

"하, 네가 그걸 어떻게 알고?"

"다 아는 수가 있어. 실은 나 너 어렸을 때 얼굴 기억하고 있거든."

그와 같은 고백에 싸하게 식어 버리고 만 준의 얼굴을 시진이 볼 수 없어 다행이었다.

"무슨 소리야?"

그럼에도 딱딱하게 경직되어 버린 목소리는 미처 숨길 도리가 없어서 대답하는 시진도 어쩔 수 없이 준의 눈치를 봐야 했다.

"일곱 살 때였어. 원인도 알 수 없는 고열로 내 눈이 멀어버린 게. 내로라하는 의사들조차 뚜렷한 병명을 모르더라. 그래서 나는 그냥 운명이라고 부르기로 했어."

잃어버린 시각에 대한 그리움이 절절했던 탓일까. 지독한 열에 시달리던 고통의 시간보다도 직전에 맛본 색감 가득한 순간들이 더욱 생생한 기억으로 남아 있었다.

엄마의 무릎을 베고 낮잠에 들었다가 깬 어느 오후 무렵이었을 것이다.

귓가에서 사각거리던 사과 깎는 소리와 베란다를 넘어 들어와 두 발을 사근하게 감싼 석양의 따스함이 하도 감미로워서 한동안 꿈인지 현실인지 잘 구분되지 않았다. 눈을 비비며 일어나 멍하니 쳐다보고 있던 TV 속에 바로 준이 있었다.

시진의 어린 눈으로 보기에도 브라운관 안에서 재능을 마음껏 뽐내던 준의 모습은 이제는 잘 기억나지도 않는 태양보다 더욱 찬란한 빛으로 뇌리에 각인되었다.

"병을 앓기 전 마지막으로 본 드라마에 네가 나왔었는데, 그래서인지 비교적 선명하게 기억하고 있지. 가끔 본다는 게 그리울 때마다 몇 번이고 마지막 기억을 되새김질했거든."

"……."

"왜?"

"너랑 나랑 뭔가 닮았다는 생각이 들어서. 나도 일곱 살 때야. 교통사고로 부모님 돌아가시고 나 혼자 살아남은 게. 난 그걸 운명의 장난이라고 부르지만."

"아……."

공교롭게도 어떠한 사건을 계기로 인생이 전과 후로 나뉘게 된 시기가 비슷했다.

하지만 그 시련을 이겨 내거나 혹은 그로 인해 주저앉거나, 상반된 길을 걸어온 두 사람이었다. 낮과 밤처럼 명확한 대비 앞에서 준은 갑자기 자기 자신이 어느 때보다도 초라하게 느껴졌다.

"무서운 게 뭐냐고 물었지?"

잠시간의 정적에서 용기를 얻은 것처럼 준이 나직하게 입을 열었다.

"그냥…… 나. 나는 내가 무섭다. 그 사고 이후 내리막으로만 굴러떨어진 바보 같은 새끼. 남들은 잘만 웃으며 사는데, 이 모양 이 꼴밖에는 되지 못하는 한심한 자식. 그게 나라는 게…… 정말 미치게 싫어."

누구의 앞에서도 꺼내 본 적 없었던 속마음들을 와락 토해내고는 준은 두 손바닥으로 제 눈을 꾹꾹 눌러 가렸다.

남자로서, 성인으로서 수치스러운 동시에 뭐라 말할 수 없이 속 시원하기도 했다.

"무슨 일이 있었던 건지 물어봐도 돼?"

시진의 조심스러운 질문에 괜히 웃음이 났다. 준이 작게 고개를 주억거리며 말했다.

"사고가 났을 때, 우리 부모님은 나 때문에 싸우고 있었어. 이혼하면 나는, 그러니까 내가 번 돈은 누가 가져갈 건지 다투면서."

울컥 눈물이 치미는 바람에 준은 얼른 시선을 다른 쪽으로 돌려야 했다. 그것이 소용없는 일이었다는 건 바로 다음 순간에야 알았다. 물기 고인 준의 눈은 볼 수 없겠지만 미세하게 떨리기 시작한 어깨를 곧장 알아챈 시진이었으니까.

시진이 팔을 뻗어 준의 어깨를 감쌌다. 자기 쪽으로 지그시 끌어당기자 준은 못 이기는 척 여린 어깨에 머리를 기대버렸다. 그대로 어깨를 토닥이는 손이 마음까지 다독여 주고 있는 것 같았다.

지금 자신의 꼴이 얼마나 볼썽사나울지는 보지 않아도 알 만했지만, 그렇다고 시진의 위로를 밀어내야 하는 이유를 찾지 못했다. 이 순간 그에겐 시진의 온기가 무엇보다 간절했다.

준이 시진을 끌어안았다. 느슨히 허리를 감아 안는 두 팔에 놀라 헛숨 들이켜는 소리가 났으나 개의치 않았다. 그저 시진의 어깨에 입과 코를 묻으며 그녀의 체취와 온기와 마음을 한껏 받아들일 따름이었다.

가깝게 몸을 맞대고 있었지만 조금 뒤에는 그것이 위안을 구하는 담백한 몸짓이라는 것을 알아챈 모양이었다. 긴장해서 꼿꼿하게 일어났던 시진의 등이 점차 부드럽게 구부러졌다. 잠시 뒤에는 시진도 손바닥으로 준의 등을 쓸어내리고 있었다.

"사실 오늘 아침까지만 해도 긴가민가했는데, 다음에 또 누가 물으면 그때는 확실하게 대답할 수 있겠다. 너 정말 잘생겼다고."

"만지는 거론 모른다면서."

"그냥 만져서는 모르지. 근데 머릿속에 어느 정도 밑그림이 있잖아. 어렸을 때 네 얼굴. 거기에다 방금 손끝에 새겨진 감각을 덧칠해 보면 제법 근사치가 나온다는 말씀."

"그래서 잘생겼다고 생각해?"

"근사치 나왔다니까? 생각하는 게 아니라 알아. 너 정말 근사한 남자라는 거."

길 잃은 어린아이처럼 한순간 위태로워 보였던 준도 시간이 지나면서 조금씩 안정을 되찾아 가는 듯했다. 준이 부러 하는 시진의 말장난에 작게 웃었다.

"지금까지 아무것도 해 놓은 게 없어서 앞으로도 아무것도 할 수 없을 것 같지. 근데 우리 나이에 발밑이 불안한 건 어쩌면 당연한 거야. 우리 겨우 스물일곱이잖아."

시진 역시 마찬가지였다. 매일 고객들한테 배부를 만큼 욕을 얻어먹으면서 정말 수없이 고민했다. 이대로 괜찮은 걸까, 하고.

“그런데 어떻게 생각하면, 불안하다는 건 좋은 뜻인 것 같아. 하거나 하지 않거나, 아직 우리에게 선택권이 있다는 의미니까. 뭐, 선택 자체에 많은 리스크가 따른다는 게 문제겠지만.”

당장이라도 지금 하는 일을 때려치우고 싶은 마음이 든 게 골백번이다. 그럼에도 막상 사직서를 쓰기에 앞서 마음에 걸리는 것이 한두 가지가 아니다. 당장 다음 달 카드 명세서부터 시작하여 정은과 반씩 나눠 내는 월세에 우리 버디 사료값까지.

그만두고서도 청년의 열 명 중 하나는 실업자라는 팍팍한 통계 속에서 시각 장애인인 시진이 재취업할 확률은 하늘의 별을 따는 것만큼이나 희박했다. 누군가는 꿈을 좇는 게 용기라고 말하지만, 누군가는 방종이라고 말한다.

“너는 뭐가 되고 싶어?”

문득 시진이 물었다.

“모르겠어.”

“연기는 네가 하고 싶어서 했던 게 아니야?”

시진의 질문에 답하기 위해 자연스럽게 어린 시절을 돌이켜 보는 스스로가 아니, 그런 자신이 이전처럼 아프지는 않다는 사실이 준은 내심 놀라웠다.

"그냥 엄마 손에 붙들려서 이 촬영장, 저 촬영장 다니는 게 익숙했어."

"그럼 부모님이 돌아가신 다음엔?"

"글쎄. 내가 뭘 할 수 있는지, 뭘 하고 싶은지 전혀 모르겠어서."

한심하게도 고작 할 수 있는 일이 몸 쓰는 일밖에는 없어서 시작한 택배 상하차였다. 남들 다 하는 외국어도 할 줄 모르고, 이렇다 할 자격증도 하나 없으니 암울한 현실이지만 아마 그건 앞으로도 크게 달라지지 않을 것이다.

"연기는?"

"……."

하지만 스스로를 속이고 있던 거짓말은 시진의 귀까지 속아 넘기지는 못해서 그렇게 물어 오는 시진에게 준은 쉽게 답할 수가 없었다.

사실은 너도 연기가 하고 싶은 것 아냐?

정말 누가 시켜서 억지로 했던 거야?

그렇다면 어째서 카메라 앞에 섰던 그 순간들을 미치도록 그리워하는 건데?

다 꺼져 가던 불씨가 시진의 말 한마디에 되살아나기라도 한 것처럼 가슴속에서 누군가 매섭게 추궁하기 시작했다.

하거나 하지 않거나. 아직 그 선택권은 너에게 있어.

나지막이 이른 시진의 목소리가 오랫동안 억눌러 왔던 준의 욕심을 깨운 것이 틀림없었다.

어쩐지 평소와는 다른 박자의 고동으로 가슴이 제멋대로 들썩이기 시작했다.

어색한 침묵이 둘 사이 공기를 비집고 들어올 즈음이었다. 때마침 천장 전등이 번쩍번쩍하더니 곧 빛이 들어왔다. 벼락 때문에 중단되었던 전력 공급이 복구된 모양이었다.

준은 부신 눈을 꾹 눌러 감으며 잠시 밝기에 적응하기 위해 애썼다.

불현듯이 전원이 들어온 냉장고 소리가 요란했다. 소리도 빛도 없이 선명하기만 했던 어둠과 비교해서 인위적인 빛이 차지한 공간은 흐릿하고 어지러웠다. 준은 시진의 눈동자가 유독 고요한 이유를 알 것 같았다.

이제 가야 할 시간임을 깨달은 준이 자리에서 일어났다. 불이 켜지든 말든 상관없이 코를 골며 자던 버디도 부스스 눈을 뜨고 일어나 부르르 몸을 털었다.

현관까지 배웅을 나온 시진을 마지막으로 돌아보며 준이 그녀의 두 볼을 손으로 감싸 고개를 숙였다. 준의 신체 중에서 가장 부드러운 입술이 그의 손안에 가장 아껴 주고 싶은 사람의 이마 위로 조심스럽게 내려앉았다.

순간이었지만 그 뜨거운 온기를 밤새 간직할 수 있을 것만 같은 긴 시간이기도 했다. 놀라 눈을 동그랗게 뜨는 시진의 사랑스러운 눈동자에도 할 수만 있다면 기꺼이 입을 맞추고 싶은 심경이었다.

"모르겠지만 너 말이야."

어쩐지 뜨겁게 달아오른 시진의 볼을 쓰다듬으면서 준이 말했다.

"진짜 근사한 여자야. 그건 내가 알아."

6장

희망도 실망도 기대하지 않는

연극 단원 모집. 경력, 학력, 이력 상관없음. 누구라도 환영!

평소라면 눈길조차 스치지 않았을 어설픈 전단지 앞에서 준은 멀뚱히 멈춰 서 있었다.

만약 화려한 필모그래피를 요구하는 정식 오디션이었다면 도리어 마음이 끌리지 않았을 것이다. 한눈에 보기에도 미흡하고 엉망진창인 광고라 이런 전단지를 아무 전봇대에나 막무가내로 붙여 놓은 극단의 허술한 모습 역시 그 너머로 엿보였다. 왠지 비식 웃음이 비집고 새어 나왔다.

준이 붙어 있는 전단을 떼어 손바닥만 하게 접어 바지 뒷주머니에 쑤셔 넣었다.

정전이 되었던 그 밤, 준은 사고 이후 처음으로 자신의 솔직한 내면을 마주할 기회를 가졌다. 연기를 좋아했고, 계속해 나가고 싶었던 스스로의 욕망을 지금껏 받아들이지 못한 까닭은, 무엇이라도 원망할 대상이 필요했기 때문이었다.

비겁하지만 일곱 살에 시작된 불행의 원인을 모조리 연기 쪽으로 돌렸다. 그래야 현재의 어긋나 버린 삶을 변명할 수 있을 것 같았다. 그렇게 변명이라도 해야 간신히 감내할 수 있을 것 같았다.

한 번 해 보자, 라고 새삼 결심하게 된 계기는 바로 시진이었다. 불행 앞에 주저앉는 법부터 배운 준과는 달리 시진은 불행을 딛고 일어나는 용기를 배운 사람이었다.

넘어져도 죽는 건 아니라며 어둠을 향해서 쉬지 않고 발을 뻗는 멋진 여자였다. 적어도 시진의 옆에서 더는 부끄럽게 살고 싶지 않았다.

매 순간 준이 그랬듯이, 걷잡을 수 없이 시진을 반하게 만들고 싶었다.

전단에 적힌 날짜가 가까워짐에 따라 시시때때로 망설임이 찾아들었지만 결국엔 마음을 다잡았다. 다시 시작하고 싶었다.

공교롭게도 오디션 날, 평소보다 잔업이 늦어지는 바람에 준은 열 시가 다 되어 집에 돌아왔다. 2시에 잡혀 있는 공개 오디션에 늦지 않으려 세 시간 쯤 겨우 새우잠을 잤다.

찬물을 끼얹으며 아무리 세수를 해도 눈 밑을 어둡게 물들인 기미는 숨길 수가 없었다. 정장 한 벌 갖추지 못한 비키니 옷장에서 그나마 깨끗한 청바지와 하얀 티셔츠를 꺼내 입었다.

손에 물을 묻혀 대충 머리를 빗어 넘기고 거울을 들여다보니, 스물일곱 한창인 나이가 무색하게 삶에 찌들어 지친 남자가 마주 서서 제 얼굴을 들여다보고 있었다. 썩 말끔한 몰골은 아니었지만 별수 없이 그대로 집을 나섰다.

시진에게는 미리 문자로 오늘은 점심에 다른 용무가 있다고 전해 두었다. 내심 무슨 일이냐고 물어 오지 않을까 기대했다. 그럼 겸연쩍더라도 극단의 오디션을 보러 간다는 말을 해야겠다고 미리 생각해 두고 있던 참이다.

〈그래. 그럼 내일 보자.〉

그러나 예상했던 물음은 돌아오지 않았다. 시큰둥한 답장을 한참 내려다보던 준이 이내 그것을 주머니에 집어넣었다. 어느새 버스가 홍대입구역에 도착했기 때문이었다.

극단은 위치를 모르면 거기 있는 줄도 모르게 그냥 스쳐 지나가 버리기 좋을 곳에 있었다. 준의 동네까지는 꽤나 먼 거리인데도 용케 거기까지 전단지를 붙여 놓았다 싶었다.

지하로 통하는 계단을 내려가면서, 통로 벽에도 줄줄이 붙어 있은 오디션 광고를 읽다가 픽 웃음이 났다.

고3 수험생 둔 어머니, 팔순 청춘 할아버지, 초딩 아역 배우 모집! 죗값 다 치른 전과자도 OK! 눈 세 개, 코 두 개, 개성 만점 환영!

썰렁하다고 해야 할지, 처절하다고 해야 할지. 어지간히도 단원이 없는 곳인가 보았다. 싱거운 글자들을 가볍게 읽고 지나면서 묵직하게 차오르던 부담이나 긴장을 한결 덜어 낼 수 있었다.

무대와 객석이 서로의 숨소리가 들릴 만큼 가까이 붙어 있는 협소한 극장 안에는 준의 예상보다 제법 많은 사람이 모여 있었다.

"입단 오디션 보러 오셨어요?"

"예."

"여기 이름 적어 주시고요. 모든 과정은 공개 시험으로 진행됩니다."

지원한 참가자들이 먼저 온 순서대로 앉아 오디션을 치렀다. A4용지 한 장짜리 토막 대사를 주고는 상황이나 인물 설정, 감정을 다르게 주문해 연기를 비교했다.

무대 위에서는 20대 초반쯤으로 보이는 잘생긴 남자가 경상도 사투리로 주어진 대사를 소화해 내고 있었다. 그다음엔 떠나간 연인을 잡는 상황이었다. 같은 대사가 전혀 다르게 쓰여도 어색하지 않았다. 한눈에 보기에도 제법 실력이 있었다.

다음 사람도, 그다음 무대에 오른 사람도 분명 무대를 모르는 초짜가 아니었다. 겨우 이런 작은 극단에 저만큼의 실력자들이 우르르 지원했다는 사실이 차츰 의아해지기 시작했다.

익살스럽게 연기하는 지원자를 보며 속 좋게 웃고 있는 사람들 사이에서 준은 초조감을 숨기지 못했다. 차례가 가까워 올수록 손바닥이 근질거렸고, 저도 모르게 한쪽 다리를 경망스럽게 떨어 댔다.

불안했다. 괜히 왔나 싶은 생각이 최고조에 이르렀을 때였다. 문득 시진이 했던 말이 머릿속에 떠올랐다.

그녀는 불안한 게 좋은 거라고 했다. 하거나 하지 않는 선택이 자신에게 달려 있기 때문이라고. 지금까지 애써 연기를 외면해 왔던 준은 틀림없이 불행했었다.

그렇다면 이제는 다른 한쪽의 선택을 해 볼 때가 된 게 아닐까.

그런 생각을 하고 있던 차에 준의 이름이 불렸다. 준은 한 손을 들고 일어나 무대로 나아갔다. 막상 차례가 닥치자 좀 전의 긴장은 누그러지고, 한결 자연스러운 미소가 입가에 그려졌다.

어차피 조명을 내리쏘는 무대 위에 오르면 객석은 어둠에 잠길 것이다. 그렇다면 저 객석에서 그를 바라보는 관객은 단 한 명뿐이라고 가정하자. 한 여자와 그녀의 곁을 놓치는 법이 없는 한 마리의 개를 상상하면서.

이윽고 전율이란 이름의 짜릿한 감각이 전신을 사로잡았다. 연기라는 수단을 통해 세상 누구보다 자유로울 수 있는 준이었다. 지금 이 순간만큼은 몸도 마음도 고단한 현실에서 벗어나 훨훨 날아갈 수 있을 것 같은 기분이었다.

손에는 한 장의 대본이 주어졌다. 가슴은 그 자신도 몰랐던 열정으로 들끓고 있었다. 그동안 잠자코 숨을 죽이고 있던 재능이 그의 귓가에 나직이 속삭이기 시작했다.

오늘 이 무대 위에서 지금껏 웅크리고 있던 가장 커다란 날개를 펼칠 사람은 다른 누구도 아닌 선우준, 바로 자신이라고.

⁘ ⁘ ⁘

"그럼 단번에 붙은 거야? 장난 아닌데!"

"어차피 소극장에서 창작극 위주로 올리는 신생 극단이야. 아직 이름도 없고."

"그래도 대단한 건 대단한 거야."

시진에게 오디션 이야기를 꺼낸 건 합격했다는 확답을 듣고 난 다음이었다. 함께 오디션을 봤던 얼굴들 몇몇이 함께 붙었다. 창립 단원 외에 약 여섯 명 정도가 새로운 멤버가 된 셈이었다.

아직은 얼떨떨한 기분으로 환영회 자리에 참석했을 때, 이제는 동기가 된 이들에게서 몇 가지 중요한 정보를 전해 들었다. 이 소극단을 창단한 사람이 원래는 연극, 뮤지컬계에서 알아주는 천재 연출가라고 했다. 그의 창작극을 무대에 올릴 작은 규모의 극장을 세웠고, 소속 극단을 만든 것이 바로 이곳이라고.

정식 공연 준비까지는 아직 먼 이야기였지만 일주일에 네 번 잡힌 정기 연습은 제법 본격적인 느낌으로 진행되고 있어 내심 격앙되는 것도 사실이었다.

"너 첫 공연 잡히면 꼭 나 초대해 줘야 한다?"

"언제가 될지 모르겠지만, 뭐."

괜히 으쓱거리는 투로 들리지 않도록 준이 손으로 슬쩍 입가를 가리며 대꾸했다. 시진이 웃으며 졸랐다.

"약속한 거다? 정말 보고 싶어. 너 연기하는 거 아직도 기억나거든. 내 또래의 쪼끄만 남자애가 채널만 돌리면 여기선 사투리로 말하고, 저기선 거지꼴을 하고 있고, 또 저쪽에선 귀여운 도련님처럼 굴고."

시진의 말대로 채널만 돌리면 준이 나오던 때가 있었다. 모두의 주목을 받는 것보다, 천재 소리를 듣는 것보다 카메라 프레임 안에서 전혀 다른 삶들을 살 수 있는 게 좋았던 때다. 연기를 사랑하던 시절이었다.

"사실 나도 초대랄까, 부탁이랄까. 너랑 같이 가고 싶은 곳이 있는데……."

"어딘데?"

시진답지 않게 말을 머뭇거렸다. 괜찮으니까 말해 보라며 준이 시진을 향해 몸을 틀어 앉았다.

"이번 주말에 대학 동문회가 있는데, 갈까 말까 하고 있었거든. 가 봐야 시끄러운 술자리인데다 초행길이라 버디랑 가기가 좀 그래서. 참석 안 하면 벌금이라서 얼굴만 비추고 오면 되는데. 네가 내키지 않으면 굳이 같이 안 가도……."

사람 많은 곳을 싫어하는 준의 성격을 뻔히 아는지라 부탁하면서도 미안한 기색이었다. 평소처럼 정은과 함께 가면 되는 자리에 굳이 준을 부르는 까닭은, 이번 기회를 통해 확실히 알고 싶었기 때문이었다. 자꾸만 쓸데없이 사람 마음을 들뜨게 만드는 준의 의도를.

"야. 선우준, 너한테 관심 있는 게 분명해. 세상에 어느 남자가 정전됐다고 가던 길을 되돌아오냐? 것도 좋아하지도 않는 여자 집에."

"그냥 걱정돼서 온 거야."

"그러니까 그 심상치 않은 걱정이 바로 관심이라니까!"

가뜩이나 싱숭생숭한 감정을 정은이 한바탕 들볶아 댔다. 정은이 부추길수록 시진은 도리어 고개를 내저으며 마음을 다졌다.

"괜한 바람 좀 넣지 마. 네 눈에는 내가 세상 제일 예쁘고 착한 친구인 거 알아. 근데 날 아무런 편견 없이, 있는 그대로 봐 주는 네가 나한테는 기적이나 다름없어. 선우준도 너랑 같아. 날 동정하지 않고 먼저 친구라고 말해 줬어. 난 그걸로 충분해. 그 이상 기대하는 건…… 터무니없는 욕심이야."

"정시진, 가끔 보면 네가 가장 너 자신을 모르는 거 알아? 네가 너를 제일 무시하고 있다고."

"알아. 그래도 이러는 편이 안전해. 이게 나한테는 최선이야."

재차 스스로를 단속하는 시진을 정은은 아마 안쓰러운 눈으로, 한편으론 나무라는 시선으로 바라보았을 것이다. 그녀가 시진의 소극적인 태도에서 누구를 떠올렸을지 모르는 바가 아니었다. 때문에 시진 역시 조심스럽게 물을 수밖에 없었다.

"너 정말 동문회 참석할 거야?"

"간다니까."

"진석이도 온다던데. 괜찮겠어?"

"개랑 끝난 지가 언젠데. 괜찮아. 상관없어."

대답하는 목소리에 확신 같은 건 들어 있지 않았다. 시진이 정은의 손을 꼭 잡았다. 가장 소중한 친구가 자신을 응원해 주는 것처럼 친구의 사랑을 응원해 줄 수 없어 그저 미안할 따름이다. 그럼에도 시진은 진심으로 정은이 행복하기만을 바랐다.

"갈게."

시진을 상념에서 깨어나게 한 건, 간결한 허락의 말이었다. 놀란 얼굴의 시진이 작게 턱을 들며 준에게 되물었다.

"간다고?"

"왜? 싫어?"

"아니. 나야 좋지만……. 근데 왜?"

"왜냐니?"

준의 목소리에 웃음기가 묻어 있었다. 시진의 말뜻을 이해하지 못한 모양이었다. 시진이 애써 에둘러 말했다.

"너 사람 많은 장소에 가는 것 별로 안 좋아하잖아."

"너랑 가는 거잖아."

당연하다는 듯 대답하기에 도리어 대꾸할 말을 잃은 건 시진 쪽이었다.

"너만 보고 있을 거야. 그러니까 괜찮아."

사람 속도 모르고 아무렇지도 않게 가슴 뛰는 말만 해 대는 준이 몹시도 얄미워, 할 수만 있다면 준의 가슴을 주먹으로 콩 때려 주고 싶었다.

"그런 말 좀 하지 마."

"왜?"

"……됐어. 토요일 일곱 시에 우리 집 앞으로 늦지 말고 데리러 오기나 해."

"오케이."

다른 건 몰라도 이것 하나만은 확실했다. 준을 향한 시진의 감정은 더는 속일 수 없을 만큼 분명한 색깔로 물들어가고 있다는 것. 그게 아니라면 이렇게 빤히 속 보이는 짓을 할 리 없을 테니까.

준이 자신을 위해 어디까지 감수할 수 있는지, 준의 마음을 한 겹이나마 엿보려 하는 얕은 수작이 스스로 생각하기에도 한심할 뿐이었다.

이번 기회에 시진은 주제를 모르고 들썩거리는 경솔한 감정에 따끔한 회초리를 내려치겠다고 결심했다.

⁘ ⁘ ⁘

느지막이 들어서는 시진을 보고 동창회를 주도했던 몇몇 친구들과 SNS를 통해 참석 의사를 밝힌 동기들이 반갑게 인사를 건네 왔다.

의자를 조금씩 당겨 내어 주는 자리에 준과 시진이 나란히 끼어 앉았다.

"여, 정시진! 완전 오랜만이다."

"잘 지냈어?"

어떻게 지냈는지, 취직은 했는지 서로 안부를 주고받는 시진 옆에서 준은 눈이 마주치는 이들에게 간단히 묵례하는 것으로 인사를 대신했다.

이름이 뭐냐, 무슨 사이냐 묻지 않는 것을 보니 굳이 이름을 알아야 할 필요가 없는 시진의 동행인에 저들도 익숙한 모양이었다.

"시진이 넌 점점 예뻐지네?"

"너도 목소리가 밝은데. 무슨 좋은 일 있어?"

"좋은 일은. 여기서 반이 놀고먹는 백수다, 야."

가뜩이나 정신적, 육체적으로 모두 고된 일인데다 박봉에 취업문까지 좁은 사회복지학과라, 보통 열 명 중 여덟아홉은 시진이나 정은처럼 전혀 다른 전공으로 취업하기 마련이었다.

눈물 나는 현실을 우스갯소리 삼아 던지는 동기들 속도 들리는 것처럼 마냥 좋지는 않을 것이다. 그럼에도 졸업 후 모처럼 다 같이 모인 자리를 암울하게 이끌어 가고 싶은 사람은 없어서, 금세 왁자하게 웃음을 터뜨리거나 옛날 일을 안

주 삼아 한바탕 추억을 공유하는 데 여념이 없었다.

화장실을 다녀오겠다며 준이 잠시 자리를 비운 사이, 내내 호기심을 숨기고 있던 동기들이 다가와 준에 대해 물었다.

"완전 잘생겼잖아! 가만 보니까 활동 보조인은 아닌 것 같은데. 뭐야? 남친?"

"남친은 무슨. 그냥 친구야. 오늘 정은이가 늦게 끝날 것 같다고 해서 같이 와 달라고 부탁했어."

"그럼 소개 좀 시켜 줘라. 우린 또 활보쌤인 줄 알고 가만 있었지. 여자 친구는? 있대?"

"어? 어. 재 있어. 여자 친구."

대충 얼버무리면서 시진은 누가 이쑤시개로 찌르기라도 하는 것처럼 양심이 콕콕 쑤셨다. 좋은 게 좋은 거라고, 애써 스스로를 변명하고 있던 시진을 곁에서 누군가 툭 건드렸다. 시진이 무심결에 턱을 들었다.

"저기 네 훈남 친구들 온다. 넌 어째 잘생기고 괜찮은 남자는 다 데려다가 친구를 먹니. 알고 보면 얘가 제일 불쌍해. 그렇지?"

"그렇네. 시진이 소울메이트 도착이다."

시진을 놀리며 즐거워하는 동기들의 목소리에 시진은 준과 함께 들어와 그녀의 맞은편에 자리를 잡고 앉는 이가 누구인지 곧장 알아챌 수 있었다. 대학 시절부터 정은과 셋이 찹쌀떡처럼 붙어 다니던 친구, 진석이었다.

"오랜만이다, 씨진."

"유진석, 오랜만이네. 잘 지냈어?"

사실 정은만 빼놓고 본다면 둘 사이는 여전히 절친했다. 다만 그 관계 자체가 가운데 정은이 없으면 성립되지 않는 트라이앵글인 것이 문제였다.

"뭐, 그렇지. 정은이는?"

"오늘 좀 늦는다고 했……."

"정은이 저기 오네. 아무튼 쟤도 양반은 못 돼."

시진이 왼쪽 자리에 익숙한 향기를 풍기며 앉는 정은을 반겼다.

"왔어?"

"어, 또 야근시키려고 해서 도망 나왔어."

장난스럽게 웃으며 답하는 목소리가 평소보다 인위적이라는 것을 알았지만 시진은 모르는 척 함께 웃어넘겼다.

"오랜만이……."

"안녕하세요. 말씀 많이 들었어요. 시진이 베프 정은이에요."

진석이 건네 오는 인사를 그대로 무시하는 정은 때문에 일순간 테이블에 어색한 정적이 찾아들었다. 그에 아랑곳없이 손을 내밀고 있는 정은에게 준이 응답하여 함께 악수를 나누었다.

"선우준입니다. 저도 말씀 많이 들었습니다."

"유진석입니다. 시진이, 정은이 대학 친구고요."

"아, 예."

그때까지도 고집스럽게 정은 쪽을 바라보고 있던 진석이 먼저 자기소개를 해 왔다. 시진의 소울메이트씩이나 된다는 그와 통성명을 나누자 기다렸다는 듯이 인사하는 다른 이들과도 연이어 자연스러운 악수가 몇 차례 오고 갔다.

어색한 분위기를 서둘러 와해시키며 동기들이 다시금 술잔을 채우고 비우고 주고받았다. 오래지 않아 시답잖은 주제를 가지고 서로 목청을 높이며, 두세 사람씩 쪼개져 여기저기서 각기 다른 대화를 나누기 시작했다.

문득 바지 주머니 속에서 진동을 느낀 준이 휴대폰을 꺼내 확인했다. 모르는 번호라 무시할까 하다 이내 마음을 바꿨다. 혹시 극단에서 온 전화일지도 모른다는 생각이 들어서였다.

"잠깐 나가서 전화 좀 받고 올게."

"응, 다녀와."

준이 나가고, 시진은 그의 빈자리를 챙길 새도 없이 정은과 진석 사이에 흐르는 묘한 공기의 틈바구니에 끼어 눈치를 보기에 바빴다.

"어떻게 지냈어?"

"야, 정씨진. 네 말대로 진짜 잘생겼네? 어렸을 때 그대로 컸어. 정변이야, 정변."

"정은아."

"진석이, 넌 요새 잘나간다는 소리가 여기까지 들리더라. 벌써 승진한다면서?"

"어? 아…… 어."

정은과 작은 인사라도 나누려 몇 차례나 시도하던 진석은 끝내 한숨을 흘리며 체념해야 했다. 맞은편에서 안부를 물어 오는 동기에게 답하며 진석이 고개를 돌렸다.

애써 괜찮은 척, 쿨한 척해 보지만 정은도 결국엔 기분이 가라앉는지 표정이 흐려지고 말았다. 어쩔 수 없이 시선이 자꾸만 진석이 있는 자리를 좇고 있었다. 씁쓸한 얼굴로 혼자서 연거푸 술잔을 비워 내는 진석을 보니 마음을 쥐어짜는 듯 싸한 기분이 되고 말았다.

끝나도 진즉에 끝난 관계인데, 어째서 그는 아직까지 정은의 가슴 한구석을 차지한 채 나갈 생각을 않는 건지 모를 일이었다. 아니, 틀린 말이다. 그가 나가지 않는 게 아니라 그가 버린 감정의 찌꺼기들을 정은이 놓지 못하는 거라고 해야 정확할 테니까.

"잰 누가 불렀어?"

싱숭생숭한 마음을 감추며 겉으로 내색하지 않으려 애를 쓰는데, 문을 열고 들어오는 손님들 속에 문득 눈에 띄는 여자가 하나 있었다.

정은이 대놓고 싫은 얼굴을 지어 보이는 동안 동기들 역시 표정이 좋지 않았다. 영문 모르는 채 갸웃거리는 시진의 귓가에 정은이 슬쩍 몸을 기울여 일렀다.

"문희정이야."

그에 시진 역시 자연스레 표정이 어두워지고 말수가 줄어들었다.

"다들 나 없이 뭐가 그렇게 즐거워?"

"하하. 뭐, 이런저런 얘기 하다 보니까. 오랜만에 봤는데 재밌는 게 당연하지."

유치원부터 시작해 맹학교 10년, 대학 4년, 그리고 직장생활 햇수로 2년까지. 그 모든 사회생활을 겪으며 시진은 깨달은 사실이 하나 있었다. 어느 집단이든 저런 밉상이 최소 하나씩은 존재한다는 것. 그중에서도 희정은 단연코 손에 꼽혔다.

한마디로 표현하자면 희정은 지나친 편애와 기대 사이에서 기묘하게 삐뚤어져 자란 여자였다. 재산도 많고 나름 권력도 가진 부모는 늦은 나이에서야 겨우 자식을 둘 보았는데, 노산 탓인지 오빠는 지적 장애가 있었고 희정은 저시력으로 태어났다.

있는 집 자식들이 둘 다 장애인이었다. 어차피 가업을 물려줄 수 없는 형편이라면 아프게 낳은 아이들에게 무엇 하나 부족하게 만들지 않겠다는 일념으로 보듬어 온 것이 어떻게 보면 희정의 성격을 동아줄처럼 배배 꼬아 놓는 데 결정적인 역할을 했을 것이다.

희정의 눈은 명암 구분이 가능하고 주먹만 한 글자를 읽을 수 있는 정도였지만 시야가 좁았고, 멀리서 보았을 때 세부적인 것을 구별할 수 없어 일상생활에 숨길 수 없는 불편함이 있었다. 하지만 적어도 어린아이의 지능을 가진, 덩치만 큰 오빠보다는 남들과 별다르지 않게 일반 학교에 대학까지 졸업한 희정에게 온갖 기대가 쏠렸을 것이다.

집 밖에서도 마찬가지였다. 아무래도 희정을 대하며 알게 모르게 조심스러울 수밖에 없었던 사람들의 각별한 태도가 그녀로 하여금 자신을 마치 특별한 사람이라도 된 것처럼 느끼게 했을지도 모르겠다.

"넌 여전하다, 정시진? 궁상맞은 건."

"네 목소리도 여전하네. 싸가지 없는 건."

지지 않고 받아치는 시진을 경멸스럽게 쳐다보면서 희정이 곧 진석의 옆자리를 비집고 들어가 앉았다.

희정은 대학 시절부터 진석에게 남다른 마음을 품고 있었다. 끈질기게 들이대는 희정의 고백을 진석이 무참하게 거절한 이후 그가 시진, 정은과 어울려 다니자 어느 순간부터 희정은 시진에게 그 분풀이를 해대기 시작했다.

진석과 캠퍼스 커플로 연애했던 건 정은이었는데도 시진만 보면 못살게 굴려고 작정을 한 사람처럼 달려드니, 그 심술은 희정이 가진 자격지심의 삐뚤어진 표출이라고밖에 설명할 길이 없었다. 저시력인 희정은 자신이 전맹인 시진보다 우월한 사람이라는 인식이 늘 박혀 있었다.

"너 아직 남자 없지? 하긴, 네가 어디를 가서 혼자 남자를 만나겠어."

희정이 시비를 트기 시작했을 때 주위에 있던 이들은 익숙한 듯 고개를 설레설레 내저으며 '쟤 또 시작했네' 하는 표정을 지어 보였다. 동기들이 나서서 말리지 않는 건, 말려 봐야 듣지 않을뿐더러 대다수의 경우 시진이 희정을 없는 사람인 양 무시해 버리는 것으로 끝이 났기 때문이었다.

하지만 오늘은 작정을 한 듯 수위가 한층 높았다. 여느 때처럼 맥주를 마시며 못 들은 체하던 시진이 저도 모르게 얼굴을 찌푸렸을 만큼.

"우리 오빠 어때? 내가 너니까 소개해 주는 거야. 사실 우리 부모님 설득부터 해야겠지만. 우리 엄마 아빠는 장애인보다 차라리 외국인 신부를 사 오는 게 낫다고 하시거든. 근데 너는 어쨌든 말도 통하고 돈도 벌어 오니까……."

"야, 문희정!"

탕!

참지 못하고 맥주 컵을 테이블 위에 험악하게 내려친 것은 진석이었고, 손가락을 내뻗으며 앉아 있던 의자에서 벌떡 일어난 것은 정은이었다. 희정의 도가 지나친 언행에 시진을 대신하여 분노하는 것이었다. 서로 눈치를 보기에 바쁜 동기들 사이에서 시진은 수치스러움에 부들부들 손을 떨며 앉아 있었다.

어느 순간, 잔뜩 경직된 어깨 위에 크고 따스한 온기가 내려앉았다. 예상치 못한 접촉에 흠칫 놀란 시진을 다독이는 손길은 낯설지 않았다.

"누구를 누구한테 소개합니까?"

희정을 노려보며 얼음장처럼 차가운 목소리로 추궁한 것은 바로 준이었다.

⁘ ⁘ ⁘

"여보세요."

—선우준?

"누구세요."

건너편 목소리가 흐릿해서 계단에 서 있던 준은 아예 건물 밖으로 나와야 했다. 차들이 오가는 소음 때문에 여전히 주위가 시끄러웠지만 적어도 상대가 젊은 여자라는 것쯤은 유추할 수 있을 정도였다. 스팸 전화인가 생각하던 차에 여자가 스스로 제 이름을 밝혔다.

—나 류성희인데…….

"누구?"

—성희. 류성희. 나 몰라? 옛날에 너랑 드라마에서 쌍둥이

역할로 나왔던. 내가 네 여동생 숙희 연기했잖아.

"아아."

어떻게 자신을 모를 수가 있느냐고 몇 번이고 연신 혼잣말을 하며 기막혀 하는데, 거기다 대고 잘 기억나지 않는다고 대답할 수가 없었다. 얼굴은 흐릿했지만 깡마른 몸에 눈만 댕그랗던 여자아이가 얼핏 떠오르는 것도 사실이었다.

다만 궁금한 건, 이렇게 뜬금없이 연락해 온 이유뿐이었다.

"무슨 일로?"

—…….

휴대폰 건너편에서 뜻 모를 한숨 소리가 새어 나오지 않았더라면 준은 통화가 끊어졌다고 생각했을 것이다.

—그냥 또라……. 아, 아니. 이 감독님 소극장 놀러 왔다가 우연히 네 프로필을 봐서. 넌가 하고.

"그래서?"

—그, 그래서 그냥……. 오랜만에 얼굴 좀 볼까 해서. 너 지금 극장 올 수 있어?

"아니, 바빠. 할 말이 뭔데."

—딱히 할 말이 있는 게 아니라 나는 그냥 어렸을 때 얘기도 좀 하고…….

"난 별로 그때 얘기 하고 싶지 않은데. 용건 없으면 이만 끊는다."

—야, 선우준!

앙칼진 여자의 목소리가 멀어진 휴대폰에서 비죽 솟아 나왔지만 신경 쓰지 않았다. 어렸을 때 기억이라고 해 봐야 웃으며 기분 좋게 나눌 만한 것이 되지 못했다.

류성희란 이름 뒤에 기억나는 것이라곤 새침한 계집애가 온갖 주목이 준에게 쏠리자 말도 못하게 떼를 쓰고 응석 부리던 모습뿐이었으니까. 때문에 더는 말 붙일 여지없이 전화를 끊어 버리고는 두고 온 시진에게로 걸음을 돌리는 준이었다.

애초에 여자라고 해서 특별 대우하는 자상한 성격은 되질 못했다. 오히려 한동안 준이 시진에게 보인 모습들이 이례적인 것이었다. 마치 지금 희정을 쏘아보는 눈빛처럼, 본래의 준은 타인을 경계하고 경멸하는 데 더 익숙한 남자였으니까.

서슬 퍼런 시선에 희정의 입이 절로 다물어졌다. 싫어하는 감정이 여지없이 묻어나는 사람의 눈빛이란 보이지 않는다고 해서 느껴지지 않는 것이 아니었다.

"정시진한테 누굴 소개시켜 준다고요?"

재차 묻는 준의 질문에서 서서히 압박감이 느껴지기 시작했다. 눈치를 보던 희정이 곁에 있던 동기에게 물었다.

"누구야?"

"아, 오늘 시진이가 데려온 친구."

"정시진 친구? 참나."

그러더니 방금 전의 기죽은 표정은 오간 데 없이 금세 팔짱을 끼며 샐쭉한 얼굴을 했다. 희정의 뻔뻔함이 황당하기도 하고 화가 나기도 해서 시진의 어깨를 감싼 준의 손에 바싹 힘이 들어갔다.

"아직 친구인 거죠. 정시진이 어디 가서 혼자 만난 남자, 친구."

그렇게 덧붙이는 준을 놀란 눈으로 돌아보는 건 비단 희정뿐만이 아니었다.

모두의 이목이 집중된 가운데 홀로 태연한 준이 올려놓은 손 아래로 가늘게 떨리는 시진의 어깨를 살짝 잡았다가 놓았다. 쓸데없이 기죽지 말라는 응원의 의미에서였다. 그 마음을 온전히 전해 받은 건지 곧 벌어진 시진의 입에서 의미 모를 한숨이 길게 새어 나왔다.

"지금 그쪽이 끼어들 일 아니거든요?"

"야, 문희정."

참다 참다 끝내 입을 연 시진이 정확히 희정이 앉은 방향을 노려보았다.

"너나 내 일에 오지랖 부릴 시간 있으면 가서 영어 학원이나 등록해."

"뭐?"

영문 모를 소리에 눈썹을 찡그린 희정을 보며 시진이 턱을 치켜들었다.

"나는 어딜 가든 알아서 남자 만날 능력 되니까 걱정하지 말고 너나 잘하라고. 외국인 시누이랑 의사소통이라도 하려면 영어 좀 배워 놔야 되지 않겠어?"

"정시진, 이 나쁜 계집애야!"

"시끄러워. 목청은 또 왜 그렇게 좋아. 그렇게 윽박지르면 외국인 시누이 금세 도망간다."

슬쩍 미간을 찌푸리며 대거리하는 시진은 여전히 침착하기가 그지없어서, 발끈 들고 일어난 희정과는 깜냥부터가 다른 느낌이었다.

"정말 너네 오빠 장가가는 게 걱정이면 그 못된 성질머리나 좀 고쳐. 얘들아, 나 먼저 일어날게. 아까 말했듯이 할 일이 있어서."

바락바락 소리를 지르며 분해하는 희정을 그대로 무시하며 시진이 가방을 챙겨 들었다. 더 이상 자리를 지키고 앉아 있을 마음이 없어진 지 오래다. 동기들과의 해후도 대강은 풀어낸 다음이었다.

먼저 가서 미안하다며 손을 흔드는 시진을 동기들 역시 선뜻 보내 주었다. 어차피 희정이 끼어든 이상 둘 중 하나가 빠지지 않으면 모두에게 불편한 시간이 되고 말 것이다.

시진이 일어나는 것과 동시에 준은 자동적으로 시진이 앉아 있던 의자를 뒤로 빼 주었다. 시진의 손을 제 팔에 얹어 놓으며 돌아서는데, 등 뒤에 집착 어린 희정의 조롱이 끈질기게도 달라붙었다.

"그쪽, 정시진 친구라고 했어요? 너도 참 대단하다. 유진석에, 또 저 남자에. 알고 보면 네가 제일 천박하고 영악해. 앞이 안 보이는 걸 꼬리 치는 데 이용해 먹니?"

시진이 참지 못하고 멈춰 서고 만 것은 그 조롱이 자신뿐 아니라 준에게도 한 발을 턱 하니 걸쳐 놓았기 때문이다.

순간적으로 치민 분노에 주먹을 불끈 말아 쥔 시진을 만류하며 대신 희정 쪽을 돌아본 준의 눈동자가 서늘했다. 시진을 모욕하는 것을 더 이상 두고 볼 수 없었다. 그는 여자라서, 혹은 시진의 앞이라 지키고 있었던 최소한의 예의를 내려놓기로 했다.

"가서 영어 학원 등록하는 김에 국어도 다시 배우시죠? 앞이 안 보이는 건 이렇게 손잡고 걸을 수 있으니까 좋은데, 말귀 못 알아 처먹는 건 약도 없는 법이거든."

그러곤 말없이 시진의 손을 찾아 꼭 부여잡았다. 다른 쪽 팔로는 시진의 어깨를 감싸 안은 채였다. 등 뒤에서 분을 이기지 못하고 빽빽 알아듣지 못할 비명을 질러대는 희정에게는 일말의 관심조차 주지 않았다. 아주 소중한 것을 어르는 사람처럼 시진을 끌어안고서는 그대로 걸음을 옮겨 호프집을 빠져 나왔다.

건물 계단을 올라 밖으로 나오자마자 시진이 준을 매섭게 밀쳐 냈다. 아마도 호프집 안에서 크게 마음이 상한 탓이리라 여긴 준이 다가가 위로하려 할 때였다. 다시금 그의 손을 뿌리치며 시진이 고개를 치들었다.

"너 그러지 마. 그렇게 하지 말라고."

"내가 뭘? 그 여자가 먼저 너한테……!"

"내가 착각하잖아!"

"……뭐?"

방금 전 호프집 안에서 벌어졌던 미묘한 말다툼을 나무라는 줄 알고 발끈하여 받아치던 준이 순간적으로 멈칫했다. 준을 곧이 바라보지 못하고 다른 어딘가에 시선을 던지고 있는 시진의 얼굴이 알록달록한 간판 불빛들에 물들어 유난히도 붉어 보였다.

"내가 착각하잖아. 네가 아무렇지도 않게 하는 일들 때문에 내가 착각한다고. 너한테는 배려고, 동정일지 몰라도 나는 그런 네 행동에 설렌단 말이야."

"야, 정시진."

"너는 내가 장애인이라 특별히 신경 써 주는 거겠지만 나는……."

당장이라도 아니라고 반박하려던 준이 마른 입술을 달싹였다. 나는 네가 장애인이라 특별히 신경 쓰는 것이 아니라 특별한 네가 장애인이라 신경 쓰고 있는 거라고 그렇게 말하고 싶었다.

하지만 이어지는 시진의 고백에 그는 목소리를 내는 대신 헛숨을 내뱉고 말았다.

"내 마음은 그런 내 주제를 몰라. 내 마음은 다른 사람이랑 별반 다르지 않아서 특별하게 대해 주면 괜히 혼자 설레고 착각한단 말이야. 네가 날…… 너도 날 좋아할지도 모른다고 착각한다고."

"……."

준은 지금 시진이 하는 말을 반도 채 이해할 수가 없었다. 댕, 하고 당목에 얻어맞은 종이 되기라도 한 것처럼 머리가 어지러웠다.

시진의 고백 아닌 고백과, 비난 아닌 비난과, 오해 아닌 오해가 마구잡이로 뒤범벅되어 제대로 된 사고의 길을 낼 수 없었다.

다만 준의 눈에 보이는 건 더 이상 빨개질 수도 없을 것처럼 익은 시진의 얼굴과 열이 오른 탓인지 그렁그렁해진 두 눈동자, 그리고 하도 움켜쥔 나머지 새하얗게 질려 버린 작은 손마디뿐이었다.

당장은 어떠한 해명 대신에 우선 그녀를 좀 안아 주고 싶었다. 저도 모르게 발을 뻗어 한 걸음 다가서는데, 시진이 먼저 손을 들어 그를 거부했다. 단호한 몸짓에 준은 시진에게 손끝 하나 댈 수가 없었다. 끝내 힘없이 시선을 떨구며 어깨를 늘어뜨리고 말았다.

"집에는 나 혼자 갈게. 미안한데 택시만 좀 잡아 줄래?"

한편 시진은 비참한 고백을 주절거리듯 쏟아 낸 이후임에도 혼자서는 택시 하나를 잡을 수 없어 준에게 부탁해야 하는 상황에 대해 참을 수 없는 무력감을 느끼고 있었다.

오늘따라 자신의 처지가 괜스레 더 밉고 원망스러운 시진이었다.

때마침 시진이 걱정되어 두 사람을 따라 나온 정은이 그들의 곁으로 다가섰다. 시진에게 팔짱을 끼기에 앞서 정은은 준에게 가만히 고개를 저어 보였다. 오늘은 이만 하고 자신에게 맡겨 두라는 뜻이었다.

반대로 준은 작게 고개를 끄덕이는 것으로 시진을 잘 부탁한다는 말을 대신 전했다.

겉옷을 챙겨 밖으로 나온 진석이 어느새 택시를 잡아 뒷좌석에 오르고 있는 시진과 정은을 향해 다가설 즈음에야 준은 그의 걸음에서 위화감을 알아챘다.

계속 앉아 있는 상태에서만 대화를 나누어 몰랐는데, 오른 다리 아래가 불편한 듯싶었다. 자세히 들여다본다면 어쩔 수 없이 티가 나겠지만 얼핏 지나가는 눈길만으로는 다리 한쪽을 의족이 대체하고 있다는 사실을 까맣게 모를 정도로 자연스러웠다.

아까부터 어떻게든 대화를 나누어 보려 노력하는 진석을 계속해서 외면해 온 정은이었다. 시진과 함께 택시에 오른 그녀를 붙잡고서 진석이 말했다.

"미국 가기 전에 마지막으로 같이 밥 한 번만 먹자. 부탁한다."

"……."

진석을 원망 가득한 눈으로 올려다보던 정은이 끝내 차 문을 쾅 닫으며 기사에게 출발해 달라고 했다. 택시는 두 남자를 차도에 남겨 두고서 속절없이 멀어져 가 버렸다.

저만치 작은 점이 되어 가는 차를 씁쓸한 눈으로 좇던 두 남자가 이내 서로를 돌아보며 어색한 얼굴들을 했다. 준이 먼저 껄끄러운 듯 눈길을 돌리자 그가 의족에 놀랐다는 걸 알아챈 진석이 픽 웃으며 말했다.

"골육종, 그러니까, 뼈에 암이 생겨서 잘라 냈습니다. 내 목숨 값이죠."

얼핏 장한 눈빛으로 의족을 내려다보는 진석에게서 준은 묘하게도 시진을 비춰 보았다.

어딘지 모르게 닮은 두 사람이었다. 친구들이 소울메이트라고 묶어 부르는 이유를 알 것도 같았다. 시진을 떠올리며 절로 입가에 미소를 그리는 준을 보면서 진석은 준이 무슨 생각을 하는지 알겠다는 듯 고개를 주억거렸다.

"시진이도, 나도 불편한 몸 때문에 더는 불행하지 않을 만큼 단련됐습니다. 우린 적응했고, 이게 앞으로 우리가 살아야 할 몸이라는 사실도 받아들였어요. 하지만 여전히 여기에 다른 사람을 끌어들이는 것은 두렵습니다."

"……."

"그러니까 시진이한테 별다른 감정 없으면 이 이상은 다가가지 않았으면 합니다."

남들보다 다리 한 뼘이 모자란 유진석이 좋다고 아무 거리낌 없이 말하는 정은을, 성큼성큼 겁 없이도 다가오던 그녀를 먼저 밀어내는 것이 그녀가 베푸는 사랑에 대해 진석이 되돌려 줄 수 있는 최선의 보답이었다.

사실은 너무도 붙잡고 싶었지만, 그럼에도 불구하고.

"우리한테 그건 결국 벌이니까."

그런 진석의 마음을 누구보다 이해하는 시진이 정은과 진석의 교차된 마음을 안타까워하는 것처럼, 진석 역시 시진의 사랑이 안타까웠다.

돌아가는 택시 안에서 정은이 차창에 비친 시진의 말간 얼굴을 흘끗거리다 어렵사리 입을 열었다.

"씨진, 괜찮아?"

"……정은아."

한참만에야 꽉 막힌 목을 가다듬은 시진이 나직이 정은을 불렀다.

"응?"

"나 너무 창피해. 창피해서 눈물이 나."

오래지 않아 참고 있던 눈물까지 왈칵 흘러내리기 시작했다. 가늘게 떨리는 그림자를 안쓰러운 눈으로 살피는 정은에게 시진은 그저 창피하다고 중얼거릴 뿐이었다.

“뭐가? 뭐가 그렇게 창피해?”

되물으며 어깨를 보듬자 시진은 손등으로 눈가를 문지르며 애써 울음을 지우려 했다.

“내가 한 말들이 걔한텐 얼마나 황당하게 들렸을까. 정말 얼마나…… 어이없었을까.”

“시진아.”

“나 진짜 너무 창피해. 창피해서 다시는…… 선우준 얼굴 못 볼 것 같아.”

한심하게도 제일 들키고 싶지 않았던 사람에게 들키고 말았다. 애써 못 들은 체하고 있던 마음의 응석을 화풀이하듯 준에게로 쏟아 버렸다. 솔직하게 마음을 표현하는 게 상대방에게 일방적인 부담이 될 거라는 걸 알면서도 멈출 수가 없었다.

애써 거리를 두려던 시진의 노력을 무시한 채 준이 자꾸만 다가왔으니까.

참을 수 없게 사랑스러웠으니까.

속으로 눌러 삼키던 마음이 걷잡을 수 없이 커져 끝내는 입술 위에서 폭발했다. 그래, 그건 마치 폭탄이나 다름없었다.

이제 다시는 내가 보고 싶지 않겠지.

그렇게 중얼거리다 이내 픽 웃어 버렸다. 고백이라는 이름의 민폐를 부려 놓고서도 아직까지 준을 잃을까 두려워하는 자신이, 아니 염치없이 그를 욕심내는 스스로가 시진은 불쌍할 정도로 우습기만 했다.

7장

기다리고 있어, 난 꼭 대답할 거니까

며칠째 시진은 준의 전화를 받지 않았다. 답답한 마음이 그대로 묻어나는 표정으로 응답하지 않는 휴대폰을 물끄러미 내려다보던 준이 끝내 머리를 마구잡이로 헤집고 말았다.

일방적인 고백을 듣고 난 뒤에 찾아든 당황스러움이 적지 않았다. 하지만 그보다도 이대로 영영 시진을 잃어버릴지 모른다는 불안이 준을 더욱 초조하게 만들고 있었다.

"형, 이제 연습 시작한다는데요."

"어. 간다."

극단은 이제 준의 일상의 한 부분으로 파고들었다. 컨디션이 좋지 않아 일을 나가지 못하는 날에도 연습만큼은 꼬박꼬박 챙겼다.

오랜만에 다시 몸에 익히기 시작한 연기는 아직은 남의 옷을 빌려 입은 것처럼 어설펐지만 점차 익숙해질 것이다.

아쉬운 마음에 좀처럼 손에서 놓기가 힘든 휴대폰을 겨우 바지 주머니에 집어넣고서 단원들이 시립한 무대로 올랐다. 군기 바짝 든 면면을 가느다란 눈으로 훑던 이명한 감독이 말했다.

"오늘은 둘씩 싸움을 붙여 볼까? 한 명이 좋다고 다가갈 때 다른 하나는 싫다고 거절하는 상황이다. 마지막에 대체 누가 이기나 한번 해 보자."

늘 이런 식이었다. 즉흥적으로 상황과 주제를 정하고, 거기에 무방비 상태의 배우들을 던져 놓은 다음 어떻게 대처하는가를 관찰했다.

극본까지 일일이 제 손으로 써야 직성이 풀린다는 감독은 이 방법을 통해서 생생한 지문과 대사를 건져 냈고, 배우들 각자가 지닌 역량과 캐릭터를 면밀하게 파악해 나갔다.

근래 준은 극단 동료들에게서 '연기 신동, 아직 안 죽었다' 라는 낯 뜨거운 칭찬을 종종 듣게 되었는데, 그 역시 특별한 연습 방법으로 단원들을 지도하는 감독 덕택임을 부정할 수 없었다.

나중에 알고 보니 이미 뮤지컬계에서는 정평이 난 인물이라고 했다. 아울러 기벽과 함께 괴팍한 성격으로도 유명해서 뒤에서는 또라이라 불린다는 소문도 함께 전해 들었다.

"나는 선우준, 너랑 할래. 그래도 되죠, 감독님?"

이명한 감독이 소극장에 상주하며 본격적으로 극단을 이끌기 시작하면서, 곁들이처럼 따라붙은 사람이 하나 있었다. 아역 출신 연기자로 현재는 톱 여배우로 자리매김한 류성희였다.

"넌 왜 여기 있어?"

"이 감독님이 부르셔서 왔지. 너 보러 왔을까 봐?"

"그럼 연습 방해하지 말고 비켜."

한때는 준과 한 연속극에서 이란성 쌍둥이 남매를 연기한 적 있었지만 지금처럼 팔짱을 끼고 아는 척을 해 올 만큼의 친분은 그때도, 지금도 없었기에 준은 그 손을 냉정히 밀어냈다.

준뿐 아니라 이명한 감독이나 다른 배우들과도 곧잘 가벼운 포옹을 나누며 스스럼없이 친밀감을 표하는 성희였다. 평생을 스포트라이트만 받고 살아온 연예인이라서 그런지 스킨십이 자연스럽게 몸에 배어 있었다.

내로라하는 톱 여배우가 먼저 손을 내미는데 그걸 마다할 이유가 없는 극단 배우들은 오히려 그런 부분을 털털하다고 평했다. 그러나 정작 준은 친한 척 다가오는 성희가 껄끄럽고 성가실 뿐이었다.

그의 팔에 내려앉는 손은 보다 조심스럽고도 여린 것이라야 했다. 손끝의 예민한 감각으로 곧잘 준의 기분과 감정까지 알아채곤 하는 속 깊은 사람의 것이어야 했다. 그렇기에 기꺼이 그 손을 맞잡아 행복만 쥐여 주고 싶게 만드는, 바로 그런 사람의 손.

"어차피 홀순데 쟤 하나 껴서 해. 안 그래도 배역 달라고 조르는 통에 골치 아파 죽겠다. 개런티도 안 맞는 애가 왜 돈 없는 연극판엘 기웃거려?"

"감독님 작품이면 노 개런티여도 좋다니까요. 나 류성희예요. 내 이름 석 자에 딸려 오는 티켓 파워가 얼만 줄이나 알아요?"

"그러니까. 그런 대배우씩이나 되면 예술의 전당이나 세종문화회관 같은 데서 하는 스케일 큰 무대를 서지, 왜 여기까지 와서 불쌍한 애들 밥그릇 뺏으려고 그러냐?"

"최고급 뷔페도 맨날 먹으면 질리잖아요. 가끔은 정갈한 집 밥이 그리운 거죠, 뭐."

그렇게 말하며 혀를 쏙 내미는 성희를 누구도 얄밉게 바라보지는 않았다. 실제로 극단의 회식이 잡히면 선뜻 객식구인 성희가 먼저 계산서를 집고 카드를 내밀었으니까.

"형, 좋겠다."

"그럼 네가 해."

"어유, 난 기 빨려서 못해. 대사 한 줄을 외워도 톱 배우 아우라가 쫙 풍기잖아."

준과 함께 오디션을 치렀던 영목은 준보다 두 살이 어렸지만 일찍부터 대학로 연극계에 발을 들여 연차가 제법 된다고 했다. 그럼에도 아역 배우 준의 오랜 팬이었다고 밝히며 깍듯이 형 대접을 해 주었다.

이제 막 영목과 젊은 여배우 수지가 무대 위에서 연기를 마치고 내려왔다. 같은 대학, 같은 과를 나와 오랜 시간 연인인 듯 친구인 듯 지내 왔다더니, 무대 위에서 둘은 찰떡같은 호흡으로 한 편의 모노드라마를 선보였다.

준이 조금 긴장한 얼굴로 다음 차례를 맞았다. 먼저 무대에 올라 준을 기다리고 있는 성희는 확실히 이제 연륜이란 게 슬슬 엿보이기 시작했다.

"미안한데, 난 너 못 받아 줘. 우린 그냥 친구야. 한 번도 그 이상으로 생각해 본 적 없어. 넌 나한테 남자가 아니라고."

단번에 표정이 변해서는 대본이라도 주어진 듯 자연스럽게 대사를 치는 성희가 무대 밖의 그녀와는 전혀 다른 사람 같았다. 당황하는 것도 잠시, 준 역시 자신의 연기를 해 보이기 위해 차분하게 호흡을 가다듬었다.

"난…… 나는……."

그러나 준은 준비하고 있던 대사 한 토막을 내뱉기도 전에 말을 머뭇거렸다. 성희의 팔을 붙잡기 위해 조심스럽게 뻗었던 한 손도 허공에서 방황하는 채였다.

연기를 이어 가지 못하고 멈춰 선 준을 모두가 의아하게 바라볼 즈음이었다.

그 순간 준의 내면에서는 무언가 커다란 변화가 일어나고 있었다. 마주하고 있는 성희의 얼굴이 지우개로 지운 것처럼 서서히 흐려졌다.

무대도, 감독도, 지켜보고 있는 단원들도 모두 하얗게 지워지고 그 자리에는 덩그러니 한 사람만 남았다.

시진이었다.

"그러니까 갑자기 왜 그런 말을 해? 우리 좋은 친구였잖아. 근데 너 때문에…… 너 때문에 이제 어색해질 거야. 더는 친구로도 지낼 수 없게 될 거라고!"

굳어 선 상대 배우를 따라 패닉에 빠지기보다 준의 몰입을 돕기 위해 성희가 부러 몰아치는 것을 알았다. 그럼에도 성희의 비난 앞에서 준은 자꾸만 비참해져 갔다. 궁색해졌다. 그와 동시에 때 지난 후회가 와락 밀려들었다.

그때, 떨고 있는 시진을 미처 안아 주지 못했던 일에 대해.

"너는 나한테 그냥 친구야."

"나한텐 특별해."

"……뭐?"

"내게는 네가 특별하다고. 나한테는…… 너 친구 아니야. 내 눈엔 너만 빛이고 색이야. 너 없이 어떻게 살았나 싶을 정도로 이제는 없으면 그렇게 세상이 깜깜해. 알잖아. 나 깜깜한 것 무서워하는 거."

"……."

담담히 털어놓는 준의 고백에 저도 모르게 놀란 표정을 짓고 만 것은 무대 위의 성희뿐만이 아니었다. 준이 전하는 투박한 진심은 여러 사람의 가슴을 설레게 만들기에 충분했으니까.

지켜보던 여배우들의 얼굴이 덩달아 붉어지고 말았다. 심지어는 이 감독마저 입을 벌린 채 흥미로워하는 것을 정작 준 혼자서만 알지 못했다.

"너무 늦게 깨달아서 미안한데, 이제라도 알았으니까 더는 너랑 친구 안 해."

"야, 선우준!"

"나도 알아. 어쩌면 세상 사람들 눈에도 네가 특별해 보일지 모른다는 거. 그래서 넌 아마 내 마음이 사랑이 아니라고 의심할지도 모르지만, 달라. 너에게서 오로지 특별함만 보는 사람들과 나는 다르다고. 내게는 네가…… 그냥 평범한 여자로 보이니까."

스스로도 앞뒤가 맞지 않는 이야기를 하고 있다는 것을 알았다. 하지만 누군가를 좋아하는 감정을 논리적으로 설명할 수 있는 방법이 애당초 존재하기나 할까?

네가 특별해서 좋고, 평범해서 좋았다.

그런 네가 여자라서, 남자인 나는 네가 마냥 좋았다.

전하고 싶은 건 단지 그뿐이었다.

더할 나위 없이 빨갛게 익은 얼굴로 성희는 결국 패배를 인정할 수밖에 없었다.

의자에 앉아 있던 이 감독이 일어나면서 만족스럽게 고개를 끄덕이자, 두 사람의 연기에 함께 몰입해 들어갔던 배우들도 왁자하게 손뼉을 치며 호응했다.

그제야 시진을 바라보고 있던 준의 시선이 현실로 되돌아왔다. 그의 앞에 어쩔 줄 모르는 얼굴로 서 있는 사람이 시진이 아니라 성희라는 사실에 준의 입에서 못내 안타까운 한숨이 새어 나왔다.

제멋대로 후끈해진 얼굴을 연신 손부채질을 하며 열을 식히던 성희가 준이 있는 쪽을 못내 힐끔거렸다.

연기였을까, 실제였을까?

그의 애매한 고백이 그녀를 무척이나 혼란스럽게 했다는 걸 정작 준은 까맣게 모르는 채였다.

성희는 최근 매너리즘의 깊은 수렁에 빠져 허우적대고 있는 상태였다. 어려서부터 대중에 얼굴을 알린 탓에 아역 배우의 이미지를 탈피하는 데만 몇 년 갖은 애를 써야 했다. 어엿한 성인 연기자로 인정받고부터는 출연이 결정된 작품마다 경력에 비례하여 터무니없이 높은 기대치를 갖는 대중의 냉혹한 비평에 시달려야 했다.

어느새 작품보다도 남들이 하는 말에 휘둘리고 있는 자신을 발견했다.

요즘 들어서는 누구에게나 사랑받고 싶어 시작한 이 일이 오로지 미움을 받는 이유가 된다는 사실이 괴롭던 차였다.

우연히 이 감독이 뒤적이고 있던 프로필 속에서 준의 이름을 발견했다. 한때는 질투심을 불태우던 경쟁 상대였으나 그가 연예계에서 종적을 감춘 뒤 깨달은 사실이 하나 있었다.

만약 준이 그런 사고를 당하지 않았더라면 이 바닥에서 성희의 외로움을 가장 절실히 알아줄 사람은 바로 그가 아니었을까 하는 것이다.

그러니까 처음 그에게 전화를 건 이유는 단순했다. 어쩌면 준이라면 이런 자신의 마음을 공감해 주지 않을까하는 일말의 기대 같은 것을 어렴풋하게나마 갖고 있었다.

"저 갑자기 일이 생각나서 먼저 들어가 보겠습니다. 죄송합니다."

"형, 어디 가? 형!"

무언가 급한 볼일이 떠오른 사람처럼 준이 갑자기 자리를 박차고 뛰어나갔다.

영목이 어떻게든 붙잡아 보려 했으나 준은 이미 뒤도 한 번 돌아보지 않고 멀어져 간 다음이다. 막무가내로 가 버린 준 대신 애먼 영목이 눈치를 봐야 했다.

다행히 이 감독은 준의 행동을 대수롭지 않게 넘기는 듯했다. 어쨌든 그는 요구하는 만큼의 실력만 보여 준다면 다른 건 충분히 눈감아 줄 수 있다는 주의였다.

"뭐야, 쟤. 또 저렇게 가 버리고."

준이 떠나간 자리를 아쉬운 눈으로 좇는 사람은 따로 있었다. 바로 성희였다.

처음 준에게 전화를 걸었던 날에도, 그리고 지금도 도무지 밀쳐 내기만 하는 그에게 가까워지기가 쉽지 않았다. 어떻게 해서도 잡히지 않으니 이상하게 자꾸만, 안달이 났다.

⠿ ⠿ ⠿

"정시진."

퇴근 시간. 회사 건물의 입구를 빠져 나오는 시진의 등 뒤에서 낯익은 목소리가 걸음을 붙들었다. 시진이 당혹스러움을 감추지 못한 얼굴로 그 자리에 멈춰 섰다.

"……여긴 왜 왔어?"

"너 보려고. 왜 전화 안 받아?"

오랜만에 준을 만나 반갑다며 꼬리를 치던 버디가 심상치 않은 두 사람의 모습에 이내 주눅이 들었다. 잠시 뒤엔 슬쩍 눈치까지 살피기 시작했다. 준이 시진을 향해 재차 물었다.

"그렇게 일방적으로 너 하고 싶은 말…… 고백해 놓고. 내 대답은 필요 없어?"

"필요 없어."

더는 할 말이 없다는 듯 그대로 지나쳐 가 버리려는 시진의 손목을 준이 거칠게 붙잡아 세웠다.

"왜 필요 없는데? 그냥 이렇게 안 보려고? 너 이제 나 다신 안 볼 거야?"

"그래. 안 볼 거야. 우리가 어떻게 더 마주 보니?"

준의 손을 뿌리치려 팔을 틀어 보았지만 소용없었다. 옥신각신하다가 도저히 힘으로는 이길 수 없다는 걸 깨닫고는 체념한 투로 시진이 말을 이었다.

"내가 너한테 그런 말을 꺼낸 이상, 그걸 받아들이든 거절하든 결국 너는 스스로를 탓하게 될 거야. 잘못한 것도 나고, 친구 사이를 일그러뜨린 것도 난데 단지 내가 장애인이라는 이유로 너는 괜한 죄책감을 갖게 될 거라고."

조곤조곤했던 목소리는 금세 젖어 들었다. 시진이 도리질을 치며 말했다.

"나 그거 싫어. 네가 그러는 거 보는 게 싫단 말이야. 너한테 거절당하는 것보다 네가 미안해하는 걸 보는 게 나한텐 더 비참한 일이라고!"

"그래서 내 대답도 듣지 않겠다고? 하, 너 진짜 왜 이렇게 제멋대로냐."

답답하다는 듯 준이 재차 시진을 다그쳤다. 꼼짝없이 준에게 두 손을 붙잡힌 상황에서도 시진은 기를 쓰고 준을 외면하려 했다. 그에 준이 시진의 손목을 홱 잡아당겼다.

준의 가슴으로 바싹 다가온 속눈썹이 그의 뜨거운 눈빛에 겁을 먹은 것처럼 부들거렸다. 시진의 숨결이 뜨뜻하게 닿아 스민 준의 가슴도 저릿하게 아팠다.

"그럼 듣기만 해. 이제 나도 더 이상 네 기분 신경 안 써. 어쨌든 난 고백받았고, 그 바통 나한테 넘어왔어. 내가 이걸 다시 너한테 넘기든, 그냥 던져 버리든 너는 가만히 기다리고 있어. 난 꼭 대답할 거니까."

의미를 알 수 없는 경고를 남기며 준이 쥐고 있던 시진의 손목을 놓아주었다. 이내 그가 미련 없이 돌아서 가 버리는 것을 시진은 멀어지는 발소리를 통해 알 수 있었다.

⁘ ⁘ ⁘

며칠 뒤, 퇴근한 정은이 가져다 준 봉투를 받아 든 채로 시진은 한참이나 심난한 얼굴을 하고 앉아 있었다. 준이 시진의 집 현관문 틈에 끼워 놓고 간 봉투 안에는 연극 초대장이 들어 있었다.

"너 대체 뭘 무서워하는 거야? 솔직히 말해 봐. 사실은 선우준한테 거절당하는 것보다 그 사람이 네 마음을 받아들일까 봐 더 겁먹고 있는 거지?"

시진을 가만 지켜보던 정은이 참지 못하고 따져 물었다.

"너희 대체 왜 그래? 대체 왜 그렇게 하나같이 도망만 치는 건데!"

평소답지 않게 격한 표현으로 감정을 토해 내는 정은의 모습에 놀라 뒤를 돌아보다가 시진의 손에 걸린 크림 병이 화장대에서 떨어져 데구루루 발 앞을 굴렀다.

이내 정은이 서럽게 울음을 터뜨리기 시작했다. 두 손을 앞으로 내뻗어 허공을 더듬어 가던 시진이 힘없이 바닥에 쓰러진 친구를 찾아 끌어안았다.

"무슨 일이야? 정은아, 왜 울어. 응?"

"유진석, 그 망할 자식이 미국 간대. 결국 또 그렇게 비겁하게 도망치겠대. 나 어떡하면 좋니. 나 정말 어떡하면 좋아……."

"정은아……."

다만 흐느끼는 정은의 등을 몇 번이고 쓸어 주는 것밖에는 시진이 해 줄 수 있는 일이 없었다. 정은더러 진석에게 가라는 말도, 가지 말라는 말도 시진으로선 할 수가 없었으니까.

"괜찮아. 다 잘될 거야. 괜찮아질 거야."

미안한 마음에 대신 뻔한 위로라도 읊조려 보지만, 정은은 그런 시진이 그저 원망스럽다는 듯이 손을 밀쳐 낼 따름이었다. 시진을 외면한 채 그대로 방으로 들어가 버린 정은이 쾅 하고 문을 닫는 소리가 혼자 남은 시진의 어깨를 떨게 할 만큼 싸늘했다.

20년 가깝게 친구로 지내 온 동안 다툼을 벌이고서 며칠이나 풀지 않고 데면데면하게 보낸 것은 이번이 처음이었다.

어떻게든 말을 걸어 보려는 시진의 시도를 정은이 번번이 못 들은 체하는 것으로 대화는 단절되었다.

"정은아, 내가 오늘 아침 차렸는데 같이 밥 먹고 나가."

오늘 아침도 마찬가지였다.

어떻게든 먼저 화해를 청하기 위해 꼭두새벽부터 일어난 시진이 주방에서 부산을 떨며 식탁을 차려 놓았다. 아침 먹고 가라며 붙잡는 시진을 차마 외면하지 못하고 정은이 맞은편에 의자를 빼서 앉았다.

밥 한 공기를 비우는 동안 몇 번 말을 붙여 보았지만 소용없었다. 결국 식사를 마칠 때까지 식탁 위에는 그릇에 수저 부딪치는 소리만 이따금 들려올 따름이었다.

출근 준비를 마치고 같이 가자는 시진의 말을 귓등으로 흘려버린 정은이 먼저 문을 열고 집 밖을 나섰다. 시진과 한 엘리베이터에 타고 싶지 않아 정작 자신은 계단으로 걸음을 돌리면서도 곧 집에서 나올 시진을 위해 버튼을 눌러 두었다.

잠시 뒤, 시진 역시 불편해할 정은을 생각해서 승강기에 오르는 대신 계단을 택했다.

"이봐요, 아가씨. 여기 좀 봐요. 개털이랑 먼지가 계단에 수북하네. 이거 너무 민폐 아니에요? 아파트에서 데리고 살 거면 털을 좀 빡빡 밀던가."

날카로운 목소리가 세 개 층 정도는 거뜬히 울릴 만큼 카랑카랑했다.

1층에 다다랐던 정은이 걸음을 멈춰 선 채 위를 올려다보았다. 난간 틈새로 홈드레스를 입고 있는 누군가의 옆모습이 흘낏 엿보였다.

"저번에는 계단에다 오줌도 갈겨 놨던데. 똑같은 관리비 내고 공동생활하면서 너무한 것 아냐."

"저희 버디가 그런 것 아니에요. 이 아이는 훈련이 되어 있어서 정해진 곳에서만 용변을 보거든요."

이웃 간에 반목해 봐야 좋을 게 없다는 생각에 시진이 애써 미소 지으며 해명했다.

"그걸 아가씨가 어떻게 장담해? 보이지도 않는 사람이."

반면에 아랫집 여자는 좀처럼 말을 고를 줄도, 사람의 기분을 헤아릴 줄도 모르는 게 분명했다.

"저 계단으로 잘 안 다녀요. 엘리베이터 있는데 뭐 하러 이쪽으로 다니겠어요. 오늘은 사정이 있어서……."

"계단뿐만이 아니야. 내가 몇 번을 얘기하려다가 참았는데, 아랫집에서 그쪽 개 뛰어다니는 소리가 얼마나 요란하다고."

그러더니 얼마 안 가서는 해도 되는 말과 해선 안 되는 말도 분간하지 못하고 말을 뱉었다.

"내가 불쌍하기도 하고, 이웃끼리 좋게 좋게 넘어가는 게 낫겠다 싶어서 말 안 하고 있었는데, 호의가 계속되면 권리인 줄 안다니까. 젊은 사람이 어른이 얘기하는데 바락바락

대드는 것도 그렇고. 아무튼 기본적인 예의가 없어."

상대해 봐야 입만 아플 뿐, 대화가 통하지 않는다는 것을 일찌감치 눈치챈 시진이 남몰래 한숨을 흘리며 대답했다.

"시끄러웠다면 죄송합니다. 매트를 사서 깔던지 할게요."

"됐고. 아가씨네 개 때문에 2층 계단이 지저분하니까 아가씨가 우리 청소비까지 내는 게 맞지."

"이봐요, 아줌마!"

듣고 있던 정은이 참다못해 한 층을 단번에 뛰어 올라가 끼어들었다. 부당한 누명에 한마디 해명한 것뿐인데, 다다다 시진을 몰아치는 아줌마의 안하무인을 도저히 가만 두고 볼 수가 없었다.

시진을 등지고 선 정은이 두 팔을 허리에 탁 올려놓은 채 2층 아줌마를 똑바로 쳐다보며 말했다.

"그러는 아줌마는 우리 버디가 여기다 오줌 갈기는 것 봤어요? 봤냐고요."

갑작스럽게 난입한 정은을 보며 아랫집 여자가 잠시 주춤거렸다.

"이 아파트에 개가 얘 하나밖에 없는데, 얘 아니면 누가 그래?"

"5층 사람도 시추 키우거든요? 그리고 아줌마네 아저씨도 작년에 한 번 술 마시고 엘리베이터에 실례한 적 있으시잖아요."

"뭐, 뭐라고?"

"그리고 관리비는 똑같이 내도 아줌마 네는 2층이라 승강기 이용료는 안 내잖아요. 근데 왜 자꾸 아줌마랑 아저씨랑 아줌마네 꼬마까지 엘리베이터 타고 다녀요? 그럴 거면 아줌마도 승강기 이용료 부담하세요."

정은이 당돌하게 따지고 들자 여자는 기가 막힌 표정을 지어 보였다.

"아이고, 그거 꼴랑 몇 번이나 탔다고. 짐 들 게 많아서 탄 거고만 더러워서 원. 우리도 돈 내고 승강기 타고 싶은데, 우리 애가 개털 알레르기가 있어서 못 타는 거야. 아가씨네 개털이 뭉텅이로 빠져서 뒹구니까. 아무튼 내가 그쪽 집주인이랑도 개인적으로 아는 사이야. 다 얘기할 거야. 민폐가 한두 가지가 아니라고!"

"말하세요! 꼭 말하세요! 누가 무섭대? 참나!"

부러 더 드세게 어깃장을 놓는 정은을 피해 홈드레스 차림의 2층 집 여사가 먼저 자리를 뜨면서 요란했던 말싸움도 흐지부지 끝이 났다.

어쩌다 보니 꿔다 놓은 보릿자루처럼 계단 한구석에 피해서 있던 시진이 끝내 고개를 설레설레 내저었다.

"넌 때마다 이사하는 거 지겹지도 않니."

"더 좋은 데로 가면 되지. 뭐가 문제야? 안 그래도 새벽마다 아랫집 부부 싸움하는 소리, 애 우는 소리 듣는 것도 지겨

웠는데 잘됐어."

무심결에 대답을 하고서 정은은 뒤늦게야 자신이 아직 시진에게 화를 내는 중이었단 사실을 깨달았다.

하여튼 늘 이게 문제였다.

아무리 미워하려고 해도 도무지 미워할 수가 없다는 점. 애초에 한 몸을 둘로 갈라놓은 것처럼 마음 맞는 친구여서 밀어내면 밀어낼수록 반으로 찢기는 듯 아픈 건 정은이었다.

"넌 정시진 친구 강정은 말고, 그냥 강정은으로 살았으면 어땠을까 하고 생각해 본 적 없어?"

정은은 난데없이 물어 오는 질문의 의도를 이해하지 못해 눈썹을 찌푸렸다.

"너 전공 정할 때도 실은 사회복지학과 오고 싶었던 거 아니었잖아."

"뜬금없이 무슨 소리야. 야, 정시진!"

이런 일이 생길 때마다 자기 일처럼 끼어들어 핏대를 세우고 덤비는 친구가 시진은 그저 걱정스러울 따름이었다. 조금 더 약게 살지 못하는 정은이 답답하고 안쓰러웠다.

한편으론 시진이 무얼 말하는지 빤히 알면서도 모르는 척하는 정은이 얄궂기도 했다. 그럼에도 나무랄 수 없는 것은, 그런 정은이라 지금까지 외롭지 않을 수 있었던 까닭이다.

시진이 아랫입술을 짓깨물며 정은을 두고서 그대로 계단을 내려갔다. 뒤에서 당황한 듯이 시진을 부르는 정은의 목소리에도 돌아보지 않았다.

혹시 지난 며칠간 어색하게 굴었던 것이 시진을 화나게 만들었을까 하고 지레 걱정할 정은을 알면서도 돌아볼 수가 없었다. 면목이 없어서였다.

내가 아니었다면 넌 이렇게 자주 이사 다닐 필요가 없었을 거야. 친구랑 팔짱 끼고 거리를 걸으며 아이 쇼핑을 즐길 수도 있었을 테고, 버디 털이 달라붙어 입지 못하는 검은색 옷도 편하게 입을 수 있었겠지. 친구의 눈이 되어 주느라 전공을 바꿀 필요도 없었을 테고 말이야…….

차마 입 밖에 낼 수 없었던 말은 꿀꺽 입안으로 도로 삼켜 넘겼다. 토씨 하나하나가 이기심이라는 생선의 날카로운 가시였다.

칼칼하고 쓰라린 목구멍을 매만지면서 시진은 기운 없이 어깨를 축 늘어뜨렸다.

점심시간, 시진의 회사로 정은이 찾아왔다. 지하철역으로 30분은 족히 떨어진 거리라 촉박한 시간을 쪼개어 온 것이었다. 정은을 만나기 위해 시진이 빠른 걸음으로 버디를 앞장세워 밖으로 나왔다.

지갑을 들고서 삼삼오오 식당을 향해 가는 직장인들 사이에 버디를 앞세운 시진은 유독 도드라졌다. 평면 그림 위에 저 홀로 튀어나온 입체 같았다.

모든 이들의 시선이 시진과 버디를 한 번씩은 훑고 지났다. 신기해하는 눈으로, 혹은 불쌍한 것을 보는 듯한 눈으로.

시진과 함께 다니면 어쩔 수 없이 정은에게까지 원치 않는 이목이 쏠리는 일이 생겼다. 바로 그럴 때 유일하게 정은은 자신과 미묘하게 비껴가는 시진의 생각을 읽을 수 있었다.

정은은 시진의 장애를 묘한 시선으로 지분거리는 사람들을 경멸했지만 시진은 정은까지 싸잡아 그런 상황에 처하게 하는 자기 자신을 원망했다.

피를 나눈 가족과 다름없는 친구임에도 이유 없이 부채감을 가지는 시진의 여린 마음씨 때문에 정은은 때때로 무척이나 속이 상했다.

오늘만 해도 그렇다. 사람들의 무신경한 눈길을 헤치며 숨이 차도록 걸어오는 시진을 보고는 괜스레 두 눈이 시큰해졌다.

"기대하지 마. 화해하러 온 거 아니니까."

그렇게 퉁명부리면서 시진의 손에 오는 길에 사 온 햄버거를 쥐여 주었다.

"그럼 이건 왜 사 왔어."

"싸움도 기운이 있어야 계속하지. '살인의 추억' 못 봤어? 송강호도 일단 범인한테 밥은 먹고 다니냐고 걱정부터 해 주잖아. 싸우는 상대에 대한 최소한의 예의야. 잔말 말고 받아."

정은의 억지에 시진이 순순히 그것을 받아 들었다.

아무튼 순둥이.

다른 곳에서는 야무지고 똑 부러진다는 소리를 제법 듣는 시진인데, 정은 앞에선 하얀 찐빵처럼 마냥 무르기만 했다. 동갑인 주제에 언니 노릇을 하려 드는 정은에게 정작 어른스레 기분을 맞춰 주는 것은 바로 시진이었다.

"나 오늘 조퇴했어. 여기서 곧바로 유진석한테 쳐들어갈 거야. 그 나쁜 새끼, 미국이고 어디고 아무 데도 못 가게 잡을 거야."

"……."

"너희 제일 미울 때가 언젠 줄 알아? 날 위해서라고, 내가 행복하길 바란다면서 내게서 멀어지려고 할 때야. 마치 입이라도 맞춘 것처럼 나만 따돌리는 것 같아서 싫다고."

"정은아……."

"왜 몰라? 너나 유진석이나 대체 왜 모르는 건데. 내 행복은 너희 없이 혼자 빨리 걷고, 멀리 가고, 많은 걸 하는 게 아니야. 그냥 너희랑 함께 웃는 게, 너희랑 같이 있는 게 나한텐 행복이라고. 그러니까 내 행복을 너희들 멋대로 결정하지 말란 말이야!"

왈칵 내지르는 정은의 외침에 시진은 뭐라 대꾸할 말을 찾지 못한 채로 숨이 턱 막히고 말았다. 시진의 어깨를 붙들고서 정은이 울먹거렸다.

"그러니까…… 제발 나 좀 도와주면 안 돼? 네가 내 사랑을 응원해 주지 않으니까 내가 꼭 뭔가 잘못하고 있는 것 같잖아. 나는 시진이 네가 괜찮다고 말해 주는 게, 괜찮으니까 열심히 사랑하라고 말해 주는 게 지금 무엇보다 필요하단 말이야……."

세상 누구보다 시진의 격려가 필요했다.

나는 널 이해해. 네 사랑을 이해하고 축복해. 그렇게 말해 주길 간절히 바랐다. 그 한마디면 정은은 기꺼이 세상의 편견에 맞설 용기가 생길 텐데.

꼭 부여잡은 정은의 두 손에서 간절한 심정을 전해 받은 시진은 끝내 고개를 끄덕일 수밖에 없었다. 시진이 정은을 부둥켜안으며 답했다.

"나는 언제나 네가 행복하기를 바라. 그러니까…… 네 사랑을 응원할게. 진석이 꼭 잡아."

"……고마워. 다녀올게."

힘내라는 의미로 시진이 정은의 어깨를 토닥여 주었다.

"유진석, 이 자식. 다 죽었어!"

사랑을 되찾으러 간다면서 난데없이 불끈 주먹을 쥐며 이를 가는 정은으로 인해 결국엔 가득 고였던 눈물도 쏙 들어가고 대신 크게 웃음이 터지고 말았다.

한참 멀어져 가던 정은이 무슨 일인지 시진에게로 되돌아와 이렇게 덧붙였다.

"그리고 나 너 때문에 사회복지학과 들어간 것 아니야. 실은 성적이 안 돼서 디자인과 지원 못한 거지."

그 이야기를 하면서 혀를 쏙 내밀었을 거라는 건 보지 않아도 알 수 있었다. 아주 어린 시절부터 숨겨 왔던 비밀 이야기를 할 때마다 짓던 버릇이었으니까.

꿈이 있어 과를 택한 너와는 달리 자기는 아무 생각 없이 시진과 함께 대학을 다니는 것이 마냥 기뻤을 뿐이라며 속삭이던 정은이 귓가에서 웃음 지었다.

이윽고 후련하다는 듯 인사하며 돌아서는 모습이 당당했다. 늦게나마 친구의 사랑을 응원하기로 결심한 시진이 미소로 정은의 등을 떠밀어 주었다.

그날 저녁, 정은에게서 오늘 밤은 진석과 함께 있겠다는 문자를 받았다.

시진은 정은이 아니라 진석의 번호로 답장을 남겼다.

〈내 제일 소중한 친구가 자신의 행복을 찾아 너에게로 달려갔어. 또 울리면 아무리 너라도 용서하지 않을 거야. 꽉 붙잡아.〉

잠시 뒤, 진석에게서 회신이 도착했다.

〈그렇게 도망치려고 애썼는데, 인력에 발목이 잡힌 달처럼 나는 강정은 주위만 뱅뱅 돌고 있었다. 그러니까 너도 나처럼 바보같이 도망치려고 하지 마라. 너 자신을 불행하게 만들면 나도, 강정은도 용서 안 할 거니까. 행복해져. 지금보다 더 많이.〉

8장

첫 키스였다

"씨진, 미안해. 나도 같이 가면 좋을 텐데."

"됐어. 넌 오후에 진석이 배웅하러 공항 나가야지. 오히려 내가 못 가서 미안하다고, 진석이한테 말 좀 전해 줘."

"진석이도 네 마음 다 알아. 연극 잘 보고 와."

"너도 한동안 진석이 못 볼 텐데, 회포 잘 풀고."

"당연하지. 떨어져 있어야 되는 기간만큼 잔뜩 사랑해 주고 올 거야."

극적으로 재결합에 성공한 두 사람이었지만 진석의 해외 발령은 진즉에 결정 난 일이라 무를 수가 없었다. 대신 미국 지사에서의 1년 근무를 마치고 돌아오면 본사 승진은 따 논 당상이나 다름없다고 했다.

정은은 어떻게 해서든 한국에 남아 있을 방법이 없겠느냐 애원했지만, 정은을 붙잡은 이상 진석에겐 그 승진 기회가 무엇보다 절실했다.

"반 뼘 모자란 한쪽 다리 대신 뭐 하나 믿음직한 구석이 있어야지. 그래야 네 부모님께 너 달라고 말씀이라도 드릴 것 아냐. 나 믿고 1년만 기다려 줘."

재차 설득하는 진석에게 더 이상 떼를 부릴 수도 없는 노릇이라 정은은 눈물을 머금고 진석을 보내 줄 결심을 했다.

대신 여름휴가를 받는 대로 곧장 미국에 진석을 보러 가겠다며, 그가 있는 자리에서 보란 듯이 비행기 표를 끊었다. 부엌 벽에 붙어 있던 달력에도 벌써부터 디데이를 표시해 놓은 다음이었다. 마음보다 앞선 정은의 행동력에는 진석도, 시진도 한마음으로 고개를 내저을 수밖에 없었다.

〈나 지금 근처인 것 같은데. 대한은행 앞이야.〉

준에게 문자를 보내고 얼마 지나지 않아 전화가 걸려 왔다. 주저했으나 오래 머뭇거리지 않고 받았다.

—내가 지금 너 있는 데로 갈게. 거기서 가만히 기다려.

준이 보낸 연극 초대장을 보고서 가장 먼저 떠올린 것은 일전에 그와 한 약속이었다.

첫 공연에 꼭 초대해 달라며 손가락을 걸었던 것은 시진이었고, 준은 약속을 지켰다. 이 공연이 준에게 있어 어떤 의미인지 누구보다 잘 알고 있는 시진은 차마 그것을 외면할 수 없었다.

초행길이라 시각 장애인 복지콜을 타고 근처까지 왔다. 지어진 지 얼마 되지 않은 건물인지 기사 아저씨도 도통 소극장의 위치를 찾지 못해 한참을 헤매야 했다. 지나가는 사람을 붙잡고 물어도 복잡한 홍대 거리에 새로 생긴 간판을 기억하는 사람이 없었다. 이내 친구가 데리러 오기로 했다며 기사 아저씨를 먼저 돌려보냈다.

덩그러니 길 한가운데 버디와 남겨져선 물밀듯 밀려오는 인파에 치이지 않도록 한쪽으로 비켜서는 것이 고작이었다.

머지않아 준이 숨이 차도록 달려왔다. 얼굴에 훅훅 불어오는 숨 바람을 통해 준이 얼마나 다급하게, 반갑게 뛰어왔을지 보지 않아도 선했다.

"아직 시간 조금 남았는데, 커피 마실래?"

"너 커피 안 좋아하잖아."

"내가 좋아하는지, 안 좋아하는지 네가 어떻게 알아."

"……."

지난번 일도 그렇고, 준의 마음을 지레짐작하고 먼저 결정 내려 버리는 시진을 그가 나직하게 나무라자 금세 입을 다물어 버린다. 여기까지 와 놓고서도 고집스레 자신을 외면하려 하는 시진을 보다가 이내 깊이 한숨을 내쉬며 머리를 헤집고 마는 준이다.

"커피 생각 없어. 그냥 극장으로 가. 나 너 공연하는 것만 보고 갈 거야."

"시작하려면 멀었어. 나랑 조금만 앉아 있다가 들어가. 네가…… 내 대답 원하지 않는다고 하면 오늘은 그 얘기 안 할 테니까. 대신 전처럼 친구로 있어 줄 순 있는 거잖아."

그러고는 더 이상 시진의 뜻은 듣지 않겠다는 듯 덥석 손부터 움켜잡았다. 준을 만나러 오겠다고 마음먹기까지 얼마나 많은 고민을 거듭했는지, 복잡다단한 시진의 속은 까맣게 모르는 채 커다란 손으로 시진을 이끌었다.

편의점에서 캔 음료 두 개를 사 와 근처 빌딩 앞 벤치에 앉아 마셨다. 갑작스레 날이 후끈해지는 참이었다. 흔히들 말하는 것처럼 지구 온난화 때문인지, 온실 효과 때문인지 봄의 허리가 뎅겅 잘려 나가고 그 뒤를 새치기하듯 곧장 끼어든 성급한 여름이 시진은 꼭 제 마음과 닮아 있다고 생각했다.

마치 중간도 없이 뭉텅이로 준에게 마음을 밀어 줘 버린 것 같았다. 갑작스레 다가온 준의 따스한 진심에 굳게 둘러치고 있던 마음의 빙하 벽 역시 쉽사리 녹아내렸다. 빠르게 변화하는 감정의 계절에 시진은 좀처럼 적응하지 못했다.

마음은 갑작스레 타오르거나 식어 버리며 급격한 온도 차를 보이고 있었다. 서서히 차오르던 낯선 애정의 해수면에 이제는 목까지 잠겨 허우적대고 있는 꼴이었다.

지금도 가뜩이나 더운 가슴을 애달프게 끓이고 있는 준의 손을 털어 내야 한다는 것을 알았다. 감당할 수 없는 기대에 머리끝까지 잠겨 숨도 쉬지 못하고 죽어 버리기 전에. 한데도 그 손을 매정히 떨치지 못하는 건…….

"떨려?"

"아니라고 말하고 싶은데, 떨리네. 꼴사납게."

바싹 신경 줄이 조여들어 긴장한 기색이 역력한 준이 애써 덤덤하게 웃어 보였기 때문이었다.

"그 사고 이후 처음으로 다시 사람들 앞에서 연기하는 거야. 근데 모르겠다. 내가 정말 할 수 있을까?"

잠시 망설이던 시진이 손에 힘을 주어 잡혀 있던 준의 손을 한 번 꼭 마주 잡았다가 놓았다.

"우리 다시 만났던 날, 네가 나한테 뭐라고 했는지 기억나?"

시진의 묻자 준이 의아한 얼굴로 고개를 갸웃거렸다.

"뭐라 그랬는데, 내가?"

"네가 그랬잖아. 버디도 없이 왜 혼자 다니느냐고."

"아, 네가 이렇게 째려보면서 따졌지. 혼자 다니면 왜 안 되냐, 넘어지면 뭐가 어떠냐, 넘어진다고 죽기라도 하냐고."

"내가 언제 그랬어!"

금세 짓궂은 투로 장난을 치는 준 때문에 버럭 받아치던 시진도 결국 풋 웃어 버리고 말았다.

이상한 일이었다. 일방적인 고백을 전하고, 일방적인 대답을 보류한 상태에서 이제는 어색할 법도 한 둘 사이엔 언제나 이렇듯 다정한 공기가 감돌았다. 벌써부터 그런 안락함에 익숙해져서 없으면 허전한 마음까지 들곤 했다.

"처음 시력을 잃었을 때 말이야. 그땐 나 혼자서는 방 밖에도 나가질 못했었어. 어린 마음에 너무 무서웠거든. 그전엔 당연하게 볼 수 있었던 것들을 이제는 볼 수 없다는 게, 마냥 두려웠던 것 같아."

빨주노초파남보. 그리고 그 밖에 셀 수 없이 많은 색과 모양을 가진 방 밖의 세상을 더는 느낄 수 없다는 사실이 곧 공포로 이어졌다. 무지는 두려움이었다.

"근데 그렇게 방 안에 웅크리고만 있으면 안전하긴 해도 어느새 점점 할 수 있는 게 아무것도 없는 사람이 되어 버리더라. 마치 하지 않는 일이 할 수 없는 일이 되는 것처럼."

그래서 더는 스스로를 가두지 않기로 결심했다. 방문을 열고 나가면 그제까지 앉아서 밥을 먹던 식탁에 이마를 부딪치더라도 혼자 걸을 수는 있었고, 넘어지고 데이고 부딪치고 까져도 상처만큼 할 수 있는 일이 조금씩 늘어 갔다.

시간은 걸려도, 고통스러워도 결국엔 할 수 있었노라며 시진은 준을 향해 자신 있게 미소 지었다. 때문에 흉터 많은 시진의 다리는 자랑스럽게 내보일 수 있는 훈장이었다.

하루에 토슈즈를 몇 켤레나 떨어뜨렸다는 어느 발레리나의 못생긴 두 발처럼, 시진 역시 혼자서 할 수 있는 일들을 몸에 익힐 때마다 증거처럼 남은 자국들이었으니까.

"선우준한테 일어났던 일곱 살 때의 사고는 내 시각 장애 같은 거야."

"뭐?"

"어쩌면 너도 나처럼 문을 잠그고 방 안에 너를 가둔 채 살아온 걸지도 몰라. 하지만 이제 다시 방 밖을 나서는 법을 배우는 거야. 서툴러도, 실수를 해도 괜찮아. 언젠가 다시 무대 위에서 자유롭게 연기할 수 있게 될 테니까."

"누구 말처럼 살면 다 사는 거니까?"

시진의 격려에 바통을 받아 잇듯, 준이 웃음기 밴 말투로 덧붙였다. 그에 시진이 다정한 표정으로 준을 돌아보았다.

나란히 앉은 두 사람이 음료 캔을 다 비워 갈 즈음이었다. 흘끗 시계를 보니 공연 20분 전이었다. 감독과 동료들에게 미리 양해를 구해 뒀어도 이제는 돌아가야 할 시간이었다.

"그만 들어가자. 끝날 때까지 가면 안 돼. 무대 위에서 나, 너만 보고 연기할 거니까."

앉아 있던 시진을 힘주어 일으켜 세운 준이 제 팔 위에 올려놓은 시진의 손등을 툭툭 두드려 보였다.

마치 거기가 으레 있어야 하는 자리라고 말하고 싶은 것처럼. 준에게 제 할 일을 맡기고 느슨하게 목줄이 풀어진 버디만 산책을 나온 듯 신이 나 있었다.

어두운 극장 안으로 시진을 안내할 때엔 여느 때보다 조심스러웠다. 준이 시진을 극장 맨 앞줄, 끝 좌석에 앉혔다. 겨우 백 명 정도를 수용할 수 있는 규모였는데, 이미 반 정도가 들어찬 상태였다.

버디가 발밑에 편히 누울 수 있도록 일부러 통로 쪽 자리를 잡았다. 시진의 의자 아래 벌렁 드러누운 버디는 벌써부터 하품을 하며 낮잠 잘 준비를 했다.

"다른 놈들이랑 헷갈리지 말고, 딴 데 한눈팔지 말고. 오빠만 보고 있어라."

농담하며 시진의 머리를 쓰다듬는 손길이 장난스러웠다. 저도 모르게 부드러운 표정을 짓고 만 시진의 얼굴은 다행히 꺼진 조명 아래에 있어 들키지 않을 수 있었다. 드문드문 비어 있던 앞줄에 이내 속속들이 사람이 채워지기 시작했다.

어수선하게 술렁대던 분위기는 암전되는 소리와 함께 착 가라앉았다. 무대에 몇 사람이 올라가 움직이는 발소리가 났다. 서서히 음악이 꺼지기 시작하면서 막이 올랐다는 것을 시진은 무대에서 생생히 들려오는 각종 소음으로 알아챌 수 있었다.

신생 극단의 첫 공연인 만큼 무대는 조금 부산스러웠으나 이야기가 진행되면서부터는 그런 것은 까맣게 잊어버릴 만큼 관람에 몰입해 가는 시진이었다.

전체적인 줄거리는 네 청춘 남녀가 꿈과 사랑을 찾아가는 과정을 그리고 있었다. 흔한 주제임에도 불구하고, 소재는 사실적이었고 개성 있었다.

대사 하나하나가 인위적이지 않고 자연스러워서 귀에 쏙쏙 박혔다. 그것을 연기하는 배우들은 하나같이 실력이 있어서 연기가 아니라 꼭 실제 같았다. 때문인지 관객들까지도 연극을 보고 있는 것이 아니라 그 상황 속에 들어 있는 것 같은 기분을 들게 했다.

준이 맡은 역할은 조연급 배역이었다. 주인공 남녀 배우의 연기력이 탁월해서인지 다시 연기 공부를 시작한 지 얼마 되지 않은 준은 그들의 페이스를 쫓아가는 게 고작이었지만, 그간의 공백을 생각한다면 짧은 시간 안에 이룬 괄목할 만한 성장이었다.

가끔 대사 실수를 하거나 동선이 엉키기도 했다. 첫 공연, 첫 무대인 만큼 아직 조율해 나갈 것들이 한참 남아 있었을 것이다. 그럼에도 관객들은 무대에 흠뻑 빠져 배우들이 웃기고자 하는 곳에서 왁자하게 웃었고, 눈물짓게 만드는 장면에서 어김없이 훌쩍거리며 기대했던 반응을 보여 주었다.

무대의 앞줄, 가장 끄트머리에 앉아 있던 시진은 왠지 자꾸만 눈물이 나는 것을 참을 수가 없어 고역이었다.

"아…… 정말 주책이야."

저 무대에서 가장 신이 나 있는 사람, 방금 전까지만 해도 다른 이들의 앞에서 다시 연기할 수 있을까를 고민하던 준이 이 순간 얼마나 행복해하는지 절절히 느낄 수 있었기 때문이었다.

코끝이 시큰하다 금세 또르르 흘러내리는 눈물방울을 소매로 연신 훔쳤다. 무대 위 준에게서 보이지 않는 빛이 흘러나와 눈을 부시게 하는 모양이었다.

웃으면서도 울고, 울면서도 웃으며 안도에 겨운 눈물을 흘리던 시진의 눈가가 볼록하게 부풀었을 즈음, 정신을 차리고 보니 어느새 끝이 난 공연을 향해 시진은 아낌없는 박수를 보내고 있었다. 그 순간만큼은 손바닥에 멍이 들어도 좋다는 심정으로 힘껏 손을 맞부딪쳤다.

마찬가지로 아직은 서툴지만 최선을 다해 열연한 이들에게 환호를 보내는 관객석을 향해 손을 맞잡은 배우들이 허리 숙여 인사를 했다.

뜨거운 조명을 받으며 땀범벅이 된 준이 대강이나마 분장을 지우고 다시 시진의 곁으로 돌아왔을 땐, 극의 여운을 아쉬워하던 관객들이 불 꺼진 무대를 뒤로한 채 전부 빠져 나간 다음이었다.

어디선가 커다란 꽃다발을 들고 와 시진의 두 팔 가득 안기는 준을 향해서 눈시울이 붉어진 시진이 왈칵 말했다.

"나는 역시 네가 좋아. 선우준 네가, 나는 어쩔 수 없이 너무 좋다고!"

헐떡대는 울음이 섞여 있어 언뜻 투정처럼 들리는 당돌한 고백 앞에 준은 잠시간 뺨을 맞은 사람처럼 멍하니 서 있었다.

"그럼 나 이제 너한테 대답해도 되는 거지?"

"자, 잠깐만."

무대의 진한 감동과 그로 인해 복받친 감정이 융합되어 순간적으로 왈칵 내지른 고백이었다. 막상 그 마음에 답을 준다니, 당혹스러움부터 차올라 결국 질끈 눈을 감고 말았다.

준은 몇 차례 깊은 심호흡을 하며 가슴을 들썩이는 시진을 잠자코 기다려 주었다. 이내 단단히 마음을 다진 시진이 다부지게 고개를 끄덕여 보였다.

"해. 나 준비됐어. 네가 어떤 말을 해도 받아들일 수 있어."

자못 비장한 얼굴로 말하는 시진을 보며 준은 비어져 나오는 웃음을 참기가 힘들었다. 끝내 목구멍 아래 간질거리는 기분을 주체하지 못하고 허리를 숙여 시진의 볼에 제 입술을 가져다 댔다.

쪽.

말랑거리는 입술의 감촉보다도 그 귀여운 소리가 기다란 여운이 되어 남았다. 시진의 눈이 순간 동그래졌다.

"너. 내 대답은 너야."

"그게 무슨…… 뜻이야?"

"너랑 같이 있는 시간이 편해서 좋았어. 함께하는 모든 일들이 의미 있는 것 같았고, 네가 하는 말처럼 나도 좋은 사람이 되고 싶다고 생각하게 됐어."

서로에 대한 불쾌한 오해로 시작된 만남이었다. 그냥 스쳐 지나갔더라면 시진과 준은 좋지 않은 기억의 한구석에 그 만남을 처박아 두고 말았을 것이다.

하지만 며칠 지나지 않아 준은 시진을 다시 만났고, 곤경에 처한 모습을 보았다. 망설이다가 손을 내밀었을 때, 기꺼이 그 손을 마주 잡은 시진에게서 준은 어렴풋한 희망 같은 것을 보았다.

어쩌면 그날, 차가운 바닥 한가운데 주저앉아 있던 상대를 일으켜 주었던 건 준이 아니라 시진이었는지도 모른다.

"억지로 이유를 만들며 너와 함께했어. 그런데 그렇게 갖다 붙인 이유들은 결국 너를 밀어낼 핑계였고, 동시에 나를 속이기 위한 거짓말이었던 것 같다."

"어째서? 나 때문에?"

시진이 괴로운 심정이 되어 묻자 준은 웃으며 고개를 저었다.

"아니, 나 때문에. 나 하나 감당하기도 힘든 내가 너랑 뭘 할 수 있을까 싶어서. 그래서 너를 향한 마음에 솔직하지 못하고 도망치려고 한 거야."

그러나 한편으론, 감정과 대면하는 것을 피할수록 시진을 향한 애정은 사춘기 소년의 반항심마냥 물색없이 자라났다.

가난하다고, 돈이 없다고 정말 사랑도 할 수 없는 걸까? 상대가 장애를 갖고 있으니 지레 겁을 먹고 한발 물러서는 게 맞는 걸까? 우리 같은 남자와 여자가 만나 사랑을 하면 결국엔 불행해지는 게 당연하니까? 대체 누가 그걸 정했는데?

"사실은 단순히 네가 좋은 거였는데. 그래서 너와 함께하는 모든 것들이 좋았던 거야."

이 단순한 진심을 인정하기 위해 참 오랜 시간이 걸렸다. 준보다 먼저 솔직했고, 때문에 길게 마음 졸였을 시진에게 그저 미안할 따름이었다.

"잠깐만, 준아. 네가 나를 좋아한다고 말하기 전에, 먼저 꼭 알아야 할 게 있어."

"알아야 할 것?"

지금껏 참아 왔던 한마디 말을 겨우 입 밖에 밀어내려던 찰나였다. 시진이 어깨에 올린 준의 두 손을 지그시 붙잡았다.

"응. 어쩌면 네가 간과하고 있을지도 모르는 것들. 나를 좋아한다고 말함으로써 앞으로 네가 겪어야 될지 모르는 일들. 그래서 네가 꼭 알아야 되는 일들 말이야."

아무도 모르게 꿈에서나 바라던 순간이었다. 사랑하는 사람에게서 그 역시 나를 사랑한다는 말을 듣게 되는 것. 그것을 유예하면서까지 시진은 준에게 미리 고백하지 않을 수 없었다. 숨겨서 될 일이 아니었고, 모르고 시작해 봐야 얼마 지나지 않아 끝이 나 버릴 일이었으니까.

"나랑 다니면 너, 버디 때문에 앞으로 웬만한 식당은 죄다 입장 거부당할 거야. 분위기 좋은 레스토랑이나 커피숍은 들어가 보지도 못하고 창피하게 입구에서 되돌아 나오는 일이 수두룩하단 소리야."

질끈 눈을 감은 채로 그렇게 이르는 시진이 어찌나 결연한 표정을 짓고 있었는지. 덩달아 불안해하던 준의 얼굴이 한순간 멍해졌다.

"사람 많은 길을 지날 땐 더 신경이 쓰일 테고, 가끔은 시비가 붙을 때도 있어. 일일이 대거리를 하다가는 금세 지칠 정도로 많이."

혹시나 거절의 말을 하려는 걸까, 뭔가 문제가 있는 건 아닐까 걱정하고 있던 게 우스울 지경이었다. 속에서 잔뜩 긴장하고 있던 것이 잘린 고무줄처럼 풀려 버리자 자연스레 시진을 어루만지는 준의 시선도 살얼음 녹은 봄처럼 따스해질 수밖에 없었다.

"만약 싸움이 일어나면 나는 눈에 뵈는 게 없어서 네 편, 내 편 가리지 않고 주먹을 휘두르거든. 그러니까 결과적으로 너 혼자 몰빵 당한다고 봐야 돼."

딴에는 진지하게 이야기하는 듯했는데, 터지는 웃음을 참지 못하는 준 때문에 상황은 하나도 진지해지지가 않았다. 덩달아 조금이나마 목소리에 웃음기를 머금고 있던 시진이 이내 아랫입술을 지그시 깨물며 말했다.

"나는 어쩔 수 없이 우리 관계가 한쪽으로 기우는 연애라는 걸 무의식중에 계속 신경 쓰고 있을 거야. 혹시 다투는 일이 생긴다면 괜한 자격지심으로 너를 힘들게 할지도 몰라. 화성, 금성에서 온 정도가 아니라 수성, 목성에서 온 것만큼 거리감을 느끼게 될 거야, 우리."

시진의 장애 때문에 준이 힘들어질 수 있는 상황에 대하여 꿋꿋하게 해야 할 말을 끝낸 시진이 이내 심호흡을 하며 긴장하고 있던 어깨를 내려놓았다. 이제 선택하는 것은 온전히 준의 몫이었다. 시진은 그 선택이 어느 쪽이 되었든 겸허히 받아들일 마음의 준비를 마쳤다.

잠시 뒤, 준은 그에 대한 답변으로 시진을 살포시 끌어안았다. 시진의 어깨에 턱을 기대며 준 역시 장난스럽게 경고를 되받았다.

"그러는 너도 지금이 나한테서 도망칠 수 있는 마지막 기회야. 아니, 이제는 도망도 못 가. 절대 안 놔줄 거니까."

시진은 자신이 준에게 퍽이나 부족한 사람인 것처럼 이야기했지만 사실 준이 시진보다 잘할 수 있는 것은 100m 달리기를 빨리 달릴 수 있는 정도일 것이다.

“나란 놈은 아직 변변한 직업도 없어. 이제 막 걸음마 시작한 무명 연극배우에, 고졸에, 그 흔한 졸업식 사진 한 장 찍어 줄 가족도 없었어. 너처럼 컴퓨터나 휴대폰도 제대로 다룰 줄 모르고. 그러니까 네 장애에 비해 내 가난이 하나 나을 게 없다는 뜻이야.”

남녀가 사랑을 받아들이는 관점이란 이토록 상반되는 것이었다. 준은 자신이 시진을 어떻게 행복하게 해 줄 수 있을까를 고민하는 반면, 시진은 자신으로 인해 준이 불행해지지 않을까 걱정했다.

그럼에도 궁극적으로 두 사람 모두 한 방향을 바라보고 있다는 사실만은 틀림이 없어서, 맞닿은 가슴은 비로소 안도할 수가 있었다. 이윽고 흘러나온 준의 목소리는 귀가 아닌 가슴을 통해 울렸다.

“그런 나를 네가 발견해 줬잖아. 점자처럼, 유도 블록처럼. 내가 왜 여기 있는지 아무도 알아주지 않았을 때, 잠깐 스친 그 손끝으로 나를 읽어 줬잖아.”

볼록하게 튀어나와 있는 준이란 존재를 그저 불편하게 생각하며 지나치는 사람들 속에서 시진만이 그에게 의미를 찾아 주었다. 그가 시진에게, 시진이 그에게 특별한 의미가 될 수 있도록 허락해 주었다.

“이 자리가 무대에 오르기 전 가장 먼저 보이는 객석이야.

무대가 가장 잘 들리는 자리고."

그 말에 시진이 고개를 끄덕였다. 아까 이곳에 앉아서 시진은 무대 위 연기하는 준의 숨소리 하나 놓치지 않기 위해 귀를 기울이고 있었다.

이 자리에 시진이 있다는 사실만으로 긴장하지 않고 연기할 수 있었던 준처럼, 시진 역시 무대 위의 준에게서 마음의 시선을 떼지 않았다.

"난 앞으로도 네가 계속 이 자리에 앉아 내 유일한 관객이 되어 줬으면 좋겠어. 널 좋아한다고…… 고백하고 있는 거야, 지금."

준답지 않게 말끝이 살짝 떨렸다. 어설프지만 진심의 결정만을 담아 담백하게 전하는 고백이었다. 시진은 벅찬 마음을 간신히 추스르며 답했다.

"나도 네가 좋아. 내 대답도 항상 너였어. 선우준."

작게 웅얼거리는 시진의 목소리가 귓가에 부슬거렸다. 가슴께가 간질거리는 것을 느끼며, 준이 시진을 안은 두 팔에 꽉 힘을 주었다.

"그럼 이제 눈 좀 감아 봐."

"왜?"

"그냥 감아. 키스할 거니까."

감으라는데 오히려 크게 뜨이는 시진의 눈동자를 준은 피하지 않고 응시했다. 준의 시선이 파르르 떨리는 시진의 속눈썹에서 미끄러져 이내 벌어진 입술 위에 머물렀다.

고개를 기울이며 다가서는 숨결이 곧 시진의 숨결과 어지럽게 섞였다. 부드러운 입술이 마주 닿았다.

떨림이 달게 묻어났다. 첫 키스였다.

⠿ ⠿ ⠿

"아니, 글쎄. 우리가 무슨 순수 예술 잡지도 아니고, 이제 막 머리 올린 신생 극단 취재를 내가 왜 가?"

"내가 주목하고 있는 극단이잖아! 거기다 이명한 감독 첫 연극 무대고. 화제성 충분히 있어."

"대단하신 류성희 씨가 주목하고 계셔도 말이죠, 언니. 기사가 안 된다니까?"

"일단 따라와 봐. 내가 큰 건 하나 물어다 줄지 어떻게 알아?"

"그러니까 먼저 얘기해. 내가 물어야 되는 거리가 대체 뭔지."

일곱 살 어린 나이에 데뷔하여 지금까지 연기 경력이 자그마치 20년이었다. 말도 많고 탈도 많은 연예계의 빛과 그림자에 대해서는 이미 질릴 만큼 들었고 물릴 만큼 겪었다. 해서 이제는 제법 다양한 방면에 두루 친구를 만드는 법을 알게 되었다.

박주미 기자는 연예 전문 잡지의 베테랑이었고, 지라시 캐느라 혈안이 된 하류들 사이에서 무작정 화제성을 좇기보다 최소한의 도리 정도는 지킬 줄 아는 몇 안 되는 기자 중 하나였다.

"출연하는 배우 중 하나가 선우준이야."

"선우준? 그게 누군데? 뭐, 브로드웨이에서 물 건너온 애야?"

들어 본 적 없는 이름이라며 시큰둥해하는 박 기자에게 성희가 설명을 덧붙였다.

"그게 아니라 선우준, 기억 안 나? 우리 어렸을 땐 걔 모르는 사람이 없었는데."

"선우준이라……. 아, 그 선우준!"

그제야 기억이 났다는 듯 박 기자가 손뼉을 마주쳤다.

"그래. 걔 복귀작이야. 궁금하지 않아?"

"비운의 아역, 무대 복귀라……. 솔직히 말해 봐. 류성희가 주목하고 있는 게 연극이야, 선우준이야?"

"그야 가서 보면 알겠지. 같이 갈 거지? 간 김에 공연 괜찮으면 홍보 기사도 한 줄 써 주고, 응?"

"못 말려. 그래. 가자, 가."

그렇게 박 기자를 꾀어내서 함께 연극을 보러 온 참이었다.

애초에 자신이 아는 기자들을 끌어오면 어떻겠느냐는 제

안에 썩 탐탁지 않아 했던 이 감독도 막상 제대로 된 홍보 기사의 효과를 보면 얼굴색부터 달라질 거라고 예상했다.

"기자는 무엇 하러 데려왔어? 어차피 이 바닥은 입소문으로 결판나는 건데."

"어머, 우리 감독님 뭘 모르시네. 류성희가 재밌게 본 연극이라고 머리기사만 써서 나와도 다음 공연 매진일걸요? 그때 가서 고맙다고 큰절하지 말고요."

"그러니까. 우린 네 이름 필요 없어. 무대가 재밌으면 관객은 알아서 붙는 거야."

성희는 모든 걸 실력으로만 승부하려는 이 감독의 순진한 자부심에 코웃음을 쳤다. 심드렁하기만 한 이명한 감독을 얄밉게 흘기던 성희가 슬쩍 준의 옆구리를 찔렀다.

"네 복귀작이라면 기자들도 흥미 있어 할지 모르는데, 주선해 줄 테니까 인터뷰 한 번 할래?"

"내가 왜? 주인공은 영목이랑 수진데."

마찬가지로 내키지 않는 듯 손을 내젓는 준의 대꾸를 성희는 괜한 내숭으로 여겼다. 단 한 번의 무대로 대중에 얼굴을 비출 수 있는 천금 같은 기회였다.

그것을 바보처럼 놓치려 한다는 생각에 결국 억지로 밀어붙여 박 기자를 여기까지 데려왔다. 무대 전 잠시 인터뷰할 시간을 주려고 했는데, 어디서도 준이 보이지 않았다.

"형이요? 감독님한테 허락 맡고 친구 데리러 갔는데. 늦지 않게 온다고 했어요."

그러더니 무대가 끝나고서도 쌩하니 어디론가 사라져 버렸다. 다시 영목을 붙잡고 물으니 그가 어깨를 으쓱이며 대답했다.

"아까 그 친구 만나러 갔을걸요. 어? 저기 있네. 뭐야. 친구가 아니라 애인이었어?"

영목이 턱짓으로 가리키는 곳을 향해 무심코 고개를 돌렸다가 그만 그 자리에 멍하니 굳어 서고 말았다. 불 꺼진 빈 객석에 나란히 앉아 머리를 기대고 있는 시진과 준의 모습이 곧장 눈에 들어온 탓이었다.

"저쪽에 선우준 씨 아니야? 근데 공연장에 웬 개가……. 아, 안내견이네."

뒤에서 불쑥 나타난 박 기자가 짚어 내기 전까지는 발밑에 털이 북실한 개가 웅크리고 있다는 것도 까맣게 모르고 있었다. 그에 더해, 영목이 눈치 없이 뱉어 낸 한마디 감탄사가 끝내 성희의 심사를 건드렸음은 말할 필요가 없었다.

"우와, 형 진짜 멋지다. 그렇죠, 누나?"

"뭐야, 선우준. 나한텐 한 번도 저렇게 웃어 준 적 없으면서."

다정한 눈으로 시진을 바라보는 준의 얼굴이 낯설었다. 저도 모르게 움켜쥔 주먹이 부르르 떨리는 것을 알지 못한 채, 성희는 아랫입술을 잘근잘근 씹으며 두 사람의 모습을 오랫

동안 흘겨보고 있었다.

⁘ ⁘ ⁘

“혼자 갈 수 있다니까. 너 뒤풀이 가 봐야지.”

“너부터 데려다주고. 그러니까 너도 같이 가자니까. 극단 동료들이랑 인사도 할 겸.”

“다음에. 오늘은 내가 너무 못생겨서 안 돼. 다음에 소개시켜 줘.”

실컷 울어 버린 탓에 정은이 정성 다해 칠해 주었던 마스카라도 눈가에 잔뜩 번지고 말았을 것이다. 보는 것보다 보여지는 입장에 으레 익숙해져 있는 시진이라 민망함 위에 대충 뻔뻔함이라도 찍어 발라 보지만 아무 소용없었다.

사실 지금은 준에게도 얼굴을 내보이기가 민망할 지경이었다. 애쓰고 있어도 귓가가 벌겋게 달아오른 시진의 손을 준이 지그시 감싸 잡았다.

“그럼 인사는 다음에 해. 어차피 오늘은 첫 공연 끝내고 다들 정신없을 테니까.”

그러고는 잠시 주저하던 준이 이내 더듬거리며 말했다.

“그리고 너 안 못생겼어. 누가 못생겼대.”

그 말 한마디가 대체 뭐라고. 겨우 덧붙인 한 문장에 입술이 타들어 가는 줄 알았다. 아니, 열기가 붙은 것은 입술이 아니라 얼굴 전체였다.

붉은 기가 귓바퀴까지 번져 나가는 건 순식간이었다. 지금 못난 꼴을 보이는 건 시진이 아닌 바로 자신이라고 생각하면서, 그는 행여 보지도 못하는 시진이 제 얼굴을 보고 놀리기라도 할까 봐 얼른 고개를 저편으로 돌렸다.

"나 그냥 택시만 잡아 주고 가. 네 말대로 첫 공연 뒤풀인데, 빠지면 안 되잖아."

"집 앞까지 가자. 그래야 내가 마음이 편해."

운 좋게 대로변에서 택시가 한 번에 잡혔다. 다행히 개를 좋아한다는 기사님은 버디의 탑승에 싫은 티를 내기는커녕, 오히려 시진의 명령에 얌전히 바닥에 엎드리는 버디를 보고서 대견해했다.

거부당하지 않고 단번에 차에 오를 수 있었던 건 행운이지만 가는 내내 버디에 관한 질문을 쉼 없이 던져 오는 통에 일일이 답해 줘야 했던 건 불행이었다.

집으로 향하는 동안 애틋하게 누려야 마땅했던 둘만의 시간은 허공에 흐지부지 흩어져 버리고, 온전한 것은 이따금씩 잡고 있던 손에 힘을 주며 서로 애달픈 마음을 표현하는 것뿐이었다.

아쉬움이 남은 탓인지, 택시에서 내리고 나서도 한참이나 시진의 집 앞을 서성거렸다. 결국 두 사람 발밑에 냅다 자리를 잡고 누워 버린 버디가 들으란 듯이 푸우, 크게 한숨을 쉬고 난 다음에야 두 사람은 불에 덴 것처럼 화들짝 놀라 꼭 잡고 있던 손을 놓았다.

"들어갈게."

자기가 먼저 돌아서야 한다는 걸 안 시진이 인사했다. 그래야 준도 마음 편히 뒷풀이 장소로 갈 수 있을 것이다. 준을 붙잡고 있던 손으로 버디의 하네스를 움켜쥐었다. 뭉그적대는 두 사람을 지루하게 기다리며 바닥을 뒹굴던 버디가 그제야 무거운 엉덩이를 일으켜 세웠다.

하지만 시진이 앞으로 채 한 발을 떼기도 전에 홱 돌아간 몸이 다시 준의 품 안에 갇혀 버렸다.

"잘 할게. 내가 잘 할게. 뭘 잘 해야 되는지 잘 모르지만, 그래도 잘 할게."

투박한 진심은 마치 돌멩이 같아서 시진의 마음속에 퐁당퐁당 잘도 튀어 들어왔다. 준이 던지는 다짐 하나하나에 물살이 튀고 파문이 일었다.

잠시 울렁이는 가슴을 가라앉히기 위해 숨을 죽였던 시진이 작게 고개를 끄덕였다.

나도, 하고 수줍게 답하던 시진의 얼굴이 계속해서 눈앞에 아른거렸다.

오빠라도 되는 것처럼 뒤 한 번 돌아보지 못하게 시진을 안으로 끌고 들어간 버디 녀석은 괘씸했지만, 개방형 복도에서 엉뚱한 방향을 향해 손을 흔들던 시진을 생각하면 비식 웃음이 비집고 새어 나왔다.

초등학교를 옆구리에 끼고 차 두 대가 지나갈 만한 널찍한 골목을 지나는데, 문득 주머니에서 휴대폰이 울렸다. 평소보다 큰 목소리로 연신 언제 오냐고 물어 오는 사람은 영목이었다.

—우리 지금 형 기다리고 있어요! 빨리 안 오면 고기 다 먹어 버립니다.

"가고 있다, 인마. 어디야?"

—지하철역 쪽으로 내려오다 보면 지하에 고깃집 있어요. 얼마나 걸려요?

"삼십 분."

—오케이! 그럼 2차 안 가고 여기서 기다릴게요.

"오냐."

목소리만 들어 봐도 영목이 얼마나 들떠 있을지 눈에 선했다. 톤도 높고 밝은 게 벌써부터 꽤나 술기운이 오른 모양이었다.

충분히 그럴 자격이 있었다. 오늘 무대 위에서 영목이 보여 준 끼와 재능은 화려한 조명 없이도 홀로 빛을 발하는 듯한 기분까지 들었으니까. 비록 동생이지만 영목이 단단히 중심을 잡고 연기해 준 덕분에 준도 안정감을 갖고 역할에 임할 수 있었다.

예상대로 준이 식당 문을 열고 들어섰을 즈음엔 모두 거나하게 취해 벌건 얼굴을 하고서 앉아 있었다. 뒤늦게 도착한 준을 향해 손을 흔들며 이름을 부를 땐 누가 무대에 서는 사람들 아니랄까 봐 식당 안이 쩌렁쩌렁하게 울렸다.

준도 모처럼 환히 웃으며 일행들 사이에 자리를 비집고 들어가 앉았다.

술잔이 금세 차고 비워지길 반복했다. 모두가 기분 좋게 서로의 빈 잔을 정으로 채웠다. 하나의 완성도 있는 무대를 만들기 위해 함께 땀 흘리며 노력해 왔던 지난 시간의 결속이 잔을 부딪치며 마침표를 찍는 기분이었다.

몇 차례 잔이 돌고 나서 얼마 남지 않은 고기를 뒤적이며 뒤늦은 허기를 채우는데, 언제 다가왔는지 모를 여자 하나가 슬쩍 명함을 내밀어 보였다.

"안녕하세요, 선우준 씨? 저 썸데이 연예 박주미예요."

"예."

내미는 손을 본체만체하는데도 여자는 아랑곳없이 준의 술잔 옆에 명함을 내려놓았다.

"아까 그 맨 앞줄에 앉아 있던 분, 누구였는지 물어도 돼요? 혹시 여자 친구?"

새로 고기를 주문해 불판 위에 올리며 오랜만에 만난 친구라도 되는 것처럼 자연스럽게 물어 오는 투가 능숙했다. 때마침 궁금했던 주제를 잘 꺼냈다는 듯이 단원들이 하나둘 말을 보태며 시진에 대해 물어 왔다.

“진짜 아까 그분이 형 애인 맞아요?”

“난 안내견 처음 봤는데, 완전 똑똑하더라.”

“나는 불 켜지고 나서야 개가 있는 줄 알았다니까. 어쩜 그렇게 얌전하니.”

“아. 아까 맨 앞 좌석에 앉았던 그 사람인가?”

시진을 본 몇 명이 알은체하며 말을 나누자 시진을 보지 못한 몇 명이 호기심으로 눈을 빛내며 준을 쳐다보았다.

준을 오래 알아 온 것은 아니지만 적어도 그가 사람을 꺼리며 살아왔다는 것쯤은 모두가 다 알았다. 말수 적고 무심한 성격으로 처음부터 거리감을 느끼게 한 준이었다.

그런 그의 여자 친구라니, 그것도 안내견을 데리고 다니는 시각 장애인이라니. 어쩐지 쉽게 묻지는 못해도 미처 궁금증을 숨길 수는 없었다.

“아까 되게 오붓해 보이던데. 맞죠, 애인?”

영목이 은근하게 물으며 눈을 빛내자 준의 입가엔 절로 부드러운 미소가 드리웠다. 다른 이들이 전부 휘둥그레져서 쳐다보는 것을 아는지 모르는지, 반쯤 차 있던 잔을 꼴딱 넘기며 준이 대답했다.

“그래, 자식아. 여자 친구다.”

시원스레 인정하는 말에 곧장 ‘오오오!’ 하며 함성인지, 야유인지 모를 소리가 따라붙었다.

"어쩌면 제가 선우준 씨 이름 넣어서 공연 기사를 써 드릴 수 있을 것 같은데."

평소답지 않게 조용한 성희가 옆자리에서 연신 술잔을 들이켜고 있었다. 그 모습을 힐끔 쳐다본 박 기자가 준 쪽으로 의자를 조금 더 당겨 앉았다.

그러면서 목소리를 낮춰 슬쩍 이렇게 덧붙였다.

"연애 얘기를 살짝 언급해서 아역 배우의 성장이란 주제에 초점을 맞추면 사람들이 흥미 있어 할……."

"죄송하지만."

"예?"

"저 그 친구 팔아서 이름 알리고 싶은 마음 추호도 없습니다. 저 때문에 곤란하게 만들고 싶지도 않고요."

"아……."

단호하리만치 딱 잘라 제안을 거절하는 준의 얼굴이 어느새 싸늘해져 있었다. 박 기자가 당황하여 얼른 입을 다물었다. 그녀는 곧 자신이 크게 실수했음을 깨달았다.

"공연이 좋아서 기사를 써 주시는 거라면 무대에 집중해서 써 주십시오."

준이 여지조차 남기지 않고 일축했다. 깔끔하게 거절당해 난색을 표하던 박 기자가 결국엔 멋쩍게 웃어 버렸다.

잠시 뒤, 다시 테이블 위에 무대와 예술과 연기와 청춘의 고뇌가 진득이 담긴 대화들이 소란스럽게 떠돌기 시작했다.

비례하여 빈 소주병의 수도 늘어 갔다.

아까 무대에서 저지른 남모를 실수에 대해 자진 신고하며 왁자하게 웃음을 터뜨리는 단원들 사이로 문득 박 기자가 준의 소주잔에 제 것을 가져가 부딪치며 넌지시 귓속말을 전했다.

"이 바닥이 선우준 씨 생각처럼 마냥 순수하기만 하면 좋을 텐데요. 그래도 제 명함은 챙겨 두세요. 사람 일은 모르는 거니까."

얼핏 들으면 빈정대는 것으로도 오해할 수 있는 말이었지만 준을 바라보며 작게 고개를 끄덕인 박 기자의 눈빛엔 뜻밖의 호의가 깃들어 있었다.

그녀가 접시 아래에 끼워 놓은 명함을 물끄러미 내려다보던 준이 그것을 대충 셔츠 주머니에 집어넣었다.

사람 일은 모르는 거라던 의미심장한 충고를 받아들이기로 했을 뿐, 새삼 기사에 제 이름을 새겨 넣고픈 욕심이 든 것은 아니었다.

잠깐 동안이나마 귓전을 맴돌던 찝찝함은 금세 불판 연기 사이로 스며 사라졌다.

머지않아 침체되어 가는 연극계와 비대하게 몸을 부풀린 상업 영화계의 모순에 대해 열변을 토하는 동료들 사이로 취기가 올라 딱 기분 좋게 들뜬 준도 몇 마디 의견을 내며 끼어들었다.

다시 허공에 술잔을 맞부딪쳤다.

'건배!' 하고 소리치는 준의 음성이 마지막엔 가장 커다란 소리로 남아 테이블 위를 맴돌았다.

9장

연애하는 티

"감사합니다, 고객님. 상담원 정시진이었습니다. 오늘도 행복한 하루 되세요."

언젠가 시진이 잠꼬대로 똑같은 인사 멘트를 중얼거리더라고, 정은이 웃으며 말한 적 있었다. 막상 얘기를 들었을 땐 일에 온통 찌들어 버린 삶이 서글프게만 느껴졌었는데, 오늘은 이런 빤한 인사말도 그다지 싫게 느껴지지 않았다.

행복한 하루 되시라는 말에 평소보다 서너 배는 더 진심이 묻어났다. 시진 본인이 행복한 나날을 보내고 있으니 다른 사람에게도 행복을 빌어 줄 충분한 여유분이 남아 있는 까닭이었다.

사랑을 하면 세상이 핑크빛으로 변한다는 관용구는 적어

도 시진에게만큼은 해당되지 않는 말이었다. 시진의 세상은 사랑을 하기 전에도, 사랑을 시작한 이후에도 여전히 깜깜한 어둠에 잠겨 있었으니까. 하지만 그게 어떤 느낌인지 이제는 어렴풋하게나마 이해할 수 있을 것 같았다.

가슴에 환하게 불을 켜 놓은 기분이었다. 산삼이라도 먹은 사람처럼 종일 뜨겁게 피가 돌아서, 옷 위로 느껴질 만큼 심장이 크게 뛰었다. 매분 매초 준을 떠올릴 때마다 사르르 시진을 설레게 하는 것이 온몸을 휘도는 붉은 혈액인지, 아니면 가슴을 비추는 환한 빛인지 알 수 없었다.

빨갛고 하얀 빛을 마구 뒤섞어서 핑크빛이라고 말하는 것처럼, 어쩌면 사람들은 단순하게 한마디로 축약할 수 없는 것을 꼭 한마디로 만들어야 할 때 이렇듯 의미를 한데 뭉뚱그리는지도 몰랐다.

〈점심으로 떡볶이 먹는다. 일 잘하고 있냐.〉

점심시간이 가까워 오고 있었다. 정확히 12시가 되었을 때, 준으로부터 메시지가 도착했다. 준의 무뚝뚝한 말투가 글자에 그대로 배어나 있다는 생각이 들어 시진은 문득 웃음이 났다.

요즘 좀처럼 함께 점심을 먹기가 힘든 두 사람이었다. 아쉽지만 어쩔 수 없는 일이다. 극단 연습과 근무 시간이 겹쳐

시간 내에 홍대에서 여의도로, 혹은 여의도에서 홍대로 오가는 게 불가능했기 때문이다. 대신 무심하지만 그 속을 알고 보면 세심하기 그지없는 메시지 하나에 아쉬움과 애정을 동시에 담아 전하는 준이었다.

정식으로 연인이 된 이후 오히려 함께 있을 수 있는 시간이 줄었다. 그것은 물론 아직 채 태워 보지도 못한 애정이 돌연 식은 까닭은 아니었다. 매일 오전 시간대를 극단 연습으로 보내는 준은 이제 택배 상하차 일을 격일로 다녔다. 월세에 공과금에 생활비를 대면 빠듯했지만 그 이상 일하다간 몸이 먼저 축나고 말 게 분명했다.

일을 쉬는 날 저녁에는 회사 앞으로 시진을 데리러 와 주었다. 돌아가는 길에 함께 저녁을 먹거나 산책을 하거나 커피를 마시며 소소하지만 감미로운 데이트를 즐겼다.

땀이 찬 손바닥이 축축해져도 같이 있는 동안엔 잡은 손을 놓지 않았다. 준의 팔짱을 낀 채 거리를 걷는 일이 이제는 버디와 보행하는 것만큼이나 익숙해져 가고 있는 참이었다.

서로 바빠 만나지 못하는 날에는 자주 전화 통화를 하거나 메시지를 주고받았다. 무디고 둔한 준이 짬이 날 때마다 먼저 전화를 걸어오는 것이 의외였다.

특히 시진이 출퇴근하는 동안 내내 통화하는 것을 중요한 일과처럼 여기고 지켰다. 미처 잠이 깨지 못해 피곤하게 가라앉은 목소리로도,

—지하철 왔어? 발 안 빠지게 조심해. 도착했어? 계단 올라갈 때까지 기다릴게.

하며 시진보다도 더 시진을 염려해 주었다.

여름이 짙어지면서 가끔씩 비가 내리는 날에는 아무리 지쳤어도 꼭 회사나 집 앞까지 나와 시진을 데려다주었다. 누군가가 들고 있던 무신경한 우산살 끄트머리에 시진이 얼굴을 긁히고 난 다음부터였다.

〈나는 오늘 회사 사람들이랑 부대찌개. 업무 이상 없음. 너는 연습 어때?〉

답장을 보내며 시진도 식사하러 나갈 채비를 했다. 한바탕 몸을 털며 답답한 책상 밑에서 기어 나온 버디가 엉덩이를 신나게 흔들어 댔다.

"버디야, 가자."

옆자리의 주영 씨가 능숙하게 버디의 줄을 잡았다. 시진의 팔짱을 끼고 버디 대신 그녀를 안내하는 것은 최한미 팀장이었다. 고객을 응대할 때에 가끔씩 참지 못하고 돌발 행동을 일삼는 시진을 깐깐하게 관리 감독하는 사람이었지만, 타 부서에서 '편의' 상의 이유로 시진의 영입을 거부할 때에 그녀는 기꺼이 시진을 받아들여 주었다.

나중에 조촐하게 치러진 부서 회식 자리에서 돌아가신 모친이 평생 말을 하지 못하는 언어 장애인이었다는 이야기를 전해 들었다. 그러나 그녀는 딱히 시진을 특별 대우하거나 사회적인 약자라서 배려하는 게 아니라고 말했다.

"전 세계 인구가 지금 70억이 넘는다는데, 그중 똑같은 사람이 하나도 없다고. 그런데 이 회사라는 조직은 그 다양한 인간들을 한데 모아 놓고서 무조건적으로 획일화하려고만 한단 말이야. 그런 쓸데없는 일에 기력을 쓰니까 이놈의 회사가 발전이 없는 거야."

때로 술이 과하면 이런 식으로 회사와 사회에 대해 반항적인 의견을 피력하기도 했다. 술에 취했건, 맨 정신이건 결국 그녀가 말하고 싶은 바는 하나였을 것이다.

똑같은 데가 없이 각기 다른 사람들이 한데 모여 살아가는 게 바로 사회라는 사실. 직원들 사이에서 최한미 팀장은 빈틈없는 어려운 사람으로 통하고 있었지만, 시진은 자신의 장애를 그저 평범한 다름으로 받아들이는 그녀를 누구보다 좋아했고 잘 따랐다.

"그래서 남자 친구는 뭐 하는 사람이야?"

보글보글 끓고 있는 찌개 냄비에서 햄과 소시지, 라면 사리를 앞 접시에 골고루 덜어 시진의 앞에 놓아준 최 팀장이 예고도 없이 덜컥 물어 왔다. 찬물을 들이켜다 덕분에 사레가 들린 시진이 콜록거렸다.

"어떻게 아셨어요?"

"딱 보면 티가 나는데 어떻게 몰라. 얼굴이 활짝 피는데, 사랑이지."

괜스레 민망해진 시진이 저도 모르게 붉어진 두 볼을 손으로 감쌌다. 부대찌개가 매워서 그런 것처럼 손부채질을 하면서 조용히 입을 다물자 곁에서 여직원들이 대신 수선을 피우며 준에 대해 꼬치꼬치 물어 오기 시작했다.

"저랑 동갑이에요. 아니요, 회사원은 아니고요. 그냥 아르바이트하면서 자기가 하고 싶은 일 하는 사람이에요."

"하고 싶은 일 하면서 살 정도면 집안이 꽤 좋은가 봐."

한 대리의 추측에 시진이 고개를 저었다.

"그건 아니고요. 양친 다 돌아가셨거든요."

"그럼 하고 싶은 일이 돈이 좀 되나? 뭐 하는 사람인데?"

"연극이요. 작은 극단에서 연기하는 사람이에요."

"아……."

일시에 흘러나온 추임새가 어쩐지 탄식처럼 들렸다. 처음엔 그 의미를 알지 못했다가 조금 시간이 흐른 뒤에야 자신이 가진 가난이 시진의 장애보다 하나 나을 게 없다고 담담히 이르던 준이 떠올랐다.

그래서 그런 얘기를 했던 거구나. 새삼스런 깨달음이 시진의 머릿속을 서늘하게 식혔다.

준처럼 좋은 사람이 스스로를 비관하고 자조하던 까닭을 이해하지 못했었는데, 이런 상황에 이르러서야 비로소 조금은 그 마음을 알 것 같았다.

이제 맨눈으로 세상을 마주하는 사람은 없어져 버린 건지도 몰랐다. 저마다 끼고 있는 색안경이 그들이 보는 것들을 온통 편견의 색으로 물들여 놓았는지도. 기왕이면 사물을 깊이 들여다볼 수 있는 돋보기안경이었더라면 좋았을 텐데. 뒤틀리고 왜곡된 가치를 보게 하는 렌즈가 아니라, 본질을 꿰뚫을 수 있는 그런 안경이었더라면.

준이 어떤 사람인지, 얼마나 건강한 마음을 가졌는지에 대해서는 누구도 묻지 않았다. 시진에게 이루 말할 수 없는 용기와 사랑을 베푼다는 것조차 더는 궁금해 하지 않는 듯했다.

대화는 옆 부서 누구 씨 남자 친구의 차가 벤츠 S클래스고, 누구 씨는 5급 공무원인 애인과 드디어 결혼 날짜를 잡았다는 화제로 금세 관심이 옮겨 갔다.

누가 더 잘났는지 목소리 높여 떠드는 말들은 시진의 귀에 이미 메아리만 남은 흐릿한 소음이 되어 버렸다. 아무것도 비추지 못하지만 모든 것을 담고 있는 시진의 눈빛이 침잠하여 발밑으로 하염없이 가라앉아가고 있었다.

"시진 씨, 그만 먹어?"

"배가 불러서요."

어쩐지 아까부터 입맛이 썼다. 맛있는 냄새로 입안에 온통 군침이 돌게 했던 부대찌개도 더 이상 당기지가 않았다. 공깃밥도 반 그릇 이상 남겼다.

눈에 띄게 의기소침해진 시진을 보던 최 팀장도 끝내 한숨을 내쉬고 말았다. 음식을 입에 넣어 씹고 삼키면서도 쉴 새 없이 수다를 떨고 있는 여직원들을 한심한 눈으로 바라보다 이내 고개를 내저으며 말했다.

"너희들, 남자 볼 때 제일 중요한 게 뭔지 알아?"

"뭔데요?"

부서 내 유일한 유부녀인 최 팀장의 조언에 다들 귀가 그쪽으로 크게 쏠렸다. 최 팀장이 어깨를 으쓱이며 대답했다.

"얼굴."

"에이, 뭐예요!"

최 팀장님 농담도 참 잘하신다며 깔깔거리는 여직원들을 보다 이번엔 조금 더 진지한 투로 말했다.

"그래. 그건 농담이었고, 제일 중요한 건 말이야."

"……."

"처음부터 마지막까지 쭉 사랑받는다는 느낌을 주는 남자. 그게 최고야. 그러니까 너희들 몰고 다니는 차니 뭐니, 그딴 거 보지 말고 딱 그거 하나만 봐. 변치 않고 사랑할 수 있는 남자인지 아닌지."

몇몇은 최 팀장의 진심 어린 조언에 공감하며 고개를 끄덕였지만, 또 다른 몇몇은 듣기에만 좋은 말이라며 시큰둥해했다. 그런 여직원들에게 시진을 가리켜 보이며 최 팀장이 말했다.

"그런 남자 만나서 사랑받으면 저렇게 티가 나는 거야. 시진이 좀 봐. 꽃처럼 얼굴이 활짝 피었잖아."

—미안. 나 조금 늦어질 것 같은데.

"괜찮아. 내 걱정 하지 말고 연습해."

홍대입구역에서 만나기로 한 약속 시간이 가까웠을 때였다. 준에게서 먼저 늦을 거란 연락이 왔다.

주말 오프에 모처럼 준과 데이트를 즐기기 위해 번화가로 나온 시진이 물밀듯 밀려드는 인파에 주춤 물러섰다. 콩나물 시루처럼 빽빽하게 줄 선 사람들 틈바구니에 끼어 겨우 지하철역 밖으로 나와서는, 잠시 후덥지근하고 소란한 공기에 현기증을 느꼈다.

항상 데리러 와 주는 준이 고맙고 미안해서 오늘만큼은 시진이 먼저 마중을 나온 참이었다. 준에게 미리 말하지 않고 무작정 온 거라 이미 홍대에 와 있다고 밝히기가 멋쩍어졌다.

준이 더욱 미안해할까 봐 주저하던 시진의 등 뒤로 갑자기 요란스러운 음악이 울려 퍼졌다. 깜짝 놀란 시진에게 휴대폰 건너편에서 준이 대뜸 물어 왔다.

—너 지금 어디야?

"응?"

—그거 아까 여기 오면서 들은 건데. 역 앞에 새로 오픈한 가게 맞지. 지금 홍대야?

"응. 실은 너 만나러 조금 일찍 나왔어. 근데 괜찮아. 근처 카페 같은 데 들어가 있을게."

—아니, 그럼 그러지 말고 그냥 여기로 올래? 데리러 갈게.

"괜찮아. 신경 쓰지 말고 연습해. 지금이 너한테는 중요한 시기인 거잖아. 처음으로 맡은 주연인데."

—오늘 주말이라 사람 많고 복잡해. 그냥 거기 가만히 있어. 나는…… 지금 못 나갈 것 같고, 대신 후배 보낼게. 어디 가지 말고 기다려. 금방 갈 거야.

"알았어. 그럼 기다리고 있을게."

시진으로서도 자신을 개울의 바위처럼 비껴 흘러가는 인파 속에서 도저히 혼자 길을 찾아갈 자신이 없었다. 게다가 준의 염려를 모르는 바도 아니라 시진은 잠시 근처 큰 건물 그림자 아래로 들어가 준이 보낸다는 후배를 기다리기로 했다.

여름의 계절 색이 짙어질수록 시진보다도 상시 털가죽을 입고 다니는 버디가 많이 힘들어 했다. 지금도 헉헉 숨을 몰아쉬며 뚝뚝 흘려 대는 침이 헨젤과 그레텔의 과자가루처럼 시진이 걸어온 길대로 떨어져 있을 것이다.

정수리가 서늘해지는 그늘 아래 서서 시진이 버디를 조금 더 안쪽으로 끌어당겼다. 시진의 옆에 엉덩이를 붙이고 주저앉아 지나는 사람들을 구경하는 버디의 눈곱을 손으로 쓸어 떼어 주었다. 둥근 이마를 연신 쓰다듬으며 천진하게 올려다보는 버디에게 활짝 웃어 주었다.

그녀를 향한 버디의 애정은 발뒤꿈치를 툭툭 치는 기다란 꼬리에서, 그리고 손바닥에 슬며시 비벼 오는 주둥이를 통해서 숨김없이 전해 받았다.

준과 있을 때도 그랬다. 좀처럼 표현을 하지 않는 그가 애정을 말하는 방법은 우습지만 버디와 많이 닮아 있었다.

손끝을 조심스럽게 잡아 이끄는 모습이나 든든한 울타리가 되어 주는 어깨, 그리고 언젠가부터 코가 예민한 시진에게서 고된 삶의 땀내를 감추기 위해 뿌리기 시작한 향수 냄새까지.

준에게 시진 역시 얼굴로 애정을 말하고 있는지, 몸으로 충분히 표현하고 있는 건지 궁금했다.

누군가의 눈에 비치는 자신의 모습을 볼 수 없다는 게 억울하고 애석하다고 느낀 것이 오랜만이었다. 그동안은 주어지지 않는 것에 크게 미련 두지 않았었는데, 준을 만나고부터는 그것이 새삼 아쉬워졌다.

알고 싶었다. 준의 눈동자 속 자신은 어떤 모습을 하고 있는지, 또 우리를 바라보는 사람들의 눈길은 어떤 온도를 띠고 있을지. 혹 차가운 감정이 드리운 누군가의 시선이 자신을 지나 준에게까지 미치지는 않을지.

아, 하는 짧은 한탄으로 대신 매겨진 준에 대한 세상의 점수가 시진을 향해선 더욱 인색하고 박한 잣대를 들이대지는 않는지. 그게 준을 곤란케 하거나 다치게 하지는 않을지.

그것이 무척 궁금하면서도, 무서웠다.

⁝⁝ ⁝⁝ ⁝⁝

"그냥 거기 가만히 있어. 나는……."

전화기를 잠시 귀에서 떨어뜨리며 벽에 걸린 시계를 한 번, 무대 위에서 리허설 중인 배우들을 한 번 돌아본 준의 미간에 손톱만 한 주름이 팼다.

곁에서 시진과의 통화 내용을 들었는지 옆에 앉아 있던 영목이 손을 들며 자신을 가리켰다. 선뜻 대신 다녀오겠다는 뜻이다.

"후배 보낼게. 어디 가지 말고 기다려. 금방 갈 거야."

―알았어. 그럼 기다리고 있을게.

통화를 끝낸 준이 잠시간 영목을 물끄러미 들여다보았다. 영문 모르는 채 갸웃거리며 '왜요, 형?' 하고 묻는 영목의 어깨를 손으로 짚고서 우선적으로 당부해 둘 사항을 줄줄이 늘어놓았다.

"먼저 손 뻗지 말고 팔을 이렇게 벌리고 잡으라고 하면 시진이가 알아서 잡을 거야. 1cm 이상 되는 턱은 무조건 한 걸음 전에 미리 얘기하고, 계단도 올라가는 계단인지 내려가는 계단인지 알려 줘야 돼.”

“Yes, sir.”

장난스럽게 경례하며 대답을 대신하는 영목을 끝내 못 미더운 눈으로 바라보는 준이다.

“쓸데없는 소린 하지 말고.”

남자치고는 그래도 개중 제일 센스 있고 세심한 편이라고 여배우들 사이에서 정평이 나 있는 영목이었으니 어련히 알아서 잘 데려오겠나 싶었지만, 실은 그게 더 걱정이었다.

시진에 대한 이야기가 나오거나 그녀와 통화를 할 때면 봄볕 아래 눈 녹듯이 저도 모르게 풀어지는 준의 분위기 때문이었을 것이다. 언제부터인가 영목이 시진에 대해 호기심을 갖기 시작한 것은.

“가서 형수님 모시고 오겠습니다.”

뭐라 더 경고할 새도 없이 영목이 내빼듯 가 버렸다. 마침 무대 위에서 이 감독과 동료 배우들이 준을 기다리며 손짓해 왔다. 별수 없이 작은 한숨을 흘리며 무대 쪽으로 발걸음을 옮겨야 했다.

한편 영목은 뛰는 듯 빠른 걸음으로 홍대역 앞까지 시진을 마중 나갔다. 처음 오디션에서 준을 알아봤을 때 오랜 팬으로서는 반갑기 그지없었지만, 배우로선 얼핏 고까운 마음이

든 것도 사실이었다.

불의의 사고를 겪었다고는 하나 모두가 바라 마지않는 스포트라이트를 등지고 한순간 대중 앞에서 사라져 버린 것이 20년 전 일이었다. 이제 와 새삼 무대에 재기하려 드는 그의 진심이 의심스럽고 의아할 뿐이었다.

하지만 그러한 의문은 준이 연기하는 모습을 보고 단번에 해소되었다. 그간의 공백이 무색하게 그는 무대 위에서 가장 빛이 나는 사람으로 되돌아와 있었으니까.

발성과 대사 전달력 에 있어서는 분명 현역 배우들에 비해 부족함이 엿보였지만, 역에 몰입한 그는 마치 배역 안에서 다시 태어난 사람 같았다. 덕분에 잊어버렸던 팬심에도 도로 불이 붙은 참이다.

며칠 전이었다. 평소에는 잘 깎아 놓은 조각처럼 단단하던 얼굴이 여자 친구 얘기에 일순 따스한 온기를 품어 낸 것은. 그 간극이 너무도 큰 나머지, 극단의 여배우들 중 몇은 짜릿하다고까지 할 지경이다.

저도 모르게 등 뒤에 팬덤을 키우고 있다는 것을 아는지 모르는지.

못내 준을 짝사랑하던 여배우 명혜가 여자 친구의 어떤 점이 그리 좋으냐고 심술부리듯 따져 물었을 때 잠시 생각에 잠겼던 그는 이렇게 답했다.

"같이 길을 걸을 때, 그 애는 이렇게 말해. 햇살이 머리를 상냥하게 쓰다듬는다. 오늘따라 바람이 발목에 간지럽게 고여 있다. 코끝에 비 냄새가 묻었다, 라고."

준보다 먼저 길가에 뻗어난 꽃의 향기를 알아차렸고, 비가 지나간 다음엔 젖은 바람이 시원해 좋다고 말했다.

잠시 그늘진 곳에 서서 달아오른 두 볼을 식히면서는 멀리서 메아리처럼 퍼지는 아이들 웃음소리에 살포시 함께 미소 짓기도 했다.

온몸으로 세상을 음미하는 시진의 곁에서 준의 오감도 보다 선명하게 깨어났다.

"그 애를 만나기 전에 내가 얼마나 무감각하게 살아왔는지를 생각해 보면 정말 놀랄 일이지."

공부 잘하는 애 옆자리에 앉아야 자기 자식도 덩달아 공부를 잘하게 될 거라고 믿는 부모들 생각을 조금 이해할 수 있을 것 같았다. 세상을 아름답게 보는 시진 곁에서 준의 세상도 점차 아름다워지기 시작했다.

볕이 상냥한 날에 너와 함께 있으니 행복하다. 바람이 잔잔한 오늘 네가 옆에 있어 좋다고 말하는 시진이 하염없이 사랑스러웠다. 설령 날이 흐리고 나빠도 네가 있으니 괜찮다고 미소 짓는 시진을 점점 더 사랑하게 되었다.

"앞을 보지 못하는 그 애가 나한테는 세상을 보는 눈이야. 바로 그 애가 내 세상이야."

스스로 의식하지 못한 새 입가에 그려진 미소는 분명 그가 떠올리는 대상을 꼭 닮아 있을 것 같다는 생각이 들었다. 그래서 영목은 시진에게 더욱 흥미가 생겼다.

며칠 전에는 의대에 진학하느라 남들보다 늦게 군대에 가게 된 사촌 형 이야기를 하다가 그 형이 몇 년 전 고모한테 물려받아 끌고 다니던 소형차를 처분하려고 한다는 이야기에 준이 관심을 보이기도 했었다.

"10년도 더 된 고물이에요. 굴러가는 게 용하다니까요. 에어컨 틀면 엔진 덜덜거리고. 근데 진짜 사려고요?"

"그만큼 싸게 팔면. 얼만데?"

"글쎄요. 그 형한테 말해서 백만 원 안짝으로 해 달라고 해 볼게요. 근데 차는 갑자기 왜 사려고 그래요?"

신차도 아니고 폐차 직전의 고물을 굳이 사서 끌고 싶다는 준을 도무지 이해할 수 없어 물으니, 준이 픽 웃으며 대답했다.

"버디 태우고 다니려면 필요해서. 비 올 때 집까지 데려다주기도 편하고.

대체 어떤 여자기에 저 목석같은 선우준을 흐물흐물하게 녹였을까. 아마도 영목은 머릿속에 봄날의 여신 같은 이미지를 떠올리고 있었는지도 모른다.

하지만 높다란 건물 입구에 서서 불볕이 내리쬐는 도심의 열기를 피하고 있는 시진의 첫인상은 기대했던 것보다 평범하기 짝이 없어서, 내심 실망스럽기까지 했던 게 사실이다.

"안녕하세요, 저 준이 형 후배 영목이에요."

시진을 알아보는 건 그리 어려운 일이 아니었다. 첫 공연 때 자기 몸집만 한 황금빛 개를 데리고 앉아 있던 모습이 인상적이었으니까. 영목의 목소리가 들려오는 쪽으로 시진이 정확히 고개를 돌렸다.

아무리 시진이 앞이 보이지 않는 사람이라고 해도 왠지 뚫어지게 관찰하는 것은 실례가 될 것 같아 몇 번 흘끔거린 것이 고작이었다. 어려서부터 키우던 개를 작년에 무지개다리 너머로 보낸 영목은 사실 시진보다 그 옆에 늠름하게 앉아 있는 버디에게 먼저 눈이 갔다.

버디는 애당초 남자에게 먼저 꼬리를 흔드는 법이 없었다. 시큰둥하게 영목을 외면해 버리는 버디 대신 시진이 예의 바르게 인사했다.

"오셨어요. 더운데 번거롭게 해서 미안해요."

시진을 향해 무심코 손을 뻗었던 영목은 곧 준의 당부를 떠올리고는 다급히 그것을 다시 거두어들였다.

"잡으세요."

"고마워요."

마치 티슈를 뽑는 것처럼 섬세한 힘으로 시진의 작은 손이 영목의 팔꿈치를 집었다. 그게 무척 간지럽다고 생각하면서도 영목은 애써 내색하지 않은 채 먼저 걸음을 옮기기 시작했다.

인파가 붐비는 홍대 거리에서 두 사람과 버디가 나란히 길을 걷는 것은 생각보다 힘든 일이었다. 시진을 보호하려면 영목이 치이고, 영목 자신이 피하면 행여 버디가 밟힐까 봐 시진이 주춤대느라 걸음은 평소보다 수 배 느릴 수밖에 없었다.

"원래 끝나는 시간은 진즉이 지났는데, 형이 다음 달 공연에 주역을 맡아서 요즘 연습량이 두 배는 늘었거든요."

"괜찮아요. 준이한테 잘된 일이죠."

"혹시 누나도 형 팬이에요? 전 진짜 어렸을 때부터 좋아했거든요. 아, 맞다. 누나라고 불러도 되죠? 제가 형보다 몇 살 어려요."

"편한 대로 불러요."

붙임성이 있다고 해야 할까, 넉살이 좋다고 해야 할까.

어색하지 않게 계속해서 말을 붙여 주는 영목이 시진은 차츰 편안해졌다. 아마도 준을 통해 이미 여러 번 이야기를 들은 적 있어서 더욱 친근했을 것이다.

영목은 준이 아끼는 후배였다. 또한 준을 아껴 주는 후배라는 것을 오늘 알게 되었다.

"나도 어려서부터 준이 팬이었어요."

시진이 조금 부끄럽다는 듯이 자그마한 목소리로 고백했다. 이어 영목에게 준의 연기는 연기가 아니라 정말 그 인물의 삶인 것처럼 느껴져서 좋다고 말했다. 영목이 크게 동조하며 맞장구를 쳤다.

"준이는 아직 예전 감각을 되찾지 못했다고 조급해하지만, 충분히 대단하다고 생각해요. 저번 공연 때도 준이 연기하는 인물은 꼭 눈에 보이는 것만 같았거든요."

시진이 손으로 살짝 허공을 쓸어내리며 말했다. 그녀의 손끝이 닿은 대로 밑그림을 그려 보면 거기에 준의 모습이 있을 것만 같은 손짓이었다.

"오늘 되게 덥네요. 밖에서 오래 기다리느라 힘드셨죠?"

"그러게요. 날이 무척 더워졌어요. 불판 위라도 걷는 것처럼 땅이 지글지글하네요."

시진의 말마따나 신발 속이 온통 후끈했다. 뒷목을 타고 줄줄이 흐르던 땀이 금세 티셔츠를 적시는 게 불판 위 삼겹

살이나 다름없는 꼴이다. 다행히 바싹 익어 타기 전에 두 사람은 그늘진 소극장 계단 안으로 도망치듯 들어설 수 있었다.

"누나, 여기 얕은 계단 있으니까 조심하세요. 왼쪽으로 들어가서, 네. 거기 앉으세요."

무대에서 두어 줄 떨어진 곳이었다. 작은 목소리로 시진을 안내하여 자리에 앉힌 영목이 무대 위에서 이쪽을 흘끔거리는 준에게 개구지게 경례해 보였다.

어두컴컴한 객석 중에 용케 시진의 그림자를 찾아낸 준이 비로소 안심한 표정을 지어 보였다.

연습은 그 후로도 약 두 시간 동안이나 계속되었다. 애초에 약속했던 데이트는 물 건너가 버렸지만 시진은 연기에 몰입한 준의 목소리를 듣고 있는 게 좋았다.

무대가 있는 정면에서 알 수 없는 열기가 뿜어져 나오는 느낌이었다. 그러다 문득 뒷좌석에 앉아 시진에게 말을 걸기 위해 틈을 보고 있던 이들을 알아채곤 흠칫 놀랐다.

"안녕하세요, 수지라고 해요."

"안녕하세요. 어? 지난번 공연 때 여자 주인공으로 연기하셨던 분이구나."

"어떻게 아셨어요?"

"목소리가 너무 예뻤던 게 기억나요."

시진의 대답에 수지가 쑥스러운 듯 볼을 붉혔다.

"얘 되게 얌전하네요. 한 번 만져 봐도 돼요? 우리 집도 작은 비글 키우는데, 걔는 장난 아니게 개발랄해요. 그만큼 사고도 많이 치고."

"만져도 돼요. 얘도 지금 밖이라 이렇게 얌전한 척하는 거지, 집에서는 덩치 큰 비글이나 다름없어요. 원래 애교도 많고 흥도 많은 애거든요."

"그렇구나. 안녕, 버디야."

눈높이에 맞춰 쪼그려 앉아 인사를 건네는 수지가 마음에 들었는지 벌떡 몸을 일으킨 버디 녀석의 앞발이 크게 들썩거렸다.

머지않아 작은 비명이 들리는 것을 보니, 흥분을 주체하지 못한 버디가 수지를 넘어뜨린 채 한바탕 얼굴에 침을 발라 놓고 있는 게 분명했다. 그럼에도 수지는 싫은 내색 하나 없이 버디의 부담스러운 애정을 받아 주었다.

한참을 버디와 놀아 주다가 곧 시진의 옆자리를 차지하고 앉은 수지가 시진에게 이것저것 궁금한 것을 물어 오기 시작했다.

"언니, 언니는 준 오빠 어디가 제일 좋아요?"

수지의 당돌한 질문에 잠시 눈을 크게 떴던 시진이 이내 웃으며 답했다.

"잘생겼잖아요. 근사하고. 내가 얼굴을 좀 밝혀요."

시진의 농담에 수지도 덩달아 웃음을 터뜨렸다. 잠시 뒤,

연습을 마친 준이 짐을 챙겨 나왔다. 그는 날파리 꼬이듯 시진을 둘러싸고 있는 동료들을 손을 내저어 해산시켰다.

"끝났어. 가자."

"혹시 나 때문에 연습 더 못 한 거야?"

"아니. 충분히 했어. 배고프다. 가서 저녁 먹자."

혹시나 했는데 역시나. 시진을 대할 때마저 평소의 무뚝뚝한 말투 그대로라는 사실에 다들 고개를 절레절레 내젓는데, 얼마 지나지 않아서는 둘의 모습을 몰래 훔쳐보던 이들의 눈이 휘둥그레지고 말았다.

"얕은 턱 있어."

"응. ……아이쿠."

"됐어. 내가 잡았어. 괜찮아?"

"응."

"내 손 잡아. 계단이야. 가자."

시진의 어깨를 한 팔로 감싸고, 다른 한 손을 꼭 붙든 채 느린 걸음으로 계단을 오르는 준이 정말 저들이 아는 준이 맞나 싶었다.

두 남녀와 한 마리의 개가 컴컴한 소극장을 빠져 나가는 동안 저도 모르게 그 모습을 빤히 지켜보고 있던 단원들 중에서 가장 먼저 헛웃음을 뱉어 낸 건 바로 수지였다.

"이제 보니까 준 오빠, 완전 멍뭉이 과였네."

"형이 왜? 성격이 개 같아서?"

일차원적으로 되묻는 영목을 한심한 눈초리로 보다 이내 그의 앞에 검지를 흔들어 댔다.

"버디랑 닮았잖아. 시진 언니 옆에서만 의젓해지고 두 배쯤 멋져 보이는 게."

묘하게 납득이 되는 말이었다. 뒤에서 명혜가 끼어들었다.

"평소엔 차갑고 무심한 사람이 자기 여자한테만 저렇게 잘해 주는 거, 딱 여자들 로망인데. 역시 준 오빠야. 너무 멋있다!"

처음부터 준에게 꽤나 호감을 가진다 싶더니, 여자 친구가 있다는 사실을 알면서도 못내 그 감정을 털어 내지 못하고 미련을 둔 모양이었다. 명혜를 향해 수지가 단호하게 어깃장을 놓았다.

"꿈 깨, 계집애야. 딱 보면 모르냐? 저건 저 언니 앞에서만 한정일걸."

그녀 역시 이미 알고 있는 사실을 아프게 꼬집어 말하는 수지가 밉살스러워도 딱히 대꾸할 말이 없었다. 수지를 향해 눈을 흘기던 명혜가 결국 팽 하니 토라져선 저만치 가 버렸다.

"야. 너네 용만이는 잘 있냐? 오늘 연습 끝나면 오랜만에 용만이나 보러 가야겠다."

"꺼져. 여자 혼자 사는 방에 네가 또 왜 와?"

"여자? 네가 무슨 여자야? 짐승 같은 내 동기지. 그리고 누가 너 보러 간대? 귀여운 용만이 보러 가는 거야, 인마.”

얄밉게 까부는 영목의 뒤통수를 수지가 손바닥으로 힘껏 때렸다. 그러고 나서도 분이 풀리지 않는지 씩씩대던 수지가 역시나 홱 하니 토라져선 무대 뒤쪽으로 걸어가 버린다.

아픈 뒤통수를 붙잡고 투덜대면서도 화를 풀어 주기 위해 영목이 얼른 그녀를 뒤따랐다.

“또 꽁냥질 시작했네. 저 무늬만 여사친, 남사친인 것들이. 쯧쯧.”

“저럴 거면 그냥 사귀지, 뭘 자꾸 아니라고 부인해 대냐. 딱 보면 알겠구만. 아무튼 이쪽이나 저쪽이나 연애하는 티들 내고 있어. 눈꼴시게.”

밥 먹듯이 싸우면서도 또 금세 화해하여 한 몸처럼 붙어 다니는 영목과 수지였다. 지켜보던 단원들이 끝내 혀를 끌끌 찼다. 잠시 뒤에는 저 둘이 대체 언제부터 사귈 것인가에 대해 내기 판까지 벌어지고 말았다.

적게는 5천 원에서 많게는 5만 원까지. 꽤나 판돈이 거창해지고 마는 것은 결국 모두가 저 두 사람을 애정 어린 마음으로 응원하고 있기 때문이었다.

10장

나 오늘 너랑 안 잘 거야

뭘 먹고 싶으냐는 준의 물음에 시진은 뜬금없이 뜨겁고 매운 떡볶이가 당긴다고 했다. 덥지 않느냐고 물으니 이열치열로 이겨 보자는 장난스런 대답이 돌아왔다.

좀 더 맛있는 걸 사 주고 싶은 마음에 다른 거 뭐 먹고 싶은 건 없냐고 되묻는 준에게, 시진은 그저 웃으며 순대에 튀김까지 먹겠다고 답했다. 하는 수 없이 시진을 데리고 에어컨이 있을 법한 분식집으로 향했다.

“개는 데리고 들어오면…….”

두 사람보다 먼저 유리문 안쪽으로 불쑥 머리를 내민 버디를 보고 기겁하며 손을 내젓던 주인아주머니가 뒤따르는 시진과 준을 확인하고는 입을 다물었다. 잠시 머뭇거리더니 이내 한쪽 구석의 테이블을 가리키며 앉으라고 했다.

주춤거리는 시진을 자리로 이끌면서 준이 작게 고개 숙여 고맙다는 인사를 대신했다. 준을 따라 안으로 걸음을 옮기면서도 줄곧 눈치를 보는 버디와 남몰래 작은 안도의 한숨을 내쉬는 시진을 알 수 있었다.

대중교통이나 공공시설에서 시각 장애인 안내견의 출입을 정당한 이유 없이 거부할 수 없도록 법에 분명하게 명시되어 있었다. 하지만 아직까지는 다른 이용객의 불편을 핑계로 입장조차 하지 못하게 하는 일이 비일비재했다.

곁에서 지켜보고 있노라면 그게 잘못된 일이라는 걸 누구나가 알 수 있을 테지만 누구도 나서려 하지 않는 까닭에 결국 이 문제는 시각 장애인들만의 고독한 싸움으로 끝이 나곤 했다. 준만 하더라도 시진을 만나기 전까지는 이런 상황에 대해 인식조차 하지 못하고 살아왔다.

"뭐 드릴까?"

"떡볶이랑 순대, 튀김이랑 김밥도 한 줄 주세요."

시진이 먹고 싶다던 것들을 죄다 주문했다. 마음 같아서는 비싼 것, 맛있는 것만 사 주고 싶은데 시진이 그걸 원하지 않았다. 준 역시 그럴 형편이 되지 못하는 게 현실이었다. 어쩌면 수중에 돈 십만 원의 여유도 없는 준의 빠듯한 사정을 시진이 벌써 알아챈 건지도 몰랐다.

바로 어제 일이었다. 통장에 있던 잔금 120만 원을 몽땅 찾아와 영목에게 쥐여 준 것이. 원래는 150만 원을 부르던 사촌 형에게 저 나름대로 용써서 타협을 본 게 그 정도라고 했다.

대신 이번 주말까지 차를 받아 오기로 하고 거래를 끝냈다. 다음 주부터는 이른 장마가 시작된다는 일기 예보를 듣고 영목을 재촉한 보람이 있었다.

"튀김 먹고 싶다며. 자, 너 다 먹어."

시진의 앞으로 접시를 쭉 밀어 주었다. 떡에 제대로 꽂히지 않고 자꾸만 옆으로 미끄러지는 포크를 대신 붙잡아 꾹 눌렀다.

"아."

"아?"

시키는 대로 따라서 벌어지는 시진의 입 속에 그것을 쏙 넣어 주었다. 그러고 나서 한발 늦게야 준은 자신이 꽤나 낯뜨거운 짓을 했다는 걸 깨닫고 무안해졌다.

식당 안에 손님이라곤 두 사람뿐이라 여러모로 눈에 띄는 시진의 테이블을 흘낏흘낏 훔쳐보고 있던 주인아주머니와 눈이 딱 마주쳤다. 준의 귓가가 금세 화끈해졌다.

"맛있다! 너도 얼른 먹어. 나 혼자 어떻게 다 먹어."

사정 모르는 시진이 멈춰 있는 준의 손을 재촉했다. 잠시 뒤, 작은 테이블에 기울이고 있던 두 사람의 머리가 콩 하고 부딪치고 말았다. 놀라 눈을 동그랗게 떴던 시진은 이내 크게 어깨를 떨며 웃었다.

"난 역시 비싼 레스토랑보다 이런 데가 훨씬 더 좋아. 테이블이 커 봐야 너랑 멀어지기만 하잖아. 그럼 이렇게 머리를 부딪칠 일도 없을 거고, 네가 내 입에 음식을 넣어 주는 일도 없었겠지."

준만 있으면 더운 날도, 궂은 날도 아무 무람없이 좋다며 행복해하는 시진의 얼굴 앞에서 준은 고맙고 미안한 마음을 힘겹게 감춰야 했다.

근래 들어 저축 한 번 제대로 한 적 없이 불성실하게만 살아왔던 지난 시간을 몹시도 후회하는 중이었다. 현재의 궁핍함은 내일을 기대하지 않았기에 안일하게 흘려보냈던 과거의 당연한 귀결이었다.

변명해 보자면, 그동안 준에게도 피치 못할 사정이란 게 몇 차례 있었다. 옥탑에서 반지하 월세 방을 전전하며 두어 번 이사를 치렀고, 미처 끊어 내지 못한 고모부의 빚쟁이가 찾아와 얼마 되지도 않는 통장의 잔고를 털어 간 일도 있었다. 내적으로나, 외적으로나 전혀 재산을 모을 수 있는 환경이 주어지지 않았다.

"그럼 앞으로 더 많은 곳을 찾자. 네가 좋아하는 작은 테이블이 있는 식당으로. 너랑 나랑 버디, 우리 셋이 함께 갈 수 있는 더 많은 장소를."

하지만 이제는 '앞으로'의 일을 곧잘 입에 담게 되었다.

시진과 함께하게 될 더 먼 미래를 생각하고 꿈꾸었다. 지금 당장 시진에게 줄 수 없는 것들을 내일은, 혹은 훗날 언젠가는 해 줄 수 있는 남자가 되겠다고 재차 다짐하면서.

실상 시진이 바라는 것은 그저 작은 테이블에 머리를 부딪칠 만큼 가깝게 앉아 보내는 시간이었음에도 수성에서 온 남자는 아직 목성에서 온 여자의 행복을 온전히 이해하지 못했다.

문득 전화가 울려 준이 주머니에서 휴대폰을 꺼내 받았다. 이명한 감독이었다. 그가 뜻밖의 소식을 전해 왔다.

"잡지 인터뷰요?"

—그래. 다음 달 공연 기사를 싣고 싶다고 하던데. 할래?

"……."

곧바로 거절하지 않은 것은 일전의 가십 전문 잡지 같은 게 아니라 순수 예술 분야를 다루는 제법 권위 있는 월간지의 요청이었기 때문이다. 오로지 공연 위주의 기사를 쓰겠다는 조건하에 이명한 감독도 주역을 맡은 준의 의사를 물어 결정하기로 했다.

망설이던 준이 이내 인터뷰를 수락했다. 옆에서 소식을 듣고 있던 시진도 잘된 일이라며 기뻐했다.

처음엔 버디를 탐탁지 않게 생각했던 분식집 주인아주머니가 계산하고 나갈 즈음엔 먼저 버디의 이름을 물어 왔다.

"다음에 또 와요."

덧붙이는 인사가 빈말같이 들리지는 않았다.

"잘 먹었습니다. 또 올게요."

기분 좋게 인사를 되돌려주며 밖으로 나섰다.

부쩍 낮이 길어진 여름날이었는데, 오늘따라 사위가 평소보다 빨리 어둑어둑해졌다. 의아하게 생각할 틈도 없이 거리에 심술궂은 소낙비가 쏟아져 내리기 시작했다.

버디와 시진을 이끌고서 할 수 있는 한 가장 빠른 걸음으로 이름 모를 누군가의 처마 아래에 몸을 숨겼다. 들이붓는 장대비를 피해 숨을 돌리는데, 머리 위를 겹겹이 둘러싼 먹구름이 금방 물러날 기세는 아니었다.

"괜찮아?"

준이 입고 있던 남방을 벗어 시진의 머리카락과 얼굴을 대강 닦아 냈다. 안에 받쳐 입은 흰 티는 어깨만 조금 젖은 정도였지만, 다시 저 빗속으로 나가야 한다면 1분도 지나지 않아 비 맞은 생쥐 꼴이 되어 버릴 것이다.

"쉽사리 그칠 것 같지가 않네."

처마 바깥으로 손을 뻗어 떨어지는 빗방울을 담아 보던 시진이 나직하게 중얼거렸다. 시진의 말마따나 오늘 내리는 비는 다음 주 있을 장마의 예고편인 것처럼 보였다.

앞으로 있는 힘껏 퍼부어 줄 테니 단단히 각오하라고 으름장을 놓는 것처럼 기세가 사나웠다.

이 비를 고스란히 맞으며 지하철역까지 가는 건 도저히 무리였다. 하는 수 없이 준이 잠시 시진을 그곳에 세워 두고는 달려 나가 길가에서 택시를 잡았다.

젖어서 물방울이 뚝뚝 떨어지는 채로 다급히 차에 오른 두 사람과 털북숭이 버디를 보고 기사는 못마땅한 기색을 숨기지 않았다. 허우대 좋은 준이 있어 차마 도로 내리라고는 하지 못하는 채 인상만 찌푸리는 기사에게 일단은 가까운 준의 집으로 가 달라고 했다.

몰아치는 비가 차창을 얼룩덜룩하게 뭉갰다. 준의 셔츠를 어깨에 걸치고 있는 시진이 손을 뻗어 버디의 젖은 털을 쓰다듬었다. 부르르 몸을 털어 내고 싶은 것을 시진을 생각해 꾹 참고 있는 버디가 앞다리로 제 목덜미를 긁적거렸다.

"거기 턱 조심해. 신발 벗고 이쪽으로 올라와."

눅눅한 집 안에 들어서자마자 부랴부랴 찾아 건넨 새 수건은 먼저 버디의 젖은 털을 닦아 내는 데 쓰였다.

"그만하고 이제 너 젖은 거 닦아."

언제나 준이 걱정하는 건 시진인데, 정작 시진은 무엇이든 버디가 우선이었다. 답답한 마음에 시진의 손목을 끌어다 방 안으로 들였다. 머리를 수건으로 덮어 무지막지하게 닦아 내는 준으로 인해 시진이 버텨 서지 못하고 잠시 비틀거렸다.

끝내 일방통행 골목까지는 들어가지 않겠다며 버티는 택시 기사 때문에 결국 초입에 내려서야 했다.

이후 집까지 5분 남짓을 걸어오는 사이, 온통 젖어 버린 두 사람의 발치로 금세 물이 고였다. 뒤늦게 깨달은 시진이 얼른 양말을 벗어 들었다. 하얗고 작은 발이 끈적거리는 노란 장판 위에 수줍게 모였다.

습한 실내 공기를 조금이라도 몰아내 보려 오랜만에 보일러를 틀어 두고서 준이 시진을 한쪽에 앉게 했다.

버디는 알아서 저쪽 비키니장에 등을 기댄 채 몸을 동그랗게 말아 누운 다음이었다. 버디에게도 길고 고된 하루였는지, 금방이라도 잠이 들 것처럼 지친 눈을 끔뻑거렸다.

"뭐라도 마실래?"

TV조차 없는 반지하 방이 이렇게나 조용하다는 걸 오늘에서야 새삼 깨달은 준이다. 괜스레 멋쩍음을 참지 못하고 물으면서도 마땅히 대접할 음료가 하나도 없다는 걸 머릿속에 떠올렸다. 다행히 시진이 고개를 저으며 마다했다.

"아, 옷부터 갈아입자."

그보다 급한 것이 입고 있는 젖은 옷이었다. 얇고 흰 여름옷 아래로 속옷의 색과 모양이 두드러졌다. 그를 자각하지 못한 채 무방비하게 앉아 있던 시진이 고개를 갸웃거렸다. 이번에도 괜찮다고 사양할까 봐 준이 먼저 선수를 쳤다.

"여름이라도 계속 그러고 있으면 감기 걸린다."

준이 비키니 옷장 속에서 적당한 티셔츠를 골라 시진에게 건넸다.

"어디서 갈아입어?"

달랑 방 한 칸이 전부인 공간이라 시진을 위해 다급히 신을 신고 나가려는 준을 그녀가 붙들었다.

"뭘 그렇게까지 해. 그냥 돌아서 있으면 되지."

그러더니 곧 젖어서 피부에 착 달라붙은 웃옷을 머리 위로 끌어올려 벗어 냈다. 화들짝 놀란 준이 얼른 뒤돌아섰으나, 그 와중에도 스치듯 본 하얗고 가는 허리선이 자꾸만 눈앞을 아른거렸다.

"이제 됐어."

시진의 허락에 조심스럽게 돌아보았다. 한쪽 소매가 어깨까지 말려 있는 것을 준이 다가가 끌어내려 주었다. 순간적으로 가까워진 거리가 묘하게 긴장을 부추겼으나, 어색해지는 공기를 두 사람 다 고개를 돌려 외면하는 것으로 애써 모른 척했다.

"빗발이 좀 약해지긴 했는데, 그래도 이따가 완전히 그치면 나가자."

"그래."

시진이 한쪽 구석에 무릎을 세워 웅크리고 앉았다. 준 역시 조금 떨어진 자리에 등을 기댄 채로 멍하니 앉아 있었다. 미묘한 정적이 길어지려던 차에 시진이 먼저 말문을 열었다.

"비가 오면 세상의 모든 소리가 젖어 버리는 것 같아. 달리는 차 소리가 아스팔트를 찢어발길 것처럼 날카로워져서 사정없이 귀를 할퀴어 대는 느낌이야."

하늘에서 떨어지는 비가 지상의 모든 감각을 적셨다. 빗방울이 지면을 때리는 소리에 종일 귀가 먹먹했고, 모든 냄새를 씻어 내는 탓에 후각조차 믿을 수 없었다. 가장 최악은 역시 온기를 앗아 가는 비의 차가운 촉각이었다.

"그래서 난 비 오는 날이 참 싫었는데, 오늘만큼은 조금 고마운 마음도 들어. 덕분에 네 집까지 들어와 봤잖아."

"……."

"방 구경 좀 시켜 줘. 기왕 놀러 온 김에."

뜻밖의 요청에 준이 고개를 들었다. 세 사람이 드러누우면 가득 들어찰 이 조그마한 방을 구경씩이나 시켜 달라는 말에 조금 난감한 얼굴이 되고 말았다.

"뭐가 있는지 좀 알려 줘. 침대는? 옷장은? 창문은 어느 쪽이야?"

머리를 이쪽저쪽으로 기울이며 묻는 시진을 잠시 바라보던 준이 마지못해 입을 뗐다.

"네 뒤편으로 원목 옷장이 있어. 그 옆에 밖이 내다보이는 창문이 있고. 언덕배기라 반지하라도 창문으로 한강 다리가 보이니까 나름 뷰는 괜찮은 편이지. 네가 앉은 정면으로 침대랑 책상이 놓여 있고……."

장난기가 도진 준이 없는 말을 지어 줄줄이 늘어놓아도 시진은 그저 순진한 얼굴로 고개를 끄덕이고 있을 따름이었다. 준이 하는 말을 곧이곧대로 믿고 있는 게 분명했다.

어떻게 생각하면 차라리 그게 더 나은 일일지도 몰랐다. 어두컴컴하고 습해서 공기마저 축축 늘어지는 월 30만 원짜리 반지하 방 한가운데 앉아 있다는 현실보다는 허구라도 따뜻하고 안락한 공간에 들어 있다고 생각하는 편이 더 나을지도.

시진 역시 언제나 준을 위해 그렇게 말해 주었으니까. 실제 발을 디디고 있는 현실보다 백 배, 천 배는 더 아름다운 세상을 살아가는 것처럼 느끼게 해 주었으니까.

그럼에도 어쩐지 준이 하는 거짓말들은 시진의 것처럼 순수하게 느껴지지가 않았다. 그저 비열하고 비굴할 뿐이었다. 준이 결국 헛웃음을 웃으며 머리를 내저었다.

"농담이야. 실은 가구랄 게 별로 없는데, 한 번 둘러볼래?"

"응."

준을 따라 시진이 몸을 일으켰을 때였다. 아까 빗물이 흘러내려 고였던 자리를 잘못 밟고 와락 미끄러지는 바람에 새된 비명을 내지르는 시진을 준이 놀라서 얼른 붙들었다.

준의 두 팔이 시진의 허리를 감아 힘껏 끌어당겼다. 기우뚱거렸던 시진의 몸이 중심을 되찾으며 준의 가슴에 안정적으로 들어찼다. 그럼에도 순간의 위기를 경험한 심장은 좀체 진정하지 못하고 비명을 지르듯 팔딱 거리는 채였다.

시진의 볼이 맞닿아 있는 준의 심장 역시 마찬가지였다.

시진은 눈앞에 놓인 준의 목젖이 꼴깍 소리를 내며 울렁이는 것을 선명히 느낄 수 있었다. 그녀의 손이 저도 모르게 그것을 향해 솟아오를 때였다.

"만지지 마."

준이 단호한 목소리로 거부하며 고개를 틀었다. 흠칫 놀란 시진이 눈을 동그랗게 떴다.

"너 지금 아슬아슬해."

뒤이어 하는 말의 의미를 이해할 수 없어 시진은 그저 갸웃거릴 뿐이었다. 어쩐지 평소와는 조금 다른 준의 음성이 가늘게 떨리고 있었다. 그것이 제 배 속을 이유 없이 간지럽게 만들었다.

"뭐가?"

순진하게 되물어 오는 시진 때문에 준은 끝내 옅은 한숨을 흘려야 했다. 준이 시진의 허리를 휘감고 있던 팔을 느슨하게 풀었다. 기대고 있던 힘이 거두어지자 떠밀리듯 시진이 한 걸음을 물러났다. 답답한 마음에 준이 한 손을 들어 거칠게 마른세수를 했다.

"넌 아무 생각 없이 그러는지 모르겠는데, 나는 아니거든."

지금 이 순간만큼은 시진을 둘러싼 모든 것이 불가해한 것 투성이였다. 당최 시진이 알아듣지 못할 말만 하면서 제 손을 물끄러미 내려다보는 준의 귓바퀴가 빨갰다.

만약 시진이 그것을 눈으로 볼 수 있었더라면 굳이 소리 내 말하지 않아도 그 적나라한 의미를 단번에 알아챘을 것이다.

"나는…… 아까 옷 위로 비치던 네 노란색 속옷 아래가 궁금하고, 방금 닿았던 손이 뜨거워. 그래서 너랑 막…… 하고 싶어."

"어?"

몹시도 당황한 나머지 그 민망한 말을 또다시 되묻고 말았다. 돌아올 답이 두 사람의 열기를 더욱 몰아붙일 거라는 걸 알면서.

준이 시진을 향해 한 걸음을 다가서자 시진은 본능적으로 한 걸음을 물러섰다. 새삼스럽게 준이 거북하다거나 무섭게 느껴져서가 아니었다. 다만 둘 사이에 끼어 있던 공기가 두 사람의 간격이 좁아들도록 허락하지 않는 것 같았다.

준이 더는 물러설 수 없게 시진의 어깨를 붙잡았다.

"근데 오늘 너랑 여기서 안 잘 거야."

꼭 힘이 들어간 어깨 위의 손과는 상반되는 대답이었다. 아까 들은 말보다 방금 들은 말이 더 믿어지지 않아 시진은 퍼뜩 고개를 치켜들고 말았다. 조금 전과는 다른 의미로 심장이 뛰었다. 불안하고 아픈 느낌이었다.

"왜?"

때문에 다시 이렇게 되묻지 않을 수 없었다. 방금 전 연인에게서 듣게 된 '너를 안지 않겠다'는 말 한마디에 상할 대로 상한 자존심이 슬그머니 머리를 들이미는 것 같은 기분이었다.

"왜냐면……."

막상 자기가 물어 놓고서도 시진은 그 대답을 들을 자신이 없었다. 어깨를 꼭 붙들고 있는 준이 아니었더라면 분명 도리질 치며 두 손으로 귀를 틀어막았을 것이다.

심중에 품고 있는 생각이 진실일까 봐 무서웠다. 준이 그녀와 자고 싶지 않은 이유가 회피일까 봐. 책임감을 느껴야 할 만큼 둘의 관계가 깊고 무거워지는 것을 원치 않기 때문일까 봐.

두 눈을 질끈 감고 돌아올 잔인한 답변을 기다리던 시진의 이마에 생각지도 못한 감촉이 먼저 닿았다. 바르르 떨리는 준의 두 입술이었다.

짧지도, 길지도 않은 작은 입맞춤이었다. 하지만 그 안에 차마 말로는 다 표현 못할 갖가지 감정이 담겨 있었다. 억누르고, 또 억눌렀지만 미처 갈무리하지 못한 충동이었다. 그렇게 힘겹게 전하는 애정 한 조각이었다.

"이렇게 후진 데서 너를 안을 수 없으니까."

어렵게 진심을 털어놓으면서 준이 조심스레 시진을 당겨 품에 가두었다. 한 손으로 뒷머리를 감싼 채 그 위에 가볍게 입을 맞추었다. 얼결에 두 손으로 준의 옷깃을 부여잡는 사진은 아랫배에 와 닿는 뭉툭한 감각으로 준의 솔직한 심정을 느낄 수 있었다. 준은 다만 시진을 꼭 끌어안은 채 제 눈치 없는 욕망을 조용히 갈무리할 뿐이었다.

"내 방은 네가 두 팔을 벌리면 벽이랑 벽이 닿을 정도로 좁아. 그 벽에 이사 오기 전부터 파란 곰팡이가 가득 피어 있었고. 눅눅하고 더럽고 냄새도 나."

정수리에 한숨처럼 내뿜어지는 설명이었다. 무언가를 참고 있는 사람처럼 억눌린 음성으로 들리기도 했다. 잔뜩 열기가 오른 준의 몸은 단단했고, 옅게 떨리고 있었다.

온기를 찾아 그의 가슴에 파고들며 볼을 비비다가 이내 준이 작게 흘려 내는 신음에 시진도 마음이 철렁거렸다.

"하나밖에 없는 창문으론 지나가는 사람들 발바닥만 보여. 가끔 동네 똥개가 오줌을 갈기고 도망치기도 하고, 술 취한 놈이 잔뜩 토해 놓기도 해. 이런 방에서…… 너랑 처음으로 자고 싶지는 않아."

지금까지 자신은 시간을, 세상을 성의 없이 훑어 지나왔을 뿐이라는 걸 준은 시진을 만나고 나서 알게 되었다. 준과는 다르게 시진은 시간도 세상도 섬세하게 더듬어 지나는 사람이었다. 그녀의 기억은 만지고, 맡고, 듣고, 느끼는 모든 것을 명료한 감각으로 담고 있을 것이다. 그런 시진을 해도 달도 보이지 않는 이런 곳에서 안을 수는 없었다.

"그러니까 옷 다 말랐으면 그만 가자. 나와."

불에 덴 것처럼 갑작스럽게 시진의 몸을 제게서 떨어뜨려 놓았다. 준으로부터 옮겨 온 열기가 괜스레 시진의 두 볼까지 화끈거리게 해서, 서로 다른 곳을 바라보며 딴청을 피우고 있었어도 결국 두 사람 모두 똑같이 빨갛게 익은 얼굴들을 하고 있었다.

그대로 먼저 현관으로 향하는 준의 소매를 시진이 붙들었다. 의아한 눈으로 돌아보는 준에게 시진은 머리를 푹 수그린 채 말을 웅얼거렸다.

"나는 너만 있으면 돼."

내가 느끼고 싶은 사람은 너뿐이야. 네 모든 삶을 더듬어 보고 싶어. 머리카락 한 올에서부터 발끝까지 1mm의 빈틈도 없이 너를 만지고 싶어.

그렇게 시진이 속으로만 삼켜 내는 발칙한 고백은 준의 귀에도 들리지 않을 만큼 비밀스러웠다.

"뭐라고?"

"……비 그쳤냐고."

"그쳤어."

"그래. 그럼 가자."

현관문 밖으로 먼저 나가 버린 준을 따라서 시진도 하네스를 챙겨 버디와 함께 그 뒤를 따랐다.

시진의 집을 향해 걸어가는 길. 그저 마냥 창피하고 부끄럽고, 그러면서도 설렘을 숨길 수 없어 못내 꼼지락대던 손가락들이 어느 순간 자연스레 얽혀 든 감각만이 선명할 뿐이었다.

낮보다 환한 여름날 저녁, 하릴없이 시진의 동네를 몇 바퀴나 거닐고 있는 두 사람의 머리 위로 심술을 부렸던 하늘은 언제 그랬냐는 듯이 맑게 개어 있었다.

⁘ ⁘ ⁘

예정되어 있던 장마가 변덕스럽게 한 주를 더 늦장 부렸다. 주말에 영목에게서 차를 받아 놓고서 시진을 깜짝 놀라게 할 날만을 손꼽아 기다리고 있던 준을 맥 빠지게 할 만큼 무더운 폭염이 일주일간이나 줄줄이 이어졌다.

그다음 화요일, 마침내 기다리던 장마가 시작되었다.

오전부터 꾸물꾸물 먹구름을 긁어모으던 하늘이 지축을 울리는 천둥 벼락과 함께 크게 울음을 터뜨린 것은 점심 무렵이었다. 출근할 때만 하더라도 멀쩡했던 날씨가 퇴근할 때즈음엔 하늘에 구멍이라도 뚫린 것처럼 물벼락을 내렸다.

차마 나갈 엄두를 내지 못하고 회사 건물 입구에 처량하게 서서 비의 장막이 드리운 바깥을 난감하게 바라보고 있던 시진이 한숨과 함께 중얼거렸다.

“우리 오늘 무사히 집까지 갈 수 있을까?”

걱정 가득한 시진의 속은 까맣게 모르는 채 버디가 해맑은 눈으로 비닐 우비를 부스럭거리며 꼬리를 쳐 댔다.

"정시진!"

침을 꿀꺽 삼키고는 끝내 결심을 굳히며 바깥을 향해 한 걸음을 내뻗었을 때였다. 쏟아지는 장대비 사이를 뚫고 귀에 들려온 익숙한 음성이 문득 시진의 두 발을 붙들었다.

시진이 고개를 갸웃거렸다. 머지않아 찰박거리는 발소리와 함께 시진의 머리 위에 커다란 우산이 드리워졌다. 길고 단단한 팔로 시진의 어깨를 감싸 안는 사람은 예상대로 준이었다.

"늦어서 미안. 가자."

"어떻게 왔어? 연습은 어쩌고?"

"비 오잖아."

비가 오는 날엔 으레 시진을 데리러 오는 게 당연하다는 투였다. 이제 보름 정도밖에 남지 않은 공연 때문에 밤늦게까지 연습에 매진하고 있다는 걸 알고 있는데도.

"어? 시진 씨, 지금 가요?"

"네, 주영 씨. 조심해서 가세요. 내일 뵐게요!"

때마침 퇴근하던 옆자리 주영 씨와 마주쳤다. 엉겁결에 함께 꾸벅이며 인사를 나눈 준이 곧 '얕은 턱 있어' 하고 속삭이며 시진을 이끌었다.

그 모습이 남들 눈에 보기에도 자상하기가 그지없어서, 주영을 비롯하여 회사를 나서던 동료들이 작게 소리를 지르며 부러워했다.

“타. 머리 조심하고.”

“응?”

작은 도로 하나를 가로질러 왔을 뿐인데, 벌써 멈춰 서서 차에 오르라고 말하는 준이 시진은 의아했다. 택시를 잡았나 했는데, 평소보다 고개를 푹 숙여 차에 올라야 했다.

뻗은 손에 글러브 박스가 만져지는 것을 보니 조수석이었다. 곧이어 차 뒷문이 열리고 요란한 비닐 소리를 내며 뒷좌석에 오른 버디가 바닥에 넙죽 엎드렸다.

“이거 누구 차야?”

마지막으로 운전석에 오른 준을 향해 시진이 물었다. 괜스레 룸 미러를 한 번 만져 보고는 시동을 건 준이 다행히 단 번에 회전하는 엔진을 보며 시진 몰래 안도의 한숨을 내쉬었다.

폐차 직전의 고물이라는 영목의 말이 틀리지 않았다. 차를 받아서 집 앞까지 가져갈 때나, 혹은 오늘 이곳에 끌고 나올 때에 열쇠가 몇 번이나 헛도는 바람에 시동을 거는 데 애를 먹어야 했다. 와이퍼가 빽빽해서 요란한 소리를 내며 유리창을 닦긴 했지만 그래도 주행은 썩 잘 나가는 편이었다.

120만 원짜리 중고차가 그만하면 됐다고 생각하며 꾸물꾸물했던 아침부터 못내 들떠 있던 준이다. 며칠 집 앞 주차장에서 쉬게 한 보람이 있었는지 시진의 앞에서 꼴사납게 퍼지는 일은 없었다.

"내 차. 샀어. 중고로."

"정말? 우와!"

놀라 입을 다물지 못하는 시진의 앞에서는 조금 머쓱해지고 말았다. '좁지?' 하고 묻자 시진은 손까지 내저으며 도리질을 쳤다.

"딱 내 스타일이야! 전에도 말했잖아. 나는 너랑 머리를 부딪치는 작은 테이블이 좋고, 이렇게 가까이 붙어 앉을 수 있는 좁은 차가 좋아. 근데 이렇게 말하니까…… 왠지 나 되게 변태 같다. 그치?"

혀를 내밀어 보이며 미소 짓는 시진이 몹시도 사랑스러웠다. 준은 두 손으로 핸들을 꼭 움켜쥐며 못내 뿌듯한 얼굴을 해 보였다.

"이제 비와도 너 젖게 하는 일 없을 거야."

마치 그것 하나만을 위해 차를 샀다고 말하는 것 같았다. 왠지 뭉클해진 시진이 괜스레 뒷좌석의 버디를 향해 손을 뻗으며 말했다.

"우리 버디가 제일 편한 상석이네. 벌써 자리 잡고 누웠어? 버디도 이 차가 마음에 드나 봐."

"너 꼬시려면 버디 비위부터 맞춰야지. 네가 내 차에 처음으로 태우는 사람이야. 그런 의미에서 우리 드라이브라도 할까?"

비가 장대처럼 쏟아지는 날 웬 드라이브냐 싶겠지만, 반대로 생각하면 시진에게는 이보다 더 적합한 날도 없을 것이다.

잿빛 아스팔트 도로와 서행하는 차들의 행렬, 뻑뻑하게 움직이는 와이퍼 부대끼는 소리, 그리고 비 내음이 시진을 포함한 세상 모든 사람들에게 공평하게 주어진 감각이었으니까. 차창에 가만히 손바닥을 대고 있으면 반대편에서 힘껏 날아와 부딪치는 빗방울의 감촉이 장난스러워 좋았다.

비에 젖지 않을 수 있는 지붕이 있는 차와 사랑하는 사람과 영혼의 동반자가 함께한 이 120만 원짜리 공간이 시진에겐 더없는 행복이었다. 여태까지 비 오는 날을 몹시도 질색했던 시진이건만, 어쩐지 지금부터는 비 오는 날을 손꼽아 기다리게 될 거란 예감이 들었다.

차를 산 기념으로 영목이 가득 채워 준 연료 탱크를 믿고 준은 내키는 대로 길을 나아갔다. 그렇게 한 시간 남짓을 달리다가 우연찮게 빗소리가 한데 고이는 장소를 발견하곤 잠시 차를 세웠다. 평소라면 수위가 낮았을 호수 앞이었다.

꿉꿉하고 더운 공기를 몰아내기 위해 에어컨을 틀어 두었다. 준이 피로해진 눈을 주무르다 등받이에 풀썩 머리를 기댔다. 옆을 돌아보니 마찬가지로 두 눈을 지그시 감은 채 호수에 쏟아지는 빗소리를 음미하고 있는 시진의 옆얼굴이 보였다.

준이 손을 뻗어 허벅지 위에 놓인 시진의 작은 손을 잡았다. 시진이 손가락을 열어 깍지를 얽는 것으로 그에게 응답했다.

손톱만큼 창문을 열어 놓고서 생생한 빗소리를 감상하다가 작은 틈새로 튀어 들어온 빗방울 하나가 시진의 하얗고 둥근 이마 위에 맺히는 것을 보았다.

손을 올려 엄지손가락으로 그것을 닦아 낸 건 무의식적인 행동이었지만, 그 뒤를 따라 고개가 기운 것은 의도에 가까운 불가항력이었다.

시진의 벌어진 입술 사이로 먼저 달콤한 숨이 흘러들었다. 무르고 약한 피부가 서로를 빨아들이듯 얽히고설켰다. 뜨겁고 진한 입맞춤이었다.

고개를 비트는 대로 더욱 깊숙이 파고드는 혀가 때로는 물러나 시진의 입술을 핥으며 간지럽혔다. 처음에는 준을 받아들이는 것만으로 버거워하던 시진의 두 손이 어느새 준의 목을 감으며 매달렸다.

시진의 볼과 뒷머리와 등을 쓸어 내던 커다란 손이 저도 모르는 새 따뜻하고 부드러운 것을 찾아 웃옷을 파고들 때였다.

빠앙!

한순간 무게 중심이 흐트러진 준이 팔꿈치로 클랙슨을 냅다 찍어 눌렀다. 마치 빗물을 한 양동이 뒤집어쓴 사람들처럼 화들짝 놀라 감았던 눈을 뜬 두 사람의 얼굴에 곧 당혹감의 붉은 물이 들었다.

시진 위에 거의 올라타다시피 한 상체를 황급히 뒤로 물리던 준이 다시금 손바닥으로 클랙슨을 찍어 누른다.

빠앙!

멍! 앞에서 무슨 일이 벌어지는지 모르는 채 뒷좌석에서 곤히 잠이 들어 있던 버디가 덩달아 잠꼬대를 했다.

멍! 어쩌면 꿈속에서도 시진에게 찰싹 달라붙어 있는 준을 혼쭐내 주고 있는 건지도 몰랐다.

11장

일의 시작은

공연 일주일 전, 인터뷰 기사가 잡지에 실렸다. 총 세 쪽에 달하는 인터뷰 지면의 첫줄은 우선 이명한 감독의 주요 약력을 읊는 것으로 첫 운을 뗐다.

기사는 창작극의 대략적인 줄거리와 눈여겨볼 세 개 장면의 해설을 크게 다뤘다. 또한 소극장만이 가질 수 있는 관객 몰입도와 감독의 뛰어난 연출력에 대해 논평하는 것도 잊지 않았다.

하단에 전문가의 견해와 기대 평을 곁들인 취재 기사는 아직 무대에 오르지도 않은 공연의 사전 예매율을 높이는 데 크게 공헌을 했다.

기사의 말미에는 주연으로 발탁된 준을 언급하는 짤막한

문장 하나가 들어 있었다.

대중에겐 낯익은 이름이지만 이 무대를 통해 낯선 배우로 성장해 돌아온 선우준의 성공적인 복귀를 기대해 본다.

무대가 한눈에 들어오는 객석의 중간 즈음이었다. 막이 내린 공연의 여운을 즐기던 이들이 하나둘 외투와 가방을 들고 일어났다. 곧이어 분주히 자리를 비우는 관객들의 검은 실루엣 사이에 성희와 박 기자가 조형물처럼 앉아 있었다.

무대 쪽으로 나아가 감독과 악수를 하거나 간단히 인사를 나누는 몇몇은 두 사람도 알아볼 수 있을 만한 유명 인사들이었다. 공연 예술계에 영향력을 발휘하는 거물급 평론가와 원로 배우 몇 사람도 눈에 띄었다.

겨우 두 번째 공연 만에 입소문을 타고 찾아든 관객의 숫자와 수준을 살피던 박 기자가 나직이 감탄의 기색을 흘렸다. 그러거나 말거나, 옆에 앉은 성희의 시선은 공연이 끝난 순간부터 오로지 한곳에 못 박힌 채였다.

줄곧 무대 맨 앞줄에 앉아서 연극을 관람했던 시진의 곁으로 준이 다가왔다. 제일 먼저 그녀와 함께 기쁘고 벅찬 마음을 나누기 위해서였다. 막이 내리자마자 달려온 듯 분장도 지우지 못하고 온통 땀범벅이 된 준이 시진을 흠뻑 끌어안고서 크게 웃었다.

"성희 씨한테 이런 면이 있는 줄 몰랐는데, 의외로 지고지순한 면이 있네?"

"무슨 소리야?"

모르는 척 돌아보는 얼굴은 누가 배우 아니랄까 봐 태연스럽기만 했다.

하지만 저도 모르는 새 다시금 준을 좇고 있는 농도 짙은 시선만큼은 돌연 터져 나오는 재채기처럼 숨길 수가 없는 법이었다.

"그러는 박 기자야말로 꽤 마음에 든 것 아냐? 저번에 왔던 잡지 인터뷰도 박 기자 주선이라며."

"왜 하필 선우준한테 꽂혀서 그래? 성희 씨 정도면 어딜 가도 더 잘나가는 애 만날 텐데."

애써 말머리를 돌리려는 게 빤히 눈에 보였다. 박 기자가 넘어가지 않겠다는 듯 굳이 종전의 질문을 이어 붙였다. 그 목소리에 약간의 안타까움마저 담겨 있어서 돌아보는 성희의 눈매가 절로 샐쭉해졌다.

"어딜 가도 더 잘나가는 애 만날 수 있는 내가 왜 선우준한테 꽂히면 안 되는데?"

"안 된다는 게 아니라 하지 않았으면 좋겠다고 말하는 거야."

무엇이든 원하는 대로 가질 수 있는 그녀가 무명의 선우준을 가지지 못해 안달하는 모습이 그저 아이러니했다. 적어도 그녀의 스타성을 사랑하는 이들은 류성희가 저에겐 눈길 한 번 주지 않는 남자에 목매는 모습을 보고 싶어 하지 않을 것이다.

더군다나 천하의 류성희가 아직까지 티 한 번 내지 못하고 이렇듯 멀리서 애틋한 시선만 던지고 있는 건.

"지고지순은 누가 봐도 저쪽이 한 수 위잖아."

손을 맞잡은 채 귓속말을 소곤거리고 있는 연인의 뒷모습이 모르는 사람이 보더라도 한 치의 파고들 틈조차 없이 완전했기 때문이었다.

"어차피 결혼을 한 것도 아니잖아. 상대가 장애인이라고 순순히 물러나 줄 생각 없어. 난 내가 가진 모든 매력을 걸고 어필할 거야. 거기에 흔들리지 않는 건 재 몫이야."

턱으로 준의 뒤통수를 가리키며 짓는 표정은 놀랄 만큼 도전적이었다. 당당하다 못해 뻔뻔하기까지 한 성희를 보며 박 기자가 조금 질린 얼굴로 고개를 내저었다.

"어? 잠깐만. 저 인간이 여긴 왜 왔지?"

바로 그때, 박 기자의 눈에 띈 사람이 하나 있었다. 그를 발견하자마자 박 기자의 미간이 팍 찌푸려졌다.

박 기자의 손가락을 따라 시선을 돌린 성희 역시 마찬가지다. 상대방이 눈치도 없이 반갑게 손을 흔들며 먼저 알은체를 해 왔다. 두 여자 모두 냉정한 표정으로 외면했다.

"저 미친개, 여긴 또 뭘 캐내려고 왔어?"

"미친개?"

"강견수. 이 바닥에선 다 광견, 그러니까 미친개라고 불러. 한 번 물면 좀체 안 놓으니까. 물린 사람만 미칠 지경이고."

직업상 언제나 말과 글에 신중한 박 기자가 이 정도로 지탄할 지경이면 안 봐도 그 인간성을 알 만했다.

실제로 성희는 강견수 기자에 의해 억울하게 마녀사냥을 당하여 은퇴한 선배 하나를 알고 있었다. 대중의 알 권리라는 미명하에 연예인의 일거수일투족을 감시하고, 티끌만 한 흠이라도 잡았다 치면 어김없이 물고 늘어지는 독종 중의 독종이었다.

한편, 강견수 기자의 그림자만 보여도 대놓고 싫은 내색을 하는 박 기자의 혐오감은 성희의 것보다도 훨씬 뿌리가 깊었다.

메이저 신문사의 정치부 혹은 경제, 사회부에서 좌천을 당하거나 여성 매거진의 편집부에서 스카우트되어 오는 식으로 연예부 기자가 되는 경우가 대다수인 것에 반해, 박 기자는 처음부터 초지일관 연예 기자를 꿈꿔 온 케이스다.

사생활 캐기 같은 음험한 취미가 있는 것은 물론 아니었다. 다만 그녀는 언론과 개인의 권리 중 어느 쪽도 침해하지 않고, 상호 존중하며 지킬 수 있는 마지노선에 관심이 많았다. 그 아슬아슬한 경계가 가장 자주 충돌하는 부서가 바로 연예부였다.

대중이 가장 궁금해하는 부분이나 대중의 간지러운 곳을 대신 긁어 주는 명료한 기사를 쓰되, 화제를 만들기 위해 한 사람의 인생이나 인성에 흠집 내는 글은 쓰지 않는다.

그것이 그녀가 연예부 기자로서 펜을 든 이유고 목적이었으며 또한 목표이기도 했다.

그녀에게 강견수 기자의 존재가 경멸로밖에 여겨지지 않는 것은 어찌 보면 당연한 일이었다. 누가 보더라도 그는 박 기자의 고결한 직업 정신에 사정없이 스크래치를 내는 미꾸라지 한 마리였으므로.

"이거 류성희 씨 아닙니까? 반갑습니다. 우리 구면이죠?"

강견수가 두 사람을 향해 성큼성큼 걸어와 먼저 손을 내밀었다. 성희는 표정이 지워진 마네킹 같은 얼굴로 떨떠름하게 악수를 받아 주었다.

"글쎄요, 저는 안 반가운데. 이런 데도 오세요?"

유명 배우 하나 출연하지 않는 소극장에 대체 뭐 주워 먹을 게 있어 왔느냐는 순화된 물음이었다. 강 기자가 변죽 좋게 웃어 보였다.

"꽤 재미있다고 들어서."

묘한 대답이었다. 대체 어디서 무슨 냄새를 맡고 왔는지 모르겠지만 뭔가 꿍꿍이가 있는 게 분명했다.

"류성희 씨, 여기 부쩍 자주 온다고 하던데. 혹시 이 중 누구랑 연애라도 하는 거 아니에요?"

무심결에 성희를 돌아본 박 기자의 시선에 염려가 묻어났다. 성희가 어깨를 으쓱거리며 대답했다.

"연애는 무슨. 이 감독님 무대에 역 하나 따려고 삼고초려하고 있어요."

적어도 애인 있는 남자에게 목매는 중이란 팩트보다는 프로페셔널한 거짓말이었다.

"저기 저 친구, 낯이 많이 익은데. 혹시 누군지 알아요?"

하여간 귀신같이 눈치만 빨라서. 박 기자가 속으로 혀를 찼다. 강견수 기자가 가리키는 곳에 준이 있었다. 때마침 시진이 보이지 않는 것을 보니, 수지의 안내를 받아 화장실이라도 간 모양이었다.

"내내 마음에 걸렸는데, 아무리 생각해도 아는 얼굴이더라고. 이름이 뭐였더라……."

입구에서 나눠 준 연극 팸플릿을 뒤적이던 그가 이내 반가운 표정을 했다.

"아, 선우준! 아역 스타 선우준!"

"맞아요. 그 선우준."

성희가 순순히 긍정하자 드디어 거리를 물었다는 듯 강 기자의 눈이 가늘어졌다.

"그럼 혹시 쭉 연락하고 지내 온 겁니까, 두 사람? 말하자면 소꿉친구잖아요."

아까부터 줄곧 상대방의 반응을 떠보려 드는 교묘한 어투는 이제 일상의 버릇처럼 굳어져 버린 기자의 비열한 습성인 듯했다. 대답하기에 앞서 성희는 속으로 코웃음을 치고 말았다.

친구? 어린 시절부터 현재에 이르기까지 성희와 준은 단 한 순간도 친구였던 적이 없었다.

당시에는 '연기 천재', '국민 아역'이란 별칭을 모조리 빼앗긴 탓에 준을 보면 괜스레 분하고 억울한 마음부터 치솟았었다. 속으로는 숙명의 라이벌이라며 별렀지만 그걸 입 밖에 낸 적은 없다.

대신 카메라 앞에서, 혹은 어른들 앞에서 순진하게 웃으며 맡은 역에 동화되기라도 한 척 연기하곤 했다. '우리는 쌍둥이에요' 하고, 가증을 떨어 대면서.

"친구요? 그럴 리가요. 그보단 뭐랄까……."

"저, 성희 씨."

"이제는 둘 다 성인이니까요. 어떤 관계가 되어도 이상하지 않을 사이긴 하죠."

박 기자가 다급히 끼어들어 말려 보려 했으나 소용없었다. 틀어 놓은 수도꼭지처럼 성희의 입은 멈춰야 하는 때를 알지 못하고 줄줄이 말을 쏟아 내 버렸으니까.

작게 인상을 찌푸린 박 기자가 성급하고 경솔한 발언을 한 성희를 비난 섞인 눈으로 힐책할 때였다. 성희가 좀 전의 나

른한 투를 버리고 똑 부러지게 질문에 답을 내놓았다.

"결국 아무런 사이도 아니란 뜻입니다. 광견, 수 기자님."

아역 시절 이후 서로 죽었는지 살았는지도 모르고 살다가 우연히 다시 만난 것이 겨우 몇 달 전의 일이었다.

아직 성희와 준 사이에는 관계를 정의할 적당한 명칭조차 없는 채였다. 똑같이 아역 배우로 연기 생활을 시작하여 지금은 톱스타와 무명배우라는, 너무도 다른 삶을 살고 있는 두 사람이다.

어떻게든 한데 엮어 기사를 내고 싶어 하는 속내를 성희가 간파하지 못할 리 없었다. 아무리 대중의 사랑을 먹고 자라는 연예인이라지만, 연기 외적의 사생활까지 누군가의 안줏거리가 되는 건 사양이었다.

경고의 의미를 담아 부러 그의 이름을 틀리게 발음했다. 괜한 곳에서 냄새 맡으려 어슬렁거리지 말고 그만 꺼지란 소리였다.

하지만 이미 한 번 거리를 문 개는 쉬이 그것을 놓으려 들지 않았다. 오히려 눈을 까뒤집고 턱을 조이며 대가리를 흔들어 살점까지 물어뜯으려 할 뿐이었다.

"아직, 아무 사이도 아니시군요. 잘 알겠습니다. 그럼."

이처럼 일의 시작은 사소하면서도 공교로운 우연으로부터 줄기를 뻗어 나가기 시작했다.

⁝⁝ ⁝⁝ ⁝⁝

"드라마 보조 출연?"

성희의 뜬금없는 제안에 준이 작게 눈썹을 찌푸렸다.

"응. 잘하면 대사 한 줄 정도 받을 수도 있고. 어때. 할래?"

"누나, 저도요! 안 그래도 알바 필요했는데. 그거 짭짤해요?"

"내가 해 봤겠니?"

성희가 한심하단 투로 되묻자 영목이 하긴, 하고 중얼거리며 고개를 끄덕였다.

"야, 그거 하루 종일 기다리는데 고역이야. 차라리 막노동판에서 벽돌 나르는 게 돈은 짭짤하지."

경험 있는 몇몇이 그렇게 만류했다. 그럼에도 영목은 여전히 관심이 있는 모양이었다.

"그래도 재수 좋으면 우리 대사 한 줄 연기하는 거라도 TV에 나오잖아. 얼굴 알릴 수 있는 기회야."

"겨우 1초 출연으로 무슨 얼굴을 알리냐? 원빈급으로 잘생긴 것도 아니면서."

모두가 시큰둥해하는 가운데 영목과 수지만큼은 흥미가 동하는지 눈을 반짝거렸다. 옆에서 고민하고 있는 준을 말꺼낸 성희 대신 이 두 사람이 더 열성적으로 설득하기 시작했다.

"형, 이번에 월세방 보증금 올려 줘야 된다면서요. 같이 가요."

사정을 아는 영목이 그렇게 준을 부추겼다. 안 그래도 두 달 뒤 만료되는 월세 계약을 1년 더 연장하고 싶어 집주인에게 연락했더니, 주변 시세가 다 올랐더라는 뻔한 말들을 늘어놓으며 보증금을 인상해 달라고 했다.

그게 싫으면 월세를 15만 원씩 더 내라는 식이었다. 한 달 전 중고차까지 장만한 터라 준은 수중에 당장 돈 만 원이 아쉬운 처지였다.

"맞아요, 오빠. 누가 알아요. 이번 일 잘되면 또 다음 기회가 주어질지. 오빠는 이미 이름도 알려진 사람이니까 우리보다 가능성도 크겠죠."

그럼에도 시간에 비해 별 돈은 안 된다는 말에 몇 번이나 고사하던 준이 끝끝내 두 손 들어 항복을 선언했다. 변죽 좋은 영목과 말발 좋은 수지가 편을 먹으면 당해 낼 수 있는 사람은 적어도 이 극단 안에는 없었다.

다음 날, 세 사람은 성희가 일러 주는 대로 시간 맞춰 촬영장에 모였다. 스태프들 모두가 바삐 움직이는 틈바구니에서 어리바리하게 서 있는 셋을 향해 성희의 매니저가 다가와 알은체를 했다.

영목과 수지는 분장을 위해 먼저 어딘가로 보내지고, 혼자 남은 준을 따로 성희에게 데려갔다.

"PD님이 오랜만에 너 보고 싶다 하셔서. 기억나? 이우혁 PD님. 우리 옛날에 그분 주말 드라마 출연했었잖아."

"그분이 여기 계셔?"

준과 성희가 쌍둥이로 출연했던 주말 연속극은 당시 시청률이 40%에 육박한 대히트작이었다. 그 작품 하나로 준은 일약 아역 스타가 되어 큰 유명세를 얻었고, 덕분에 CF 광고를 두 개나 찍을 수 있었다. 부모님의 불화가 절정에 달했던 것도 바로 그 무렵이었다.

그게 벌써 20년 전이었다. 지금은 간부급이 되었어도 이상하지 않은 양반이 아직까지 현역에서 일하고 있다는 사실이 의아했다.

"PD님 어떤 분이신지 잊었어?"

"하긴."

어깨를 으쓱이며 되묻는 성희에게, 준 역시 수긍하며 픽 웃고 말았다. 주말극을 찍던 당시에도 워낙 현장을 좋아하는 양반이긴 했다.

"여, 선우준! 그 조그맣던 놈이 이제는 남자가 다 됐네."

"저 기억하시네요. 그동안 잘 지내셨어요?"

"내가 어떻게 너네 둘을 잊겠냐. 콩알만 한 것들 덕분에 시청률이 쭉쭉 올라갔었는데."

이우혁 PD는 오랜만에 만난 친척 아저씨처럼 푸근한 웃음으로 준의 어깨를 여러 차례 두드렸다. 이런저런 굴곡이 있었음에도 잘 컸구나, 하는 대견스러움이 따스한 눈빛 속에 그득 들어 있었다. 그에 준이 조금 쑥스러운 듯 웃었다.

"잘 왔다. 안 그래도 성희가 꼭 인사시키고 싶은 친구가 있다고 해서 소속사 신인인가 했는데. 어떻게, 이제 다시 연기하는 거냐?"

"예. 홍대 소극장에서 연극하고 있습니다."

"그래? 그럼 성희하고는 계속 연락하고 지낸 거야?"

"아니요, PD님. 준이 있는 극단 연출가님하고 친분이 좀 있어서 우연히 만났어요. 다시 보니까 저도 되게 반갑더라고요."

준에게는 이제 기억마저 흐릿한 어린 시절의 인연이라 이렇게까지 도움 받을 수 있을 거라고는 기대하지 않았었는데, 친한 척 팔짱까지 감아 오며 덧붙이는 성희가 오늘만큼은 무척 고마운 것도 사실이었다.

"그러니까 PD님, 기왕이면 단역이어도 얼굴 나오는 씬에 넣어 주세요. 아셨죠?"

아쉬운 소리 하기 힘들어하는 준 대신 어려운 부탁도 서슴없었다. 큰 딸과 동갑인데다 아역 때부터 커 가는 모습을 쭉 지켜봐 온 이우혁 PD가 성희의 아양을 그저 허허 웃으며 받아 주었다.

돌아 나오면서 준은 작게나마 그녀에게 고맙다는 인사를 전하는 걸 잊지 않았다. 그런 준의 모습에 성희는 남몰래 진득한 회심의 미소를 지어 보였다.

대강 분장을 마치고 옷을 갈아입은 준이 영목과 수지가 있는 곳으로 다가왔다.

준뿐 아니라 두 사람도 단역치고는 제법 비중 있는 역할을 맡았다며 좋아했다. 특히 수지는 여주인공인 성희에게 차를 내어 주는 카페 종업원으로 분해 있었는데, '뜨거우니까 조심하세요'라는 짧은 대사 한마디를 마법의 주문이라도 되는 것처럼 중얼거리고 있었다.

반면 영목은 남자 주인공을 괴롭히는 건달2 역할이었다. 화려한 패턴이 그려진 남방을 입고 머쓱하게 서 있던 녀석도 어느새 짝다리를 짚으며 껄렁한 자세로 서는 연습을 시작했다.

맡은 역이 삼류 건달이든 뒷골목 깡패든 간에 그런 건 아무런 문제가 되지 않았다. 카메라에 단 1초라도 더 길게 잡힐 수 있다면 최선을 다해 배역에 어울리는 연기를 보여 주는 것이 배우의 소명이었으니까.

멀쑥하게 검은 정장을 차려입은 준은 여자 주인공 아버지인 대기업 회장님의 젊은 비서 역을 받았다.

결재 서류를 들고 회장실에 들어가 서명을 받고 나오는 게 첫 번째 씬, 엘리베이터에서부터 회장님 세단까지 뒤꽁무니를 쫓아 걷다가 차 문을 닫고 깍듯하게 인사하며 보내 드리는 것이 두 번째 씬이었다. 대사도 꼭 한마디씩 들어 있었다.

"결재 부탁드립니다."

"다녀오십시오, 회장님."

기업 총수의 수행 비서는커녕 제대로 된 직장 생활 한 번 해 본 적 없는 준이지만, 차림새와 곧은 자세만큼은 제법 그럴듯했다.

"결재, 부탁드립니다. 결재 부탁드립니다. 결재 부탁, 드리겠습니다."

대사를 입에서 몇 번씩 굴려 가며 가장 자연스러운 어조를 찾았다.

잠시 뒤, 회장님 역을 맡은 배우가 현장에 도착했다. 스태프들을 포함한 출연진 중에서 가장 연장자인데다 대선배였고, 대학에서 연기 지도뿐 아니라 연극 무대까지 종횡무진하는, 그야말로 국민 원로 배우였다.

우선 카메라 리허설을 하기 전에 준이 세트장에 들어가 먼저 인사를 드렸다. 대본을 든 회장님 역의 배우가 인자한 미소로 고개를 끄덕였으나 준을 알아보는 것 같지는 않았다.

촬영에 들어가기 전까지 준은 못내 긴장한 기색이 역력했지만, 막상 카메라가 돌아가기 시작하자 오래전 몸에 익었던 감각이 돌아온 사람처럼 금세 누그러졌다.

똑똑.

문을 노크하고 회장실로 들어섰다. 몸이 반쯤 파묻히는 소파에 앉아 준을 바라보는 회장님에게 서류를 내밀었다.

"결재 부탁드립니다, 회장님."

"음."

유려한 손놀림으로 하단에 서명을 그려 넣은 서류를 도로 받아 들었다. 동시에 소파에서 일어나 책상 쪽으로 향해 가려던 회장님이 그 자리에서 일순 걸음을 휘청거렸다. 생각할 새도 없이 준이 두 팔을 뻗어 그를 부축했다.

"괜찮으십니까, 회장님?"

엉겁결에 '회장님' 소리가 튀어 나간 건, 준 자신이 이미 맡은 역할 속에 깊이 동화되어 있었기 때문일 것이다. 선배 배우가 놀란 듯 눈썹을 들어 올렸다가 이내 인자하게 웃으며 준의 손등을 툭툭 두드렸다.

"늙어서 다릿심도 없어. 이제 물러날 때가 된 게지."

없었던 대사가 추가되었음에도 물 흐르는 듯이 자연스럽기만 했다. 대선배의 연륜에 속으로 크게 감탄하면서 준 역시 다시 한번 허리를 바르게 펴고 꾸벅 인사한 다음 그곳을 빠져 나왔다.

컷! NG 대신 OK 사인이 나왔다. 다행히 앞으로 있을 드라마 전개와도 맞아떨어지는 덕에 노배우의 기가 막힌 애드립이라고 여기는 듯했다.

조명이 꺼지고 스태프들이 다음 장면을 촬영하기 위해 옆

세트장으로 자리를 옮기고 있을 때쯤, 선배 배우가 다가와 다시금 준에게 이름을 물었다.

"선우준입니다."

"그래. 신인이지? 열심히 하는 모습, 아주 보기 좋아."

다독여 주는 한마디가 준에게는 큰 힘이 되었다. 이유도 모르는 채 뭉클한 감정이 올라와 목구멍을 뜨겁게 했다. 준이 겨우 감사의 인사를 뱉어 냈다.

"감사합니다, 선생님. 더 노력하겠습니다."

그다음 장면을 촬영하기 위해 일곱 시간 가까이 대기하는 중간에 준은 시진과 짧게나마 통화를 나누었다.

—촬영 잘하고 있어?

"계속 기다리고 있어. 하나 더 찍으면 되는데 언제 시작할지 모르겠다."

—에구, 고생이네.

"오늘 아침 출근할 때 비 안 왔어? 내가 차로 태워다 줬으면 편했을 텐데. 또 다친 거 아니야?"

—나 혼자서도 완전 잘 다니거든요? 아무튼 과보호야. 너 내가 장애인이라고 무시하니?

"여자 친구라 걱정하는 거다, 인마."

이제는 시진의 엄한 농담을 웃으며 받아칠 만큼 그녀의 짓궂음에 제법 익숙해진 준이었다. 그녀가 자신의 장애를 개그나 장난의 소재로 곧잘 쓰는 건, 상대방으로 하여금 그녀의 장애를 자연스럽게 받아들이게 하는 데 그만큼 좋은 방법이 없기 때문이었다.

실제로 그녀의 장애는 유독 타인에 의해 과대평가되는 경향이 있었다. 으레 불행하고 불편할 것이라 지레짐작하여 불필요한 동정을 보이는 일도 수두룩했다.

정작 시진은 자신의 장애와 불행을 한 세트로 결부 짓는 일이 결코 없었음에도.

"어쨌든 오늘 일은 주말에 만회한다. 너랑 같이 가고 싶은 데 있어."

—가고 싶은 곳? 어딘데?

의아한 표정으로 고개를 갸웃거리고 있을 시진이 눈에 선히 보이는 것만 같았다. 그녀의 하얀 손끝은 지금쯤 옆에서 드르렁 코를 고는 버디의 볼록한 배를 쓰다듬고 있을 것이다.

지극히 평범하고도 평화로운 둘의 일상을 떠올릴 때면 어쩐지 준의 마음까지도 지극히 편안해지는 기분이 들곤 했다. 하여 진심에서 우러난 미소가 입가에 사르르 배어들자 준을 돌아보는 영목과 수지의 눈이 동그래졌다.

"좋은 데. 좋은 데 가자, 우리."

—좋은 데?

어디를 말하는 건지 궁금해하는 시진에게는 끝내 답을 알려 주지 않았다. 어차피 주말이 되면 알게 될 테니까.

"형, 누나랑 좋은 데 가시나 봐요? 그게 대체 어딜까? 어머, 짐승!"

전화를 끊자마자 능글맞게 들이미는 영목의 낯짝을 준이 손바닥으로 쭉 밀어 버렸다. 그럼에도 낄낄거리며 저 혼자 좋아 죽는 영목을 수지가 옆에서 한심한 눈초리로 쳐다보았다.

"오빠는 무슨 통화를 그렇게 무뚝뚝하게 해요? 안 봐도 뻔해. 언니한테 사랑한다거나 좋아한다거나, 그런 말 잘 안 하죠?"

"야, 누가 그런 말을 그렇게 대놓고 하냐. 원래 남자는 말이 아니라 행동으로 보여 주는 거야."

끼어든 영목이 수지의 머리를 잔뜩 헝클어뜨리며 말하자, 되돌아온 것은 옆구리를 깊게 찌르는 팔꿈치 한 방이었다.

"윽!"

"꼭 연애 못 하고 인기 없는 것들이 이런 소리 하지."

"너 내가 말을 안 해서 그러는데, 저번에 우리 공연 끝났을 때 내 팬이라고 번호 알려 달라고 한 여자들이 몇 명인 줄이나 알아?"

"뭐래. 관심 없거든. 어? 내 차롄가 보다. 갔다 올게요, 오빠."

유독 수지 앞에서만 어린애처럼 유치하게 구는 영목이 준의 눈에는 그저 귀엽기만 했다. 이렇게 멀리서 맴돌 바에야 차라리 좋아한다고 말을 할 것이지.

"들었냐? 말로 하라잖아."

남자는 행동으로 보여 주는 거라고, 돌리고 또 돌려서 마음을 고백하는 영목이 녀석이 어쩐지 한편으로는 조금 짠하기도 했다.

머쓱한 얼굴로 뒷머리를 긁적거리면서 다시금 수지를 좇아 움직이는 시선이 말하는 바는 명백했다. 그걸 굳이 말로 확인하길 바라는 수지 마음도 이해 못 할 것은 아니었고.

누구보다 가까운 친구 사이기에 더욱 조심스럽게 다가설 수밖에 없는 두 사람이었다. 괜히 끼어들어 어쭙잖은 조언 같은 걸 할 생각은 추호도 없었다. 어차피 가만히 놔두면 알아서 붙게 될 자석 같은 사이였다.

촬영장에서 제공하는 배달 도시락으로 간단히 늦은 점심을 해결했다. 준이 속한 다음 장면은 그러고 나서도 내리 세 시간을 뙤약볕 아래에서 기다린 다음에야 마침내 촬영을 시작했다.

주차장에서 회장님을 차에 태워 배웅하는 장면이었다. 촬영은 물 흐르듯 빨리 끝이 났다. 그만큼 카메라 프레임 안에서 있을 시간이 짧아 아쉬웠지만, 한편으론 실수 없이 무사히 해냈다는 성취감도 컸다.

바쁘게 다음 장소로 빠져 나가는 스태프들 사이로 노(老)배우가 먼저 악수를 청해 왔다. 준이 그것을 두 손으로 잡고서 깊숙이 허리를 숙여 보였다.

“출연료는 적어 주신 계좌로 다음 주 토요일까지 넣어 드릴게요.”

조연출에게서 최종 확인을 받고서야 모든 일이 마무리되었다. 진즉에 촬영을 마치고 한쪽에 쪼그리고 앉아 준을 기다리던 수지와 영목과 함께 막 촬영장을 벗어나려던 때였다. 이우혁 PD가 다가와 준의 연락처를 물었다.

“또 부르게 될 것 같아서. 김 작가 성격, 내가 잘 아니까.”

“오늘 감사했습니다, 감독님.”

“그래. 또 보자.”

개인적으로 인사를 주고받는 모습이 영목이 녀석은 못내 부러운 눈치였으나, 준은 다시 보자는 PD의 말에 큰 기대를 걸지는 않았다.

이 업계의 생리가 그랬다. 인사치레로 가볍게 던진 말들에 일일이 의미를 두는 건 어리석은 짓이었다.

대신 오늘은 평소 존경하던 분과 직접 주고받은 대사 두 마디로 충분히 만족스런 경험으로 여기기로 했다. 시진의 말마따나 준은 이제 겨우 방 밖으로 첫 발을 내디딘 것뿐이었으니까.

한편, 연이은 촬영으로 쉴 틈이 없었던 성희는 나중에서야 매니저를 통해 세 사람이 진즉 돌아갔다는 이야기를 전해 들었다. 인사 한마디 나누지 못하고 보낸 것이 아쉬웠으나 어차피 며칠 뒤 다시 극단에서 만나게 될 터였다.

잠깐 쉬는 시간이 주어졌다. 밴 안에서 짤막하게나마 토막잠을 잔 성희가 부스스한 얼굴로 차 밖에 내려섰다. 하늘 높이 두 팔을 뻗어 기지개를 켜다가 의미 없이 던진 눈길 속에서 누군가를 발견하고 놀라 눈을 비볐다. 다시 보니 그 자리에 성희가 봤던 사람은 이미 사라지고 없었다.

"다들 기다리는데 안 가?"

"어? 가야지. 누굴 좀 본 것 같아서."

"누구? 아무도 없는데?"

"그러게. 잠이 덜 깼나 봐."

매니저가 늦었다며 채근해 왔다. 투덜거리면서도 매니저를 따라 종종걸음을 치던 성희가 다시 한번 고개를 돌려 그 자리를 확인했다. 갸웃거리다가 이내 착각이었거니 넘기며 촬영장을 향해 바쁜 걸음을 옮기기 시작했다.

⁘ ⁘ ⁘

일요일 아침부터 시진은 분주했다. 준이 데리러 오기로 한 10시까지 도시락을 싸고, 옷을 골라 입고, 정은에게 부탁해 옅게 화장까지 했다.

준의 전화를 받고 문을 나서려는 시진을 당연한 듯 따라나서는 버디를 달래 두고 오느라 조금 지체되었다. 나가 보니 준은 벌써 집 앞에 차를 대 놓고서 시진을 기다리고 있었다.

"나 놀이공원 진짜 오랜만이야. 맹학교 다닐 때 가 봤으니까 10년도 더 된 것 같은데. 너는?"

"난 한 번도 안 가 봤어."

"정말?"

"어. 처음이야."

놀란 듯 준 쪽으로 살짝 머리를 기울였던 시진이 이내 고개를 끄덕였다. 평범한 유년기였다면 대수롭지 않게 누렸을 법한 추억들을 가지지 못했다는 점에서 두 사람은 이따금 묘한 동질감을 느끼고는 했다.

준의 어린 시절은 화려한 영광 뒤에 짙은 어둠이 가득 드리워 있던 나날이었다. 처음에는 멋도 모르는 채 엄마 손에 이끌려, 나중에는 준 자신이 원해서 바쁘게 촬영장을 오고 갔다.

친구들과 뛰노는 동네 아이들이 군것질도 하고 오락실도 다니며 노는 모습들이 부러울 때가 많았다. 때로 투정을 부리고 떼도 써 봤지만 소용없었다.

"엄마도 힘들어! 다 너 위해서 이러는 건데, 왜 말을 안 듣니! 엄마 좋자고 그래? 어?"

타이름이 날카로운 다그침으로 돌변하기까지 오랜 시간이

걸리지 않았다. 너를 위해서라는 엄마의 빤한 거짓말을 순진하게 믿었다.

준이 잠 못 자고 촬영장에 끌려다니는 시간이 길어질수록 거실에 쌓이던 쇼핑백들에 미처 눈길 줄 수 없을 만큼 피곤했고 지쳐 있었다. 고작 일곱 살 난 남자애가 매일을 과로와 수면 부족에 시달리며 살았다.

"근데 나랑 가면 못 타는 놀이기구도 꽤 많을 텐데. 괜찮아?"

"상관없어. 나 원래 무서운 거 싫어해."

시진은 준이 부러 그렇게 말한다는 것을 알았다. 언젠가부터 준은 시진과 함께여서 할 수 없게 된 일들을 싫어한다고 말하기 시작했다.

얼마 전, 더위를 피해 들어갔던 아이스크림 가게에서도 그랬다.

"개는 반입 안 돼요. 털 날리고, 다른 손님들이 싫어해요. 개 데리고 들어오지 마세요."

토씨 하나 안 틀리고 이렇게 말하며 시진과 버디를 쫓아내던 점원에게 준이 대신해서 화를 냈었다.

안내견이라고, 공공장소는 어디든 출입할 수 있다고 아무리 항의해 봐야 소용없었다. 그래 봐야 '개'는 절대 출입 안 된다는 직원의 입장은 통나무보다도 더 단단하고 고집스러웠으니까.

먼저 주문하고 계산을 마친 아이스크림이 나오자 준은 망설임 없이 그것을 쓰레기통에 던져 넣어 버렸다.

"나 원래 아이스크림 싫어해. 가자."

창피하고 분하고 억울한 마음에 벌게진 얼굴로 굳어 서 있던 시진의 손을 감싸 쥐며 준은 그때에도 그렇게 말했었다.

한편 준은 거절과 거부에 극심한 공포를 느끼는 시진을 이해하게 되었다. 시진은 한 번 입장을 거부당한 식당은 두 번 다시 발걸음하지 않았다.

아예 시진 앞에 멈춰 서지도 않는 택시나 억지로 밀고 올라타더라도 난폭 운전을 일삼는 버스는 탈 생각도 하지 않았다. 웬만하면 지하철을 타고 이동하는 것이 이제는 당연해서 시진의 머릿속엔 우리나라 지하철 노선이 빈틈없이 들어차 있었다.

때문에 도착도 전에 미리 사과부터 하는 시진의 말속에서 준은 놀이공원 안에도 시진을 거부하거나, 그래서 시진도 거부하는 장소가 있을 거라고 예상했다.

주말의 유원지는 입구에서부터 붐벼 사람의 줄이 길었다. 대부분은 어린아이의 손을 잡은 젊은 부부 등의 가족 단위였다. 간간이 같은 상의를 맞춰 입은 연인들도 눈에 띄었다. 그 줄 끄트머리에서 시진과 함께 차례를 기다리던 준이 문득 물었다.

"부모님이랑 한 번도 안 와 봤어?"

"타이밍을 놓쳤어. 한창 놀이공원 가고 싶어 하는 나이에 많이 아팠고, 그 이후론 새로운 삶에 적응하느라 시간이 오래 걸렸으니까."

지금 시진의 밝은 모습을 보면 어린 시진이 겪었을 아픈 나날들이 쉬이 연상되지 않는다. 본인이 아무렇지도 않게 그 시절의 이야기를 꺼낸다고 해서 정말 그게 아무렇지도 않았던 건 아니었을 터다.

그럼에도 어린 시절 상처까지 전부를 끌어안고 웃는 지금의 시진은 누구 여잔지, 말마따나 참 근사하다고 준은 생각했다.

기나긴 줄이 조금씩이지만 부지런하게 줄었다. 매표소에서 자유 이용권 두 장을 사서 안으로 들어갔다. 복지 카드를 내미는 시진 덕분에 할인까지 받을 수 있었다.

"오, 좋은데."

"내가 이런 여자야. 영화도 할인되고, 지하철도 나랑 타면 공짜로 탈 수 있다고. 어디 가고 싶은데 있으면 말해. 누나가 다 데려가 줄 테니까."

"고맙습니다, 누님."

교사와 자원봉사자들의 인솔을 따라야 했던 소풍날보다 연인이 곁에 있는 오늘이 훨씬 신이 나고 들뜨는 건 당연한 일이었다. 그래서인지 평소보다 까불며 장난치는 시진이 마냥 귀엽기만 했다.

준이 슬쩍 고개를 숙여 시진의 작은 머리통에 콩 하고 살짝 박치기를 했다.

높은 건물이 없어 정수리로 곧이 쏘아지는 햇볕을 피해 기념품을 파는 가게부터 찾아 들어갔다. 두 사람과 교차되어 밖으로 나오는 한 커플은 고양이 귀 모양의 머리띠를 똑같이 쓰고서 웃고 있었다.

놀이공원 캐릭터가 앞뒤로 그려진 기념품들을 쭉 훑다 마침내 준이 골라 든 것은 우스꽝스러울 정도로 커다란 안경알이 박힌 선글라스였다. 시진에게 하나를 씌워 주고는 준도 똑같은 걸 골라 썼다.

밖으로 나와 팔짱을 끼고 걸어가는 두 사람은 이제 누가 보더라도 잘 어울리는 한 쌍의 연인이었다. 티 내고 내색하는 것을 좋아하지 않는 준이었는데, 오늘만큼은 이렇게라도 기분을 내고 싶었다.

날은 무더웠고 볕은 뜨거웠으며 건조하고 바람 한 점 불지 않았음에도 그것이 불쾌함으로 이어지지 않았다.

평소와 달리 탁 트인 시야가 좋았고, 저 멀리서 누군가가 내지르는 우스꽝스런 비명을 들으며 시진과 풋, 하고 웃어 버리는 것이 좋았다. 걷다가 보이는 매점에서 츄러스며 슬러시를 사서 둘이 한 입씩 나눠 먹는 재미도 쏠쏠했다.

사람이 많아 무엇을 고르던 오랜 시간을 기다려야 하는 건 마찬가지였다. 비교적 입구 쪽에서 지도를 펴 놓고 서서 한동안 고심했다. 어차피 타고 싶은 걸 다 타는 건 무리라는 생각이 들었다. 그중 서너 개만 골라 효율적으로 움직이는 게 낫겠다는 결론을 내렸다.

그에 앞서 혹시나 더운 날씨 때문에 도시락이 상할까 염려하던 시진이 이르지만 밥부터 먹고 놀자고 했다. 준이 적당히 그늘진 피크닉 테이블을 찾아 자리를 잡았다.

"김밥 쌌어?"

"응. 정은이가 옆에서 많이 도와줬어."

꽃이 핀 것처럼 정갈하게 쌓여 있는 도시락 통을 물끄러미 내려다보던 준이 그중 하나를 집어 들며 말했다.

"누가 직접 싸 주는 김밥 처음 먹어 본다."

"정말?"

"어. 맛있다."

"꼭두새벽에 일어난 보람이 있네. 많이 먹어."

촬영장에서 가장 흔하게 보는 음식이 김밥이었는데도 준은 생전 처음 먹는 사람처럼 신기해했다.

사실 사 먹는 김밥도 누군가가 직접 손으로 싼 것임은 틀림없을 텐데. 준을 위해 일일이 재료를 준비하고 간을 보고 모양을 만들었을 정성이 차원이 다른 음식처럼 보이게 했다.

목이 메여 헛기침을 하는 준에게 시진이 얼른 사이다를 건넸다. 워낙 품이 드는 음식이라 아침엔 준비하느라 고생스러웠는데, 기쁘게 먹어 주는 준을 보니 그만한 보람이 있었다. 다섯 줄이나 쌓아 온 도시락통을 비우는 것은 채 삼십 분도 걸리지 않았다.

자리를 정리하고 일어나니까 벌써 열두 시였다. 늘어난 인파가 이쪽저쪽으로 꼬리에 꼬리를 물고 있었는데, 원하는 놀이기구의 줄이 어딘지 찾으려면 한참을 따라 내려가야 했다.

복지 카드를 이용해 줄을 서지 않는 방법도 있지만, 오늘만큼은 남들처럼 평범한 데이트를 즐기고 싶은 시진이었다.

차례를 기다리는 동안 준과 손가락 장난을 치거나, 쓰잘데 없는 잡담이어도 끝없이 이야기하며 보내는 시간이 즐겁기만 했다. 오랜 기다림 끝에 마침내 두 사람의 순서가 되면 기대하고 있던 시간 때문인지 두 배는 더 재밌는 것 같은 기분도 들었다.

그렇게 한 시간 넘게 기다려 2분여 간 바이킹을 타고, 다시 한 시간을 기다려 3분 동안 돌아가는 찻잔을 탔다. 한 건 별거 없었어도 쉼 없이 흘려 낸 땀으로 해가 지기도 전에 기진맥진하고 말았다. 다시 한 시간을 기다려 후룸라이드를 탄 두 사람은 마지막으로 4D 극장 체험을 해 보기로 했다.

새로 생긴 놀이기구라서인지 그 앞에 유독 사람이 몰렸다.

대부분은 어린아이와 함께 줄을 서 있는 부모들이었는데, 덜컹거리는 의자에 앉아 체험 안경 같은 것을 쓴 채로 바람을 맞는 게 전부라 비교적 키 제한이 낮았다.

"조심해. 두 발 앞에 올라가는 계단 있어."

마침내 탑승하는 곳에 다다르자 준이 시진의 팔목을 감싸 쥐며 일러 주었다. 작게 고개를 끄덕인 시진이 준을 따라 계단에 올랐을 때였다.

"혹시 안 보여요? 장애인이에요?"

빨간 띠를 기준으로 기구에 탑승하는 인원수를 체크하던 직원이 시진을 가만 들여다보며 물었다.

크고 검은 선글라스 알 아래 시진의 눈이 가려져 있자 슬쩍 미간을 찌푸리며 준에게 턱짓을 해 보였다. 그 묘한 시선에 단번에 기분이 상한 준 대신 대답은 시진이 먼저 했다.

"시각 장애 1급이에요. 왜요?"

"아, 이 기구는 시각 장애인들은 못 타요."

"안내판에 그런 말 없었는데요."

"안내판에는 없는데 직원 매뉴얼에는 있어요. 어쨌든 안 되니까 돌아가세요."

"그런 게 어디 있습니까? 지금 삼십 분을 넘게 줄 서 있었는데."

차라리 처음부터 시각 장애인은 탑승할 수 없다는 내용이 안내문이든 안내 지도든, 하다못해 놀이공원 정문에라도 명

시되어 있었더라면 이렇게 따지지도 않았을 일이었다. 실컷 기다리게 해 놓고서는 코앞에서 말도 안 되는 이유를 들어 못 타게 막는 까닭을 준은 도무지 이해할 수가 없었다.

"시각 장애인은 안전상의 이유로 탑승이 불가합니다. 혹시 모를 위험 상황에서 스스로 빠져 나올 수가 없어요."

"신장 제한이 110cm면 초등학생들도 탈 텐데, 그럼 걔네들은 위험 상황에 스스로 나올 수 있답니까?"

"비상시에 암전이 되면 아무래도 몸이 약한 시각 장애인들은 혼자서 움직일 수가 없다니까요."

"그게 지금 말이 된다고 생각해요?"

앞뒤가 맞지 않는 변명에 기가 차 헛웃음을 뱉고 말았다. 옆에 동행인도 있는데 극구 불가하다는 직원과 실랑이를 거듭했다. 같은 이야기가 도돌이표처럼 반복될수록 준의 얼굴에도 짙은 불쾌감이 어리기 시작했다.

분명한 기준이나 이유를 들어 탑승을 거부하는 것도 아니었다. 지금까지 탔던 놀이기구들에 비하면 오히려 안전한 편이었음에도 불구하고 아무런 근거 없이 시각 장애인이니까 무조건 안 된다는 식이었다.

"글쎄, 규정상 못 탄다고요!"

서서히 언성이 높아져 가기 시작했다. 준의 항의로 인해 지체되는 뒤쪽 사람들의 불만이 점차 커져 갔다. 수근대는 소리 속에 간간이 욕설도 섞여 있었다. 어느 쪽이 되었든 간에 아무나 알아서 물러나기를 바라는 눈치였다.

"거, 빨리빨리 좀 해요! 태우던가, 아니면 내쫓던가!"

소란이 커지면서부터는 시진의 얼굴도 하얗게 질려 가기 시작했다.

"저, 준아……."

"잠깐 기다려 봐. 이 사람이 지금 말이 안 되는 소리를 하잖아."

시진이 슬쩍 소매를 잡아끌어 봐도 소용없었다. 오히려 준은 시간이 지날수록 화만 더해 가는 모양이었다.

"비키세요. 방해하지 말고. 자꾸 이러시면 보안 직원 부릅니다."

"하, 진짜 뭐가 이딴 식이야. 그럼 매뉴얼 가지고 와 봐요. 어떤 근거로 안 된다는 건지 내 눈으로 직접 확인해 보게."

"진상짓 그만하고 가시라고요! 다음 분, 이쪽으로 오세요."

직원이 비키라며 냅다 떠다민 것이 차라리 준이었다면 나았을 텐데. 남자와 대거리를 하느라 한 발 앞선 준을 놓치고만 시진은 직원이 밀어내는 힘에 맥없이 엉덩방아를 찧었다.

"야, 이 새끼야!"

당장에 눈이 뒤집힌 준이 삽시간에 직원의 멱살을 틀어잡았다.

"이, 이거 안 놔요?"

부들거리는 손에서 위협을 느꼈는지 준보다 머리 하나는 작은 직원의 눈빛이 잔뜩 겁에 질렸다.

당장이라도 주먹을 날리고 싶어 한 손을 힘껏 욱여 쥔 채로 한참이나 직원을 노려보던 준이 결국 털어 내듯 손의 힘을 풀었다. 반쯤 까치발을 한 채 들려 있다가 겨우 땅을 디딘 직원이 휘청거리며 뒷걸음질을 쳤다.

"일어나 봐. 안 다쳤어? 괜찮아?"

"응. 난 괜찮아. 너는?"

이목이 온통 집중되어 있는 상황에서 이성을 잃고 흥분한 남자가 급기야 할 말, 못 할 말을 가리지 못하고 뱉어 내기 시작했다.

"씨발, 병신이 이게 뭔 줄 알고 타겠다고 지랄이야! 보이지도 않는 주제에!"

그에 울컥해서 뒤를 돌아보려는 준의 손을 시진이 다급히 붙잡았다.

"준아. 우리 그냥 가자. 나 집에 가고 싶어. 응?"

준이 고개를 돌려 매섭게 쏘아보자 얼른 입을 다문 남자를 주변 사람들도 비난 섞인 시선으로 바라보고 있었다. 그래 봐야 준에게는 똑같은 방관자였으며 또한 시진에게는 한 시라도 빨리 벗어나고 싶은 구경꾼들일 뿐이었다.

한통속이 되어 눈앞의 부조리를 외면하는 군중 속에서 시진과 준은 누구도 이해 못 할 깊은 소외감을 느꼈다.

준이 시진의 손을 마주 그러쥐었다. 작게 한숨을 흘리는 시진의 옆에서 준은 턱이 아프도록 이를 악물어야 했다.

이후 말 한마디 나누지 않은 채 곧장 출구를 빠져 나온 두 사람이었다. 시진이 참았던 눈물을 톡톡 떨궈 내기 시작한 것은 그녀가 선물한 디퓨저의 애플민트 향이 은은하게 밴 준의 차 안에 오르고 난 다음이었다.

"미안해. 준아. 내가 너무 미안해……."

잘못한 것도 없으면서 바보같이 덜컥 사과부터 주절거렸다. 그런 시진을 굳은 얼굴로 바라보다 이내 준도 짙은 한숨을 내쉬고 말았다.

"이제 익숙해져서 아무렇지도 않다고 생각했는데, 너랑 있을 때 이러니까 너무 괴로워. 창피해. 괜히 나 때문에 너까지 이런 일 당하고……."

대체 얼마나 겪었으면 익숙해졌단 말이 다 나올까. 도움이라는 말로 행동을 제한하는 사람들, 안전이라는 명목으로 자유를 박탈하는 사람들과 수없이 부딪치고 싸우고……. 그러다 이제는 그렇게 거부당하는 것이 두려워 지레 포기해 버리기까지 대체 혼자서 얼마나 겪었으면.

장애를 가졌다고 해서 특별대우를 바라는 것이 아니었다. 다만 하거나 하지 않을 것을 스스로 선택할 수 있기를 바랄 뿐이었다. 그 당연한 권리 앞에서 시진은 번번이 수모를 당해야 했다.

메이는 목에 마른침을 삼켜 넘기며 준이 조수석 쪽으로 몸을 틀어 시진의 머리를 두 팔로 감싸 안았다.

"네 잘못 아니야. 너 때문인 것도 아니고. 네가 창피해야 할 일도 아니야. 내가 알아. 그러니까 너도 나한테 미안해하지 마."

가슴에 얼굴을 묻은 채 어쩔 수 없이 울음이 커지고 마는 시진의 등을 자상하게 쓸어내렸다. 그녀를 헐떡이게 만드는 슬픔의 결정들이 쑥 내려갈 수 있게, 언제나처럼 티 하나 없는 미소를 얼른 되찾길 바라며 시진을 달래는 준의 손길이 애틋하게 이어졌다.

"울지 마, 제발. 내가 지켜 줄 테니까. 울지 마, 시진아."

아이처럼 우는 시진을 힘껏 끌어안으며 준의 가슴도 함께 젖어 들어가고 있었다.

12장

스캔들

아침부터 인터넷이 온통 떠들썩했다. 잊혀졌던 아역 스타의 근황을 전하는 것과 동시에 뜻밖의 인물과 핑크빛 열애설을 터뜨린 단신 기사 때문이었다.

소문의 당사자인 준이 그 기사를 접하게 된 건 하필 주말 드라마의 촬영 현장에 가 있을 때였다.

준을 다시 부르게 될 것 같다던 이우혁 PD의 예감이 적중했다. 낯선 번호로 전화가 와서 받았더니, 일전의 회장님 수행 비서 역으로 다시 나와 줄 수 있겠느냐는 출연 제의였다.

여전히 한두 마디, '알겠습니다, 회장님' 따위의 비중 없는 대사가 전부였지만 그 장면이 전체 줄거리에서는 꽤 중요한 역할을 하게 될 거라고 했다. 믿어지지가 않아서 몇 번이나 정말이냐고 되물었다. 이 PD가 실소하며 당장 달려와야 촬영에 들어갈 수 있을 거라고 답했다.

"선우준 씨죠? 이쪽으로 오세요."

극단 연습실에서 곧장 불려 온 참이라 차림새가 추레했다. 기다리고 있던 분장팀 스태프가 준을 데리고 가서 몸에 맞는 멀쑥한 정장을 내어 주었다. 앞머리를 내리는 것보다 왁스로 적당히 넘겨 고정시키는 편이 비서라는 배역의 직업과 나이에 잘 어울렸다.

분장을 끝마치고는 근처에서 적당히 대기하고 있으라고 했다. 준의 차례가 되면 불러 주겠다고. PD나 출연 배우들과는 한 번 마주치지도 못한 채 방해가 되지 않도록 촬영장 한 구석에 앉아 숨을 죽이고 있을 때였다. 영목으로부터 전화가 걸려 왔다.

—형, 지금 당장 인터넷 좀 봐요. 성희 누나 스캔들 터졌는데, 그게…….

"그게 뭐?"

—그게…… 아, 씨! 그냥 형이 직접 확인해 봐요. 아주 개소리를 갖다 써 놨으니까.

사실 그때까지만 해도 준은 무엇이 문제인지 전혀 알아채지 못했다. 성희의 스캔들이 저와는 하등 관련이 없다고 단정했기에 그저 영목이 또 남 일에 특유의 오지랖을 부린다고 여겼을 뿐이었다.

하도 흥분한 나머지 준에게 상황을 똑바로 전달하지 못하는 영목을 수지가 옆에서 타박했다. 잠시 아웅다웅하더니, 이윽고 전화기를 뺏어 든 수지가 대신 설명했다.

—원래가 연예인 지라시 같은 걸로 유명한 신문사긴 한데, 오늘 올라온 성희 언니 스캔들 상대가 아무래도 오빠를 말하는 것 같아요.

"뭐?"

—말도 안 되는 소리라는 거 우리는 알고 있는데, 혹시나 다른 사람들은 오해할 수도 있을 것 같아서요.

"알았어. 일단 끊어 봐."

대체 뭘 가지고 이렇게 유난인가 싶었다. 성희와 스캔들이 날 거라고는 꿈에도 상상하지 않았으므로, 그 내용이 쉬이 짐작조차 가지 않았다. 잠시 뒤, '류성희 · 선우준, 90년대 아역 스타 커플 3개월째 열애 중' 이라는 기사 제목을 발견한 준의 얼굴이 걷잡을 수 없이 어두워지기 시작했다.

일이 터지고 난 뒤, 가장 먼저 극단을 찾아온 사람은 바로 박주미 기자였다. 때마침 홍대에 볼일이 있어 나왔다가 근처를 지나던 중이었다. 일전에 공연장에서 미친개를 마주쳤던 것이 영 불안하다 싶더니, 혹시나 싶어서 들여다본 것이 역시나였다.

분개하여 소극장까지 한달음에 달려갔지만 준은 벌써 이 PD의 연락을 받고 자리를 비운 다음이었다. 대신 스캔들 기사에 즉각적으로 동요를 보인 것은 준의 극단 동료들이었다.

“오늘 형만 촬영장 불려 간 것도 그래서였던 거 아냐?”

“그게 무슨 소리야?”

“여기 봐봐. ‘대중에게 도도한 이미지로 사랑받고 있는 톱스타 류성희가 무명이나 다름없는 중고 신인 선우준에게 특히 각별한 애정을 쏟고 있는 것으로 보인다’고 드라마 관계자도 말했다잖아.”

빈정대는 말투로 스마트폰 기사를 읽어 내리는 동료를 영 목이 굳은 표정으로 돌아보았다. 꼬이고 뒤틀린 심정이야 아주 이해 못 할 바는 아니었지만, 그래도 준을 가까이에서 지켜봐 온 동료 배우들만큼은 그를 쉽게 매도해선 안 되는 일이었다.

“지난번 보조 출연도 니들은 그냥 곁절이였단 소리지. 니들은 바로 옆에 있으면서 무슨 눈치 못 챘냐?”

“뭐래, 새끼야. 네가 뭘 안다고 그래?”

“안 봐도 뻔한데, 뭘. 와, 갑자기 배신감 드네.”

“혹시 저번에도 스캔들 터질까 봐 니들까지 부른 거 아냐? 그러고서 오늘은 오빠만 대본 받아서 촬영 간 거잖아. 류성희 정도 되는 급이면 우리 같은 연극배우들은 우습다 이거지. 멋대로 오라 가라 하고.”

“야, 씨. 누구는 여자 잘 만나서 금세 드라마 배역 따고. 누구는 대학로며 홍대 바닥을 암만 굴러도 알아주는 사람 하나 없고. 서러워서 살겠나.”

속으로는 엇나가고 비뚤어진 데가 있다는 걸 알면서도 그것을 스스로 멈추지 못했다.

말도 안 되는 비난에 동조하듯 한마디씩 주워 덧붙이는 건, 감히 올려다볼 수도 없는 톱스타 성희보단 어제까지 한솥밥 먹는 동료였던 준이 보다 쉽게 깎아내릴 수 있는 사람이기 때문일 것이다. 보다 쉽게 질시하고, 쉽게 비방하고, 저들이 느끼는 피해 의식의 책임자로 쉽게 덮어씌울 수 있는 사람이기 때문일 것이다.

“그만해, 전한수, 박소미! 너네도 오빠 성격 잘 알잖아. 성희 언니는 또 어떻고. 두 사람이 언제 우릴 무시했니? 그리고 준 오빠한테는 시진 언니가 전부인 거, 여기서 모르는 사람 있어?”

“…….”

수지가 아프게 꼬집고 나서야 모두가 간과하고 있던 한 사람의 존재를 머릿속에 떠올렸다. 아니, 떠오른 것이 비단 한 사람뿐인 것만은 아니었을 것이다.

그것이 비록 상상일지라도 그녀의 옆자리에는 으레 버디가 자리하고 있었으니까.

“수지 말대로 이 스캔들, 애초에 잘못된 기사잖아. 우리끼리 이런 쓰레기 기사 가지고 싸울 필요 없어. 무엇보다 난 준 오빠 진심 믿어. 니들도 봤잖아. 그 언니랑 있을 때 준 오빠가 어떤 표정을 짓는지. 어떤 눈으로 그 언니를 바라보는지."

조용히 앉아 있던 명혜가 수지의 말을 거들고 나섰다.

"그야…… 그렇지."

하고, 누군가 작은 소리로 중얼거렸다. 생각이 많아진 듯 복잡한 표정을 짓고 있던 이들이 하나둘씩 고개를 끄덕이며 두 사람의 말에 납득하는 분위기로 돌아섰다.

이 자리의 누구도 준과 시진이 서로를 애틋하게 아끼고 사랑한다는 사실을 부정할 수는 없었다. 그것만큼은 곁에서 지켜봐 온 그들이 제일 잘 알았다.

다시금 무겁게 닫힌 입들에 못난 질투의 마음 대신 죄책감의 침묵이 쌓이는 건, 그래도 이들에게 아직은 진실한 사랑을 동경하는 순수성이 남아 있는 까닭이었다.

"여기서 기사 가지고 다툴 것 없어요. 안 그래도 이 기자, 아주 악질 중의 악질이거든요. 사실 관계 같은 건 파악하지 않고 화제성에만 우선순위를 두고서 소설을 써 갈겨 대는 작자죠. 성희 씨 이름이 나가면 일단은 검색어에 오르니까 그걸 노린 거예요."

문 앞에 서서 지켜보던 박 기자가 짝 손뼉을 치며 주위를 환기시켰다. 그러자 질투와 시기에 눈멀었던 비난의 화살이 비로소 제 과녁을 찾아가는 것에는 오랜 시간이 걸리지 않았다.

"허위 사실 유포나, 뭐 그런 걸로 신고할 수 없어요?"

“연예인이잖아요. 잘못된 기사가 나도 대응하는 데 한계가 있어요. 거기다 만약 고소를 한다고 해도 별로 신경도 안 쓸걸요. 허구한 날 그런 소송에 휘말려 있으니까. 한 번에 대여섯 건씩.”

“그럼 어떡해요? 이대로라면 성희 언니도 준 오빠도 피해가 클 텐데.”

“글쎄요. 꼭 피해만 입는다고 할 수 있나요?”

그게 무슨 뜻이냐고 되묻는 수지에게 박 기자가 코를 찡그리며 냉소적으로 답했다.

“노이즈 마케팅이라는 전략도 연예계에선 꽤 보편적으로 쓰이니까요.”

“하지만 이건……!”

“보통의 경우가 그렇다는 거예요. 각자의 입장이 있고, 방식이 있고, 추구하는 목표가 있는 거니까.”

분명 무명의 신인이 톱스타와 스캔들을 터트려 한 방에 이름을 알린 예는 국내뿐 아니라 할리우드에서도 쉽게 찾아볼 수 있었다.

만약 준이 어떤 사람인지 알지 못하는 이들이라면 아예 그가 작정하고 낸 기사라고 여길지도 모르는 일이었다. 표면적으로 이번 스캔들은 분명 준보다 성희에게 타격이 큰 기사였다. 때문에 못내 의문이 드는 것이다.

정말 류성희나 그녀의 소속사에서 이 기사가 터질 거란 사실을 모르고 있었을까?

이윽고 가방을 챙겨 든 박 기자가 자리에 없는 준 대신 영목에게 전언을 남기고 돌아섰다.

"만약 정정 기사가 필요하면 언제든지 연락 달라고 전해주세요. 이쪽은 상시 오케이니까."

⁝⁝ ⁝⁝ ⁝⁝

그 짤막한 기사를 몇 번이나 읽고 또 읽었는지 모르겠다. 다른 나라 말로 쓰인 것도 아니고, 맥락이 복잡한 것도 아닌데 도통 이해가 가지 않았다. 이게 준 자신의 이야기라고 하니 더더욱 그랬다.

'아역 시절 처음 인연을 맺었다'는 부분과 '성인이 되어 재회했다'는 정도를 빼놓으면 그저 흔하디흔한 연애 소설을 베껴 놓은 것이나 다름없었다. 때문에 처음엔 아무런 감흥도 없이 읽다 점차 불쾌해지기 시작했다.

최근 류성희 씨가 주연 배우로 열연하고 있는 주말 연속극에 선우준 씨 역시 조연급 캐릭터로 출연이 확정되면서 큰 화제를 모으고 있다. 한 드라마 관계자의 말에 따르면, 두 사람은 촬영 현장에서도 변함없는 애정을 과시하고 있다고 한다.

기사 말미에 덧붙이는 말처럼 쓰여 있었으나 그 짧은 문장에서 풍기는 묘한 뉘앙스를 눈치채지 못할 리 없었다.

오늘 촬영장에 도착했을 때 준을 향해 일제히 집중되었던 스태프들의 시선을 곰곰이 되짚어 보던 준의 마음에 이내 찜찜한 기운이 피어났다.

머지않아 준을 부르는 조연출을 따라 세트장 안으로 걸음을 옮겼다. 잘 왔다고 손 흔들며 반겨 주는 이 PD에게 굳은 표정으로 다가선 준은 다짜고짜 따져 묻기부터 했다.

"혹시 오늘 저 부르신 이유, 류성희 때문입니까?"

"……뭐?"

아무리 아역 시절에 알았던 감독님이라고는 하나, 단역 배우의 주제로 물어서는 안 될 건방진 질문이었을 것이다. 잠시 준의 얼굴을 가만 들여다보던 감독이 이내 실소했다.

"류성희 때문이면 오늘 촬영 안 할 거냐?"

"……."

되돌아오는 물음에는 입을 꾹 다물어야 했다. 만약 저 말도 안 되는 기사 내용처럼 성희의 입김 때문에 이 배역을 맡게 된 것이라면 지금이라도 그만두겠다고 말하고 나갈 작정이었다.

그러나 한편으로는 인맥 역시 실력으로 인정되는 업계에서 또다시 이런 기회가 제 발로 찾아오지는 않을 것이란 두려움도 들었다. 여러 가지 생각으로 순식간에 복잡해진 머리가 결국 무겁게 떨구어졌다.

준을 가만 지켜보던 이우혁 PD가 다시 너털웃음을 터뜨렸다. 아무튼 가진 것도 쥐뿔 없으면서 자존심만큼은 하늘처럼 높은 놈이었다.

오로지 몸 하나로 스스로의 가치를 연기로 입증해 내야 하는 배우에게 있어 자존심이란 결국 하나의 기술이고 전략이었다. 때문인지 자신을 값싼 배우로, 덤이나 떨이로 취급하지 않는 준의 자신감이 썩 마음에 들었다. 장차 훌륭한 연기자로 성장할 싹이 보이는 것 같아 기특하기도 했다.

어린 날 준에게 일어났던 일들을 안타깝게 지켜봐 온 탓인지, 우습지만 약간은 부모 같은 심정으로 그를 응원하고 있었다.

"당연히 성희 때문인 것도 있지, 인마. 성희가 너 여기 안 데리고 왔으면 네가 이 드라마에 출연할 일이 있었겠냐? 근데 정식 대사가 나온 건 순전히 곽 선생님 덕분이고, 네 능력이고, 내 재량이다."

"예? 그게 무슨……."

"지난번에 같이 연기하면서 곽 선생님이 너를 참 좋게 보신 모양이더라. 김 작가한테 따로 전화까지 주실 정도로. 설마 내가 성희의 말 한마디에 없던 네 배역을 추가해 달라고 했겠냐."

분명 누구보다도 감독에게 실례되는 물음이었을 것이다.

"……죄송합니다."

준이 깊이 고개 숙여 사과하자 이 감독이 다시 돌돌 만 대본으로 정수리가 보이는 준의 머리를 통 하고 때렸다.

"그래, 자식아. 넌 좀 더 미안해해라. 나보다도 너 스스로한테 미안하다고 해야 돼. 기회를 준 건 성희였는지 몰라도 그걸 꽉 잡고 끌어당긴 건 바로 너였으니까."

준의 몫으로 따로 대사가 나왔다고는 해도 지난번보다도 짧았다. 그가 연기할 것은 '예, 회장님'이란 단 한마디. 하지만 주어진 지문은 그보다 길고 섬세했다.

회장이 건네주는 서류 봉투를 조금 복잡한 표정으로 내려다보다 고개 숙여 인사하는 장면이었다. 비록 카메라에 길게 잡히지는 않겠지만 상반신이 크게 클로즈업되고, 드라마 전개상 반드시 필요한 부분이기 때문에 작가가 굳이 준을 재등장시킨 것에 의미가 크다고 했다.

주말극 특성상 회차가 긴 드라마는 이제 막 중반부에 접어들었다. 잘하면 지금부터라도 정식 배역으로 삽입될 수도 있다고 감독이 넌지시 귀띔해 주었다.

다른 무엇보다 기쁜 건 준이 연기하는 인물에게 '정 비서'라는 호칭이 생긴 것이었다.

이름도 아니고 단지 비서라는 직책에 성씨 하나가 붙은 것뿐이었지만 단역1, 2 혹은 비서1, 2가 아니라 '정 비서'라는 어엿한 몫이 주어진 것이 준으로선 감지덕지였다.

"정 비서. 정 비서라. 얼굴이랑 잘 맞네."

회장님 역의 곽 선생님이 대기실로 인사를 온 준에게 먼저 그렇게 반가운 마음을 표했다. 그의 도움으로 다시 카메라 앞에 설 수 있게 된 준이 그 일에 대해 얘기 꺼내려 하자, 곽 선생님은 손을 내저으며 만류했다.

"내가 축구 선수였으면 진즉 은퇴하는 게 후배들 자리 내주고 키우는 일이었겠지. 근데 배우들은 그게 아니라고. 늙은 사람, 못생긴 사람이 채워야 하는 배역이 있으니까. 적어도 괜찮은 친구가 있으면 그 친구 설 자리 정도는 만들어 주는 게 선배 연기자가 해야 될 일이다, 이거야. 감사하다고 할 필요가 없어."

당연히 할 일을 한 것뿐이라며 인사조차 마다하는 곽 선생님의 모습이 퍽 감명 깊었다. 만약 준이 훗날 연기자로 단단히 자리매김하여 누군가의 선배가 된다면 그의 그림자를 닮고 싶다고 진심으로 생각했다.

촬영은 순조롭게 끝났다. 진열되어 있던 소품이 떨어지는 바람에 한 번 NG가 나긴 했지만 그 정도로 연기의 흐름이 깨지지는 않았다.

고작 세 번이었지만 준은 이미 '정 비서'라는 인물에 정이 들기 시작한 참이다. 정 비서가 목숨 바쳐 모시는 인물을 곽 선생님이 연기한다는 것도 배역에 몰입하는 데 큰 도움이 되었다. 여전히 대기 시간이 본 촬영의 열 배는 길었지만, 하나도 고되게 느껴지지 않았다.

회장실에서의 촬영 이후 더 이상 준이 들어가는 장면은 없었다. 그러나 밤늦게까지 자리를 지키고 있었던 건 어쨌든 성희를 만나 이야기를 나눠 보기 위해서였다.

성희가 현장에 도착한 것은 자정이 지난 늦은 시간이었다. 이전 스케줄이 버거웠는지 몹시도 피로한 모습으로 밴에서 내려섰다. 곧 벽에 기대 서 있는 준을 발견하고는 반가운 얼굴로 다가왔다.

"얘기 좀 해."

"잠깐만. 나 들어가려면 아직 시간 있지?"

"그렇긴 한데 오늘 너 스캔들 터진 것도 있고, 단둘이서는 좀……."

당장에 매니저부터 난색을 표했다. 아무래도 일이 터진 직후라 사람들 시선이 쏠려 있는 촬영장에서 보란 듯이 말을 걸어온 준을 못마땅해 하는 게 분명했다.

"들어와. 차 안에서 얘기해."

하지만 7년 가까이 옆에서 성희를 지켜봐 온 매니저는 결국엔 그녀가 제 마음먹은 대로 행동할 것이라는 걸 알았다. 한숨을 쉬며 차 문을 열어젖혔다. 매니저가 허탈한 손짓으로 안을 가리켜 보이자 준이 겸연쩍은 표정으로 차에 올라탔다.

다른 차량보다 여실히 넓은 공간이었다. 시진과 작은 소형차에서 부대끼며 다니는 게 익숙해진 준에게는 차가 아니라 작은 집처럼 느껴지기도 했다. 그럼에도 닫힌 공간 안에 시진이 아닌 다른 여자와 단둘이라는 사실은 여전히 불편한 기분이었다.

"오늘 괜찮았냐?"

"뭐가?"

"말도 안 되는 기사 터졌잖아. 너랑 나랑 그런 사이라고."

"……."

"아무래도 나보다 네가 더 골치 아팠겠지."

준 딴에는 유명세가 있는 성희 쪽이 보다 곤란한 상황이었을 거라 생각해 건넨 염려였으나, 그것은 지쳐 있던 성희의 얼굴에 더 짙은 그림자를 만드는 꼴밖에는 되지 않았다.

성희의 눈매가 조금 전보다 날카로워지는 것을 준은 단지 스캔들에 대해 민감한 반응을 보이는 것이라고만 여겼다.

"미안하게 됐다. 괜히 너까지……."

결국 참다못한 성희가 준의 말을 싹둑 자르며 따져 물어왔다.

"말도 안 돼? 너랑 나랑 그런 사이가 되는 게, 왜 말이 안 되는데?"

되묻는 의도를 짐작하지 못할 만큼 준은 둔한 남자가 아니었다. 때문에 말이 길어질수록 제 마음이 전부 들통나 버릴 거란 걸 알고 있으면서도 성희는 거기서 멈추지 못했다.

"내가 너를 위해서 한 행동들, 다른 사람들 눈엔 스캔들인

데 왜 너한테는 말이 안 돼?"

숨기거나 에두르는 것 없이 곧장 따져 묻는 성희에게 준이 처음으로 얼굴을 굳혔다.

"류성희, 나 만나는 여자 있어."

"나도 알아. 그 시각 장애인. 근데 그게 뭐? 다들 그렇게 만났다 헤어지고 그래."

시작이 있으면 끝도 있는 거고, 그다음엔 다시 새로운 시작도 있는 거라며 은근하게 헤어짐을 종용하는 성희에게 준이 단호히 경고했다.

"너 지금 선 넘었어. 그만해라."

"지금은 그 여자가 사랑이라고 믿겠지. 근데 잘 생각해 보면 내 쪽이 훨씬 나은 선택이란 걸 금방 알게 될 거야. 오늘 일만 봐도 그래. 나랑 스캔들 기사 하나 터진 걸로 아무도 기억하지 못하던 네 이름이 검색어 순위까지 올랐어. 이게 무슨 뜻인지 정말 모르겠어?"

어째서 그 정도 단순한 계산도 하지 못하느냐며, 성희가 답답하다는 듯이 그를 다그쳤다.

어느 순간부터인가 준은 두 사람의 대화가 같은 곳에 초점을 맞추지 못하고 엇비끼고 있다는 사실을 깨달았지만, 그걸 눈치채지 못한 성희는 여전히 자신이 준에게 해 줄 수 있는 것들을 피력하는 데 열중할 뿐이었다.

"사실 기사 터질 거 어제 미리 들어서 알고 있었어. 근데 그냥 내라고 했고. 어차피 막을 수 없는 거라면 네가 이용하길 바랐으니까."

촬영장을 얼쩡거리는 강견수 기자를 우연히 발견했을 때부터 이런 사태가 오리란 걸 막연히 예상했는지도 모른다. 대비했더라면 막을 수도 있었을 것이다.

하지만 그렇게 하지 않았다. 준이 그녀에게 미안함을 느끼거나 혹은 고마움을 갖게 하는 편이 여러모로 저에게 유리할 거라는 사실을 마음 한구석이 영악하게 알아챘기 때문이었다.

정작 준은 미안하다는 말, 고맙다는 말 대신, 다만 이렇게 물을 뿐이었다.

"그렇게까지 해서 나한테 바라는 게 뭔데? 정말로 원하는 게 뭐냐고."

단번에 사랑이라고 대답할 만큼의 확신은 성희에게도 아직 없었다. 그러나 그렇다고 솔직하게 답해 버리면, 끝내 제 진심까지 무시당하게 될까 봐 겁이 났다.

"이 일을 하면서 너는 끝없이 외로워질 거야. 그 여자는 그런 널 절대 이해하지 못할 테고. 하지만 나는 달라. 네가 앞으로 겪게 될 모든 고충을 내가 이미 겪어 봤으니까. 우린 서로의 괴로움을 위로하는 관계가 될 수 있을 거야."

준에게 더도 말고 딱 그만큼을 바랄 뿐이었다. 그런 제 요구가 전혀 과하다고 생각하지 않았다. 그녀가 앞으로 그에게 가져다줄 수많은 이익에 비한다면 그 정도는 겨우라고 봐도 좋을 만큼 쉬운 일이었으니까. 때문에 성희는 자신했다.

준도 결국엔 현명하게 그녀가 내민 손을 잡게 되리라는 것을.

"상대를 위해서 뭐든지 다 해 주고 싶은 거, 정시진을 생각하는 내 마음이 너랑 똑같은 건 사실이야. 근데."

물론 그것은 성희의 크나큰 착각이었다. 준의 눈빛은 처음부터 끝까지 단 한 번도 성희를 향해 흔들린 적이 없었으니까.

"난 너처럼 대가를 바라고 사랑한 적은 없어."

일축하는 말에 순간적으로 얼굴을 붉힌 성희가 날카롭게 소리쳤다.

"그럼 뭘 바라고 널 사랑하는 나는 가짜라는 거야? 내가 나쁘다고 말하고 싶은 거냐고!"

"나쁜 건 아닌데, 불쌍하다. 류성희, 너 불쌍하다고."

돌아온 준의 대답은 무참했다. 성희의 얼굴이 삽시간 창백해지고 그녀의 두 귀에 쿵, 하고 나락까지 심장 떨어지는 소리가 들렸을 만큼.

충격을 받은 건지, 상처를 받은 건지 성희는 그것을 잘 분간할 수가 없었다. 다만 어느 쪽이 되었든 대꾸할 말을 잃은 것만은 확실했다.

멍하니 앉아 있는 그녀에게 준이 마지막으로 경고했다.

"네가 먼저 정정 기사 내. 그게 너한테 더 나을 테니까."

벌컥 문을 열어젖히자 몰래 안쪽에 귀를 기울이고 있던 성희의 매니저가 화들짝 놀라 딴청을 피웠다. 그런 그에게 눈길 한 점 주지 않은 채 준은 뒤도 돌아보지 않고 미련 없이 자리를 떠났다.

잠시 뒤, 성희 혼자 남겨진 밴 안에서 여린 울음소리가 새어 나오기 시작했다.

⁘ ⁘ ⁘

하루 종일 주위가 어수선했다. 몇 시간을 씹어도 줄기차게 단물이 배어 나오는 연예인 가십에 옆자리 동료까지 연관되어 있는 참이었다.

가뜩이나 말로써 고객을 상대하는 여직원들이 오늘따라 유난스럽게 들썩거리고 있었어도 시진은 그것을 마냥 탓할 수가 없었다.

오전 내내 망설이고 또 망설였을 옆자리 주영 씨가 끝내 호기심을 이기지 못하고 기사에 관해 넌지시 물어 왔을 때부터였을 것이다. 주변의 웅성거림 속에 유독 제 얘기가 커지기 시작한 것은.

거미줄처럼 가느다래진 신경이 사방에 집을 지어 놓고서 예민하게 주위의 소리를 긁어모았다. 업무에 집중할라치면 계속해서 말을 걸어오는 동료들 때문에 시진은 결국 반나절 만에 완전히 지쳐 버리고 말았다.

준과는 아침에 짤막하게나마 통화를 했다. 평소와 다름없는 목소리였다. 나눈 이야기도 크게 다르지 않았다. 드라마에서 작지만 지속적으로 출연할 수 있는 배역을 맡았다는 소식을 전해 왔고, 시진은 제 일처럼 기뻐해 주었다.

"대체 어떻게 된 거냐고 물어봤어야지. 따졌어야지. 여친 있는 놈이 처신을 어떻게 하고 다니면 이런 기사가 나는 거냐고 화를 냈어야지, 이 바보야!"

집에 돌아와서는 정은이 더 답답해하며 분통을 터뜨렸다.

"이유가 있었겠지. 먼저 말해 줄 거야. 기다릴 수 있어."

타이르듯 재차 하는 말이 마치 다짐처럼 들렸어도 어쩔 수 없는 일이었다. 겉으로는 믿는 척, 태연한 척하면서도 속으로는 못내 불안해하는 스스로가 참 못났다고 생각했지만 별수 없었다.

"선우준, 걔는 왜 하필 지금 일을 터뜨린다니. 네가 얼마나 지극정성으로 위하는지도 모르고. 내일까지 똑똑하게 해명 못 하기만 해 봐! 기사에서 한 글자라도 사실인 게 있으면, 내가 가서 머리털을 죄다 뜯어 놓을 거니까."

이를 갈며 으름장을 놓는 정은이 진짜로 그렇게 할 것만 같아서, 시진은 저도 모르게 마른침을 꿀꺽 삼켜야 했다.

다음 날이었다. 아침부터 눈 뜨는 게 고역이었고, 출근길이 귀양길 같았다. 꾸역꾸역 내키지 않는 걸음을 옮겨 회사로 향한 참이었다.

곧 시작될 고객 응대를 위해 손가락을 풀며 준비를 서두르고 있는데, 옆자리 주영 씨가 갑자기 수선을 떨며 바퀴 의자를 데구르르 굴려 시진의 책상에 바싹 붙었다.

"시진 씨, 드디어 열애설 부인하는 기사 올라왔어요! 스캔들 아니라고, '오랜 친구 사이'라고요."

"네?"

영문 몰라 하는 시진 대신 큰 목소리로 기사 내용을 읊어 주기까지 했다. '소속사 측이 류성희 씨 본인에게 직접 확인한 결과, 열애 중이 아닌 것으로 밝혀졌다'며, '두 사람은 어린 시절 같은 드라마에 출연한 것을 계기로 이후 오랜 시간 동안 변함없는 우정을 과시해 오고 있다'고 했다.

"그럴 줄 알았어. 시진 씨랑 사귀고 있는데 류성희하고 그럴 리가 없지."

"어쩐지. 시진 씨 눈 하나 깜짝 안 하더라. 두 사람 친구인 거 알고 있어서 그랬구나."

"그럼 시진 씨 남자 친구가 류성희 절친인 거야? 우와, 장난 아니다."

멋도 모르는 채 마구잡이로 주워다 떠들어 댔던 어제 일이 미안하긴 했는지 여기저기서 한마디씩 거들어 댔다.

최 팀장이 다가와 여직원들을 평소보다 엄하게 꾸짖었다.

"어제오늘 일도 안 하고 수다만 떨다 갈 거야? 빨리 자리로들 안 돌아가!"

하나둘 눈치를 보며 흩어지는 여직원들을 뾰족한 시선으로 지켜보다가 슬며시 시진의 팔을 두드리고 가는 것이, 단 하루지만 마음고생 했을 시진을 넌지시 위로하는 게 분명했다.

퇴근할 즈음이 되자, 다시금 팔짱을 껴 오며 슬그머니 들러붙는 여직원들을 미처 떼어낼 수 없었다. 남자 친구가 연예인이고, 류성희와 열애설이 났으며 다시 그것을 부인하는 기사가 나오기까지의 과정이 마치 딴 세상일처럼 신기했을 것이다.

궁금한 것을 물어 봤자 시진이 대답할 수 있는 건 아무것도 없었다. 그저 곤란한 웃음으로 얼버무리는데, 건물 밖에서 시진이 나오기만을 기다리고 있던 준이 그녀를 발견하고는 곧장 걸어왔다.

그가 가까워질수록 시진을 붙잡고 있던 손들이 놀라 하나씩 떨어져 나갔다.

"끝났어?"

"……응."

"제가 시진이 좀 데리고 가도 될까요? 오랜만에 데이트라."

양해를 구하며 시진의 어깨를 짚는 손에 단단히 힘이 들어가 있었다. 그것만으로도 왠지 눈물이 날 것 같아서 시진은 괜스레 여러 번 눈을 끔뻑거려야 했다.

"당연하죠. 시진 씨, 그럼 내일 봐."

아쉬워하는 여직원들을 재빨리 추슬러 깔끔하게 돌아선 것은 역시 최 팀장이었다.

준이 고마운 마음을 담아서 작게 고개를 꾸벅이자 그녀가 다 안다는 듯 미소 지어 보였다. 잠시 시진을 스쳐 간 시선이 따스했다. 언젠가 시진이 우스갯소리로 했던 말처럼 그녀를 알뜰살뜰히 챙겨 주는 오피스 맘다웠다.

"……나한테 화났어?"

오늘은 시진보다도 열정적으로 엉덩이를 흔들며 알은체해 주는 버디 녀석이 더 준을 반기는 것 같았다. 지은 죄가 있으니 서운한 기색은 감춰야 했다. 어제오늘 시진이 준 때문에 곤란한 처지에 놓였으리란 건 멀리서만 봐도 곧바로 알아챌 일이었으니까.

일부러 평소보다 더 다정한 남자 친구의 모습을 연기해 보인 것도 조금이나마 그녀의 난처함을 수습해 보려는 의도였다. 미안하다는 말로 어물쩍 넘어가기엔 시진에게 갚아야 할 마음이 지나치게 컸다.

슬쩍 손을 잡아 제 팔 위에 올려놓으며 묻는 준의 말투는 꼭 혼날까 봐 눈치를 보는 어린애 같았다. 저도 모르게 작게 웃음이 나려는 걸 참고 있는데, 정작 벌어진 입술 사이로 새어 나온 것은 웃음소리가 아니라 작은 한숨이었다.

"화 안 났어. 그냥…… 불안했어."

차라리 화났다고 하는 편이, 대체 왜 이런 일이 생겨야 했었느냐고 성질을 부리는 게 준으로선 더 마음 편한 일이라는 걸 알면서도 어쩔 수가 없었다.

걸음을 멈춰 선 채 어깨를 잡아 그를 마주 보도록 돌려세운 준이 어떤 표정으로 자신을 바라보고 있을까 상상하면서, 이 정도 심술은 부려도 되지 않겠느냐고 속으로 입을 삐죽일 따름이었다.

"근데 생각해 보니까 겨우 하루였어. 겨우 하루 만에 널 믿지 못하고 불안해한 나한테 혹시 화났어?"

"아니. 화 안 났어. 그냥…… 나도 불안했던 것 같다."

그렇게 시인하는 준의 진심은 시진을 끌어안는 두 팔을 통해 고스란히 전해져 왔다. 귓가에 둥둥 울리는 심장 소리가 시진에게 투정을 부리는 것만 같았다.

널 잃을까 봐, 나도 정말 불안했다고.

시진보다 머리 하나는 더 큰 준의 덩치와는 좀체 어울리지 않는 엄살이었다.

"다시 이렇게 무대와 방송에서 얼굴을 뵙기까지 꽤 긴 공

백 기간이 있었는데요. 그동안 궁금해하셨을 팬 분들께 먼저 근황부터 전한다면?"

잠시 말을 고르던 준이 곧 덤덤한 목소리로 답했다.

"연기의 길로 되돌아오기까지 지난 시간 많이 고민했고, 방황했습니다. 연기와는 전혀 상관없는 곳에서 전혀 다른 일을 하며 살고 있었고요."

"그게 어떤 일이었는지 물어봐도 되나요?"

"그냥 대부분 단순히 몸 쓰는 일이었습니다. 새벽에 나가서 화물차에 물건을 싣기도 하고, 바코드도 찍고. 어쩔 땐 공사판에서 벽돌도 날라 보고요."

준의 답변에 박 기자가 놀란 듯 눈을 크게 떴다.

"의외네요. 아역 때 모습만 기억하는 대중 분들께서도 마찬가지로 상상 못 한 모습일 것 같은데요. 혹시 알아보는 사람은 없던가요?"

"가끔씩, 그렇게 오랜 시간이 흘렀는데도 여전히 기억해 주시는 분들이 있었습니다. 그게 정말 싫었던 적이 있는데, 이제는 얼마나 감사해야 하는 일인지 깨달았습니다."

대답과 함께 부드럽게 미소 짓는 준의 맞은편에서 방심하고 있던 박 기자의 볼이 조금 붉어지고 말았다. 이제는 제법 관록이 붙어 가는 경력 기자로서 내로라하는 미남 배우들이며, 아이돌 스타며, 입이 떡 벌어질 만큼 잘생긴 외국 배우까지 상대해 본 전적이 있었다.

아이러니하게도 수많은 미남과 미녀들을 겪을수록 깨닫게 되는 건, 결국 진정으로 마음을 흔들 수 있는 아름다움이란 인위적이거나 작위적이지 않은 소박한 진심뿐이란 사실이었다.

주책없이 두근거리는 가슴을 진정시킬 겸 박 기자가 발밑에 놓여 있던 음료수 병을 집어 들었다. 몇 모금을 홀짝이는 사이 준은 힐끗 객석에 앉아 있는 시진에게로 시선을 돌렸다.

역에서 소극장까지 걸어오는 동안 폭염 주의보가 떨어진 홍대 거리를 빠져 나오느라 기진맥진했을 버디가 좌석 아래 커다란 몸을 구기고 잠들어 있을 것이다. 시진의 곁에서 영목과 수지가 무언가 끝없이 말을 건네고 있었다. 그에 일일이 대답해 주면서도 시진의 주의 한 조각은 줄곧 이쪽을 향해 있었다.

"조심스럽지만 아무래도 아역 활동을 갑작스럽게 접은 이유에 대해 묻지 않을 수 없겠네요."

본격적인 인터뷰는 바로 지금부터라는 것을 환기시키는 말이었다. 더불어 지나치게 민감한 질문이라면 개의치 말고 미리 알려 달라던 박 기자가 준의 얼굴을 잠시 살폈다. 준은 어려운 질문을 회피하는 대신 속으로 곰곰이 대답을 곱씹어 보았다.

"여러 가지 일을…… 겪었습니다. 교통사고로 부모님이 모두 돌아가셨고, 다른 일가친척이 없어서 시댁살이 하던 고모 집에 얹혀 자랐어요. 고등학교를 졸업한 뒤엔 곧장 독립을 해야 했습니다. 과거의 빛나던 시절을 추억하며 돌아보기엔 먹고사는 게 힘에 부쳤고, 바빴고, 무기력했죠."

지나치게 어린 나이에 가족을 모두 잃었다. 고아원으로 곧장 보내질 뻔한 것을 고모가 시댁과 남편의 반대를 무릅쓰고 준을 데려다가 키웠다. 고모부를 비롯한 그쪽 집안 어른들의 눈총과 구박을 끼니처럼 받아먹으며 자랐지만, 고모만큼은 준을 정말 자기 자식처럼 아끼고 사랑해 주었다.

당시 준의 가족에게 일어난 교통사고가 며칠이나 신문에 실렸던 것을 박 기자도 기억했다. 하지만 언론의 관심도, 대중의 걱정도 그리 오래 지속되지는 않았을 것이다. 남의 불행에 필요 이상의 걱정과 관심을 기울이기에는 준의 말마따나 저마다 먹고 사는 게 힘에 부치고, 바쁘고, 무기력했으니까.

"그럼 다시 연기자가 되어야겠다고 결심하게 된 특별한 계기가 있나요?"

그 물음에 준은 고개를 돌려 객석의 한쪽을 바라보았다. 저도 모르게 준의 시선을 좇아 같은 곳을 보던 박 기자 역시 어렵지 않게 시진의 모습을 찾아낼 수 있었다.

대체 무슨 얘기를 그렇게 재미있게 하고 있는 건지 수지, 영목과 함께 연방 웃음을 터뜨리는 시진에게서 준은 도통 눈을 떼지 못했다.

긴 다리를 한쪽으로 꼬아 비스듬히 의자에 기대앉은 준이 손을 들어 제 아랫입술에 검지를 가져다 댔다. 겨울도 녹일 것 같은 표정으로 시진을 바라보기에 박 기자는 그 순간을 놓치지 않고 몰래 준의 사진을 찍게 했다.

잡지 기사의 메인 사진은 이것으로 낙점이었다. 이런 얼굴을 한 선우준을 보고서도 그의 인터뷰 기사를 그냥 지나칠 수 있는 여자는 세상에 없을 테니까.

어쩐지 시시탐탐 준을 욕심내는 성희의 마음을 조금은 이해할 수 있을 것 같다는 생각이 들었지만, 이내 고개를 저었다. 어차피 세상의 단 한 사람에게만 한정된 남자의 얼굴이었다.

이후 박 기자와 준은 앞으로의 연기 생활과 목표에 대해 묻고 답하는 시간을 가졌다. 진부하지만 인터뷰의 초점은 정석에 맞춰야 했다. 시진과의 연애에 대해 짤막하나마 몇 개 질문을 던져 보기도 했다. 물론 사전에 허락을 구한 다음이었다.

"제가 여자 친구 분을……. 그러니까 여자 친구 분의 장애에 대해서……."

쉽게 입에 올리는 것이 어쩐지 실례가 될 것만 같아 한심하게 더듬거리고 있는 박 기자에게 준이 선뜻 어려운 이야기를 먼저 꺼내 주었다.

"그 친구와는 미리 상의했습니다. 오히려 제 걱정만 하는 친구라."

인터뷰를 수락하기 이전에 조심스레 의견을 묻는 준에게 시진은 조금 먹먹한 얼굴로 대답했었다.

"날 창피해하지 않아 줘서 고마워."

그 말을 듣고 준은 순간적으로 따귀를 얻어맞은 사람처럼 얼얼한 표정을 짓고 말았다. 잠시 뒤 목 끝까지 화끈한 열기가 차올랐던 건 화가 나서였는지, 슬퍼서였는지 모르겠다.

때로 시진은 깨질 것처럼 위태로운 면을 그에게만 슬쩍 드러내 보일 때가 있었다.

지금껏 혼자서 단단하고도 오롯했던 그녀였다. 준을 사랑하고 그에게 의지하는 일은 시진을 두 배로 강하게 만드는 일인 동시에 두 배로 약하게 만드는 일이기도 했다. 적어도 시진의 장애가 그녀 자신보다 그녀의 주변 사람들에게 약점이 되는 것을 무엇보다 두려워하는 까닭이었다.

준은 다만 커다란 손으로 시진의 작은 머리를 지그시 누르며 이렇게 대꾸할 뿐이었다.

"지금까지도 앞으로도 내가 널 창피해할 일은 결코 없어. 그러니까 그런 소리 좀 하지 마. 오빠 속상하다."

장난스럽게 핀잔하자 시진도 배시시 웃으며 고개를 끄덕였다.

"하지만 저 때문에 그 친구가 듣지 않아도 될 말을 듣는 건 사양하고 싶습니다."

준이 염려하는 게 무엇인지 기자인 그녀가 누구보다도 잘 알았다. 남 말하기 좋아하는 사람들은 입으로 흉기를 휘두르는 짓을 거리끼지 않았다. 단순히 재미로 얼굴도 모르는 사람을 상처 내고자 승냥이 떼처럼 달려드는 이들이 수두룩했다.

준은 시진이 그런 사람들 앞에 무방비하게 내세워지는 것을 원치 않았다.

여자 친구에게 좀 더 나은 사람이 되고 싶었습니다. 그래서 다시 연기의 길로 돌아올 수밖에 없었어요. 가장 하고 싶은 일, 가장 잘할 수 있는 일을 하는 게 저를 더 나은 사람으로 만들 테니까.

인터뷰 머리기사는 일찌감치 따 두었다. 이번 특집호 기사는 사랑의 힘으로 시련을 극복한 선우준의 복귀 스토리가 주를 이룰 것이다. 앞서 성희의 소속사 측에서 이미 반박한 적 있는 열애설을 완전히 종결짓고, 선우준이라는 중고 신인이

어떠한 각오와 의지로 다시 대중 앞에 서게 되었는지 숨겨진 사연을 밝히며 사람들의 흥미를 끌어낼 것이다. 오랜 언론인의 감으로 박주미 기자는 이번 인터뷰 기사가 꽤나 큰 반향을 일으키게 되리라는 걸 직감했다.

질의응답 시간이 끝이 났다. 자리에서 일어나는 준에게 인터뷰를 수락해 준 것에 대해 소소한 답례품을 건네려 했을 때였다. 박 기자가 그를 불러 세우기도 전에 준은 이미 무대 앞 통로까지 나가 있었다. 정작 쏟아지는 조명 아래 내내 앉아 있었던 것은 자신이면서,

"오래 기다렸지. 안 피곤해?"

하고 물으며 시진을 염려했다. 그에 시진이 가만 고개를 저으며 준의 팔에 두 손을 올려놓았다. 별로 친하지 않은 사이에도 충분히 오갈 법한 그 단순한 접촉이 두 사람만의 애정 표현인 것만은 틀림없어서 박 기자는 두 사람에게서 점잖게 시선을 돌렸다.

그때였다. 하릴없이 던진 눈길 속에 준의 뒤편으로 살금살금 다가오는 그림자들을 발견한 것은.

손바닥만 한 케이크와 그 위에 꽂힌 몇 개의 초 위로 하늘거리는 불꽃이 실처럼 하얀 연기를 피워 내고 있었다. 잠시 준의 관심을 한곳에 잡아 두었던 시진이 슬쩍 턱을 들었다. 기다렸다는 듯 뒤에서 준의 동료들이 와락 튀어나와 외쳤다.

"Happy birthday! 축하해요, 형!"

"생일 축하해요, 오빠!"

곁에는 뜻밖에 정은의 모습도 보였다. 케이크를 한 움큼씩 손에 묻혀 든 영목과 수지가 장난스런 얼굴로 준에게 달려들자, 얼떨떨한 표정을 짓고 있던 준이 이내 기겁을 하며 그들을 피해 달아났다.

대충 상황을 짐작한 시진이 깔깔 웃었다. 모두가 소리를 지르며 뛰어다니니, 어느새 자다 깬 버디도 금세 신이 나서는 그들의 뒤꽁무니를 쫓았다.

"정은이가 케이크 사다 줬어."

"생일 축하해."

시진의 부탁으로 여기까지 와 준 정은에게 준이 따로 고맙다고 인사했다. 매일같이 시진을 데리러 가고, 데려다주는 준이었으니 자연스럽게 정은과 마주치는 일이 잦았다. 함께 야식을 먹거나 하며 어울리는 시간이 길었던 만큼 어느새 말도 행동도 여느 친구처럼 편안해졌다.

장난기 많은 동료 배우들이 들고 있던 폭죽을 터뜨릴 때마다 저도 모르게 움찔움찔 놀라 몸을 떠는 시진의 두 귀를 준이 살포시 가려 주었다. 여전히 크림 묻은 손으로 달려드는 영목과 수지를 피해 시진과 함께 이리저리 몸을 틀며 웃는 준이 처음으로 제 나이 대의 청년처럼 보였다.

이제 막 30대 중반 골드 미스의 반열에 들어선 박 기자가 그들의 모습을 눈이 부신 듯 지켜보다가 이내 한 팔을 번쩍

들고 외쳤다.

"인터뷰도 감사하고, 답례의 의미로 제가 오늘 회식 쏠게요!"

"앗싸!"

어차피 내미는 손이 다 궁색할 지경이었던 문화 상품권은 생일 선물로나 줘야겠다고 생각했다. 박 기자의 통 큰 결정에 가난한 연극배우들이 환호하며 그녀를 향해 엄지손가락을 치켜세웠다.

"그럼 우리가 먼저 가서 자리 맡아 놓을게요!"

영목의 옆구리를 찌르며 준에게 다가온 수지가 작게 귓속말을 했다.

"사장님한테 버디 얘기도 잘 해 놓을게요."

아무튼 눈치 하나는 백단이었다.

이윽고 버디의 목줄을 잡은 정은이 박 기자, 그리고 배우들과 함께 먼저 극장을 나섰다. 눈치껏 사람들을 몰고 나가며 둘을 위해 자리를 비켜 주는 정은에게 준이 고맙다는 말을 입 모양으로 대신했다.

잠시 뒤, 사람들이 모두 빠져 나간 소극장에서 준과 시진이 무대 끄트머리에 나란히 걸터앉았다.

"완전히 잊고 있었는데. 오늘이 내 생일이란 거."

그래서 아침에 고모한테 전화가 왔던 거구나, 생각하며 준이 고개를 주억거렸다.

"그럴 줄 알았어."

꺼진 조명 아래 검은 실루엣이 드러나 보이는 시진이 준을 향해서 작게 웃음 지었다.

"스캔들에 인터뷰에 드라마 촬영까지, 너 요즘 많이 바빴으니까."

그렇게 말하면서도 시진은 준이 아마 지난 몇 년간 자신의 생일을 제대로 챙겨 본 일이 없을 것이라고 짐작했다.

고모가 전화를 걸어 오랜만에 집에서 저녁을 먹고 가라고 하는 날이면, 그리고 그날 밥상에 소고기가 들어간 미역국과 잡채가 올라 있으면 그때서야 준은 그날이 자기 생일이라는 것을 어렴풋하게 알아채곤 했다.

"원래 생일은 당사자보다 주위 사람들이 기억해 줘야 의미 있는 거래. 앞으로는 내가 꼭 챙겨 줄게."

종일 등에 메고 다니던 백팩을 가슴 앞으로 돌려 안은 시진이 거기서 큼지막한 상자 하나를 꺼냈다. 상자를 옆구리에 낀 채로 자리에서 일어나더니 다른 쪽 손으로 준의 허벅지를 더듬거리며 짚었다.

움찔, 하고 본능적으로 몸을 떤 준이 자신을 묘한 눈길로 지켜보는 것을 아는지 모르는지. 시진의 작고 하얀 손이 준의 허벅지, 무릎, 종아리를 따라 내려가 마침내 발목을 잡았다. 시진이 준의 두 발 옆에 상자를 내려놓았다.

"뭐야?"

"생일 선물."

상자 안에 검은 구두 한 켤레가 하얀 종이에 싸여 있었다. 준의 낡은 운동화를 벗긴 시진이 손바닥을 뻗어 엄지와 새끼 손가락으로 그의 발 크기를 가늠해 보더니 이내 고개를 끄덕였다.

"다행이다. 잘 맞을 것 같아."

사락사락. 종이를 벗겨 내는 소리가 간지럽게 들렸다. 잠시 뒤, 시진이 직접 신겨 준 구두는 그녀의 말마따나 준의 발에 꼭 들어맞았다.

"보통은 눈썰미가 좋다고들 하는데, 나 같은 경우엔 손썰미가 좋다고 해야 하나."

시진이 과장되게 어깨를 으쓱거리는 동안 준은 제 발을 가만히 내려다보았다.

"맞춤 정장까지는 무리여도 구두 한 켤레쯤은 선물해 주고 싶었어. 근데 정은이는 애인한테 신발 사 주는 거 아니라고 구박하더라. 어때? 마음에 들어?"

구두끈을 두 손으로 묶어 매듭지은 시진이 준을 올려다보며 물었다. 구슬처럼 맑은 시진의 검은 눈동자 위로 준의 얼굴이 그대로 비춰 보였다. 뭐라고 대답해야 할지 좀처럼 말을 찾지 못하던 준이 어렵게 입술을 뗐다.

"마음에 들어. 정말로."

보다 기쁜 투로 말하지 못한 걸 곧장 후회했다. 그러나 시진은 말로 다 하지 못한 준의 벅찬 감정까지도 모두 알아들은 것처럼 만족스런 얼굴이었다.

"내가 직접 골랐어. 이 구둣발 소리가 제일 듣기가 좋더라."

"너답네."

선물을 고르는 기준마저 시진다워서 준은 두 발에 신겨져 있는 구두가 더욱 마음에 들었다. 어린애처럼 앞코를 까딱여 보았다. 그러고는 뒷굽으로 바닥을 톡톡 두드렸다. 시진의 말대로 나무 바닥에 구두 굽 부딪치는 소리가 제법 듣기 좋았다.

문득 어린 시절에 보았던 뮤지컬 한 장면이 떠올랐다. 오즈였나, 앨리스였나. 이름은 잘 기억나지 않았다. 준의 손목을 붙들고서 당시 유행하던 어린이 뮤지컬 감독을 찾아가 눈도장을 찍는 게 엄마의 주목적이었으니까.

공연도 보는 둥 마는 둥이었다. 유일하게 기억에 남는 것은 바닥에 세 번 부딪치면 집으로 돌아갈 수 있는 마법 구두뿐. 드라마를 밤샘 촬영하고 난 뒤라 불편한 객석 의자에서 쓰러지듯 잠이 들었던 어린 준은 그 구두가 그렇게 탐이 날 수가 없었다. 다 커 버린 지금에야 그것을 선물 받았다는 생각에 준이 혼자 멋쩍어 할 때였다.

"연인한테 신발을 사 주면 멀리 도망을 가 버린다고 그러던데, 이 구두는 반대야. 네가 어딜 가든 다시 나에게로 돌아오는 주문을 걸었거든."

시진이 쑥스러운 듯 미소 지었다. 제 생각을 읽기라도 한 것처럼 그녀의 말이 절묘하게 맞아떨어져서, 시진을 바라보던 준의 눈이 조금 커지고 말았다.

"이 구두를 신고 걸어온다면 나는 멀리서도 네가 오는 소리를 기다리며 행복할 거야. 그리고 다가온 너를 누구보다 먼저 알아챌 거야. 나는 귀썰미도 좋은 여자니까."

어린 왕자에 길들여진 세상 단 하나뿐인 여우처럼 준의 발소리는 시진을 설레게 하는 음악이었다. 다른 소리는 시진을 땅속 깊이 숨게 만들었지만, 준의 발소리는 시진을 세상 밖으로 불러내 주었으니까.

준이 좋아하는 카페 모카, 즐겨 뿌리는 향수 냄새, 오른손바닥 끄트머리에 불룩하게 자리 잡은 굳은살까지. 준을 떠올리게 하는 모든 것들을 시진은 사랑했다.

"네가 돌아올 장소가 바로 내가 있는 곳이라는 걸 믿는다면, 기다림은 오히려 내게 행복한 일이 될 거야."

언제나 그 자리에서 쉬어 갈 집이 되어 주겠단 그녀의 약속이 줄곧 외롭고 쓸쓸했던 준의 마음을 보듬었다. 마치 포대기에 싸인 갓난아기처럼 안전하고 따뜻한 기분이 들었다.

세상에서 가장 멋진 여자에게, 세상에서 가장 멋진 고백을 듣는 준의 눈이 어느새 조금 젖어 들었다. 이 순간만큼은 시진이 한심하게 눈물 고인 자신의 모습을 볼 수 없어 다행이라고 생각했다.

자리에서 일어나는 시진을 준이 꼭 잡아 지탱해 주었다. 준을 마주 보고 선 시진이 두 손을 뻗어 준의 뒷머리를 부드럽게 쓰다듬었다. 준은 순순히 시진의 손길에 몸을 맡겼다. 말 잘 듣는 어린아이처럼 고분고분한 데가 있어 시진은 저도 모르게 웃음 짓고 말았다.

시진이 상체를 숙여 손을 올려 두었던 준의 머리 위에 입을 맞췄다. 미끄러지는 손끝을 따라 준의 이마에, 코끝에 차례로 입맞춤이 내려앉았다. 그 종착지가 어디인지는 이미 두 사람 모두 알고 있었다.

시진이 두 손으로 준의 얼굴을 살며시 감쌌다. 준이 고개를 들어 다가오는 시진의 입술을 마중했다. 두 팔로 시진의 허리를 감아 끌어당겼다.

맞닿은 입술과 입술 사이에 진하고 깊은 사랑이 고였다.

13장

세상이 우리를 보는 시선

하루하루가 따라가기 벅찰 만큼 바쁘게 지나갔다. 주말극에서 정 비서의 비중이 늘어날수록 시진과 만나지 못하는 날이 잦아졌다. 때문인지 중간 중간 나누는 짤막한 통화는 여느 때보다 더 애틋할 수밖에 없었다.

본래 특집호에 실리기로 했던 준의 기사는 인터뷰가 있었던 그 마지막 주에 급히 인쇄소로 넘겨졌다. 스캔들의 여운이 가시기 전에 기사가 나가야 보다 많은 사람들의 관심을 끌 수 있다는 박 기자의 강력한 피력에 편집장 역시 힘을 실어 준 덕분이었다.

성희와의 스캔들로 대중 앞에 이름을 다시 알렸고, 때마침 연예 예능 프로그램에서 준의 드라마 출연 비화를 취재해 가면서 미미했던 인지도까지 함께 견인해 주었다.

그에 더해, 한때는 연기 천재로 신드롬을 일으켰던 아역 스타의 숨겨진 아픔과 그것을 극복한 성장 스토리가 잡지 지면을 통해 알려지면서 준의 사연은 그를 기억하고 있던 많은 사람들의 심금을 울리기도 했다.

결국 본인이 원했든 원하지 않았든, 준에 대한 끊임없는 언급이 대중으로 하여금 단기간에 선우준이란 배우를 재발견하게 하는 데 크게 공여한 셈이었다.

그렇다고 해도 보통 일반인과의 열애 사실이 알려지면 한 풀 꺾이고 마는 관심이 도리어 배가된 것은, 시진이 장애인이기 때문이라는 사실을 부정할 수 없었다.

"이사할 거야?"

시진이 바닐라 아이스크림 위에 에스프레소를 부어 숟가락으로 뒤적거리며 물었다. 준의 눈앞에도 같은 아포가토 잔이 놓여 있었다. 이제는 카페에 앉아 시간을 보내는 일에 제법 익숙해진 편이지만 초반에 시진을 따라 멋모르고 에스프레소며, 핸드 드립 커피를 시켰다가 크게 낭패를 본 적 있는 준이다.

"생각 중이야. 다행히 이번 드라마 출연료가 생각보다 꽤 들어올 것 같아."

준이 슬쩍 맞은편의 시진을 살폈다. 자그마한 숟가락에 아이스크림을 듬뿍 퍼 입안에 쏙 집어넣고는 콧등을 찡그리며 웃었다. 아이스크림 한 컵만 쥐여 주면 세상에 더 바랄 게 없다는 표정이었다. 그 앞에서 준은 대뜸 심통을 부리고 싶어졌다. 생각보다도 말이 먼저 불쑥 입 밖으로 튀어나왔다.

"우리 같이 살까?"

"……응?"

놀라서 허공에 그대로 멈춰 버리고 만 삽 모양의 스푼에서 갈색으로 젖은 아이스크림이 툭 하고 미끄러져 내렸다. 태연한 척 냅킨을 집어 테이블을 닦아 내면서 준은 시진의 입가를 엄지로 쓸었다.

"아무튼 온 사방팔방에 묻히고 먹지."

"아."

불이 붙은 것처럼 금세 발그레해지는 시진의 얼굴을 신기하게 쳐다보았다. 그러고 보니 그때도 이랬다. 오늘은 너를 안지 않겠다는 말로 안고 싶다는 마음을 에둘러 표현했을 때도 시진은 지금처럼 속절없이 얼굴만 붉히고 있었다.

그날은 자지 않겠다고 말한 거지, 아예 너와 자지 않겠다고 말한 건 아니었는데. 시시탐탐 시진을 더 많이, 더 깊이 알아 가고 싶은 준의 욕망에 대해선 꿈에도 알지 못하는 게 분명했다. 그의 입에서 문득 가느다란 한숨이 흘러나왔다.

"돈 좀 모이면. 한 10년 뒤쯤?"

시진 앞에서 준은 언제나 날것 그대로의 진심을 들이밀지 못하는 채 한 걸음 물러날 수밖에 없었다. 성급한 생각인지는 모르겠지만 사실 하루빨리 자리를 잡아서 떳떳하게 시진을 데려갈 수 있는 집을 구하는 게 현재 준의 가장 큰 목표였다. 그럼에도 현실은 여전히 지지부진이라 준은 무책임하고도 섣부른 약속을 입 밖에 내지 못했다.

갑갑하고 암담한 현실의 벽 앞에 착잡한 심정을 감추지 못하고 새어 나온 준의 한숨을 이번엔 시진도 눈치챈 것이 틀림없었다. 그녀 역시 비슷한 농도의 한숨을 잇새에 흘려 내고 있었으니까.

"꼬부랑 할머니 되면?"

시진이 결국 퉁명스레 대꾸했다. 알아차렸을 땐 이미 저만치 흘러가 버린 무심한 프러포즈를 탓해야 할지, 아니면 어림잡기도 힘든 먼 훗날의 기약을 탓해야 할지 고민하다가 끝내 뱉어 낸 말이었다.

"그럼 5년?"

"더 빨리. 최대한 빨리."

재촉하는 시진을 물끄러미 쳐다보면서, 준의 눈매도 가늘어졌다. 삐쳐 올라가는 입꼬리를 주체하지 못하는 채 준이 커다란 손을 들어 시진의 머리를 마구 헝클어뜨렸다.

"에이, 하지 마."

"그러자."

"응?"

"그러자고. 최대한 빨리 돈 모을게. 그럼 같이 사는 거야,

우리.”

“……그래.”

수줍은 듯 고개를 잔뜩 수그린 채였지만 가느다랗게 새어 나온 약속의 말을 준이 듣지 못할 리 없었다. 시진의 볼을 따라 미끄러지는 준의 손길이 더없이 다정해졌다.

그때, 뜻밖의 장소에서 걸려온 전화 한 통이 두 사람의 아기자기한 시간을 방해하며 끼어들었다.

—송파 경찰서입니다. 선우준 씨 전화 맞습니까?

놀란 표정으로 준이 휴대폰을 귓가에 바짝 가져다 댔다.

“맞는데…… 경찰서요?”

—폭행으로 고소가 들어와서요. 사건 접수하기 전에 확인차 전화 드렸습니다.

생각지도 못한 말에 준은 잠깐 보이스 피싱을 의심해야 했다. 하지만 짚이는 구석이 아예 없는 것도 아니었다.

잠시 뒤, 준의 짐작대로 휴대폰 건너편에서 놀이공원에서 있었던 일에 대해 물어 왔다. 그날 그곳에 있었고, 직원의 멱살을 잡아 들어 올리는 등 위협적인 행동을 한 게 맞는지 물어 오는 경찰에게 준은 순순히 그렇다고 시인했다.

—자세한 얘기는 서에 오셔서 마저 하시죠. 내일 중에 피의자 신분으로 조사받으러 오실 수 있겠습니까?

“내일 가겠습니다.”

해명하거나 변명하려는 시도 한 번 없이 간단히 통화를 마쳤다. 맞은편에서 걱정스런 얼굴로 미간에 깊은 주름을 짓고 있는 시진 때문이었다.

"무슨 일이야?"

곧장 물어 오는 그녀에게는,

"잘은 모르겠는데, 별일 아니야."

하고 답하는 수밖에 없었다. 실제로 그렇게 생각하고 있기도 했다. 잘 모르는데다 별일 아닐 거라고.

자신이 얼마나 황당하고 골치 아픈 일에 휘말렸는지 비로소 깨닫게 된 건 경찰서에서 뻔뻔한 얼굴을 하고 앉아 있는 놀이공원 직원을 맞닥뜨리고 나서였다.

"저쪽이 먼저 내 여자 친구를 밀쳐서 넘어뜨렸다니까요! 근데 내가 폭행 가해자라고요?"

그야말로 어처구니없는 상황이었다. 정작 그 현장에서 수모를 당하고 곤욕을 치른 건 바로 시진이었다. 사전에 어떤 공지도 없이 불분명한 이유로 시진의 탑승을 막았고, 항의하는 두 사람에게 막말을 일삼았으며, 심지어는 시진을 손으로 밀치기까지 했다. 한데도 고소장과 함께 접수된 객관적 증거들은 오로지 준의 과격한 대응만을 목격한 것들뿐이었다.

시진이 떠밀린 장면은 교묘하게 가려지거나 편집된 CCTV 화면, 동료 아르바이트생의 증언, 준에게 잡혀 긁히고 멍이 들었다는 목 부근의 사진과 진단서까지.

제시한 증거들을 훑어보던 준은 기가 찬 웃음만 겨우 입 밖으로 뱉어 낼 뿐이었다.

"일단 폭행이 경미하고, 또 이쪽 분 말 들어 보면 고소하신 분도 쌍방일 가능성이 있는데. 그냥 적당히 합의하시죠?"

중간에서 양측의 이야기를 전부 들어 본 형사가 골치 아프단 표정으로 제안했다.

"어차피 이거 검찰에 넘겨도 끽해야 벌금 무는 걸 텐데. 반의사 불벌죄니까 서로 합의해서 여기서 간단하게 끝내는 게 나아요."

조서를 작성하고 거기에 확인차 서명을 받기 전에 다시 한번 중재해 보려 했으나 상대방의 입장이 너무 단호했다. 피해자로 앉아 있던 남자를 먼저 돌려보내고서 추가 진술을 듣겠다며 준을 앉혀 둔 경찰이 넌지시 일러 주었다.

"보니까 선우준 씨 쪽도 억울한 것 같은데. 쌍방이라도 입증이 되려면 저쪽처럼 증거가 있어야 돼요. 넘어졌다는 여자친구 분 진술이랑 목격자 증언 같은 거요."

"예."

"힘들 것 같으면 되도록 합의 보는 게 최선입니다. 검찰에서 기소 유예 나오면 상관없는데, 재수 없어서 벌금형 받으면 그것도 전과라."

"……."

매일 비슷한 사건을 수두룩하게 마주하는 형사는 상황이 공정하게 돌아가고 있지 않다는 사실을 이미 간파했는지도 몰랐다. 그때까지도 눈앞에서 벌어진 일련의 일들이 그저 비현실적으로만 느껴져 바보처럼 고개만 끄떡거리다가 나온 준이었다.

온통 희끄무레하기만 해서 도저히 정리가 되질 않던 머리가 찬물을 뒤집어쓴 것처럼 퍼뜩 제정신을 차린 건 주차장에서 준이 나오기를 기다리고 있던 놀이공원 직원을 발견하고서였다. 준의 눈매가 매섭게 치켜 올라갔다.

"원하는 게 뭐야?"

눈이 마주치자마자 단도직입적으로 물었다. 무슨 생각을 하는 건지 비열한 웃음을 짓고 있던 남자가 삐뚜름해진 입을 열어 대답했다.

"복학하려고 알바하던 건데, 그쪽 때문에 잘렸거든. 그러니까 다른 데서라도 등록금 벌어야지. 별수 있어?"

발바닥에 누군가 씹다 버린 껌 딱지가 들러붙은 것처럼 재수 옴 붙었다는 생각만 머리를 빙빙 맴돌았다. 남자의 멍청한 논리에 대답할 기운조차 없어 준은 다만 허탈하게 고개를 내저을 따름이었다.

남자의 이름이 정진수라는 것도 경찰서에서 조서를 작성하면서 알게 되었다. 아마 나이는 준보다도 적을 것이다. 군대를 다녀와서 복학을 준비하고 있었다면 기껏해야 스물넷 정도. 이런 짓을 꾸미기엔 아직 한참 어린 게 아닌가. 살면서 한 번 스쳐 지나가기도 힘들었을 우연이 무슨 억하심정으로 준을 잡아먹으려 달려드는지 알 수 없는 노릇이었다.

"내가 호구로 보이냐?"

"여기저기 얼굴 팔린 사람이던데, 연예인이면 돈도 잘 벌 것 아냐."

개중 열의 아홉은 손가락 빨고 사는 현실을 모르고 하는 순진한 말이었다. 당장 다음 달 셋방 보증금 올려 주기도 빠듯한 마당에 저쪽이 원하는 합의금을 마련할 수 있을 리가 없었다. 설령 수중에 돈이 차고 넘쳐도 저런 사기꾼한테 거저 쥐여 줄 돈은 없었다.

"일 커지면 골치 아픈 건 그쪽이지, 나는 아니거든. 돈 마련되면 그때 다시 봅시다."

준은 이 말도 안 되는 고소를 걸고서도 상대가 저리 뻔뻔하다 못해 당당하기까지 한 이유를 도저히 이해할 수 없었다. 준은 더 이상은 대꾸조차 하기 싫다는 표정으로 돌아서 버렸다.

⁘ ⁘ ⁘

애초에 누가 잘못해서 벌어진 일이었는가는 상관없이, 상황이 깊어질수록 곤란한 건 준일 것이라고 단언하던 남자의 말이 현실이 되기까지는 긴 시간이 걸리지도 않았다.

당장 다음 날 아침, 드라마 촬영장에서 대기하고 있던 준에게 명함을 내미는 강견수 기자를 성희가 다가와 매섭게 쫓아냈다. 오후에 포털 사이트 메인에 올라온 기사가 바로 그의 작품이었다.

'선우준, 놀이공원에서 아르바이트생 상대로 폭행 시비'라는 제목의 기사는 누가 읽더라도 분명 악의적이었다.

준이 아르바이트생을 상대로 갑질을 한 것은 물론이며 심지어는 주먹까지 휘둘러 현재 고소를 당한 상태라고 밝혔다. 더불어 성희와 엮였던 지난 스캔들과 시진이 언급된 인터뷰 기사를 인용하며, 준이 '화제성을 일으키는 행보'를 걷는 데 탁월한 감각이 있다고도 적어 놓았다.

글에 담긴 속뜻을 한마디로 정리하면, 성희와 스캔들을 내고 시진과의 열애 사실을 대중에 밝힌 것, 놀이공원에서 소란을 일으킨 일들이 전부 뜨기 위해 벌인 준의 자작극이란 개소리였다.

"애초에 내가 아니라 너였어."

"그게 무슨 소리야?"

성희의 요청에 당장 입구에서 보안팀 직원들이 달려왔다. 두 팔을 붙들려 내쫓기다시피 하는 강 기자의 뒷모습을 그녀는 끝까지 이를 갈며 지켜보았다. 그러더니 아직까지도 내막을 파악하지 못하고 있는 준을 보며 답답하다는 듯 혀를 찼다.

"그 '말도 안 되는' 스캔들이란 걸 터뜨린 게 바로 저 작자야. 방송물 먹는 사람 중엔 모르는 사람이 없다고. 여론을 아주 교묘하게 이용해 먹는다고 해야 하나. 잘못 걸리면 폐인 되기 일보 직전까지 물어뜯는, 말 그대로 미친개란 말이야."

거침없는 비난에 놀란 듯 눈을 크게 떴던 준은 그녀의 매니저가 험악한 표정으로 고개를 끄덕이고 있는 것을 보고는 가만히 입을 다물었다. 심지어는 곽 선생님과 이우혁 PD까지 한마디씩 거들고 나섰는데, 아마도 강견수 기자에 대한 안 좋은 감정들을 다들 조금씩은 가지고 있는 듯했다.

"나한테 들러붙은 건 줄 알았는데, 이제 보니 처음부터 널 노렸던 거야."

혀를 차는 성희의 옆에서 준은 저도 모르게 인상을 찌푸리고 말았다.

대체 왜? 무슨 원한이 있어서 나를?

불현듯 세상 모든 악의가 준을 향해 와락 달려들어 발목을 물어뜯는 기분이 들었다. 열 길 물속보다 알기 어려운 게 한 길 사람 속이라더니.

도무지 이해도 용납도 되지 않는 타인의 행보들에 등 터지는 새우 꼴이 되어 버린 준의 머리만 괜스레 복잡해졌다. 그에 비한다면 다행인지 불행인지, 적어도 준이 처한 현실 자체는 차라리 단순하게 흘러가는 것처럼 보였다.

결국 사람은 누구나 자신이 보고 싶은 것을 보고, 믿고 싶은 것을 믿었다. 스캔들이 터졌을 때나 이번 갑질 폭행 기사가 나갔을 때에도 마찬가지다.

처음부터 준을 배척하던 이들의 냉한 시선이 3, 4도쯤 더 싸늘해진 한편, 준의 사람들은 언론에서 무엇을 어떻게 떠들어 대든 여전히 준의 곁을 단단하게 지키고 있었다. 갑작스럽게 일을 당한 와중에도 그 사실이 준에게는 무엇보다 깊고 묵직한 감동으로 와 닿았다.

"이제 연예인 다 됐다, 선우준. 이게 다 유명세란 거니까 잘 납부해."

이우혁 PD가 어깨를 두드리며 먼저 위로의 말을 건넸다. 기사가 뜨고 난 뒤, 준의 드라마 하차를 요구하는 댓글이 달리기 시작했다고 들었다. 아직까지 제작사 측에서 별말 없는 것을 보니, 준을 그대로 데리고 가는 부담을 이우혁 PD가 대신 짊어지고 있는 게 틀림없었다.

고소 사건의 여파로 피해를 입은 건 비단 주말극뿐만이 아니었다. 이명한 감독의 소극장 역시 공연 준비에 차질이 생겼다.

그동안 공식 홈페이지에 빗발치던 재연 요청을 받아들이기로 결정하면서 무대에 올렸던 세 편의 연극 중 가장 호평을 받은 두 번째 극을 준비 중에 있었다. 본래라면 초연의 주역인 준이 다시 무대에 오르는 게 당연했을 테지만, 지금은 준의 존재 자체가 극단에 폐를 끼치고 있는 상황이었다. 받았던 대본을 덤덤히 손에서 내려놓는 준을 향해서 이명한 감독이 무심한 투로 일렀다.

"지금 빠지는 게 더 무책임한 거다."

"저 때문에 손해를 끼칠 수는 없습니다."

"내 극단이야. 내 극본이고. 감독이 난데 어디 배우가 건방지게 무대를 까?"

대중에 익히 천재성을 인정받은 이명한 감독이라 부릴 수 있는 오만이고 억지일 터였다. 더불어 준의 무고를 굳게 믿기에 부릴 수 있는 배짱이기도 했다. 영목과 수지가 옆에서 한마디씩 거들었다.

"이걸 형 아니면 대체 누가 해요? 부담스럽게."

"네가 하면 되잖아."

"오빠, 얘는 그런 분위기가 아예 안 나와요. 막 아슬아슬하고 위태위태해서 섹시한 남자의 매력, 그런 게 얘한테는 없단 말이에요."

"뭐? 너 내가 제대로 한번 섹시하게 해 줘? 어? 막 아슬아슬하고, 막 위태위태하게?"

"뭐래. 저리 좀 가. 왜 이래, 성가시게! 아무튼 오빠, 그 기사 사실 아닌 것 우리가 다 알아요. 혼자 떠안고 가려고 하지 말고 우리한테도 좀 나눠 줘요. 동료잖아요."

영목과 나란히 서 있으면 키 차이가 많이 나서 유독 제 나이보다 어리게 보이는 수지가 더없이 듬직한 얼굴로 준을 다

독였다.

“폭행 기사 같은 거 너무 신경 쓰지 말아요. 어차피 오보니까 꼭 바로잡을 수 있을 거예요. 우리도 물심양면으로 도울게요. 네?”

준이 없던 사이에 저들끼리 무언가 나눈 이야기가 있었는지 주고받는 눈짓들이 보였다. 실질적으로 그들이 이 상황을 타개할 만한 무슨 뾰족한 수를 내줄 거라는 기대는 하지 않았지만, 도와주겠다는 말만으로도 충분히 든든해지는 기분이었다.

⠿ ⠿ ⠿

비난 여론이 일파만파로 커지기 시작한 게 벌써 일주일. 소품팀 막내 스태프들끼리 준을 두고 떠들던 것을 지나가던 성희가 우연찮게 듣고서 그 자리에서 눈물이 쏙 빠지도록 혼을 내 주었다고 했다.

가뜩이나 뒤숭숭해진 촬영장 분위기 탓인지 준의 눈치를 보는 이들이 늘었다. 그 주 방송분에서는 준이 촬영한 장면 대부분이 삭제되었다.

“미안하다, 준아. 네 잘못 아닌 것 아는데, 시청자 게시판에 원성이 너무 심해서…….”

“아니요. 괜찮습니다, 감독님. 오히려 제가 더 죄송하고 면목 없죠."

"준아, 힘든 것도 다 한때다. 나중에 더 잘되려고 지금 한 박자 쉬어 가는 거야. 그렇게 생각해. 알겠지?"

"예. 감사합니다."

촬영은 아직 몇 주 더 남았지만 드라마가 끝나기 전에 준이 다시 카메라 앞에 설 수 있을지는 미지수였다. 때문에 오늘이 감독님을 뵙는 마지막 날이 되지 않을까, 조금은 회의적으로 생각하던 참이었다. 준이 깊이 허리를 숙이며 그동안 감사했다고 정중히 인사드렸다.

방송국과 작가의 발 빠른 태세 전환에 준 대신 분통을 터뜨린 것은 오히려 성희였다.

"사실 확인도 안 된 기사 가지고 난데없이 하차시킨다는 게 말이나 돼? 너도 뭐라고 항의를 좀 해! 매번 이런 식이면 드라마 끝까지 끌고 갈 배우 몇이나 된다고."

"나야 없어도 극에 지장 없는 단역이니까. 드라마에 해가 되면 빼는 게 맞지."

"그래도 그렇지! ……그 여자는 알긴 하니? 지금 네가 자기 때문에 얼마나 곤란한 상황에 처해 있는지?"

아직까지 성희의 마음은 제대로 갈무리되지 못한 채 준에게 한 줌 미련을 두고 있는 게 분명했다.

매니저가 성희를 불안함과 못마땅한 심정이 반쯤 뒤섞인 얼굴로 지켜보고 있었다. 안 그래도 피곤한 낯빛을 하고 있던 준이 성희의 말에 낮게 한숨을 쉬었다.

"그게 왜 정시진 탓이야?"

"순진한 척하지 마. 그럼 이게 다 누구 탓이야?"

"야, 류성희."

준의 말 따윈 더 들을 생각도 없다는 듯이 성희가 단호하게 잘라 말했다.

"잘 봐 둬. 다른 사람들이 너흴 보는 시선이 딱 지금 이거니까. 다들 네가 그 여자를 만나는 게 무슨 꿍꿍이가 있어서라고 생각한다고."

두 눈 똑바로 뜨고서도 오로지 보고 싶은 것만 보는 반쪽짜리 장님들이 파다한 세상이었다. 그 속에서 있는 그대로의 준을 봐 주는 시진의 존재가 얼마나 소중한지를 묻는다면 준은 망설이지 않고 대답할 자신이 있었다.

준으로서는 너무나 당연한 그 애정이 남들 눈에는 음흉한 속내가 있는 것처럼 비치고 있다고 해도 그건 준이 나서서 해명해야 할 문제는 아닐 것이다.

애초에 누군가에게 인정을 받으려고 시작한 사랑이 아니었다. 제멋대로 판단하고 재단하려 드는 세상에게 준은 대체 무슨 변명을 해야 하는 걸까.

성희로서도 못내 속이 상해서 내지르는 말이었을 것이다. 하지만 굳이 뼈아픈 현실만 골라 찌르고 드는 성희가 못내 원망스러운 것도 사실이었다.

"류성희, 이제 그만 촬영 들어갈 시간이야. 일어나자."

결국엔 매니저가 나서서 성희를 자리에서 일으켜 세웠다. 늦었다는 핑계로 얼른 끌고 가 버리지 않았더라면 그녀를 향해 찬 시선을 던지고 있던 준 역시 기어코 이이제이 격으로 성희를 흠집 내려 들었을지도 모른다.

날 선 소리를 뱉어 내는 일보다 어려운 건, 그 날카로운 소리들을 전부 제 혀로 감싸 도로 입 안에 삼켜 넣는 일일 것이다. 중간에라도 매니저가 끼어들어 방해한 것이 차라리 다행이었다.

준은 문득 시진이 지금 어떤 생각을 하고 있을까 궁금해졌다. 혹여나 준에게 일어난 일들에 대해 또 괜한 자책을 하고 있는 건 아닌지. 시진이 주위 사람들의 불행에 곧잘 저 자신을 끌고 들어가는 것은, 어쩌면 성희가 말하는 세상의 편협한 시선들을 누구보다 오래 겪어 온 탓일지도 모른다.

이런 상황에서야 준은 뼈저리게 깨닫는 바가 있었다. 시진의 장애는 눈이 보이지 않는 것이 아니라 그녀를 둘러싼 환경이고 사람이라는 사실이었다.

연거푸 거칠게 마른세수를 하던 준의 눈빛이 착잡함을 머금은 채 위태롭게 흔들리고 있었다. 사정없이 할퀴고 찌르는 무심한 말들에게서 시진을 보호하기에 준은 스스로가 너무나 작고 무력하다는 현실을 통감해야 했다.

바로 그 시간, 준이 걱정했던 것처럼 시진은 놀이공원에서의 일이 커져 준에게 안 좋은 상황이 연달아 벌어지고 있는 것에 대해 그녀 자신을 탓하는 마음을 숨길 수가 없었다.

사실과 관계없이 마구잡이로 퍼져 가는 소문들 사이에선 준에 관한 좋은 이야기를 찾기가 힘들었다.

어쩌면 장애인과 연예인의 연애는 이렇게 한 줄 기삿감 취급을 받거나 입이 심심한 사람들의 군것질거리가 되기에 최적의 소재였는지도 모른다. 부모님과 정은이, 준에게서 듬뿍 받은 애정으로 벽을 쌓아 놓았던 자존감이 순식간에 조각조각 떨어져 나가는 기분이 들었다.

"내가 그 사람을 한번 만나서 설득해 보고 싶은데, 절대 안 된대."

한숨을 담아 답답한 속내를 털어놓자 시진의 앞에 차가운 음료수 캔을 놓아 주던 정은도 고개를 내저었다.

"나도 네가 그 미친놈 만나는 거 반대야. 말로 설득할 수 있는 놈이면 그런 사기 안 쳐. 괜히 가 봐야 너만 지치고 다칠 거야."

"답답해. 내가 할 수 있는 일이 아무것도 없어서."

식탁에 턱을 올리고는 그대로 쭉 몸을 미끄러뜨리는 시진을 안쓰러운 눈으로 보다 정은이 쯧쯧 혀를 찼다.

"그래서 주연이한테 아르바이트 자리 알아본 거야?"

"응? 그걸 네가 어떻게 알아?"

"걔가 너한테만 동기니. 나한테도 동긴데. 너에 관한 일은 다 내 귀로 들어오는 거 몰랐어?"

시진이 새삼 자신의 좁은 인간관계를 애석해하며 한숨을 푹 쉬었다. 시각 장애인 복지관 쪽에서 일하는 친구에게 파트타임으로 할 수 있는 안마사 자리가 있나, 하고 물었던 것이 돌고 돌아 결국 정은에게까지 알려진 모양이었다.

"합의금에 보태게? 대체 얼마를 부르디?"

"5백."

히익, 하고 정은이 기겁하는 소리가 들렸다.

"와, 진짜 날강도가 따로 없네. 근데 네가 준다고 해도 선우준이 순순히 그 돈을 받겠어?"

"몰라. 그래도 그냥 가만히 앉아서 지켜보는 것도 고문이니까. 나 때문에 무리해서 차까지 사느라 안 그래도 빠듯할 텐데, 도와 달라는 말 안 해도 뭐라도 해야지."

"아무튼 남자들은 그게 문제야. 힘든 일이 있으면 털어놓고 상의를 해야지, 왜 맨날 혼자 끙끙대면서 말을 안 해? 온 세상 남자들이 손가락 걸고 약속이라도 했나 봐. 다 지가 알아서 한대."

옆자리에 앉아 마치 제일처럼 툴툴대는 정은 덕분에 시진은 간만에 조금 웃음이 났다.

"그냥 맞고소를 해 버리면 딱인데. 그 자식이 먼저 널 밀쳤다면서."

"응. 나도 그 얘기를 해 봤는데, 아무래도 증거 같은 게 있어야 한다나 봐. 거기다가 일이 커지면 되레 준이만 더 곤란해질 수도 있고."

억울한 심정이야 이루 말할 수 없을 지경이지만, 더 이상 준이 피해를 입는 것만큼은 어떻게든 막아야 했다. 이런저런 잔걱정이 뭉쳐 먼지처럼 동그랗게 굴러다니는 마음속에다 냅다 찬 음료수를 들이부었다. 목구멍을 타고 내려가는 탄산이 아리면서도 시원했다.

"근데 넌 또 왜? 진석이랑 무슨 일 있어?"

"몰라. 휴가 때 못 간다니까 삐져서는 톡도 안 봐. 전화도 안 받고."

"비행기 표는 애저녁에 끊어 뒀잖아? 왜 안 가?"

"그냥 미국까지 다녀오기에는 시간이 빠듯하기도 하고."

"……나 때문이지?"

진석이 출국하기 전부터 기대하고 있던 재회였다. 갑작스럽게 취소할 이유가 자신밖에는 떠오르지 않았다.

"뭐가 또 너 때문이야."

"내가 마음에 걸려서 못 가는 거잖아, 너."

그 말에 정은이 비식 웃으며 시진의 어깨에 한 팔을 걸쳐 놓았다.

"그럼 내가 이런 때 너 혼자 두고 가서 애인이랑 희희낙락할 수 있겠니. 너라면 그럴 수 있어?"

"그러는 넌. 네가 나 때문에 애인도 못 만나러 가면 내가 마음이 편하겠어?"

"명색이 내가 네 소꿉친군데, 애인은 나중에 만나도 돼. 이제 절대로 나한테서 도망치지 않기로 약속했으니까. 일단 네 일부터 해결되면, 그때 가서 마음껏 보고 올게."

"네가 이러니까 매번 내가 너한테 너무 미안하잖아. 또 고맙고."

"치. 별소리를 다 한다, 정씨진. 우리 사이에."

미안하고, 또 고마운 친구. 시진은 앞으로도 정은에게 이 두 마디를 평생 인사처럼 건네며 살게 될 것이라고 예감했다. 그 두 마디면 정은은 시진의 곁에서 가장 든든한 편이 되어 줄 친구이기도 했다.

"안 그래도 엊그제 진석이가 관련 기사 보내 줬는데. 외국 사례랑 비교해서 장애인 차별에 대한 반박 기사를 내보는 게 어떻겠냐고."

"이젠 진석이까지? 아무튼 우리 일을 온 동네가 다 알고 있구나."

"그럼 동창회 때 그리 요란하게 영화 한 편을 찍어 놓고서도 못 알아보길 바랐어?"

정작 당시에는 사귀는 사이도 아니었는데 지금보다 더한 애정 행각으로 간만에 만난 동창들을 뜨악하게 만들었었다. 그게 다 문희정, 그 애가 얄밉게 구는 바람에 생긴 일이었지만.

동창들뿐 아니라 회사에서도 기사가 시진과 준의 이야기라는 걸 모르는 사람이 없었다. 그래도 이번엔 대놓고 시진에게 저급한 호기심을 해소하려 드는 사람은 없었는데, 최 팀장이 미리 여직원들을 단단히 단속해 둔 덕분이었다.

"어쨌든 이게 다 놀이공원에서의 일이 시발점이 된 거잖아. 그러니까 처음 꼬인 데서부터 차근차근 풀어 나가는 게 어떻겠냐고 그러더라고. 유진석, 그 배배 꼬인 자식이. 제 속이나 그렇게 좀 풀 것이지."

"풋."

그 와중에도 남자 친구의 속 좁음을 싸잡아 탓하는 정은이 우스워서 어쩔 수 없이 웃음을 터뜨리고 마는 시진이었다. 그녀를 보며 정은이 몇 마디 위로의 말을 건넸다.

"너무 걱정하지 마. 동기들도 다 발 벗고 나서서 돕겠다고 난리더라. 마침 얘기가 나와서 말인데, 박 기자 언니도 너랑 준이 괜찮냐고 물어보던데?"

"박 기자 언니?"

누군지 몰라 고개를 갸웃거리는 시진에게 정은이 설명했다.

"응. 저번에 같이 술 마셨잖아, 박주미 기자. 그때 술자리에서 바로 SNS 친구 먹었거든. 그 언니 꽤 유명하더라. 팔로워가 백만 가까이 돼. 칼럼 쓴 게 있어서 한 번 읽어 봤는데 좋더라고."

"그래? 걱정해 준다니 고맙긴 한데, 그 사람이 왜 우릴?"

"나야 모르지. 아무튼 너나 준이나 너무 혼자서 해결하려고 애쓰지 말란 소리야. 주위 사람들 다 너희 잘못 없다는 것도 알고, 필요할 땐 언제든지 힘이 되어 주겠다고 하고 있으니까."

"응. 고맙네, 다들."

힘없이 웃는 시진의 어깨를 정은이 꼭 부둥켜안았다. 요 며칠 통 기운 없는 시진을 위로하기 위해 실없이 우스갯소리를 쏟아내고 있을 때였다. 두 여자가 사는 집에 초인종이 울렸다. 올 사람이 없는데, 하며 고개를 갸웃거리며 일어난 정은이 잠시 뒤 크게 헛숨을 들이켰다.

"네가 대체 어떻게 여기 있는 거야?"

얼떨떨한 표정으로 더듬거리며 묻는 목소리는 거의 새된 비명처럼 들렸다. 인터폰 건너편에서 들려올 대답은 기다리지도 않았다. 곧장 현관으로 내달려 간 정은이 문 열리자마자 폴짝 뛰어들어 진석의 품에 냅다 안겼으니까.

정은을 받아 내며 잠시 뒤로 휘청거렸던 진석이 거실에 앉아 있다가 한달음에 나온 시진과 버디를 향해 반가운 인사를 건넸다.

"네가 안 온다고 하니까 나라도 와야지."

"미쳐! 그래서 일부러 전화도 안 한 거야?"

"니들 놀래 줄 겸, 혼내 줄 겸. 겸사겸사."

검지로 정은의 콧등을 톡 두드리며 한쪽 눈을 찡그리는 것을 보니, 사정은 대강 이해했어도 서운한 건 여전히 서운했던 모양이다. 현관에 서 있던 진석이 캐리어를 들여놓으며 집 안으로 들어섰다. 오랜만에 만났어도 진석의 체취를 기억하는 버디가 꼬리로 그의 종아리를 툭툭 건드리며 거실 쪽으로 안내했다.

"회사 일은 어쩌고?"

"내가 너보다 휴가가 길잖아. 그래 봐야 일주일 뒤엔 다시 돌아가야 하지만."

"안 그래도 너 배웅도 제대로 못 나가서 내내 마음에 걸렸었는데. 다시 보니까 좋다."

한 손으론 시진의 어깨를, 다른 손으론 정은을 감싸며 진석도 고개를 끄덕거렸다.

"내 소울메이트가 위기 상황이라는데, 안 올 수가 있나."

두 여자를 한 번 꼭 끌어안는 몸짓에는 친밀감이 듬뿍 묻어나 있었다. 모처럼 대학 시절 단짝 친구들끼리 한 자리에 모인 셈이었다. 주고받을 안부 인사가 아직 등 뒤로 한참이나 남아 있던 그때였다. 정은의 휴대폰에서 새로운 소식을 알리는 소리가 났다. 휴대폰을 확인해 보던 정은이 이내 상기된 표정이 되어 두 사람을 돌아보았다.

"그날 놀이공원에 있었던 사람을 찾았대. 겨우 연락이 닿았나 봐. 어쩌면 증언해 줄지도 몰라. 영목 씨랑 수지 씨가 지금 시간이 안 된다고 나보고 만나 봐 달라는데, 얼른 가 봐야겠다."

"나도 같이 가. 시진이는?"

장거리 비행을 마치고 곧장 이쪽으로 온 터라 무척 고단할 텐데도 여독을 풀 새도 없이 진석이 선뜻 정은을 따라나섰다. 시진도 함께 가서 확인해 보고 싶은 마음이 굴뚝같았지만, 일전에 주연에게 부탁해 두었던 일이 오늘에서야 자리가 났다는 연락을 받은 참이다.

"걱정하지 마. 우리가 가서 확인해 보고 바로 연락 줄게."

"응. 부탁할게."

불안과 기대를 동시에 품은 얼굴로 시진은 문밖을 나서는 두 사람을 배웅했다.

⁝ ⁝ ⁝

하루에도 수십 개씩 쏟아지는 가십 기사들 속에서 유독 준의 폭행 시비에만 며칠을 매달려 있는 박 기자였다. 준의 사건이 특별히 색다르거나 이목을 끌기 때문은 아니었다.

단순히 화제성을 쫓는 기자의 본능을 따랐더라면 준보다는 좀 더 이름 있는 배우의 프로포폴 파문이나 한류 스타의 결혼 소식을 파고드는 쪽이 여러모로 메리트가 있었을 것이다.

그녀가 마음에 걸려 하는 것은 남들이 들으면 괜한 데 신경 쓴다고 핀잔을 줄 만한 사소한 우연들이었다. 하지만 기자로서의 감이 그것이 결코 사소한 우연이 아니라고 소리치고 있었다.

새파란 애송이로 불리던 신참 시절, 강견수 기자와 같은 신문사에 몸담았던 적이 있었다.

그는 같은 기수인 친구의 사수였다. 입사한 지 세 달 만에 사직서를 제출하고 영국으로 유학을 떠난 친구는 출국 전날 밤에야 줄곧 강견수로부터 사내 성희롱 및 스토킹을 당해 온 사실을 힘겹게 털어놓았다.

대체 얼마나 시달렸던 건지 비행기에 오르는 얼굴이 사뭇 후련하기까지 했다. 친구를 배웅하고 돌아온 그날부터 박 기자는 줄곧 강견수를 예의 주시해 오고 있었다.

그의 악의적인 기사에 크게 좌절한 사람들을 만났고, 그들이 밝히고자 하는 진실을 다시 세상에 알렸다. 그러다 보니 이제는 어느 쪽이 먼저였는지 분간할 수 없게 되고 말았다. 강견수 기자를 쫓는 게 박 기자인지, 박 기자를 쫓는 게 강견수 기자인지.

강견수 기자의 열애설 보도를 정면으로 반박하는 인터뷰를 잡지에 실은 뒤, 그가 혈안이 되어 준의 뒤를 캐고 다닌 것이 정말 사소한 우연이었을까?

물론 아니라는 데 박 기자는 전 재산을 걸 수 있었다. 집

착과 집념, 그리고 아무도 못 말릴 열등감덩어리.

바로 그 세 가지 키워드가 미친개 강견수를 정의하는 전부였으니까. 때문에 적어도 박 기자 본인은 준의 무고를 밝히기 위해 발 벗고 나설 이유가 충분하다고 믿었다.

"제법인데."

방금 전 극단 홈페이지에 올라온 글을 꼼꼼히 읽어 내려가던 박 기자가 작게 미소를 지었다. 놀이공원에서 벌어졌던 다툼을 기억하는 사람이 있는지, 목격자를 간절하게 찾고 있다는 내용이었다.

어제는 정은에게서 외국의 장애인 차별 사례에 대한 신문기사를 메일로 전해 받았다. 그와 함께 '목격자를 찾습니다!'라는 제목의 글을 자신의 SNS 계정에 링크해 놓고 나서 잠시 노트북을 접어 두었다.

안 그래도 종일 관련 정보를 수집하느라 눈이 다 시큰거릴 지경이었다. 사람들은 기자가 단순한 단서 몇 가지를 가지고 쉽게 이야기를 붙여 기사를 쓴다고 생각하지만 겨우 몇 줄짜리 지면 속에서 생략되어 있는 과정은 이루 말할 수 없이 복잡다단했다.

적어도 기자라는 직함에 자부심을 가지고 있는 사람이라면 손에 쥔 단서가 진실에 얼마나 근접해 있는지 추적해 가는 인고의 시간을 대충 건너뛰는 일은 없다.

기사가 세상에 나오면 가설은 기정사실이 되는 것이나 마찬가지였다. 그 무거운 책임을 아는 사람만이 기자라는 이름으로 글을 쓸 자격을 가질 수 있는 법이다.

더 이상 갑갑하게 책상 앞에만 앉아 있기가 싫어 웃옷을 챙겨 든 박 기자는 서둘러 사무실을 빠져 나왔다.

"아무래도 타이밍이 지나치게 공교롭단 말이지……."

—예?

"아, 아니에요. 그러니까 사건이 접수된 시각이 일요일 오후 3시경이고, 다음 날 피해자와 가해자가 모두 와서 조서를 작성한 시각이 월요일 오후 1시. 맞죠?"

—예, 맞습니다.

"정말 고마워요. 덕분에 살았어요. 사회부에 인맥이라곤 승현 씨밖에 없어서."

설마 두 해도 더 전에 소개받았던 남자에게 이런 용건으로 부탁 전화를 걸게 될 줄은 몰랐다. 개인 생활이란 게 없는 바쁜 기자들끼리라 상대방의 이해심을 기대하며 만났었는데, 서로를 너무 이해한 나머지 두 번째, 세 번째 약속은 좀처럼 성사되지 않았었다.

—이번 일 잘 해결되면 밥 사는 겁니다.

"그럴게요."

—말로만 하지 말고, 꼭 만납시다. 같이 식사해요. 밥은 내가 살 테니까.

"네. 전화할게요. 꼭."

어쩌면 두 해 전에는 이어지지 않았던 인연이 이번 일을 계기로 잘 풀리게 될지도 모르겠다는 기대감이 들었다. 전화를 끊고 나서 박 기자는 수첩에 나열된 시간들을 유심히 들여다보았다. 휴대폰을 꺼내 강견수 기자가 맨 처음 기사를 올린 시간을 찾아냈다. 이튿날 오후 4시경이었다.

어떻게 단 하루 만에 가장 먼저 특종을 터뜨릴 수 있었을까? 마침 사건 접수된 송파 경찰서가 수습 시절부터 돌던 마와리라 사정에 빠삭하다는 사회부 소개팅남은 확실히 경찰서에서 새어 나간 이야기는 아니라고 했다.

그렇다면 강견수는 그 이전부터, 혹시 놀이공원에서 시비가 붙었던 그날 직접 준의 뒤를 쫓고 있었던 걸까?

아니, 그때는 분명 열애설이 보도되기 전이었다. 준의 연인이 성희가 아니라 시진인 것을 알았다면 뒷북치듯 성희와의 스캔들을 터뜨렸을 리가 없다. 무엇보다 박 기자는 준에 대한 경견수의 관심이 높아지기 시작한 게 자신이 인터뷰 기사를 쓰고 난 다음일 거라 확신하고 있었다.

그렇다면 가능성은 하나, 정진수라는 이름의 자칭 피해자가 직접 강견수 기자에게 제보를 했을 거라는 가정뿐이었다.

박 기자는 정진수를 직접 만나 보기로 했다.

〈목격자 찾았어요. 심지어는 밀치고 막말하는 동영상까지 있어요! 대박!〉

더는 할 말 없다는 정진수를 끈질기게 붙들고 늘어진 지 10분쯤 되었을까. SNS를 통해 시진의 친구 정은이 동영상을 첨부한 메시지를 보내왔다.

짜증스러운 기색이 역력한 정진수의 시선을 피해 슬쩍 몸을 틀어 앉은 박 기자가 최대한 소리를 죽여 놓고 영상을 확인했다. 틀림없이 정진수가 먼저 시진을 밀쳤고, 이후 험악한 얼굴로 쏟아 내는 말들이 수많은 구경꾼들에게 둘러싸인 시진을 모질게 폭행하고 있었다.

박 기자의 미간에 손톱만 한 주름이 파였다. 아직까지도 상황을 모르는 채 억울한 피해자인 척 구는 정진수를 박 기자는 혐오가 담긴 시선으로 쳐다보았다. 한 공간에서 숨을 섞고 있다는 게 불쾌할 지경이었다. 박 기자가 확인하듯 다시 한번 물었다.

"그래서 아무런 이유도 없이 선우준 씨가 먼저 폭행을 행사했다고요?"

"그렇다니까요! 하루 벌어 하루 먹고살기도 힘든 알바생한테 갑질한 거지. 그 사람 무명 연예인이라면서요. 장애인이랑 사귄다고 하고, 주먹질하고 다니고. 그게 다 한 번 뜨고 싶어서 그런 거……."

"당신이 먼저 정시진 씨를 폭행하는 걸 본 사람들이 꽤 있더군요. 증거도 찾았어요. 차마 입에 담지 못할 언어폭력까지 하셨던데."

"그게 무슨……."

갑작스런 이야기에 당황한 듯 정진수가 말을 잇지 못하고 더듬거렸다.

"아마 곧 정진수 씨 앞으로 쌍방 폭행에 무고죄까지 빠짐없이 고소 들어갈 겁니다. 그때도 사람들은 똑같이 말하겠죠. 장애인에 무명 배우를 상대로 거액의 합의금을 요구하며 갑질을 했다고. 다시없을 관심종자라고 말예요. 다만 지금 내가 궁금한 건, 정진수 씨 당신과 강견수 기자 사이에 혹시 모를 모종의 커넥션이 있었는가 하는 점이에요."

"……."

"그거 알아요? 대답할 필요 없어요. 어차피 정진수 씨 당신은 이제 빠져 나오지 못할 궁지에 몰렸고, 난 무고한 두 사람이 결백하다는 걸 세상에 알릴 수 있게 된 걸로 만족하니까."

뒤늦게 상황을 파악하고 창백한 안색으로 부들거리는 정진수를 남겨 둔 채 박 기자는 그대로 복도를 걸어 나왔다. 아니, 그런 척 했다. 준과의 일로 놀이공원에서 해고를 당했다는 그가 최근 일하고 있는 백화점 푸드 코트의 직원용 휴게실 문은 항상 열려 있도록 스토퍼가 걸려 있었다.

운동화를 신고 있어 다행이었다. 구두였다면 멀어지는 발소리까지 꾸며 내느라 혼자 생쇼를 해야 했을 테니까.

복도 벽에 등을 붙인 채 문 안쪽을 향해 가만히 귀를 기울여 보았다. 사람이 지나지 않는 복도는 고요했고, 덕분에 안에서 다급하게 누군가에게 전화를 거는 부산스러움이 공기 중에 작은 소요를 일으켰다. 곧이어 터져 나온 정진수의 초조한 목소리가 박 기자가 있는 곳까지 들렸다.

"당신이 시키는 대로 했는데, 이게 뭐야! 무, 무고죄로 고소라도 당하면……. 나는 더 이상 못 해. 이러다 일이 잘못되기라도 하면……."

박 기자의 짐작이 정확히 맞아떨어지는 순간이었다. 손바닥만 한 전화기를 붙들고 울먹이며 소리치는 정진수가 그제야 제 나이처럼 보였다.

세상의 비정한 맛은 이미 전부 봤다는 듯 냉소적으로 앉아 있던 이전의 얼굴은 역시 애송이의 어설픈 연기에 불과했다.

"나 혼자서는 절대로 안 죽어. 알아들어? 절대 나 혼자서는 안 당한다고!"

상대가 뭐라고 받아쳤는지는 몰라도 잔뜩 흥분한 상태로 발을 구르는 그에게서 박 기자도 조용히 등을 돌렸다. 처절하게 소리치는 정진수의 목소리가 점차 희미하게 멀어지다 이내 어둔 복도 속에 사그라졌다.

⁙ ⁙ ⁙

그토록 찾아 헤매던 목격자도 만났고 증거 동영상도 받았으니, 집으로 돌아오는 발걸음이 들뜰 수밖에 없었다. 모든 게 다 준의 동료 배우들 공이었다. 따르는 팬이 많은 그들이 놀이공원에서 있었던 일의 진상을 밝혀야 한다며 목격자를 찾기 시작한 게 일주일 전의 일이다.

인터넷상에선 한두 다리만 건너면 전 세계인과 아는 사이가 된다던 말이 사실인 모양이었다.

내 친구의 친구가 그 자리에 있었다더라, 사돈의 팔촌이 그날 그 놀이공원에 갔다더라, 직장 동료가 부부 모임에서 비슷한 이야기를 들은 적이 있더라는 제보가 잇따라 도착하기 시작했다. 카더라 통신을 거슬러 올라 진짜 목격자를 찾기까지는 그리 오랜 시간이 걸리지 않았다.

먼 곳에서 한걸음에 달려와 준 진석의 귀국과 함께 오늘의 성과를 축하하기 위해 스파클링 와인 한 병과 맥주를 잔뜩 사 들고서 아파트 엘리베이터를 기다리고 있던 중이었다.

"시진이는 오늘 좀 늦는대. 간만에 대학 때처럼 셋이서 이 밤을 불살라 보려고 했더니. 아, 이참에 선우준도 부를까?"

"그것도 좋은데, 솔직히 난 너랑 단둘이 있고 싶다."

"뭐?"

뜻밖의 말에 정은이 일순간 당황스런 표정을 지어 보였다.

"우리 몇 달 만에 만난 거야. 밤새 안고 싶은 게 이상해?"

"아, 아니. 그런 건 아니지만……."

농도 짙은 욕망을 가감 없이 표현하면서 품 안으로 끌어당기는 진석을 정은이 한 손으로 슬쩍 밀어냈다. 귀까지 빨개진 얼굴을 하고서도 오늘만큼은 꼭 시진과 함께 기쁜 마음을 나누고 싶다는 그녀를 물끄러미 바라보다가 진석이 한숨을 쉬며 웃고 말았다.

"아쉽지만 할 수 없지. 그런 강정은이라 좋은 거니까. 그래도 내일은 너 내 차지다. 알지?"

"응. 내일은 누가 뭐라고 해도 너랑 하루 종일 찰싹 붙어 있을게."

정은이 진석의 옆구리를 꼭 끌어안으며 가슴에 볼을 비볐다. 의족이 달린 진석의 오른편이 바로 정은의 자리였다. 그녀의 어깨에 자연스럽게 팔을 두르고 나면 두 사람은 온전한 하나가 되어 함께 걸을 수 있었다.

"그건 그렇고, 씨진이는 일 잘하고 있나 모르겠네."

문득 일을 나간 시진을 걱정하며 정은이 말했다.

"요즘엔 단속 강화돼서 많이 줄긴 했지만, 그래도 안마 일 한다고 그러면 나는 조금 걱정되더라. 전에 안마 시술소에서 성매매까지 알선한다고 해서 문제가 많았잖아. 아무튼 세상에 나쁜 놈들이 너무 많아. 이번에 고소한 그놈도 그렇고……."

"그게 무슨 소리야?"

난데없이 끼어든 목소리에 놀라 두 사람이 일시에 고개를 돌렸다. 문 앞에 낯익은 인영이 하나 서 있었다. 시진을 만나러 온 준이 잔뜩 굳은 얼굴로 두 사람을 향해 걸어왔다. 정은이 얼른 손을 내저어 보였다.

"그게 아니라……."

"시진이가 안마 일을 왜 해?"

"그게……."

"어딘데? 정시진 어디 있냐고, 지금."

"용산 쪽이라고는 들었는데, 나도 자세히는 몰라. 그보다 벌써 끝나서 오는 길일 거야. 잘 아는 동기가 주선한 거니까 그렇게 걱정 안 해도…… 선우준!"

말릴 새도 없이 자리를 박차고 뛰어가 버리는 준은 벌써 저만치 뒷모습만 보이고 있었다. 몹시 곤란한 얼굴이 되어 서로를 돌아본 연인이 결국 동시에 한숨을 터뜨렸다. 좋은 소식에 대해서는 입 한 번 벙긋하지도 못한 채였다. 어찌 되었든 간에 시진에게 미리 말해 줘야겠다는 생각이 들어 전화를 걸어 보았지만 아직 일하고 있는 중인지 받지 않았다.

어쩐지 불길함이 엄습하기 시작했다.

"정시진!"

"뭐, 뭐예요?"

"여기 혹시 이만 한 개랑 다니는 여자 하나 안 왔습니까?"

"그런 사람 없어요! 영업 방해하지 말고 나가요."

용산역을 중심으로 '안마' 혹은 '마사지'라고 쓰여 있는 간판이 걸린 집은 모조리 쑤시고 다녔던 것 같다. 흔한 타이 마사지 숍은 물론이고, 화려한 전광판을 내걸고 있는 유흥업소에, 한눈에 보기에도 수상한 퇴폐업소까지. 하지만 그 어디에서도 시진을 찾을 수가 없었다.

제법 서늘해진 초가을 밤공기가 땀으로 축축하게 젖어 있는 준의 이마를 쓸고 지나갔다. 저도 모르게 어금니를 악물었을 때였다. 준의 휴대폰으로 문자가 왔다.

〈나 어디 있게?〉

시진이었다. 손바닥만 한 화면에 떠오른 글자를 보고 갑자기 속에 확 열이 치민 준이 곧장 통화 버튼을 찍어 눌렀다.

"너 어디야."

—맞춰 봐. 나 어디 있게?

"어디냐고, 정시진!"

—왜 그래? 무슨 일 있어?

한 시간 넘게 애태우며 저를 찾아다닌 줄은 꿈에도 모르고 태평한 장난이나 치고 있었다. 준의 심각한 목소리에 겁을 먹은 것처럼 시진의 음성도 금세 수그러들었다. 간신히 화를 삼킨 준이 혀를 깨물며 다시 한번 시진에게 물었다.

"어디냐고."

—지금 너네 집 근처야. 너 만나러 왔어. 넌 어디 있는데?

"거기 가만히 있어. 지금 갈 테니까."

대답도 듣지 않고 바로 전화를 끊었다. 동시에 툭 하고, 손등에 차고 촉촉한 빗방울이 떨어져 내렸다. 때를 모르고 찾아든 가을비였다. 눈치도 없이 우르릉 울기 시작하는 하늘이 야속했다. 저도 모르게 잇새로 험한 욕지거리를 뱉어 내고야 말았다.

차에 시동을 걸고 집까지 내달려 가는 길엔 오히려 아무것도 생각나지 않았다. 방금 전까지 느끼던 불안과 염려 같은 게 검은 연기로 화해 작은 차 안을 가득 메운 것처럼 머리가 멍했다. 터질 것처럼 빠르게 뛰는 심장 소리에 온몸이 진동하는 것 같았다. 맥박이 빨라진 탓인지 얼굴이 화끈거렸다. 말 그대로 열이 받았다는 느낌이었다.

시간이 갈수록 천장 위로 후두득 떨어져 내리는 빗소리의 간격이 촘촘해졌다. 가속 페달을 아낌없이 지르밟으며 차를 달려 골목 어귀에 도착했다.

얼마 전 편의점으로 새 단장을 한 동네 슈퍼 지붕 아래에 버디와 나란히 서서 비를 피하는 시진을 발견한 건 금방이었다. 비에 잔뜩 젖어 절인 배추처럼 늘어진 우산이 시진의 발치에 세워져 있었다. 비를 맞지는 않았지만 얇게 입고 나온 옷 안쪽에서 체온을 잃은 몸을 부들부들 떨고 있었다.

쾅, 하고 차 문을 닫으며 아스팔트 위에 내려선 준을 보고 버디가 먼저 아는 체를 하며 꼬리를 흔들었다. 그에 시진도 턱을 들어 발자국 소리에 귀를 기울였다.

"너 대체 어디를 그렇게 다니는 거야!"

난데없이 터져 나온 고성에 시진이 놀라 움칠거렸다. 얕게 빗물이 고인 아스팔트를 철퍽철퍽 걸어 순식간에 다가선 준이 그녀의 어깨를 잡아채 사납게 다그쳤다.

"왜 네가 그런 데를 가냐고!"

준이 일컫는 '그런 데'라는 곳이 무얼 말하는 건지 단번에 알아챈 시진의 얼굴도 금세 차게 식어 버렸다. 작은 회사의 직원 복지 휴게실이 어째서 '그런 데'로 취급되어야 하는 건지 도통 알 수 없는 노릇이었지만, 평소처럼 먼저 그를 이해하며 오해를 풀어 주기에 지금 시진도 몹시도 지쳐 있는 상태였다.

"내가 언제 너한테 돈 달랬어? 왜 시키지도 않은 짓을 해. 왜 사람을 양아치 새끼로 만드느냐고!"

다투고 있는 두 사람 사이에서 버디는 안절부절못하는 모양새였다. 투명한 비옷을 바스락거리며 제자리를 빙빙 돌기 시작했다. 안내견 중에서도 커다란 축에 속하는 버디는 덩치에 어울리지 않게 겁이 많았다. 시진이 버디의 하네스를 더욱 억세게 틀어잡았다.

"왜 나한테 소리 질러?"

"뭐?"

"내가 내 능력껏 일해서 너를 돕겠다는데, 왜 나한테 소리를 지르느냐고."

"정시진, 너……!"

"지금 너, 나한테 그냥 화풀이하는 거잖아."

그러나 앙칼지게 맞서던 모습은 얼마 가지 못하고 금방 허물어졌다. 가늘게 떨리던 시진의 목소리도 어느새 여린 울먹임이 되어 버린 다음이었다. 활활 타오르는 불덩이를 삼킨 것처럼 부글부글 끓던 준의 가슴이 급속도로 싸늘해졌다. 그 다음으로 냉정을 되찾은 건, 쓸데없는 생각으로 복잡하기만 했던 머릿속이었다.

"대체 왜 화를 내는 건데. 내가 너한테 뭘 잘못했다고 나한테 화를 내."

그새 젖어 든 시진의 눈에서 고인 눈물이 잡을 새도 없이 뚝뚝 아래로 떨어져 내렸다. 삐죽거리는 입술을 짓깨물고서 울먹임은 다시 헐떡임이 되어 가고 있었다. 분하고 억울하다는 듯 자기가 대체 무엇을 잘못했느냐고 묻는 시진 앞에서 준은 방금 내지른 화조차 궁색해졌다.

"네가 주는 돈을……. 그걸 내가 어떻게 받아."

한숨을 섞어 대답하며 절로 손은 이마를 매만지고 있었다. 때문에 미처 알아채지 못했다. 준의 말에 종잇장 구겨지듯 와락 일그러지는 시진의 표정을. 마치 절망이라는 놈한테 불시에 떠밀리기라도 한 사람처럼 시진이 뒷걸음질을 치며 비틀거렸다. 놀란 준이 얼른 고개를 들었다.

"네 여자 친구가 장애인이라 이 정도 도움도 못 받는 거라고 하면…… 너 정말 양아치인 거야."

"……."

어쩌면 화풀이를 하고 있다는 시진의 말이 옳았는지도 모른다. 그의 사랑을 가식이라 매도하며 손가락질하고 비웃는 세상 앞에 그가 보여 주어야 하는 건 적어도 이렇게 허세를 부리는 꼴은 아니었을 것이다.

지금 시진을 가장 상처 주고 있는 사람이 바로 준 자신이라는 사실을 깨닫는 순간, 손끝이 차게 식었다.

"일단 집에 가자. 감기 걸려."

어깨를 감싸 안았으나 시진이 곧장 뿌리쳤다. 잠시 숨을 고르는 듯 가슴을 들썩이더니, 손등으로 턱 끝에 매달린 눈물방울을 아무렇게나 닦아 냈다. 그러고는 다시 오른손으로 준의 팔꿈치를 잡았다.

오래전 지하철에서 마주쳤을 때, 두 사람은 꼭 이와 같은 간격을 두고 걸은 적이 있었다. 그리고 오늘, 시진이 허락한 것도 딱 이만큼의 거리였다.

순순히 차 조수석에 오르면서도 아직 화가 나 있는 시진의 얼굴은 딱딱하게 굳은 채였다. 나름대로 참담한 기분을 감추려 애를 쓰는 중이었다. 연인과 말다툼을 벌이고서 기세 좋게 뒤돌아 가 버릴 수 없으니, 연애에 있어 장애를 가진 쪽이

불리한 또 하나의 상황을 맞닥뜨린 참이었다.

창에 하얗게 김이 번지는 바람에 옅게 에어컨을 틀어 놓았어도 차 안은 후텁지근했다. 때문에 간헐적으로 떨림이 찾아드는 건 아마 추위를 느낀 탓은 아니었을 것이다.

시진의 집 앞에 차를 대어 놓기가 무섭게 시진이 문을 열고 내려섰다. 잡을 새 없이 아파트 입구로 빨려 들어가는 모습을 준은 뒤에서 멀거니 지켜보아야 했다. 차를 타고 오는 내내 달싹이던 준의 입술 안쪽으로는 끝내 밀어내지 못한 사과의 말이 미적지근하게 고여 있었다.

결국 한숨도 잠을 이루지 못하고 밤새 뒤척이고 말았다. 날이 밝아 옴과 동시에 시진은 처참한 기분으로 부스스 몸을 일으켰다. 두 눈은 잔뜩 부어 있었고, 무수한 생각이 담겼던 머리는 무겁고 뜨끈했다. 걱정스런 얼굴로 문간에 기대 있던 정은이 냉수 한 잔을 건네 왔다.

"나 때문에 오해한 거지? 하필 그때 내가 입방정을 떨어서."

"정은아."

"응?"

"너 오늘 진석이랑 춘천 간다며. 얼른 준비해. 늦겠다."

약속 시간이 코앞인데도 떠나지 못하고 서성거리며 곤혹스러워하는 것을 알 수 있었다. 시진이 안심하라는 듯 작게 웃어 보였다.

"걱정하지 마. 나 오늘 준이 찾아가서 화해하고 올 거야. 사귀다 보면 다툴 수도 있는 거지. 너랑 진석이도 매일같이 치고받고 하면서, 뭘."

"그래도 너 오늘 안색도 영 안 좋고……."

"너 미국 못 가게 한 걸로 충분해. 나 때문에 여행까지 안 간다고 하면 나 미안해서 니들 못 봐. 알지?"

그렇지 않아도 정은을 위해 바쁜 일정을 정리하고 한달음에 와 준 진석이었다. 또다시 약속을 파토 냈다간 아무리 진석이라도 마냥 너그럽게 넘어가 주지는 않을 것이다. 이번만큼은 정은도 시진의 고집에 못 이기는 척, 전날 미리 싸 둔 짐 가방을 들고 먼저 집을 나섰다.

침대에 누워 멍하니 흘려보낸 하룻밤의 시간 동안 시진은 준과 벌인 다툼을 수없이 복기했다. 준이 시진에게 던진 말과 시진이 받아친 말의 뾰족함을 되새겼다.

서로가 서로에게 얼마나 화가 나 있었는지, 얼마나 상처받았었는지를 떠올리면서 '그렇게 말하지 말고 이렇게 표현했더라면 좋았을 텐데' 라고 후회하고 뉘우치는 반복이었다.

어쨌든 두 사람 모두 한껏 예민해져 있던 탓에 불에 기름을 붓듯 싸움이 커져 버린 것도 사실이었다. 아닌 척, 괜찮은 척해도 둘을 둘러싼 갖가지 말들에 생채기가 늘어 가고 있었던 게 분명했다. 견고하던 마음이 이처럼 별것 아닌 다툼 한

번에 쩍 하고 금이 가 버린 것을 보면.

함께 있을 땐 그 무엇도 감히 비집고 들어올 틈이 없는 완전무결한 애정이라고 느꼈었는데 실은 사소한 빗금 하나에도 깨지기 쉬운, 실로 연약하기 짝이 없는 관계가 바로 연인이라는 것을 깨달았다.

불안은 아주 작은 구멍으로 새어 들어와 밤새 시진을 좀먹었다. 어쩌면 이대로 준과 영영 멀어질지 모른다는 괜한 생각들이 쌓이고 또 쌓여서, 시진은 지난밤 무거워진 머리로 단 한숨도 잠을 이룰 수가 없었다.

공연을 앞두고 있는 준이 오늘 같은 주말 오후에 어디에 있을지 짐작하는 건 전혀 어려운 일이 아니었다.

홍대로 향해 가는 내내 이상하게 입술이 바싹바싹 말라 시진은 몇 번이고 입을 축여야 했다. 그것이 곧 좋지 않은 일이 일어날 거란 예감이었을까? 하필이면 준을 만나기 위해 발걸음 한 소극장 앞에서 시진은 준의 고모와 맞닥뜨리고 말았다.

"저기 아가씨, 혹시 선우준이라고 알아요?"

갑작스럽게 말을 붙이며 다가서기에 놀란 시진이 그녀를 경계했다. 곧이어 자신이 준의 고모라고 밝혀 오는 여자의 목소리를 향해 어색하게나마 웃으며 꾸벅 인사할 수 있었다.

어떻게 단번에 얼굴도 알지 못하는 자신을 알아본 걸까 궁금해할 필요는 없었다. 준의 극단 소극장 앞에서 입구를 찾아 서성거릴 시각 장애인이 그녀 외에 달리 또 있을 리 없을 테니까.

시진은 '잠시 둘이서 얘기를 좀 할 수 있겠느냐' 는 그녀의 제안을 차마 거절할 수가 없었다.

근처 어린이 공원까지 남인 듯 일행인 듯 어정쩡한 거리를 두고 준의 고모를 따라갔다. 벤치에 먼저 자리를 잡고 앉아 기다리는 그녀를 하마터면 그냥 지나쳐 갈 뻔했으나, 다행히 버디가 눈치껏 되돌아와 시진이 앉을 자리를 일러 주었다.

남들 눈에는 그저 신통하고 기특한 광경이었을 테지만, 그 모습이 준의 고모에게 어떻게 비췄을지는 빤한 일이었다. 잠깐 나누자던 얘기는 얘기라고 이름 붙이기 민망할 정도로 간결했다. 결국 준과 헤어져 달라는 말이었다.

"오빠 부부, 그러니까 준이 부모님 그렇게 일찍 돌아가시고 준이는 쭉 내가 맡아 키웠어요."

그렇게 운을 떼는 여자의 목소리는 준을 향한 애틋한 감정을 드러내고 있었다.

"남부러울 것 없는 좋은 환경이었다고는 말 못 해도 준이 장래를 위해서 이 정도 말은 내가 할 수 있다고 생각해요. 아가씨가 준이와 더는 만나지 않았으면 좋겠어요."

일방적인 통보와 닮아 있는 말은 강요와 부탁의 어중간한 경계에 걸쳐 있었다. 그에 시진은 아무런 대답도 하지 못한 채 그저 내내 고개만 수그리고 있었다.

미안하지만 먼저 일어나겠다는 준의 고모도 아마 속으로는 어느 정도의 가책을 느꼈을 것이다.

하지만 내 자식만큼은 사지육신 멀쩡한 사람과 만나 평탄하게 연애하고 결혼하길 바라는 것이 바로 부모 된 마음이었다. 그런 그녀를 시진은 감히 탓할 수가 없었다.

〈자취방에 김치랑 반찬 가져다 놨어. 밥 잘 챙겨 먹어라.〉

고모에게서 문자를 받았을 때, 준은 주말극 촬영장 근처 카페에서 성희와 만나고 있었다.

자리에 앉자마자 준은 성희가 미리 주문해 놓은 아이스 아메리카노 잔을 들어 벌컥벌컥 들이켰다. 심지어는 평소 그렇게 싫어했던 쓴맛도 전혀 느낄 수가 없었다. 거두절미하고 자신을 이곳까지 따로 불러낸 용건을 물었다.

"나도 힘들게 시간 뺀 거야. 10분 있다가 일어나야 돼."

그런 준의 태도에 마음이 상한 성희가 입을 삐죽이며 불퉁하게 대꾸했다.

"이번 연극 무대에 내가 네 상대역을 맡기로 했어."

성희의 말에 준이 한쪽 눈썹을 삐뚜름히 들어 올렸다. 이명한 감독이 결국 성희의 생떼를 이기지 못했나 보다, 하고 넘기기에는 걸리는 게 많았다. 예상했던 것처럼 성희는 자신의 출연이 준 때문에 일어날 관객 손실을 메우기 위한 좋은 대책이 될 거라고 감독을 꼬드긴 이야기를 시시콜콜 늘어놓았다.

"나한테 새삼 허락받을 일은 아니잖아."

"허락받을 일은 아니라고? 정말 할 말이 그게 다야?"

"연습은 언제 나올 건데. 일단 대사를 맞춰 봐야……."

"야!"

더는 참지 못하고 성희가 빽 소리를 내질렀다. 앉아 있던 이들의 시선이 잠깐 이쪽을 향해 모여들었다가 다시 어색하게 흩어져 갈 즈음이었다. 씩씩거리던 성희가 종전보다는 작아진 목소리로 준에게 따져 물었다.

"난 너 때문에 하루 한 시간 자기도 힘든 스케줄 빼서 이번 역 맡은 건데, 넌 그게 정말 다야? 내가 너를 위해서, 이류성희가 너를 위해 그렇게까지 한다는데!"

무심하기 짝이 없는 준의 태도에 이제는 언뜻 질려 버린 것 같기도 했다. 주위 이목을 생각해서 한 손으로 얼굴을 가린 채 고개를 내젓던 그녀는 당최 모르겠다는 표정을 짓고 있었다.

"그 여자가 그렇게 대단해? 대체 나보다 나은 게 뭔데? 돈 많고, 얼굴 예쁘고, 능력까지 있는데. 이런 말 좀 치사하지만 난 시력도 좋아. 2.0, 1.5!"

"그러는 너야말로 왜 나야?"

마주 앉아 있는 상대가 도무지 이해가 안 가는 건 준 역시 마찬가지였다. 대한민국 톱스타와 한낱 무명 배우의 간극이란 게 두 사람 사이에 놓여 있었다. 누가 봐도 아쉬울 것 없는 성희라 그동안 준에게 보여 온 호감조차 가벼운 장난이 아닐까 하고 줄곧 의심하고 있던 차다.

"아역 때부터 나 쭉 외롭고 무서웠어. 자기들 보고 싶은 대로만 보려고 하는 사람들 앞에서 원하는 모습을 보여 주지 못하면 실망하면서 멀어져 가 버렸으니까……. 다른 누구보다 네가 그런 내 마음을 알아줄 것 같았어."

'If you were in my shoes' 라는 영어 표현처럼, 남들 보기에 화려해 보이지만 깎아 지르는 듯 아찔하고 뾰족한 이 신발을 한 번이라도 신어 본 사람이 있다면 그것은 바로 준일 것이라고 성희는 생각했다.

"사실은 너도 네가 보고 싶은 내 모습만 보는 건 아니고?"

되물어 오는 준에게 성희는 쉬이 대답하지 못했다.

세상의 시선이라는 게 원래 그랬다. 속이 빈 액자를 들고서 그 틀 안의 것만을 받아들이고 외적인 부분은 부정하고 싶어 했다. 준에게서는 성공에 목맨 무명 배우의 틀을, 시진에게는 불쌍한 시각 장애인의 틀을 씌우고 그 밖의 인간 선우준, 정시진에 대해선 알려고 조차 하지 않았다.

그러니까 있는 그대로의 자신을 보아 줄 누군가를 간절하게 바라고 있는 성희의 마음을 준이라고 이해하지 못할 것은 아니었다. 다만 그가 성희가 바라는 그런 사람이 아닌 것뿐이었다.

"나한테 넌 동료야. 다시 한 작품에서 만나고 싶은 라이벌이고."

딱 잘라 대답하는 준은 성희에게 작은 여지조차 남기고 싶어 하지 않는 것이 분명했다. 준이 먼저 자리에서 일어났다. 나눠야 할 말이 끝난 테이블에 더는 앉아 있을 이유가 없었다. 계속 남아 있을 거냐는 뜻으로 준이 한쪽 눈썹을 추키며 바라보았다. 성희는 어쩐지 복잡한 얼굴이 되어 생각에 잠겨 있었다.

"나도 자존심은 있어. 벌써 세 번이나 차였는데, 더러워서라도 더는 안 들이대. 걱정 말고 가 봐. 연습 시간은 스케줄 빼는 대로 매니저 통해서 알려 줄 테니까."

"그래. 간다."

하다못해 위로 한마디 건네지 않고 돌아서 버린다는 점이 준다웠다. 미련 한 점 남기지 않고 멀어져 가는 뒷모습은 오히려 고마울 지경이었다.

"그런다고 정말 두고 가 버리냐. 아무튼 매정하다, 매정해."

투덜거리면서도 이어 입가에 그려지는 미소가 일견 후련하기까지 했다. 비록 사랑은 될 수 없었어도 때로 고충을 나누거나 힘든 일에 마음을 보탤 좋은 동료 하나는 얻은 걸지도 몰랐다. 게다가 라이벌이라니. 우습지만 성희는 20년 만에야 비로소 준에게 인정받은 기분이 들었다.

테이블 위에 놓인 컵을 들어 빨대로 쭉 빨았다. 물에 희석되어 색이 옅어진 커피와 함께 빈 공기가 소리를 내며 딸려 들어왔다. 아직 얼음이 남아 있었지만 오래지 않아 전부 녹아 버릴 것이다. 그러고 나면 이 컵 속에는 이제 어떤 감정이 었는지도 떠올리기 힘들 만큼 투명하게 희석된 마음만 남게 되겠지.

잠시 후 빈 잔을 도로 테이블 위에 내려놓은 성희도 자리에서 일어나 카페 밖으로 걸어 나갔다.

볼일을 마치고 곧장 홍대 소극장으로 돌아온 준은 수지로부터 뜻밖의 이야기를 전해 들었다.

"여기 시진이가 왔었다고?"

"정확히 말하면 여기는 아니고, 근처에서 본 건데요. 근데 조금 이상했어요."

"이상해? 뭐가?"

"평소랑 다르게 어딘가 멍해서…… 불러도 대답도 안 하고 그냥 가더라고요. 오빠 보러 온 건 줄 알았는데."

여기까지 왔었다는 건 어쨌거나 준을 만나기 위해서였을 텐데, 시진으로부터 어떤 연락도 받은 게 없었다. 혹시 아직

화가 덜 풀린 건가 싶어 짐짓 우울한 얼굴로 손에 쥔 휴대폰을 들여다보는데, 명혜가 끼어들며 말했다.

"나도 시진 언니 봤는데? 제약빌딩 앞에 공원 벤치에서 어떤 아줌마랑 얘기하고 있었어."

문득 준의 얼굴이 굳어졌다. 아까 고모가 보낸 문자가 돌연 떠오른 까닭이었다. 즉시 전화를 걸어 혹시 극단에 찾아오셨었냐고 물으니 아니나 다를까, 주저하던 고모가 근처에서 시진을 만났었다고 순순히 털어놓았다.

"대체 무슨 말을 하신 거예요?"

—준아, 고모는…… 네가 그 아가씨랑 안 만났으면 좋겠어.

고모가 시진의 장애를 정확히 꼬집으며 이야기했을 땐, 당장 가슴부터 철렁 내려앉았다. 이 말을 제 귀로 직접 들었을 시진의 절망감이 보지 않아도 눈에 선했기 때문이었다. 휴대폰에 대고서 준이 버럭 소리를 질렀다.

"고모, 나요. 지금까지 뭔가 결핍된 인간처럼 살았어요. 그럴 수밖에. 돌아가신 부모님에 고모부, 그리고 그 집 식구들 다 하나같이 어딘가 부족한 어른들이었잖아."

고작 일곱 살이었다. 고모의 손을 잡고서 쭈뼛거리며 그 집에 들어갔던 게. 그 일곱 살짜리 애한테 할 말, 못 할 말 가리지 않고 내지르면서 그를 눈엣가시처럼 여기고 불편해했다. 그런 사람들과 자그마치 10년을 부대껴 살면서 단 한 순간도 준은 그들을 가족이라고 생각한 적이 없었다.

"근데 나 시진이 만나서 그 모자란 부분이 비로소 채워지는 느낌 들었어요. 그 애가 유일하게, 정말 세상에서 유일하게 내 상처를 어루만져 주는 사람이라고요."

—…….

"그러니까 다시는 시진이한테 그런 말 하지 마요, 다시는! 나 그럼 정말 고모 평생 안 봅니다."

대꾸할 여지조차 주지 않고 모질게 전화를 끊어 버렸다. 지금 당장은 준에게 배신감을 느낄 고모보다도 어디선가 혼자 울고 있을 게 분명한 시진이 더 중요했고, 걱정됐다.

시진을 만나기 위해 그녀의 집으로 달려가는 동안 계속해서 통화를 시도해 보았으나 받지 않았다. 결국 시진과 직접 통화하기를 포기한 준이 대신 휴대폰에 저장되어 있던 정은의 번호를 찾았다. 한참만에야 응답한 정은은 오늘따라 집을 비우고 멀리 나와 있는 중이라고 했다.

—시진이 전화 안 받아? 아침부터 안색이 안 좋긴 했는데.

"내가 지금 집으로 가고 있어."

—어떡하지? 우리도 바로 서울 올라갈까?

며칠 전 미국에서 돌아온 진석과 모처럼 오붓한 시간을 보내고 있을 정은이라 준은 우선 확인부터 해 보고 다시 연락 주겠다며 전화를 끊었다.

조수석 시트에 휴대폰을 신경질적으로 던져 놓으며 준은

아슬아슬하게 신호의 색이 바뀌는 교차로를 쌩하니 가로질렀다. 가속 페달을 힘껏 눌러 밟자 오래된 엔진이 앓는 소리를 내며 속도에 박차를 가했다. 시야에서는 도로의 풍경이 흐릿하게 멀어져 갔고, 대신 그 자리에 홀로 웅크린 채 눈물 흘리는 시진의 모습만 가득 들어차기 시작했다.

쾅, 쾅, 쾅!

주먹 쥔 손으로 현관문을 부서져라 두드린 것이 벌써 5분째였다. 안쪽에서는 어떤 소리도 들려오지 않았다.

이 정도면 안에 사람이 없는 게 확실하단 생각이 들어 이만 발길을 돌릴까 고민하고 있던 찰나였다. 준의 덜미를 와락 낚아채는 낯선 기척이 있었다.

컹!

개 짖는 소리였다. 놀란 얼굴로 반걸음쯤 뗐던 발을 도로 멈춰 세웠다. 그러고는 믿을 수 없다는 표정으로 한동안 시진의 집 현관문을 물끄러미 노려보았다.

컹!

틀림없었다. 굳게 닫혀 있는 문 안쪽에서 들리는 소리였다. 평생 짖지 않을 줄 알았던 버디의 소리를 이렇게 듣게 될 줄은 정말 꿈에도 예상치 못했다. 생경한 느낌이 드는 것도 잠시, 불현듯 뇌리에 날카로운 경적이 울렸다.

어떤 상황에서도 절대 짖지 않도록 훈련받은 버디가 문 안쪽에서 저렇게 크게 소리 내고 있는 이유가 대체 뭘까?

떠오르는 답은 하나였다. 정시진.

준이 어금니를 꽉 악물며 턱을 조였다. 무작정 주먹으로 두드리고 발로 차는 것으로는 단단하게 닫힌 쇳덩이 문에 금조차 가게 할 수 없다는 걸 곧 깨달았다.

작게 욕설을 읊조린 준이 얼른 휴대폰을 꺼내 통화 기록을 살폈다. 정은의 것이 가장 위에 있어서 다행이었다. 실제로 단 1분도 지체할 인내가 없었으니까.

정은이 전화를 받자마자 상대방에게 윽박지르듯 현관문 비밀번호를 물었다.

—왜 그러는데? 대체 무슨 일이야?

연신 불안한 목소리로 다그치는 질문들에는 대꾸하지 않은 채 원하는 답만 듣고 전화를 끊었다. 비밀번호를 누르고 벌컥 문을 열었다. 들어서자마자 눈에 보이는 건 거실까지도 채 가닿지 못하고 도중에 쓰러져 있는 시진의 모습이었다.

"정시진!"

그 곁에서 낑낑 바람 새는 소리를 내며 맴돌던 버디가 마침내 준을 발견했다. 얼른 다가가 앉아 시진의 이마를 짚어 보자 손바닥이 뜨끈했다. 버디가 그 옆에서 안절부절못하고 연신 발을 굴렀다. 왜 이제야 왔느냐고, 검고 커다란 눈동자 가득 원망의 빛을 띤 채 준을 쳐다보고 있었다.

"정시진! 일어나 봐. 눈 좀 떠 봐, 시진아!"

흔들고 뺨을 두드려도 통 정신을 차리지 못하는 시진을 그대로 들쳐 업었다. 기분 탓인지, 지나치게 쉽게 들린다는 생각을 했다. 아니, 실제로도 며칠 새 부쩍 야위어 있었다. 처음 만났을 때의 생기 가득했던 모습을 더는 찾아볼 수 없는 수척한 얼굴이었다.

깊은 죄책감이 준의 심장 안쪽을 사정없이 비틀어 꼬집었지만 당장 자신이 느끼는 고통보다 의식 없이 늘어진 시진에게 온 신경이 쏠려 있을 뿐이었다.

닫혀 가는 현관문 안쪽에서 끙끙대는 버디를 챙길 겨를이 없었다. 시진과 떨어져 있으면 불안을 심하게 느끼는 녀석이라는 걸 알고 있지만 하는 수 없었다. 시진을 뒷좌석에 태우고서 곧장 병원을 향해 내달리기 시작했다.

응급실에 도착해서는 미친 사람처럼 의사와 간호사를 부르짖었다. 침대에 시진을 눕히고 진찰하는 동안 이리저리 떠밀린 준은 허탈한 표정으로 둘러쳐진 커튼을 바라보고 서 있었다.

머지않아 의사에게서 과로로 면역력이 약해진 탓에 고열과 몸살을 동반한 독감을 앓고 있다는 진단을 전해 들었다.

"후우."

뒤늦게 입원 수속을 마치고 돌아온 준이 흘러 내려간 이불을 끌어 올려 덮어 주었다. 들락거리는 사람이 많아 부산스러운 응급실에서 시진은 꼬박 하루를 의식 없이 잠들어 있었다. 준이 그 옆에 의자를 붙이고 앉아 밤새도록 시진의 손을 잡고 있었다.

아프지 마. 제발 아프지 마라, 시진아. 내가 다 잘못했으니까 제발 눈 좀 떠 줘.

애원하듯 속삭이며 땀에 젖은 머리카락을 쓸어 넘겨주었다. 한시도 쉬지 않고 시진의 곁을 지킨 준의 간절함이 약이 되었던 건지, 다행히 날이 밝아 올 무렵에는 제법 열이 떨어져 시진의 얼굴도 한결 편안해졌다.

"시진아, 정신이 좀 들어?"

시진이 겨우 눈을 떴을 때는 진석 혼자 남아 그녀를 지켜보고 있었다. 새벽녘에 함께 도착한 정은은 바로 몇 시간 전에 응급실에서 곧장 회사로 출근을 한 뒤였다. 기껏 여행을 가서도 시진 때문에 제대로 놀지도 못하고 돌아온 두 사람에게 시진은 차마 미안하다는 말조차 할 수가 없었다. 시진의 마음을 다 안다는 듯 진석이 작게 어깨를 두드리며 그녀를 위로했다.

"선우준이 너 여기까지 데려왔어. 열 때문에 쓰러져 있는 걸 둘러업고 왔다더라."

차마 '준이는?' 하고 묻지 못하는 시진에게 진석이 먼저 이야기해 주었다. 애써 감추고 있던 마음을 훤히 들켜 버린 것 같아 시진은 그저 쓰게 웃을 따름이었다.

맞고 있던 영양제와 비타민이 끝을 보일 즈음, 의사가 와서 주사 바늘을 뽑아 주고 갔다. 응급실 침대에 누워 있던 시진도 그제야 몸을 일으켜 집에 돌아갈 차비를 했다. 맨발로 업혀 온 거라 어떻게 해야 하나 난감해하던 차에 진석이 지하 매점에서 슬리퍼 한 켤레를 사 왔다.

"그만 집에 갈까?"

진석의 물음에 시진이 고개를 끄덕였다. 진석의 한쪽 팔에 평소보다 더 많은 무게를 의지한 채로 시진이 터벅터벅 발을 끌며 병원을 나왔다.

현관문이 열리고 그 틈새로 시진의 모습이 보이자 전속력을 다해 뛰어나온 버디가 앞다리를 들고서 폴짝 시진의 몸에 매달렸다. 집에 혼자 남겨져 있는 동안 종일 애태우며 기다렸을 것이 안 봐도 눈에 선했다.

시진이 목을 감싸 안고서 손으로 등을 도닥이며 잔뜩 흥분해 있는 버디를 진정시켰다. 서럽게도 울부짖던 소리가 한참 만에야 겨우 잦아들었다. 평소와는 달리 세차게 뛰던 버디의 가슴 역시 차츰 본래의 속도를 되찾아 갔다.

"미안해."

시진이 사과하자 버디가 윗입술을 부르르 떨며 괜찮다고 답했다.

멍청하게도 회사 생각은 집에 도착하고서 한참이 지나 진석이 펴 준 이부자리에 몸을 뉘였을 때에야 번뜩 떠올랐다. 다급히 머리맡을 더듬어 휴대폰을 찾았다.

최한미 팀장에게 전화를 걸어 보니, 그녀는 도리어 걱정스런 목소리로 몸은 괜찮으냐고 물어 왔다.

—선우준 씨가 미리 연락해 줬어. 많이 아파서 병원 응급실까지 갔다면서? 안 그래도 요새 이래저래 신경 쓸 일도 많고, 무리한다 싶더니. 이참에 아예 휴가 내줄 테니까 몸 잘 추스르고 다음 주부터 나와. 알았지?

시진을 제외한 시진 주변 모든 곳에 준의 흔적이 남아 있었다. 정작 시진은 손 닿지 않고 아스라이 흩어지는 그의 채취가 가슴 저리도록 아쉽고 안타까울 따름이었다.

자리에 누워 한참을 잠들지 못하고 뒤척거렸다. 슬픔이 목을 조르는 것처럼 목구멍이 저릿저릿했다. 곧 마른빨래를 힘껏 쥐어짜는 양 뚝뚝 눈물이 떨어져 내렸다. 끝내 이불을 끌어당겨 머리끝까지 뒤집어써 버린 시진이다.

잠시 뒤, 들썩이던 이불 사이로 훌쩍거림이 새어 나오기 시작했다.

보고 싶어. 보고 싶어. 보고 싶어…….

입안을 맴돌지만 차마 말로 꺼낼 수 없는 진심 한마디가 혀 위에서 녹아 사라져 버렸다.

시진이 알 수 없는 신음으로 끙끙거리며 울음을 쏟기 시작하자 방구석에 둥글게 몸을 말고 누워 있던 버디가 일어나 곁으로 다가왔다. 킁킁대는 주둥이로 이불 속에 숨은 시진을 찾아내더니, 이내 땀과 눈물로 범벅이 된 시진의 얼굴을 연신 핥아 댔다.

처음에는 버디를 밀어내던 시진도 이내 두 손으로 버디를 품어 끌어안았다. 얌전히 드러누워 울음을 묻을 수 있게 제 등을 내어 주는 버디가 이 순간만큼은 무엇보다 커다란 위안이었다.

울다 지쳐 시진은 어느 순간 잠이 들어 버렸다. 조심스럽게 어깨를 흔드는 손길에 눈을 떴을 땐 이미 밤이 깊어진 후였다.

"시진아, 아직도 몸이 안 좋아?"

가만히 이마를 짚어 보던 정은이 미열이 있다고 말하며 시진을 일으켜 앉혔다.

"선우준이 왔었는데, 너 잔다니까 깨우지 말래. 이것만 주고 갔어. 죽인데, 먹고 자자."

내키지 않았지만 종일 입맛 없다는 핑계로 식사를 하지 않았다는 것을 안 정은이 고집스럽게 숟가락을 쥐여 주었다. 죽은 아직 따뜻했다.

언제 왔다 간 걸까. 왜 보고 가지 않았을까. 어째서 전화하지 않는 걸까.

억지로 입에 떠 넣는 한 숟가락마다 그러한 물음을 함께 얹어 삼켰다. 아직 감기 기운이 남아 있는 탓인지 죽은 쓰디쓴 맛뿐이었고, 결국 더부룩하게 얹혀 밤새 변기통을 붙들고서 속을 게워 내야만 했다. 언제 왔는지 걱정스런 손길로 연신 등을 두들겨 주던 정은이 참지 못하고 다그쳤다.

"대체 왜 그러는 건데. 둘이 아직까지 화해도 못하고 왜 이렇게 아파해."

얼마 먹지도 못한 한 끼를 고스란히 변기 안에 토해 내고서 맥없이 타일 바닥에 주저앉는 시진을 문가의 버디가 지켜보고 있었다. 콧김이 불어오는 방향으로 손을 들어 올리자 어김없이 그 자리에 버디가 주둥이를 가져다 댔다.

"그냥. 왜, 날이 너무 추운 날에는 살짝 스치기만 해도 더 아리고 따갑잖아. 그래서 그런가 봐."

"……무슨 소리야, 시진아."

"이미 너무 추웠던 그 사람 가난에 눈먼 내 손끝이 가닿을 때마다 날카롭게 베였어. 아마 준이는 더 아팠을 거야. 준이가 더 힘들었을 거야."

혼잣말을 하듯 작은 목소리로 중얼거리며 아프게 웃는 시진에게 정은은 쉬이 위로의 말을 건넬 수가 없었다.

어쩌면 그동안 빤히 보이는 그 사실을 시진 혼자 눈 가린 채 계속 부정해 왔는지도 몰랐다. 인정하고 싶지 않았다. 그냥 모르는 체하고 싶었다. 앞이 보이지 않는 병신이라고 정말 현실마저 보이지 않는 것처럼 스스로 장님 행세를 하고 있었다.

"준이 장래를 위해서 아가씨가 준이와 더는 만나지 않았으면 좋겠어요."

준의 고모가 그것을 콕 집어 가리키기 전까지는 그래도 될 거라고 생각했다. 준이 괜찮다고 말했으니까. 시진을 사랑한다고 말했으니까. 그게 무슨 면죄부라도 되는 것처럼.

그런 자신이 참으로 뻔뻔하고 못됐었다는 사실을 시진은 인정해야만 했다.

자정 무렵에서야 준으로부터 전화가 걸려 왔다. '손이 따뜻한 남자'라며 휴대폰이 보이스오버의 음성을 빌려 준이 저장된 이름을 또렷이 읽어 주었다. 망설이던 시진이 마침내 손가락으로 액정을 밀어 통화를 연결했다.

—……몸은 좀 어때? 열은?

"다 나았어. 아무렇지도 않아."

준의 물음에 그저 괜찮다고 답하는 시진의 음성이 평소보다 묵직하게 가라앉아 있었다. 하룻밤을 지독하게 앓고 난 탓일 수도 있지만, 그 안에 먹구름처럼 깔린 우울을 읽어 내지 못할 준이 아니었다.

—아직 기운이 없네. 내가 사다 준 죽은 다 먹었어?

"응. 다 먹었어. 고마워."

마치 다툰 일이 없는 것처럼 자상하게 묻고 또 그에 답하는 목소리가 왠지 모르게 낯설었다. 애써 아무렇지도 않은 척하며 말을 고르고 서로의 눈치를 살폈다.

전에는 가만히 휴대폰만 붙들고 있어도 흘러드는 숨소리

조차 감미롭기만 했던 두 사람이었는데, 이제는 건넬 이야기가 궁색해 중간 중간 대화가 끊어졌다. 끝내 한쪽이 부질없는 노력을 그만두자 이내 불편한 침묵이 찾아들었다.

"……준아, 우리 그만하자."

—뭐?

"사실은 거짓말이라도 하려고 했는데. 이제 네가 지겨워졌다고, 뻔한 거짓말이라도 해 보려고 했는데 그마저도 구차한 것 같아. 너도 알잖아. 나 자존심 센 여자인 거."

—무슨 말 하는 거야? 고모 만났다고 하더니, 혹시 그것 때문에 그래? 그건 내가 정말 미…….

들은 말이 도무지 믿기지가 않아 준이 몇 번이나 되물어도 소용없었다. 미안하다고 말하는 준의 사과를 다 들어 보지도 않고서 시진은 그저 자신의 이야기를 이어 나갈 뿐이었다.

"아니야. 고모님 말씀 틀린 것 없어. 너한테는 미래가 있는데, 내가 거기에 걸림돌이 되는 게 맞아. 우리 그냥 솔직해지자. 우리가 사랑한다고 해 봐야 남들 비웃음만 받잖아."

너의 유일한 가족에게서 그런 소리를 듣게 되어 무척 속이 상했더라고 어리광을 부리고 싶은 거였을까. 아니면 준에게서 그래도 너와 함께하고 싶다는 확답이 듣고 싶었던 걸까.

어쩌면 정말 준의 장래를 위해 헤어짐을 고하고 있는 건지도 몰랐다. 혼란스러움으로 가득 찬 마음의 갈래 앞에서 시진 역시 제대로 방향을 잡을 수 없었다.

스스로도 어떤 대답을 원하는 건지 알지 못했다. 다만 벌어진 입이 그녀가 생각하기에 가장 옳은 결정을 내놓고 있을 따름이었다.

—그만해!

직접 얼굴을 보고 했어야 할 이별의 말을 비겁하게 휴대폰 뒤에 숨어 전하는 건, 지금도 주체할 수 없을 정도로 무섭게 차오르는 슬픔을 도저히 그의 앞에서 추스를 자신이 없었기 때문이었다. 이걸로 준이 납득할 리 없다는 걸 알면서도 더는 그의 침묵이 무겁게 쌓여 가는 휴대폰을 들고 있을 수가 없었다.

손에서 놓치듯 떨어뜨린 휴대폰 안에서 얼마 지나지 않아 통화가 끊어졌다. 이후 못다 한 이별을 재촉이라도 하듯 끈질기게 울리는 벨소리로부터 도망치기 위해 시진은 다시 무책임하게 이불을 뒤집어써야 했다.

⁘ ⁘ ⁘

다음 날과 그다음 날, 그리고 그다음 날까지 준은 하루도 빼놓지 않고 매일 시진을 찾아왔다. 그때마다 시진은 방문을 걸어 잠근 채 지금은 누구도 만나고 싶지 않다는 모진 말로 그를 돌려보냈다.

시진 대신 말을 전하는 정은과 진석의 곤혹스런 목소리가 문틈으로 새어 들어올 때도 있었다. 그러면 시진은 두 손으로 귀를 가린 채 '몸은 좀 어때? 이제 괜찮은 거야?' 하며 시진의 안부를 물어 오는 준의 목소리를 외면하기 위해 안간힘을 써야 했다.

그렇게 잠시 기다리고 있으면 준은 시진의 방문 앞에 그녀가 좋아하는 음식이나 커피를 두고서 말없이 돌아갔다.

또다시 날이 밝았다. 시진은 여전히 하루 중 대부분을 방 안에서 버디와 웅크린 채 조용히 지나 보냈고, 그런 시진을 답답해하면서도 정은은 그녀를 억지로 끌어내려고 하지는 않았다.

아침부터 거울 앞에서 한참 동안 단장을 하던 정은이 똑똑, 시진의 방문을 노크하고 들어왔다.

"잠깐 나 좀 봐 줄래? 나 지금 저번에 너랑 같이 부평 가서 산 하얀 블라우스에 회색 치마 입었거든. 어때? 이걸로 괜찮을까?"

긴장한 탓에 평소보다 목소리가 한 음 들떠 있었다. 종일 방 안에 틀어박혀서 시간과 날짜에 무심하게 굴던 시진도 그제야 오늘이 진석의 부모님을 찾아뵙고 두 사람의 결혼 허락을 받기로 한 날이라는 사실을 떠올렸다.

시진이 누워 있던 몸을 일으켜 앉았다. 정은의 머리를 더듬어 솜씨 좋게 말려 있는 모양을 두어 번 쓸어 넘겨주고는 고개를 끄덕였다.

"예쁘다. 단정하다고 좋아하시겠어."

"정말? 좋았어. 나 오늘 조금 늦을지도 몰라. 그래도 밥 꼭 챙겨 먹고. 어제 준이가 너 먹으라고 싸 온 거 식탁 위에 올려 뒀으니까."

단단히 당부해 둔 정은이 평소에는 좀체 꺼내 신지 않는 비싼 구두를 또각거리며 집을 나섰다. 아직 진석의 뉴욕 발령 기간이 반년 넘게 남아 있었지만 진석은 미리부터 결혼 날짜를 잡아 두고자 했다. 이제는 정은보다도 그가 더 조급해하는 눈치였다.

밀어낼 때는 한없이 꼿꼿한 돌부처 같더니, 막상 눈치 볼 것 없이 사랑하자고 마음먹은 뒤부터는 정은과 한시도 떨어져 있고 싶지 않은 모양이었다. 그를 향해 언뜻 부러운 마음이 들려 하는 것을 얼른 내리누르며 시진이 고개를 내저었다.

적막이 먼지처럼 내려앉은 집 안에 혼자 덩그러니 남게 되었다. 잠시 뒤, 시진이 방문을 열고 거실로 나왔다. 신체에 머물던 병이 모조리 안쪽으로 스며든 것처럼 마음은 점차 곪아 가고 있었음에도 엊그제부턴 제법 몸을 추스를 만해졌다. 이후로는 허기도 시간 맞춰 찾아들었다.

정은의 말대로 식탁 위에 네모난 도시락 통 하나가 놓여 있었다. 안에 든 게 무엇인지도 모르는 채 그저 준이 사다 준 거라 생각하며 뚜껑을 열었는데, 손끝에 닿는 느낌이 낯설지 않았다. 얼기설기 말려 있는 김밥이었다. 개중 몇 개는 도로 풀려서 여기저기 재료가 흩어져 버렸다.

비록 차갑게 식어 있었어도 어쩐지 엉성하게 담긴 김밥 위에서 시진은 준의 온기를 느낄 수 있을 것만 같았다.

후드득.

예기치 못하게 떨어진 눈물이 금세 손등을 적셨다. 미처 자각할 새도 없었다. 김밥 하나를 입 안에 억지로 쑤셔 넣으면서 시진은 그 안에 얼마나 많은 추억이 담겨 있는지 새삼 떠올려 볼 수 있었다.

기억은 연어처럼 거꾸로 시간의 강을 거슬러 올랐다.

준과 놀이공원에 갔던 일, 준의 연극을 보며 흘렸던 눈물, 따스하게 잡아 주던 커다란 손, 단단한 어깨, 빗속에서의 키스, 서글픈 고백, 지하철에서의 재회, 그리고 우연처럼 마주쳤던 첫 만남까지.

목이 메여 좀처럼 넘어가지 않는 김밥을 쏟아지는 눈물과 함께 힘겹게 씹어 삼켰다. 그러다 어느 순간에는 도저히 이대로 있을 수만은 없다는 생각이 들었다.

두 번 고민해 볼 새도 없이 자리에서 벌떡 일어섰다. 그 기세에 앉아 있던 의자가 뒤로 밀려 벌렁 넘어갔어도 신경 쓰지 않았다. 거실을 나오다 쓰러진 의자 다리에 정강이를 부딪쳤지만 아픔조차 시진의 발을 멈춰 세울 수는 없었다.

얌전히 앉아 시진을 바라보고 있던 버디가 기다렸다는 듯이 신발장에서 제 목줄을 꺼내 물고 왔다.

누나가 보고 싶어 하는 사람에게 내가 데려가 줄게.

그렇게 말하는 버디에게 시진이 고맙다고 답하며 둥근 이마에 입을 맞추었다.

14장

마침내 네게 닿았다

철컥, 현관문을 열고 밖으로 나서는 시진의 얼굴이 붉게 상기되어 있었다. 등 뒤에서 문이 제대로 닫히는지 어쩌는지도 신경 쓰지 않았다. 운동화에 발이 다 들어가지 않아 제자리에서 콩콩 뛰는 시진을 버디가 참을성 있게 기다려 주었다.

딩동.

때마침 엘리베이터가 같은 층에 멈춰 섰다. 다급한 마음이 그대로 묻어나는 손길로 어깨에 걸친 웃옷 지퍼를 턱까지 끌어 올려 잠갔다. 거의 고꾸라질 뻔하며 겨우 제대로 신을 꿰어 신은 시진이 이제 막 한 발을 앞으로 내디뎠을 때였다.

뚜벅, 뚜벅, 뚜벅.

가까워지는 구둣발 소리에 시진의 걸음이 제자리에 우뚝 멈춰 섰다. 그것은 누군가를 발견하자마자 미친 듯이 꼬리를 흔드는 버디가 반가움을 외치며 껑충껑충 뛰지 않아도 진즉에 몸이 먼저 알아 버린 일이었다.

"이 구두를 신고 걸어온다면 나는 멀리서도 네가 오는 소리를 기다리며 행복할 거야. 그리고 다가온 너를 누구보다 먼저 알아챌 거야."

바로 시진이 준에게 그렇게 약속했으니까.

시진에게로 걸어오는 준의 발소리를 마중 나가듯, 심장이 벌써부터 뛰기 시작했다. 허공을 향해 뻗은 시진의 손끝에 마침내 준이 닿았다.

"다녀왔어."

시진의 가슴속에 무수히 떠오른 감정의 포말들을 한꺼번에 걷어 내는 말이었다. 준의 옷자락을 스치자마자 흠칫 놀란 손가락이 작게 구부러졌다. 바닥을 향해 꺾이는 얼굴은 어떤 표정을 지어야 할지 알 수 없어 그저 울먹이는 채였다.

앞으로 한 걸음 더 다가선 준이 시진의 어깨에 가만히 두 손을 올려놓았을 때, 그녀는 비로소 귓가에 닿기도 전에 흩어져 버린 인사의 말을 실감했다.

"이 구두에 주문이 걸려 있다며. 그래서 나, 이렇게 다시 너에게 돌아왔어."

"연인한테 신발을 사 주면 멀리 도망을 가 버린다고 그러던데, 이 구두는 반대야. 네가 어딜 가든 다시 나에게로 돌아오는 주문을 걸었거든."

그렇게 이야기했던 건 시진이었다. 투정인지 억지인지, 마치 그 구두를 신은 준을 시진만큼은 결코 밀어내선 안 된다고 하는 말처럼 들렸다. 허리를 숙여 힘없이 시진의 어깨에 툭 이마를 기댄 준이 나지막하게 중얼거렸다.

"나한테 돌아갈 곳은 너뿐인 거 알잖아."

어깨를 잡고 있는 두 손에 힘이 들어갔다. 짧은 말속에 밴 눈물이 시진의 두 귀로 간간하게 스몄다. 준이 울고 있다는 걸 알아채고 난 다음엔 정작 흘러넘치는 자신의 눈물샘을 주체할 수 없게 돼 버리고 말았다. 멀뚱히 선 채 발밑에 눈물방울을 뚝뚝 떨궈 내다가 힘이 풀리는 무릎으로 휘청거렸다. 시진이 손을 뻗어 준의 옷깃을 움켜쥐었다.

망설이는 시간은 오래지 않았다. 손끝에 닿은 준의 따스한 체온이 단단하게 얼어붙어 가던 시진의 속을 그 자리에서 바로 녹여 버렸으니까.

결국 두 팔 벌린 준의 가슴으로 시진은 와락 뛰어들었다. 허리를 부둥켜안은 채 서럽고 아팠던 울음을 흐느끼기 시작했다. 기다렸다는 듯이 그가 시진을 꼭 끌어당겨 품 안에 가두었다. 준의 가슴팍에 온통 젖어 버린 얼굴을 비비면서 시진이 혼잣말처럼 웅얼거렸다.

"내 어두운 장애 속으로 너를 끌어들이게 될까 봐 무서워."

준이 작게 한숨을 쉬었다. 그러고는 시진을 더욱 세게 껴안았다.

"네가 없는 지난 일주일이 나한테는 어둠보다 더 어두웠어."

울먹이는 목소리로 준이 속삭였다.

"정시진은 나한테 새로운 시야를 갖게 한 사람이야. 네 덕분에 나는 더 멀리, 그리고 더 자세히 삶을 들여다볼 수 있게 됐어."

시진을 만나기 전, 준이 바라보는 풍경이란 감흥 없이 이어지던 땅바닥과 휴대폰 화면이 전부였다.

사실은 길가에 줄 서 수줍게 손 흔드는 나무들이, 머리카락을 붙잡고 매달려 그네를 타는 바람이, 웃거나 울거나 화내는 얼굴로 걸어가는 각양각색의 사람들이, 마침내 오늘 첫 숨을 틔워 수줍게 피어난 들꽃이 도처에 있음을 준은 시진으로 하여금 알게 되었다.

여름 하늘이 그렇게 낮은 줄 처음 알았다. 때로 머리 위에 두껍고 무거운 구름을 얹고 다니는 기분이 든다는 것도. 그에 비하면 지금 두 사람을 굽어보는 가을 하늘은 어찌나 높고 푸른지. 아마 난 네 곁에서 이 하늘의 푸름을 제대로 설명할 말을 찾는 데만 평생이 걸릴 것 같다고 준이 담담히 고백했다.

준의 나직한 음성이 시진의 몸 안으로 흘러 들어와 달디단 기운이 되어 퍼졌다. 시진은 준의 품으로 더욱 깊숙이 파고들었고, 준은 그런 시진의 정수리에 몇 번이고 입을 맞추며 그녀의 등을 재차 보듬었다. 마치 꼭 안고 있지 않으면 시진을 놓쳐 버릴까 두려운 사람처럼.

"나 자신이 아닌 다른 누구한테 인정받으려고 사는 것도 아니고, 남들 보라고 너랑 만나는 것도 아니야. 눈에는 보이지 않지만 이게 사랑이란 거, 우리는 알고 있잖아."

바다에 잠긴 석양처럼 뜨거운 눈물 속에 잠겨 있는 시진의 눈동자를 들여다보며 준은 확신했다.

"지금 내 손끝에 닿아 있는 네가 내게는 무엇보다 선명한 감각이니까."

눈물 젖은 시진의 얼굴을 손으로 다정히 쓸어 냈다. 그러고는 그녀의 두 볼을 감싸며 말했다.

"사랑해, 정시진."

사랑해. 사랑해. 사랑해.

시진의 귓속에 끝없이 속삭여 주었다.

겨우 세 글자짜리 말이 이렇게나 심장을 떨리게 한 적 있었을까. 코끝이 간지럽고 눈가가 화끈하다는 생각이 들었을 땐 이미 눈물이 하얀 볼을 타고 떨어져 내린 다음이었다. 숨을 크게 들이쉬어 보지만 여전히 벅찬 감정이 목구멍을 꽉 틀어막고 있었다.

"……사랑해, 준아."

감동으로 부푼 가슴이 그 한마디 진심을 겨우 내뱉었다.

이윽고 떨리는 시진의 입술 위로 다정한 준의 입맞춤이 내려앉았다. 달콤한 그의 사랑을 흠뻑 받아들이며 시진도 준의 목에 두 팔을 감아 숨가쁜 애정을 전달했다. 낮게 웃는 그의 웃음소리가 맞닿은 가슴을 통해 울려와 그만 간지러운 기분이 들고 말았다.

그제야 비로소 서로의 가장 깊숙한 곳까지 사랑이 닿은 느낌이 났다.

⁝⁝ ⁝⁝ ⁝⁝

〈나 오늘 진석이네서 자고 가. 밥 꼭꼭 챙겨 먹어!〉

해 질 무렵, 정은에게서 문자가 도착했다. 식사 분위기가 제법 좋았던 건지 들뜬 마음이 글자 안에서도 훤히 읽혔다. 시진이 웃으며 휴대폰을 내려놓았다.

항상 시진의 행복을 제 것만큼이나 절실하게 빌어 주던 친구였다. 내 친구 정시진은 이 세상 누구보다 사랑받을 자격이 있는 여자라고, 주문처럼 외우던 말이 이제는 현실이 되었다. 정은이 없었더라면 시진은 누군가를 사랑할 용기조차 내지 못했을 것이다.

〈고마워. 사랑해.〉

시진도 답장을 보내 두었다. 아마도 정은은 그 의미를 이해하지 못하고 고개를 갸웃거리고 있을지도 모르지만, 앞으로 시진은 정은에게 평생 이 두 마디를 전하는 친구가 되고 싶었다.

그날 밤, 준의 품에 안겨 시진은 더없이 행복했다. 어둠은 안온하고 푹신한 이불처럼 두 사람을 감싸 덮어 주었다. 조심스럽게 시진의 웃옷 단추를 풀어내며 긴장한 표정을 짓고 있는 그녀의 뺨에 여러 차례 입을 맞추던 준이 어느 순간 놀라 고개를 들었다. 손끝에 묻은 눈물기가 그를 멈칫하게 만들었다.

"무서워? ……싫어?"

준답지 않게 당황스런 목소리로 물으며 몸을 물리려 하자 시진이 붙잡았다. 그리고 작게 고개를 저어 보였다.

"미안해서."

"뭐가?"

시진이 준의 목을 끌어당겨 가슴과 가슴을 맞붙였다. 두 손에 힘주어 준을 껴안으면서 애써 잠긴 목소리를 숨겨 보려 했다. 준의 귓가에서 시진의 입술이 힘겹게 달싹이고 있었다.

"나는 너한테 해 줄 수 있는 게 아무것도 없어."

울먹임이 귓속으로 젖어 들었다. 어린애처럼 매달리는 힘이 애처로웠다. 시진의 손을 잡아 그녀의 얼굴 옆으로 내려놓으며 드러난 하얀 어깨에 입을 맞추었다. 부르르 떠는 시진의 무구함이 사랑스러웠다.

"그럼 계속 사랑한다고 말해 줘. 밤새도록, 아니 죽을 때까지."

준이 시진의 등을 받치고 있던 손을 내려 그녀를 이불 위에 조심스레 눕혔다. 맞닿아 있는 가슴에서 쿵쿵, 파문이 일어 발끝까지 번졌다.

준이 시진의 머리카락에 코를 묻고 숨을 가득 들이마시며 그녀의 향기로 폐부를 채웠다. 귓바퀴를 둥글게 문지르며 목으로 미끄러져 내리는 그의 손짓에 아찔한 전율을 느낀 시진도 헛숨을 들이켜야 했다.

지그시 시진의 입술을 누르며 준이 입을 맞춰 왔다. 벌어진 입술 틈새로 새어 들어오는 달달한 애정을 시진은 눈을 감고 천천히 음미했다. 고개를 비틀어 깊숙이 파고들수록 시진의 신음도 짙어졌다.

준이 시진의 몸 위에 몸을 겹쳤다. 한 사람의 생애가 담긴 무게가 시진의 여린 몸을 내리눌렀다. 시진이 준의 어깨에 두 팔을 감고 매달렸다.

"사랑해. 사랑해. 사랑해. 사랑해……."

밤의 어두움이 한 몸이 된 두 사람 위로 사르르 내려앉았다.

처음으로 함께 눈뜨는 아침을 축복이라도 하듯 새벽부터 기사가 팡파르처럼 우르르 쏟아져 나오고 있었다.

현직 기자와 공모, 가해자―피해자를 뒤바꾼 희대의 사건 조작!

배우 선우준, 놀이공원 폭력 사태의 진실 밝혀져…….

지난 11일, 폭행 및 상해죄로 고소장이 접수되어 논란의 중심에 섰던 배우 선우준 사건의 진상이 당시 현장에 있던 목격자에 의해 드러났다.

지난달, 여자 친구 J양과 서울 잠실의 모 놀이공원에서 데이트를 즐기던 중 아르바이트생 정 씨에게 폭력을 행사한 혐의로 고소장이 접수됐던 배우 선우준 씨 사건의 밝혀진 전말은 다음과 같다.

피해자를 자처하던 아르바이트생 정 씨는 단지 J양이 시각 장애인이라는 이유를 들어 놀이기구 탑승을 거부했고, 그에 항의하는 선우준 씨와 J양에게 폭력과 폭언을 퍼부었다. 참다못한 선우준 씨가 정 씨의 멱살을 붙드는 등 물리적인 폭력을 행사한 사실이 있으나, 먼저 정 씨가 J양을 밀쳐 바닥에 넘어뜨린 것에 대한 정당방위였던 것으로 드러났다. 이와 같은 내용은 한 목격자에 의해 동영상으로 빠짐없이 녹화되었고, 사건이 접수된 송파 경찰서에서도 자세한 정황이 확인된 것으로 알려졌다.

충격적인 사실은 배우 선우준 씨를 폭행 혐의로 고소하여 거액의 합의금을 요구한 아르바이트생 정 씨와 일명 '갑질 기사'를 작성해 최초 유포한 기자 강 모 씨 사이에 모종의 커넥션이 있었다는 점이다. 실제로 경찰 조사에서 강 씨가 정 씨의 계좌에 현금 7백만 원을 입금한 사실이 밝혀졌으며, 이는 선우준 씨를 허위로 고소하고 받은 대가였다고 자백했다.

이에 경찰은 정 씨와 연예 매거진 'Z'사의 기자 강 씨를 상대로 폭행 및 모해 위증 교사 혐의를 적용할 수 있는지 검토 중에 있다.

기사를 끝까지 읽지 않아도 알 수 있었다. 준을 질기게 붙잡고 늘어지던 거짓의 수렁에서 마침내 빠져 나온 것이었다.

날이 밝기도 전에 이미 수없이 전화가 쇄도하고 있었다. 아직 잘 떠지지도 않는 눈으로 연신 불이 들어오는 휴대폰을 붙들고 있던 준이 이내 전원을 꺼 바닥에 내려놓았다. 그 뒤로 사서함 가득 차오르기 시작한 위로며, 안부며, 축하의 메시지들은 잠시 나중으로 미뤄 둔 채였다. 쌓이고 쌓인 문자들이 저마다 소량의 환희와 기쁨을 담고 있었다.

그 아래에는 내일 꼭 촬영하러 나오라는 짧은 말로 모든 위로를 대신한 이우혁 PD의 문자 역시 섞여 있었다.

도로 베개에 머리를 누인 준이 이불을 끌어 올렸다. 지금은 그저 다른 쪽 팔을 베고 곤히 잠들어 있는 시진을 깨우지 않으려 숨소리조차 조심스러울 뿐이었다. 옆으로 돌아누우며 시진의 볼록한 이마에 살며시 입을 맞추었다. 온기를 찾아 품을 파고 들어오는 어깨를 감싸 보듬는 것도 잊지 않았다.

시진의 한쪽 다리를 제 다리 사이에 끼워 넣고, 또 다른 다리로 시진을 가두었다. 그러고는 전신에 맞닿아 있는 보드라운 피부를 담요 삼아 다시금 눈을 감고 잠을 청해 보기로 했다.

고소장, 정진수, 강 기자와 그에 동조해 지껄이던 악성 댓글들. 이런 것에 더는 신경 쓰고 싶지 않았다.

품 안엔 시진이 행복한 얼굴로 잠들어 있었고, 발치를 데우는 아침볕은 찬란했다. 늦어진 식사 시간에 항의하며 이따금 방문 틈으로 콧김을 뿜는 버디 녀석이 아니라면 이대로 죽어도 좋다고 생각될 만큼.

상대를 위해 상대를 밀어내던 어제는 이제 기억조차 나지 않는 먼 과거가 되어 있었다. 불완전한 우리가 이렇게 완벽할 줄, 어제의 우리는 미처 알지 못했다.

밤새 준의 과한 애정에 시달리다 창밖이 푸릇한 빛으로 밝아 올 즈음에야 겨우 잠이 든 시진이었다.

뒤척이는 준을 따라 파르르 떨리며 깨어나는 속눈썹 아래 검은 눈동자는 아직 몽롱하게 잠에 취해 있었다. 두 손에 맞닿아 있는 온기를 더듬거리다 이내 준이 제 곁에 있음을 확인하고는 배시시 웃어 버린다. 그런 시진의 사랑스러움을 이기지 못한 준이 다시금 그녀의 안으로 파고들기 시작했다.

아직 채 영글지 못한 하루의 시작을 맞닿는 피부 위에 송골송골 땀방울을 빚으며 맞이했다. 입과 입에서 내뿜는 거친 호흡과 서로의 목덜미를 강하게 끌어안는 사랑의 행위로 방안은 곧 후끈한 온기에 가득 찼다.

겨우 주섬주섬 옷가지를 걸치고 밖으로 나왔을 땐, 잔뜩 허기가 진 버디가 불만의 표시로 주둥이를 쳐들며 달려들었다.

점심이 한참 지난 시간, 두 사람은 집 근처 카페에 나와 앉아 있었다. 맞은편에는 며칠 새 근심으로 초췌한 행색이 되어 다리를 떨고 있는 정진수가 있었다.

"제발 한 번만 봐주세요. 저 대학 졸업도 못 했고, 취업도 아직이에요. 이번에 전과 생기면 저 진짜 인생 끝장난단 말예요. 다 그 기자가 시켜서 한 일이에요. 진짜로 딱 한 번만 선처해 주세요. 네?"

지난번 경찰서에서 마주쳤을 때의 기고만장한 모습은 오늘 그 어디에서도 찾아볼 수가 없었다. 아까부터 당혹스러운 기색으로 앉아 있는 시진 곁에서 준은 그에게 어떤 대꾸도 해 주지 않았다. 더 들을 것도 없다는 듯이 시진을 이끌고 곧장 자리에서 일어나는 그를 정진수가 다급히 붙잡았다. 준이 차갑게 그 손을 내쳤다.

정진수라는 녀석이 무엇을 두려워하는지 준은 잘 알았다. 자신이 했던 그대로의 짓이 자신에게 되돌아가는 것을 겁내고 있는 것이리라. 준은 녀석을 미워하거나 원망하는 데 시간을 허비하고 싶지 않다고 생각했으나, 그것을 굳이 입 밖에 내서 녀석을 안심시키는 일도 하고 싶지 않았다.

지난 며칠간 귀에 딱지가 앉도록 들은 말이 바로 '갑질' 이었다. 만약 그 순간 준이 유일하게 부릴 수 있는 '갑질' 이 있다고 하면, 얼마간이라도 녀석을 불안 속에 살게 하는 일일 터였다.

갑질 기사라면 이가 갈리는 사람이 하나 더 있었다. 그러나 유감스럽게도 강견수 기자에 관하여서는 더더군다나 준이 할 수 있는 일이 별로 없었다. 정확히 말하면 준이 아니라도 사회적으로나 법적으로 그는 이미 책임 추궁을 받고 있는 상황이었다.

여러 건의 비슷한 소송에서 미꾸라지처럼 빠져 나간 전적이 있었다고는 하나, 이번 준의 일과 관련해서는 처벌을 면키 어려울 것이라고 들었다.

강견수는 사회의 정의와 진실을 추구해야 한다는 기자의 직업 윤리보다 오로지 화제성에 집중하여 대중을 마비시키는 마약 같은 기사를 쓰는 작자였다. 그럴듯한 이야기를 사실인 양 써 대는 건 죄가 되지 않을지 몰라도 없는 이야기를 그럴듯한 사실로 꾸며 내는 건 명백한 범죄였다.

"기자가 자기 이름 세 글자에 신뢰를 잃으면 더 이상 기자 짓하기 힘들어요. 사실상 이 바닥에서는 매장이나 다름없는 거죠."

강견수도 그가 저지른 짓에 대해 합당한 대가를 치르게 되었다고 여기는 준에게 박 기자 역시 신랄하기 그지없는 어조로 동의했다.

재공연 무대를 성공적으로 마치고 난 뒤, 객석에 앉아 마무리 취재를 하는 도중이었다. 배우들 사이에 껴서 그들의 사적인 수다를 엿듣고 있던 박 기자가 이내 슬그머니 웃음 지었다. 지금까지 마음고생이 심했던 준과 시진을 대신하여 동료들이 누구보다 열성적으로 화를 내고 있었기 때문이었다.

"지금까지 멋도 모르고 욕하던 놈들 다 고소해 버려요. 요새 악플러들과의 전쟁이 연예계 트렌드라니까."

“착한 척해 봐야 다 네 손해다. 경험자로서 말하는데, 모니터 뒤에 숨어서 손가락 못되게 놀리는 애들 혼쭐 한번 나 봐야 돼.”

막 무대를 마치고 내려온 성희까지 말을 보태며 거들고 나섰다. 박 기자의 옆에 털썩 주저앉아 생수로 목을 축이는 성희는 두꺼운 분장 위로 온통 땀범벅이었다. 그럼에도 호연을 펼치고 난 뒤라 조명에 화장이 녹아내려 번진 얼굴까지도 당당하고 아름다웠다. 박 기자는 이번 정기 공연을 모두 끝마치고 나면 이후의 류성희는 실력파 여배우로 대중에 재평가될 것이라고 확신했다.

월화 미니시리즈 드라마의 조연으로 캐스팅된 준도 다음 주부터는 촬영에 들어간다고 하고, 영목과 수지는 대기업에서 후원을 약속한 차기 공연의 주역으로 일찌감치 내정되어 있는 상태였다. 한 극단 안에서 이만큼의 옹골찬 신인을 발굴해 낸 이명한 감독의 안목에는 다들 혀를 내두를 따름이었다.

“잘못했다고 사과는 해도 진심으로 미안하다는 생각도 못 하는 인간들이야. 그리고 나도 더 이상 남들 눈에 어떻게 보여지는지 신경 안 쓰기로 했고.”

정진수와 강견수 기자의 일이 대충 마무리되자 적어도 이제 사실 여부에 관계없이 무차별적으로 물어뜯기는 억울한 희생자는 생기지 않겠다며 속 시원해하는 이들 사이에서 준만은 회의적으로 고개를 저어 보였다.

비단 정진수나 강견수만이 사건의 가해자는 아니었다. 아무런 죄책감 없이 돌을 던진 모두가 사실은 가해자나 다름없다고 준은 생각했다.

먼저 인터뷰를 마친 준이 분장을 지우기 위해 대기실로 돌아가고 얼마 지나지 않았을 때였다. 수지의 안내를 받으며 시진이 객석이 있는 곳으로 걸어왔다. 박 기자가 먼저 알은체를 했고, 묘한 눈으로 지켜보던 성희도 결국 순순히 자기소개를 했다.

"류성희예요."

그녀의 이름을 듣는 순간 시진의 얼굴이 환하게 밝아졌다.

"혹시 실례가 안 된다면 사인 한 장 부탁드려도 될까요? 제 친구가 류성희 씨 오랜 팬이거든요."

그에 성희는 차마 거절조차 하지 못하고 천진하게 내밀어진 하얀 종이에 화려한 사인을 그려 넣었다. 나중에 시진이 준이 있는 대기실로 사라진 다음에야 나직이 박 기자에게 속마음을 털어놓았다.

"저렇게 예쁘게 웃는 여자였어. 다른 건 다 내가 백배는 더 나은데, 저 웃는 얼굴은 도저히 못 이기겠다. 상대가 안 돼."

그러더니 항복이라는 듯 성희가 장난스럽게 두 손을 들어 보였다.

"밖에 쌀쌀해. 옷 단단히 잠그고 나가."

건물 밖으로 나서기 전에 준이 시진의 겉옷 단추를 꼼꼼하게 채워 주었다. 시진이 입고 있는 캐멀색 카디건이 어쩐지 눈에 익다 싶었는데, 잘 생각해 보니 처음 만난 공원에서 그녀가 입고 있던 옷이었다.

두 사람을 둘러싼 계절이 어느새 두 번 바뀌었다. 떨어지는 낙엽의 색을 닮은 시진의 카디건처럼 두 사람이 공유할 수 있는 추억의 가짓수가 늘어 가고 있었다.

최근 두어 달 동안 준에게는 꽤나 많은 변화가 있었다. 그중 가장 기억에 남는 것을 꼽자면 단연 시진의 아파트로 준이 이사 들어간 일을 들 수 있을 것이다.

"나 솔직히 걱정했거든. 우리 부모님이 진석이 반대할까 봐. 근데 아빠가 그러시더라. 세상에 사지 멀쩡해도 내 딸 불행하게 만들 놈들이 수두룩한데, 진석이는 몸은 좀 불편해도 내 딸 행복하게 해 줄 수 있을 것 같았다고."

정은이 진석과 함께 자기 부모님을 찾아뵙고 난 저녁이었다. 아줌마와 아저씨는 잘 계시느냐고 안부를 묻자, 정은이 잔뜩 상기된 얼굴로 저녁 식사 자리에서 있었던 일을 시진에게 시시콜콜 들려주었다.

"뭐, 우리 엄마야 진석이가 하도 인물 좋고, 배경 좋고, 직업까지 좋아서 다리 길이 조금 모자란 건 보이지도 않았다고 하셨지만.”

반쯤은 감격에 겨워서, 또 다른 반쯤은 어쩔 수 없이 자랑하고 싶은 마음이 묻어나는 목소리였다. 예상보다 빨리 양가의 결혼 승낙을 얻어 낸 정은이 아낌없이 축하해 주는 시진을 덥석 끌어안고서 말했다.

“고마워. 다 네 덕분이야.”

“내가 뭘 했다고?”

“우리 부모님. 눈 안 보여도 누구보다 밝고 건강하게 사는 너 보면서 장애인에 대한 거부감이랑 편견 거두신 거야. 그러니까 사실 네 덕분에 반은 먹고 들어간 거지. 정말 고맙다. 씨진.”

그리고 얼마 지나지 않아, 정은은 진석과 함께 미국으로 들어갔다. 애초에 정은이 하고 싶어 했던 디자인 공부를 아낌없이 뒷바라지해 주겠다는 진석의 약속이 있었기 때문이다. 두 사람을 배웅하러 나간 공항에서 정은은 준을 따로 불러내어 단단히 당부하는 것을 잊지 않았다.

“너 있어서 가는 거야. 나 없다고 씨진이 울리면 진짜 그날로 티켓 끊고 날아온다.”

막상 심사대를 통과할 즈음엔 끝내 시진을 붙잡고서 눈물바람을 한 정은이었다.

그 시기와 맞물려 월세 계약이 끝난 준이 자연스레 정은의 빈자리를 대신하여 시진의 집으로 들어오게 되었다. 아직 반년 넘게 남은 정은의 전세 보증금은 돌아오는 날 준에게 받기로 서로 이야기를 잘 마친 다음이었다.

"짐 정리는 다 끝났어요? 언제 집들이해야죠, 형!"

"맞아요. 양손 무겁게 휴지랑 하이타이 사 들고 갈게요."

정작 집주인은 생각도 않는데 저들끼리 김칫국 마시며 북 치고 장구 치는 이 앙큼한 콤비는 그사이 연인으로 발전해 있었다. 죽어라 친구라고 우기더니만 어느새 눈이 맞았다고 놀리는 단원들의 짓궂음에도 아랑곳없이 영목과 수지는 여전히 한 벌의 수저처럼 붙어 다녔다.

시진의 집으로 들어가기에 앞서 준은 그동안 상상으로만 그려 왔던 시진의 부모님과 직접 마주할 기회를 가졌다. 아버지는 생각보다 무뚝뚝했고, 어머니는 생각보다 밝은 성정이었다.

자신 때문에 시진이 마음고생 했던 일에 대해 모두 털어놓으며 죄송하다 사죄하는 준을 시진의 부모님은 다만 미소로 용서했다. 또 앞으로 시진과 평생을 함께하고 싶다는 허락을 구할 때엔 잠시 말을 잊은 채 먹먹한 시선으로 시진과 준의 모습을 눈에 담기도 했다. 이내 시진의 어머니가 다가와 준의 손을 꼭 붙잡고서 이야기했다.

"우리 시진이 부족한 부분은 시진이가 아니라 내가 부족해서 그런 거예요. 내가 건강하게 못 낳아 줘서, 나 때문에."

"어머님."

"그러니까 혹시 함께 살다가 미운 일이 생기더라도 시진이 말고 나 원망해요. 우리 시진이는 미워하지 말고."

손등을 도닥이며 거듭 부탁하는 주름진 손에 대고 준이 답했다.

"제 눈에 시진이 부족한 것 없습니다. 오히려 제가 많이 부족합니다. 그만큼 제가 더 많이 아끼고 사랑하면서 살겠습니다."

진심을 다한 준의 다짐에는 시진의 아버지마저 못내 눈시울을 붉히고 말았다.

처음으로 함께하는 식사 자리 내내 가족의 웃음소리가 가득했다. 고봉밥으로 푼 준의 밥숟갈 위에는 시진의 어머니, 아버지가 번갈아 가며 반찬을 올려 주었다. 배에 더는 들어갈 자리가 없을 정도로 밥그릇을 싹 비우고서도 음식이 너무 맛있다며 한 공기를 더 청하는 것으로 준은 시진의 부모님을 흐뭇하게 만들 수 있었다.

딸이 사랑하는 사람이라서, 또 딸을 사랑하는 사람이라 당연하게 가족의 일원으로 받아들이는 한없는 신뢰가 지금의 시진을 있게 했다는 생각이 들어, 그 앞에서 준은 괜스레 자꾸 목이 멨다.

⁘ ⁘ ⁘

한편, 준의 고모와 다시 만나 정식으로 인사를 나누던 자리는 세 사람 모두에게 불편한 방석을 깔고 앉은 듯 껄끄러운 시간이었다고 준은 회상했다.

"아무래도 내가 조금 오해를 한 모양이에요. 지난번엔 그렇게 이야기해서 미안해요."

준의 재촉에 먼저 사과의 말을 내면서도 시진을 바라보는 고모의 시선만큼은 여전히 날카롭고 예리한 데가 있었다. 아마 시진 역시 그것을 눈치챘을 것이다. 다른 사람이 자신을 어떻게 바라보는지 누구보다도 예민하게 느낄 수 있는 시진이었으니까.

"너 좋아하는 파전이다. 숟가락 위에 올려놨어. 먹어 봐."

"응. 너도 빨리 밥 먹어."

평소처럼 시진을 챙기는 준 때문에 그녀는 중간 중간 곤란한 표정을 짓기도 했다. 정작 준은 시진 말고 다른 것은 전혀 신경 쓰이지 않는다는 듯 행동했는데, 사실 그는 식사하는 내내 시진에게 말 한마디 다정하게 건네는 일 없이 쓴침묵을 지키는 고모에게 적잖이 마음이 상한 상태였다.

점심 식사를 마치고 마당이 딸린 한정식당을 나오면서도 시진을 못내 탐탁지 않게 여기는 고모의 한숨이 두 사람의 발밑에 묵직하게 따라붙었다. 점차 서늘하게 가라앉아 버리는 준과 못마땅해하는 고모 사이에서 애꿎은 시진만 눈치를 봐야 했다. 준의 팔짱을 끼고 걷던 시진이 제법 쌀쌀해진 초

겨울 날씨에 앞섶을 여몄다.

"벌써부터 겨울 냄새가 난다. 나 추운 건 싫어도 이 냄새는 꽤 좋아하거든."

시진이 준의 소매를 슬쩍 잡아당기며 속삭거리자 준이 자연스레 그녀의 입가에 귀를 가져다 댔다.

따뜻한 국물로 배를 채운 오후, 거실에 비스듬히 누워 귤껍질을 까먹는 한가로운 시간의 냄새. 데워 둔 전기장판 위에 배 깔고 엎드려 넘기는 책장의 오래된 종이 냄새.

가끔씩 닫힌 베란다 문 바깥에서 새어 들어오는 동네 아이들 뛰노는 소리, 휭휭 겨울바람 바쁘게 달려가는 소리. 발목까지 쌓인 눈을 밟고 걸으면 나는 뽀드득 소리.

그리고 마지막으로 손닿으면 금세 녹아 사라져 버리는 눈송이와 그렇게 지나 보낸 겨울의 아스라함까지.

시진이 손가락을 접으며 자신이 좋아하는 겨울의 순간들을 하나씩 꼽아 보았다.

"우리 올 겨울 내내 딱 붙어 있자. 추위도 한기도 못 끼어들게."

"그래."

가만히 들으며 미소 짓던 준이 고개를 끄덕거렸다.

"정말 행복하겠다. 그치?"

"응."

재잘거리는 시진의 목소리가 듣기 좋았다. 멋없이 무뚝뚝

한 대답밖에는 할 줄 몰라도 내놓은 시진의 손등이 시릴까 제 손으로 덮어 입김을 불어넣는 조카의 얼굴은 훈훈하기만 했다. 지켜보고 있자니, 두 사람을 꼬집어 보던 고모의 눈길까지 서서히 누그러졌다.

비록 남편과 시댁 식구들의 괄시 속에 눈칫밥 먹으며 자라게 했어도 마음속에서는 자식이라고 생각하는 조카였다. 늘 미안하고 안타깝고, 가끔은 애잔하기도 했다.

그래서 더 남부럽지 않게 살길 바랐는지도 모른다. 여전히 장애를 가진 시진이 마음에 차지 않았지만, 그래도 이젠 인정해야 할 때였다. 지금 이 순간 준의 눈빛에 어린 따뜻함은 누가 뭐래도 사랑이었다.

"식 올리기 전에 다시 봐요. 그때는 집으로 와요. 내가 맛있는 파전 부쳐 줄 테니까."

가까운 버스 정류장에서 헤어짐을 고할 즈음에는 선뜻 먼저 다음 만남을 기약하기도 했다. 내도록 미워하다 마음 한 조각이나마 내어 준 것이 그렇게나 고마웠을까. 어린아이처럼 맑게 웃으며 고개를 끄덕이는 시진의 얼굴이 가슴에 깊이 박혀 멀어져 가는 버스 안에서도 쉬이 잊히질 않았다.

15장

그리고 봄

이듬해 겨울이었다. 작년보다 부쩍 일이 늘어 정신없이 바빴던 연초가 그럭저럭 지나갔다.

강원도 어느 산간 지방에서는 늦깎이 눈이 내려 고립된 마을이 있었고 서울 역시 갑작스런 추위로 냉랭하게 얼어붙었다는 일기 예보가 흐르던 어느 날, 겨울의 끝자락에서 준과 시진은 조촐하게 결혼식을 올렸다. 작지만 밥이 맛있는 예식장을 골랐고, 초대한 하객 수는 양가를 합쳐 오십 명이 넘지 않는 소박한 결혼식이었다.

“상견례는 우리가 먼저 했는데, 씨진이한테 선수를 빼앗겼네. 우리 쌍부조했다. 준이랑 오래오래 행복하게 잘 살아.”

미국에 간 지 넉 달이 채 되지 않아 진석과 정은이 시진의 결혼식을 위해 다시 한국에 들어왔다. 시진은 무척 미안해했지만 정은은 오히려 타지 생활 내내 집 밥이 그리워 죽는 줄 알았다며 귀국을 반기는 눈치였다.

"세상에, 신부가 너무 예쁘다. 준 오빠, 완전 땡잡았네요!"

신부 대기실에서 시진은 하객들과 연달아 사진을 찍느라 정신이 없었고, 좀 전에 다녀간 준 역시 평소답지 않게 긴장한 기색이 역력했다.

그런 준을 짓궂게 놀리며 즐거워하는 극단 동료 배우들 덕분에 식장은 벌써 입구부터 화기애애했다.

출연한 독립 영화로 해외 유수의 영화제에서 상을 받게 된 성희는 아쉽게도 참석하지 못했다.

바쁜 스케줄 탓에 소극장에 얼굴을 비추는 일도 이젠 뜸해졌지만, 아이돌 출신 연기자와 두 번이나 떠들썩하게 스캔들을 터뜨리며 간접적으로나마 소식을 전해 오고 있었다. 사회부 기자라는 멀쑥한 애인과 함께 결혼식에 온 박 기자가 성희가 보낸 두둑한 마음을 대신 전달해 주었다.

축가는 끼 많은 극단 동료들이, 사회는 까불까불한 영목이 맡았다. 주례는 뜻밖에도 원로 배우 곽 선생님이 직접 서 주셨다. 새파란 신인의 어려운 부탁을 흔쾌히 들어준 것만으로도 감사할 일인데, 주례가 끝날 즈음에는 지금껏 다닌 중에 준과 시진의 결혼식이 가장 감명 깊었다는 말씀까지 남겼다.

"신랑, 신부 입장!"

영목의 힘찬 외침에 두 사람과 한 마리의 개가 함께 발맞춰 버진 로드를 밟았다. 감명 깊었던 곽 선생님의 주례사 뒤에는 뜻밖에 시진 몰래 서약문을 적어 온 준이 하객들 앞에서 낭독했다.

"사랑하는 당신께 맹세합니다. 오늘부터 나는 당신의 손을 잡고 올록볼록한 옐로우 카펫을 함께 걸어가겠습니다. 당신의 손끝이 읽을 수 있는 글자로 매년 편지를 쓰겠습니다. 소리로 밑그림을 그린 당신의 세계에 기꺼이 내가 색을 칠하겠습니다. 그리하여 당신과 나, 우리 두 사람이 완전한 하나가 될 때까지 평생을 사랑하겠습니다."

진심 어린 사랑의 맹세로 기어코 기쁜 날 신부를 울리고만 준은 식이 끝날 때까지 꼭 잡은 시진의 손을 놓지 않았다. 이제 부부가 되었다는 선언과 함께 터져 나오던 박수 소리는 마치 오색빛 폭죽 같았다.

그렇게 주례석 앞에서 두 사람은 앞으로의 시간을 하나의 매듭으로 묶어 영원히 행복하겠다고 맹세했다.

⠿ ⠿ ⠿

겨우내 얼어붙어 있던 땅을 가르고 움튼 씨앗 위로 푸릇한 새싹이 돋아나는 봄이 왔다. 이른 아침, 창밖으로 새어 들어온 빛이 얽혀 있는 네 개의 발을 간지럽혔다.

어제는 지방에 영화 촬영을 갔던 준이 닷새 만에 돌아온 날이었다. 떨어져 있던 시간만큼의 아쉬움을 달래느라 거듭 사랑을 나누는 두 사람에게 지난밤은 터무니없이 짧았다.

새벽녘에야 쓰러지듯 겨우 잠이 들었던 시진이 아침나절 다리를 어른거리는 햇살에 뒤척였다. 이제는 습관처럼 제 가슴으로 파고드는 시진을 준이 두 팔로 꼭 끌어안았다.

"일어났어?"

결국 잠시 뒤에는 부스스 눈을 뜰 수밖에 없었는데, 아랫배를 불편하게 만드는 뭉툭한 감각 때문이었다. 마치 줄곧 시진이 일어나는 순간을 기다리고 있었다는 듯이 준이 한 팔을 괴어 머리를 받치며 물었다. 다른 손으로는 아까부터 시진의 둥그런 엉덩이를 문지르고 있는 채였다.

"넌 왜 벌써 일어났어?"

되묻는 시진의 목소리에는 어쩔 수 없이 원망 같은 게 조금 묻어나 있었다. 큭큭 웃어 버린 준의 어깨가 머지않아 시진의 위로 겹쳐졌다. 못 이기는 척 몸을 돌려 그를 받아 낼 준비를 하면서 시진이 두 다리로 준의 허리를 감았다.

귓가에 준의 뜨거운 숨이 내뿜어지기 시작했을 때, 이불 밑에서 고통을 동반한 쾌감이 찾아들었다. 준의 무게에 밀려 시진의 몸이 들썩거리기 시작했다. 점점 고조되다가 더는 안 되겠다 싶어 아랫입술을 깨물 즈음에는 오히려 불이 붙기 시작한 준의 몸짓이 격렬해졌다.

벌어진 시진의 입에서 막혀 있던 소리가 가느다랗게 새어 나갔다. 마치 오랫동안 물속에 잠겨 있다 겨우 숨을 틔운 비명 같은 소리였다. 마침내 시진의 안에서 준이 부르르 몸을 떨며 쓰러졌다. 억눌린 신음을 토해 내더니, 베개 위에 펼쳐진 시진의 머리카락에 그대로 얼굴을 묻었다.

격렬한 몸짓의 부산물처럼 피부 위에 맺힌 미끈한 땀방울들이 맞닿은 몸을 타고 시진에게로 흘러내렸다. 납작하게 짓눌린 시진의 가슴 위에서 준의 심장이 불규칙한 리듬으로 뛰고 있었다.

아이를 달래듯 시진이 손가락으로 준의 머리칼을 헤집어 연신 쓸어내렸다. 호흡이 가라앉기를 기다리면서 시진은 제 몸 위에 겹쳐진 무게감에 안정을 느끼고 있었다.

사랑을 나누는 내내 깍지를 껴 얽고 있던 손마디들이 뒤늦게 저릿저릿했다. 행위는 끝났지만 여전히 꿰고 있는 몸을 조금 거슬러 오른 준이 시진의 귀에 대고 나직이 속삭였다.

"사랑해."

"……나도 사랑해, 준아."

정오가 가까워 오도록 침대를 벗어나지 않던 두 사람이 마침내 이불을 걷어 냈다. 일어나서 방을 나서는 시진이 서랍에 준비해 두었던 무언가를 꺼내 먼저 화장실 안으로 들어갔다.

"시진아, 다 됐어?"

문 앞까지 쫓아와 시진이 나오길 재촉하는 준은 여느 때와 다르게 조금 초조한 얼굴이었다. 그 옆에 버디도 자리를 잡고 앉아 함께 소식을 기다리고 있었다. 변기 물 내려가는 소리가 나더니, 잠시 뒤 시진이 화장실에서 나왔다.

"어때?"

시진이 내미는 막대를 가만히 들여다보던 준의 얼굴에 마침내 웃음꽃이 피어났다.

시진이 머뭇거리며 임신이 의심된다고 넌지시 얘기했을 때부터 알게 모르게 기대해 온 준은 테스트기의 두 줄을 빤히 바라보다 크게 웃고, 다시 두 줄을 확인하기를 몇 번이나 반복했다. 영문 모르고 불안한 표정을 짓고 있는 시진을 덥석 끌어안더니, 한 바퀴를 빙그르르 돌렸다.

"고마워. 정말 고마워, 시진아!"

두 사람에게도 마침내 봄을 닮은 반가운 소식이 찾아들었다. 준과 시진은 그 해 겨울, 우렁찬 울음을 쏟으며 세상 밖으로 나올 아기의 태명을 뻼뽀요*라고 지었다.

⁘ ⁘ ⁘

아침부터 외출을 위해 아이의 짐을 챙기느라 바쁜 엄마가

---

*스페인어로 새싹이라는 뜻. 귀엽고 작은 아기를 의미함.

있었다. 기저귀 개수를 세어 가방 안쪽 주머니에 넣고, 아이가 먹을 간식이며 우유며 물수건을 찾아 빼곡하게 담았다.

혹시 모른다는 생각에 여분의 바지와 껴입힐 외투를 챙기는 것도 잊지 않았다. 금세 묵직해진 가방을 잘 여며 거실 한쪽에 세워 두었다.

엄마를 졸졸졸 따라다니는 벌거벗은 사내아이와 그 아이가 행여 감기라도 걸릴까 마른 수건을 들고 물기를 닦아 주러 쫓아가는 아빠가 아침나절 끝나지 않는 술래잡기를 하고 있었다.

1년만 젊었어도 저 사이에 껴서 함께 뛰어놀았을 버디는 요즘 대부분의 시간을 푹신한 방석 위에 웅크린 채로 보내는 중이었다. 작년에 도진 관절염 때문에 오래 걷지 못하는 까닭이었다.

외출 한 번에 큰 소동이 벌어진 것처럼 집이 꽤나 부산스러웠다. 애 키우는 집이 으레 그럴 테지만, 특히나 오늘은 가족 모두에게 아주 중요한 약속이 있는 날이었다.

시진이 뒤돌아 자기 다리에 매달려 있는 아이를 꼭 껴안아 주는 것으로 끝나지 않을 것 같던 잡기 놀이도 끝이 났다. 아이는 엄마의 상냥한 손이 제 얼굴을 더듬는 게 퍽이나 기분 좋은 듯이 까르륵 유리구슬 같은 웃음소리를 연방 터뜨렸다.

시진과 준의 사랑을 양분으로 움튼 어린 새싹 같았던 아이는 이제 세 살이 되어 가고 있었다.

시진은 처음 뱃속에 아기가 생겼다는 걸 알게 된 그날의 기억이 아직까지도 선명했다. 몇 날 며칠 기쁨을 주체하지 못하고 야트막한 시진의 배를 어루만지던 준과는 달리, 어쩐지 시진은 마냥 기뻐할 수가 없었다. 차마 입 밖에 내지 못하고 속에 쌓여만 가는 불안은 곧 이겨 내지 못할 스트레스와 악몽으로 되돌아와 시진을 괴롭히기 시작했다.

임신 8개월쯤이었다. 잠들기 전까지 두 다리에 심하게 쥐가 나서 고통스러웠다. 한 시간이 넘게 다리를 주물러 주며 걱정하는 준 때문에 아픈 내색도 할 수 없었다. 자정이 넘어서야 겨우 곯아떨어졌는데, 새벽에는 심하게 잠꼬대를 하며 몸서리를 치는 바람에 옆에서 자던 준이 먼저 깨고 말았다.

"정시진! 시진아, 일어나 봐!"

온 얼굴이 눈물범벅이 되어서야 시진도 겨우 정신을 차리고 깨어났다. 잠시 꿈과 현실을 분간하지 못하고 눈을 깜빡거리던 시진이 이내 준의 소맷부리를 잡아 끌어당기며 속으로만 삭이고 있던 말을 뱉어 놓았다.

"나 무서워. 내가 아기를 낳아 잘 키울 수 있을까? 내가 정말 엄마가 되어도 괜찮은 걸까? 준아, 나 무서워. 어떡하지……."

뜻밖의 고백에 놀라 잠시 말을 잊었던 준이 울먹이고 있는 시진의 어깨를 끌어당겨 안아 주었다. 머리를 쓸어내리고 등을 도닥이며 그녀가 진정할 때까지 재촉하지 않고 기다렸다. 훌쩍이던 소리가 겨우 가라앉을 즈음에야 준이 시진의 손바닥 위에 입을 맞추며 이야기했다.

"사실은 나도 그래. 나도 무섭다, 시진아. 나 같은 놈이 정말 너랑 우리 아기를 평생 행복하게 해 줄 수 있을지, 순간순간 자신 없어지고 겁이 나."

시진이 머리를 기댄 단단한 어깨에 어울리지 않는 연약한 말이었다. 하지만 이내 준은 시진의 볼을 두 손으로 감싸 입을 맞추며 이렇게 이야기했다.

"그러니까 우리 열심히 노력하자. 우리 아기 평생 지켜 줄 수 있게. 더 많이 사랑하고, 더 많이 아껴 주자. 우리가 부족한 만큼 더 많이."

시진의 우려대로 언젠가 아이가 앞 못 보는 장애를 가진 엄마를 부끄러워하는 날이 올지도 몰랐다. 혹은 대중에 노출되는 직업을 가진 아빠를 미워하게 될지도 모를 일이었다.

만약 정말로 그런 날이 온다면 준은 아이를 눈앞에 앉혀 두고 말해 줄 생각이었다.

비록 세상에서 가장 완벽한 부모는 될 수 없어도, 세상에서 너를 가장 사랑하는 부모가 되어 주겠다고.

돈이 많거나 장애가 없는 몸을 가진 것보다 자식을 사랑하는 마음이야말로 정말 아이에게 필요한 부모의 자격이 아닐까 생각했다. 두 사람의 아이라면 분명 그 진심을 알아줄 거라고 준은 믿었다.

세상 밖으로 나올 아이를 기다리는 동안 두 사람은 서로를 부둥켜안고 의지하며 불안한 밤들을 달랬다. 보름달이 차듯 부풀어 오는 배 속에서 아기가 태동하는 것을 흐뭇하게 지켜보기도 했다.

임신 후반에는 부모가 된다는 어려움보다 다른 문제로 마음을 졸이는 날도 많았다. 출산 전에 완전히 아물어야 하는 태아의 뇌실 한쪽의 줄어드는 속도가 다른 아기들에 비해 느린 편이라고, 아슬아슬한 경계 수치에 있으니 너무 염려하지는 말라는 의사의 말이 두 사람에게는 청천벽력 같았기 때문이었다.

걱정과 기쁨, 그 모두가 어우러진 경이로움 속에서 건강한 사내아이가 태어났을 땐 이전까지 품고 있었던 부정적인 생각들이 한순간에 사라졌다.

아이는 신의 선물이라는 말이 맞았다. 아이가 태어나고부터 매일을 두 사람은 아이 때문에 웃고 울기 시작했다.

커다란 수건으로 아이의 하얀 몸을 감싼 시진이 아이를 안아 준에게로 넘겨주었다. 배에다 바람 부는 소리를 내며 장난치는 아빠의 품에 폭 안긴 채 아이는 외출복으로 갈아입기 위해 방으로 들어갔다.

"버디야. 버디야?"

시진이 두어 번 버디의 이름을 불렀다. 예전 같았으면 얼른 달려와 시진의 손에 머리를 가져다 댔을 버디는 이제 앉아서 꼬리를 치는 것으로 응답을 대신했다. 사람보다 짧게 주어진 개의 시간이 조금씩 버디의 움직임을 제한하고 있는 탓이었다.

시진과 버디가 함께한 지도 벌써 7년이 되어 가고 있었다. 처음 시진이 버디를 만났을 때, 버디는 겨우 두 살이었다. 지금의 점잖은 모습에서는 쉬이 상상되지 않을 정도로 말썽을 피우던 어린 강아지였다.

안내견 학교에는 시각 장애인을 위해 교육을 받고 있는 예비 안내견 후보들이 많이 있었다. 같은 부견이나 모견을 가진 수많은 형제 개들 가운데 실제로 안내견이 되어 활약하게 되는 것은 극히 일부뿐이다.

봉사자 가족의 집에서 사회성을 익히는 퍼피 워킹의 과정을 거쳐 가장 뛰어나고, 가장 인내심 많으며, 가장 다감한 성격의 개가 바로 안내견이 될 자격을 얻게 되는 것이다.

버디 역시 그 안에서 자랑스러운 한 마리의 안내견으로 거듭나기만을 기다리고 있었을 것이다. 마침내 고대하던 순간이 왔을 때, 버디는 시진이라는 파트너를 만났다.

안내견 학교 선생님이 긴장과 설렘이 골고루 밴 시진의 손끝을 버디를 향해 살며시 가져다 대며 소개했다.

"시진 씨, 여기 이 아이가 버디예요. 시진 씨랑 성격이 가장 잘 맞을 것 같은 아이라 시진 씨의 짝으로 골랐어요. 오늘부터 둘이 사이좋게 잘 지내 봐요."

솔직히 말해서 첫 인상은 서로가 서로를 썩 마음에 들어하지 않았던 게 분명하다. 특히 처음 버디의 목덜미를 더듬어 본 순간 시진이 무심코 지어 보였던 겁먹은 표정은 이후 몇 달간이나 버디의 가슴에 앙금처럼 남아 있었다.

일주일간 안내견 학교에 기숙하며 동행 훈련을 받는 시간도 그다지 즐겁지 않았다. 마침내 학교를 벗어나 시진의 집으로 거처를 옮기고 난 후엔 더욱 심했다. 초반부터 벌어진 치열한 기 싸움은 시진의 예상보다도 오래 지속되었다.

버디는 정해진 시간에 용변을 보지 않았고, 아는 길을 부러 빙 돌아서 가거나 헤매는 척했다. 시진이 이끄는 곳으로 방향을 돌리지 않고 서서 버티거나, 그녀를 인도 끄트머리에 몰아 위태롭게 걷게 한 적도 있었다.

"이제야 하는 말이지만 그때는 진지하게 버디를 학교로 돌려 보낼 생각까지 하고 있었어. 서로가 서로한테 너무 지쳐 가고 있었거든."

나중에 시진이 준에게만 몰래 털어놓은 이야기였다.

철천지원수처럼 티격태격하던 사이가 지금처럼 애틋해질 수 있었던 계기가 있었다.

그날도 여느 때처럼 회사에 갔다 돌아오는 길이었다. 하필이면 버디가 지하철 바닥에 누가 뱉어 놓은 껌을 밟아 버렸다. 아직 호흡이 잘 맞지 않아 양쪽 모두 신경이 바싹 곤두선 상태였는데 발바닥에 붙은 껌까지 쭉쭉 늘어져서 걸음을 더 불편하게 만들었다.

상황을 모르는 시진으로서는 그저 애가 또 심술을 부리나 보다 생각들 따름이었다. 어기적거리는 걸음걸이로 자꾸만 인파에 휩쓸리는 버디에게 몇 번이나 신경질을 부리기도 했다.

겨우 집까지 도착해서는 둘 다 기진맥진해서 자리에 주저앉고 말았다.

"너 정말 이럴래? 무슨 안내견이 이렇게 말도 안 듣니! 미치겠다, 정말……."

이번에야말로 포기해야겠다고 결심했을 때였다. 너랑 더는 같이 못 다니겠다며 모진 말을 뱉어 내려던 순간이었다.

하네스를 풀기 위해 버디에게로 두 손을 가져다 댄 시진은 그제야 버디의 앞다리에 진득하게 엉겨 붙어 있는 껌을 발견했다. 수건으로 닦아 주려 했으나 굳어서 잘 떨어지지 않았다. 결국 몇 군데는 털까지 잘라 내야 했다. 버디는 몇 달간이나 그 땜빵들을 달고 살았다.

그 밤, 따뜻한 물에 버디를 목욕시키던 시진이 끝내 울음을 터뜨리고 말았다.

"미안해. 누나가 정말 미안해. 다시는 너한테 화내지 않을게. 다시는 널 미워하지 않을게. 정말 미안해, 버디야……."

말간 눈물을 뚝뚝 떨구면서 덥석 버디의 목덜미를 끌어안았다. 한참이나 서럽게 울어 대는 시진의 옆에서 차마 도망도 가지 못한 버디가 내내 그 짠 얼굴을 핥아 주었다.

난 괜찮아, 누나. 미안해하지 않아도 돼. 난 정말 괜찮아.

시진의 무릎에 살짝 이마를 가져다 댄 버디의 마음이 처음으로 시진에게 고스란히 전해져 왔다. 수줍게 눈을 맞춰 오는 버디가 더는 밉지도 무섭지도 않았다. 문득 시진은 그때까지 단 한 번도 버디를 향해 진심으로 웃어 보인 적이 없다는 사실을 깨달았다.

하여 미안한 마음을 담아 버디에게 살포시 미소 지었을 때, 시진을 바라보는 버디의 검은 눈망울이 전보다 한결 온순한 모양으로 누그러졌다. 마침내 서로를 마음에 받아들인 순간이었다.

이후 버디와 함께 많은 길을 걷고 누비며 지나 보낸 7년이었다. 레브라도 레트리버는 대체로 지능이 높고 사람을 잘 따르는 특성을 가졌지만, 관절이 약해지거나 지방종이 발생하기 쉬운 견종이었다. 버디의 경우, 다른 개들보다 덩치가 더 큰 만큼 평소 뒷다리에 하중이 많이 실렸던 모양이었다.

지금도 절뚝이며 시진의 뒤를 쫓아오는 모습이 애잔했다. 이제는 좀 편히 쉬어도 좋으련만, 여전히 버디는 그녀의 옆자리를 놓치는 법이 없었다.

얼마 전 안내견 학교에서 특별 검진과 스케일링을 받고 돌아온 이후에는 무언가를 예감하기라도 한 것처럼 더욱 그랬다. 그렇게 불안해하지 않아도 좋을 텐데.

지금까지 옆에서 쭉 시진의 힘든 시간을 지켜 주었던 것처럼, 시진 역시 언제까지나 버디의 옆을 지키고 있을 게 당연한데도 버디는 못내 초조해했다. 그런 버디의 머리를 다정히 쓰다듬어 주는 것밖에는, 시진이 달리 해 줄 수 있는 일이 없어 그저 안타까울 따름이었다.

"엄마! 뻐디이!"

방에서 옷을 입고 나온 아이가 도도도 달려와 버디의 허리에 매달리며 아는 체를 했다. 버디가 힘없이 주저앉아서 아이가 치대는 것을 잠자코 받아 주자 더욱 신이 난 듯 아이는 알아들을 수 없는 소리를 연거푸 외쳐 댔다.

걸을 수 있게 된 이후, 틈날 때마다 다가와 털을 쥐어뜯는 아이를 버디는 무척이나 아끼고 사랑해 주었다. 앞을 볼 수 없어 더욱 고충이 많은 엄마가 된 시진이 아무 탈 없이 아이를 키울 수 있었던 건 모두 버디가 충실한 보모 역할을 해 준 덕분이었다.

처음 이유식을 시작하고 아이의 입을 찾아 제대로 숟가락을 떠 넣기 힘들었던 시진이 멀건 죽을 사방에 흘려 놓았을 때, 옆에 앉아 아이의 손이며 얼굴이며 살뜰히 핥아 주던 버디가 있었다. 기어 다니는 아이가 발밑에 있는 걸 미처 알아채지 못해도 등으로 슬쩍 밀어 일러 주는 버디 덕분에 안심할 수 있었다.

아이가 아프거나 다쳐도 알지 못하는 시진이 속상해할 때마다 말없이 다가와 위로해 준 것도 바로 버디였다.

비록 아이에게 직접 색깔을 가르치거나 책을 읽어 주는 엄마가 될 수는 없었지만 아이는 버디와 함께 온종일 집 안을 뛰어다니며 건강하고 밝게 자라나고 있었다.

요새는 둘이서 마음이 맞는 친구가 되었는지, 아이가 버디를 챙긴답시고 시진 몰래 찬장에서 간식을 꺼내다 주는 일이 잦아졌다. 산책을 나갈 때도 제 신발은 짝짝이로 꿰어 신으면서 버디의 목줄은 제법 그럴듯하게 채웠다. 하물며 엄마, 아빠 다음으로 배운 말이 '뻐디이!' 였으니, 아이가 버디를 얼마나 좋아하는지 알 만했다.

그래도 지금 배 속에 든 다음 아이는 내심 딸이었으면 하고 바라는 시진이다. 앞으로 늙고 약해지기만 할 버디와 칼싸움, 총싸움 대신에 인형 놀이, 병원 놀이를 해 줄 얌전한 여자아이였으면. 무엇보다 벌써부터 손바닥만 한 분홍색 구두나 아기 옷을 부지런히 사 모으고 있는 준을 위해서라도 건강한 막내딸이 나왔으면 싶은 시진이었다.

"어머, 이러다 늦겠다. 여보, 버디 조끼 좀 입혀 줘."

"알겠어. 당신도 얼른 옷 입고 준비해."

정신없이 아이를 챙기다 보니 시간이 훌쩍 지나 버렸다. 준이 버디에게 입힐 새 조끼를 꺼내 가져왔다.

지난 7년 동안 시진과 함께 어디라도 출입할 수 있다는 의미의 노란색 조끼를 매일 입고 다닌 버디라 그런지, 이제는 이게 없으면 꼭 벌거벗겨 놓은 기분이 들었다.

이제 버디는 노란색이 아닌, 주황색 조끼를 입게 되었다. 은퇴견이라는 말이 아직까지는 입에 설기만 했다. 등에 책임감과 함께 묵직하게 얹히던 하네스가 없다는 것도 버디에게는 영 허전한 모양인지, 나갈 때가 되면 으레 문 옆에 걸려 있는 하네스 주위를 뱅뱅 돌았다.

건강상의 이유로 은퇴하게 된 버디를 집으로 데려가겠다

고 결정했을 때, 안내견 학교 측에서는 혹시나 시진이 가지고 있을 마음의 부담을 덜어 주려 애썼다.

"시진 씨 마음 다 알죠. 근데 아이 챙기다 보면 아무래도 버디까지 돌볼 여유는 없을 거예요. 앞으로 점점 더 손이 많이 갈 텐데, 정말 버디를 끝까지 책임질 수 있겠어요?"

만약 이대로 버디를 안내견 학교에 맡겨 새로운 봉사자 가정에 분양시킨다고 해도 그것이 그리 나쁜 결정은 아니라고 했다.

그럼에도 시진은 기꺼이 버디와 평생을 함께하기로 했다. 지금까지 쭉 시진의 눈이 되어, 지팡이가 되어, 다리가 되어 살아온 버디였다. 이제는 서서히 반대의 입장이 되어 갈 테지만 시진은 그 책임감을 기꺼이 받아들이기로 결심했다.

버디는 시진보다 빨리 늙고, 빨리 죽을 것이다. 점차 기력을 잃어 가는 네 다리는 머지않아 제대로 걷지 못하게 될 테고, 약해진 장으로는 음식을 소화시키지 못하게 될 것이다. 그러다 결국 누군가의 도움 없이는 제대로 숨조차 쉬지 못하는 날이 기어코 오고야 말 것이었다.

하지만 시진은 그것을 불행하게 생각하지 않기로 했다. 버디가 이끌어 준 곳에서 시진은 준을 만났다.

부부가 되었고, 행복한 가정을 꾸리며 살고 있었다. 버디는 시진에게 인생을 선물해 준 친구였다.

이제는 버디의 남은 인생에 시진이 지금껏 받아 온 행복을 갚을 차례가 된 것뿐이었다. 그런 기회라도 가질 수 있는 것을 그저 감사하게 생각하기로 했다.

대신 다음 안내견을 받겠느냐는 질문에는 고개를 저어 보였다. 시진에게는 이미 버디가 있어 충분했다. 버디 역시 그랬을 것이다.

앞으로 훌륭한 안내견들이 지금껏 버디가 해 온 몫을 물려받아 더 많은 시각 장애인들의 동행이 되어 줄 예정이었다.

부디 그들은 시진과 버디가 갔던 것보다 더 먼 곳에, 더 많은 장소에 갈 수 있기를, 시진과 버디가 겪어야 했던 부당한 일들이 그들에게는 일어나지 않기를, 자랑스러운 안내견으로서 부디 따뜻한 눈길만 받을 수 있기를 시진은 진심으로 바랐다. 시각 장애인에게는 안내견이, 안내견에게는 시각 장애인이 있어 충만해질 앞으로의 시간을 응원하는 것도 잊지 않았다.

오늘은 안내견 버디의 은퇴식이 있는 날이었다. 무거운 하네스 없이 주황색 조끼를 입고 자유롭게 길을 걸어갈 버디의 모습을 머릿속에 떠올려 보았다. 아직은 마냥 어색하지만 시진에게도 버디에게도 차차 익숙해질 미래였다.

준비를 끝마친 부부가 현관문 밖으로 나와 아이의 손을 나눠 잡았다. 마지막으로 서로를 돌아보며 옷매무새를 단정히 가다듬었다. 찬바람이 들지 않게 아이의 옷 단추를 채워 주고, 내려간 버디의 조끼를 목덜미까지 끌어 올리며 시진이 미소 지었다.

"버디 아야 하니까 천천히 가야 돼. 알았지?"

"응! 빼디, 가자!"

시진에게서 건네받은 버디의 줄을 고사리 손으로 꼭 쥐고서 아이가 소리쳤다. 아장아장 걷는 아이의 왼편에서 버디도 느린 발걸음으로 보조를 맞춰 나아가기 시작했다.

준이 슬슬 몸이 무거워지는 시진의 어깨를 보듬었다. 저만치 뛰어갔다가 다시 꺄르륵 웃으며 도도도 되돌아오는 아이의 소리가 높고도 청아했다.

다시 따스한 봄이 시작되고 있었다.

—fin

작가 후기

예쁘게 포장된 꽃다발보다 보도블록 틈새로 겨우 첫 숨을 튼 민들레에 먼저 눈길이 닿았을 때, 이 글을 쓰기 시작했습니다.

벨벳처럼 매끄러운 장미의 화려함보다 무정한 구둣발에 밟혀 이리저리 줄기가 꺾인 채로 삶을 꽃피운 민들레의 초연함에 마음을 빼앗겼을 때, 이 작은 민들레를 닮은 사랑 이야기를 그려야겠다고 마음먹었습니다.

시각 장애인 시진과 좌절한 청춘인 준.

화려하지는 않아도 각자의 자리에서 아등바등 노력하는 소박한 삶들로 피워 내는 민들레 같은 이야기였으면 좋겠습니다.

시각 장애를 가진 친구들과 그들의 동반자인 안내견들을 오랜 시간 지켜봐 왔습니다. 그래서 누구보다 잘 표현할 수 있지 않을까 생각했는데, 애초에 너무 쉽게 생각한 모양입니다.

글은 쓸수록 어려웠고 부담감만 더해 갔습니다. 지금에 와서는, 읽는 분들로 하여금 혹여 잘못된 이미지를 심어 드리는 결과를 낳지 않았을까 겁이 나기도 합니다.

다만 바라건대, 현실 속 시진과 버디를 보다 따뜻한 시선으로 지켜봐 주셨으면 좋겠습니다. 이야기 속 최한미 팀장의 말처럼, 시진의 장애를 평범한 다름으로 바라봐 주셨으면 좋겠습니다. 어쩌면 그것이 제가 이 글을 통해 해야 하는 말의 전부인지도 모르겠습니다.

연재하는 동안 관심과 격려의 말씀으로 기운 북돋아 주신 많은 분들에게 먼저 감사의 인사를 드립니다.

부족하고 어설픈 이 글을 정성으로 다듬고 또 다듬어 지면까지 옮겨 주신, 김민지 팀장님을 비롯한 봄 미디어 관계자 분들에게도 수줍게 감사의 마음을 전하고 싶습니다.

언제나 제 첫 독자이자 비평가이자 팬이 되어 주는 수현이, 전업 작가가 되겠다는 무모한 결정을 그저 믿고 지지해 준 가족들에게도 말로 못다 한 애정을 이 책을 통해 대신 표합니다.

꾸준히 쓰겠습니다. 그 길 어딘가에서 다시 만나 뵙기를 진심으로 바랍니다.

—강부연 드림.